dtv

»Nicht, daß ich Joghurt kaufen wollte, Hackfleisch oder Tennis-Socken, nein, das Sonderangebot, auf das es mir im Minipreis-Markt ankommt, ist engelsblond ...« Igor ist von Beruf Übersetzer, begabt, aber leider arbeitslos. Er lebt in Berlin. Glücklich ist dieser moderne Taugenichts mit Sonja, einer Therapeutin und »professionellen Versteherin«. Wo immer in Igors Leben etwas teuer kommt, springt sie ein: Sie verdient Geld, sie wirtschaftet, sie unterstützt ihn. Im Hinterkopf stets eine diffuse Sehnsucht nach Familie und Sicherheit. Er hingegen fühlt sich keineswegs abgehalten, sein Glück auch anderwärts zu versuchen. Raffiniert fädelt er die Begegnung mit Vicky ein, »der schönsten Kassiererin aller 672 Supermärkte Berlins«. Doch ausgerechnet diese Wahnsinnsfrau hat ein Geheimnis, mit dem Igor nie und nimmer gerechnet hätte ... Ein temporeich erzählter Schelmenroman über einen der jungen Männer, von denen erfolgreiche Frauen so träumen.

Barbara Sichtermann, geboren 1943 in Erfurt, war nach dem Abitur und dem Besuch einer Schauspielschule einige Jahre als Schauspielerin tätig. Sie studierte dann Volkswirtschaft, Soziologie und Psychologie. 1985 erhielt sie den Jean-Améry-Preis für Essayistik. Heute lebt und arbeitet sie als freie Autorin und ›ZEIT‹-Kolumnistin in Berlin. Mit ihren Buchveröffentlichungen erzielte sie in der Öffentlichkeit große Aufmerksamkeit.

Barbara Sichtermann

Vicky Victory

Roman

Deutscher Taschenbuch Verlag

Ungekürzte Ausgabe
Juni 1997
Deutscher Taschenbuch Verlag GmbH & Co. KG,
München

Umschlagkonzept: Balk & Brumshagen
Umschlagfoto: David Hughes, USA
Satz: Utesch Satztechnik GmbH, Hamburg
Druck und Bindung: C.H. Beck'sche Buchdruckerei, Nördlingen
Gedruckt auf säurefreiem, chlorfrei gebleichtem Papier
Printed in Germany · ISBN 3-455-08388-3

Inhalt

September 1991

☆

Dezember 1991

September 1991

1. Kapitel

Bei Gegenwind durch Pankow

Könnte ich die Stadt mit einem Blick ganz fassen, so wüßte ich den Namen des geheimnisvollen Fluidums, das ihre Adern heizt. Ein Hubschrauberflug ist mir schon vorgeschlagen worden, aber der dauert zu kurz für eine starke Intuition, auch würde mich der Lärm des Rotors fertigmachen. Was mir vorschwebt, ist das hölzerne Totalmodell Berlins, mit jedem Haus, jedem Baum, jedem Kabelverteilerkasten, aufgebaut in einer Riesenwerkhalle, gut beleuchtet, drehbar und mit Wasser in der Spree. Alle neuen Baustellen, Häuserabrisse und Straßenumbenennungen müßten mir sofort mitgeteilt werden, jeden Morgen brächte der Briefträger einen dicken Stapel solcher Meldungen. Und ich, noch im Pyjama – denn ich *wohne* in meinem Atelier und schlafe auf einer Matratze im Untergrund Berlins – nehme mit dem Kaffee alle baulichen und sonstigen Veränderungen in mich auf, rufe dann Luigi, den Modellpfleger an, einen Künstler und Freund, der bald vorbeikommt und mit einem winzigen Pinsel den Fassadenanstrich der Nr. 82 in der Friedrichstraße ausbessert, einen Neubauklotz an die Ecke Baerwald-/Gneisenaustraße setzt und neben den Palast der Republik einen daumengroßen Kran mit einer Abrißbirne dran – während ich in meinem meterdicken Häuserverzeichnis die »Otto-Grotewohl-Straße« durch »Wilhelmstraße« ersetze und mit Luigi ein paar Sprüche über meine Mutterstadt mache.

»So wie die Mieten schteigen«, seufzt Luigi, den Pinsel im Mund und die Friedrichstraße 82 einfühlsam schmirgelnd, »schtrömt hier allesch ab, wasch nicht bei Kasche isch, wasch Schinn statt Knete schucht. Ich schage nur: Gomorrha! Der Bundestag hält keine Schaischon durch.« Dann pinselt er und knurrt: »Friedrichstraße 82 – meine Traumadresse!«

Was ich mir von so einem Totalmodell verspreche? Der Sache näherzukommen. Der Sache Stadt, Menschenmasse, Lebenskessel. Im Grunde schwebt mir ein Modell vor, daß die Menschen einschließt, alle vier Millionen, jeden einzelnen. Ich weiß, so was ist nicht zu machen. Die Modellmenschen wären so klein, daß man sie höchstens mit der Pinzette zu fassen kriegte, und Luigi würde sich weigern, täglich anzutraben, um neue Holzbabies in die Häuser reinzuzwängen und vom Tode aussortierte Altenpuppen zu entfernen; ich müßte den ganzen Tag mit dem Einwohnermeldeamt und der Verkehrspolizei telefonieren und käme vor lauter Arbeit nicht mehr zum Spielen. Ferner ließen sich Komplikationen mit dem Datenschutz nicht ausschließen, und ohne Rechenanlage wäre ich praktisch aufgeschmissen.

Ein Computer könnte mir dieses Wahnsinnsmodell simulieren, aber daran bin ich nicht interessiert. Denn es fehlte mir die dritte Dimension. Ohne die wird mir kein Einfall kommen; ohne Raum, in dem sie widerhallen könnte, wird keine Geisterstimme anheben, mir den Namen der Stadtenergie zu verheißen. Darum aber geht es. Das Modell soll es mich wissen lassen: was könnte dieses millionenfache Leben in seiner Summe sein? Es soll mir seine Essenz vor Augen führen, seine letzte Potenz, seinen Inbegriff. Dafür brauche ich das *hölzerne* Modell mit grünen Bäumen, bunten Litfaßsäulen und roten Verkehrsschildern – und Luigi, der im September erscheint, um das Laub der Kastanien und Linden gelb und braun zu färben.

Leider besitze ich nichts dergleichen, und Luigi ist eine ausgedachte Figur. Ich lebe statt in einem tollen Atelier in einer Moabiter Kleinwohnung, deren Fenster völlig versypht sind und schlafe auf einem Vorkriegsausziehsofa. Mir bleibt nur das Modell eins zu eins, Berlin, wie es wirklich ist, und ich muß machen, daß ich mitten reinkomme. Los Igor, die Treppe runter, *dawai*, *dawai*, um sechs Uhr schließt der Supermarkt.

☆

Nicht daß ich Joghurt kaufen wollte, Hackfleisch oder Tennis-Socken, nein, das Sonderangebot, auf das es mir im Minipreis-Markt ankommt, ist engelsblond, ungefähr einssiebzig groß, sitzt in dem Schuppen an der Kasse und heißt mit Vornamen hoffentlich Evelyn, Mary-Ann oder Jean. Vielleicht noch Nadja. Aber bitte nicht Petra! Oder Martina. Das wäre eine kleine Tragödie. Ich nenne sie für mich Loreley, ihres bedeutenden Blondhaars wegen. Mit Nachnamen heißt sie Rosinski, soviel hab ich schon spitzgekriegt. Dieses Wissen gibt mir einen Vorteil, wenn ich heute abend endlich das tue, was ich seit Wochen aus verständlicher Bangigkeit aufschiebe: sie ansprechen, wenn sie von der Arbeit kommt, und zwar gleich richtig, mit Namen, so daß sie stutzen muß und erstmal hinhört.

»Frau Rosinski, entschuldigen Sie, daß ich einfach so auf Sie zukomme, aber Sie haben mir gestern einen Zehner zuviel rausgegeben, und da ich eine ehrliche Haut bin...«

»He, was reden Sie da, meine Kasse hat gestimmt.«

»Auch gut, dann lassen Sie uns von diesem Zehner da drüben ein Bier...«

»Sag mal, wat soll die Tour, junger Mann, halt an dich, ick habet eilich.«

»Sie haben doch jetzt Feierabend, Frau Rosinski, und nach so nem harten Tag ein Bierchen in netter Gesellschaft verdient... Hallo, warum rennen Sie weg? – Ich tu Ihnen doch nix – Frau Rosinski...!«

So wird es kommen, so oder so ähnlich. Ich werde dastehen wie der erste Mensch, und der Wind wird mir den Zehner aus den Fingern zupfen. Aber in meinem Herzen werde ich jubeln: geschafft, geschafft, das erste Wort ist gesprochen! Da geht sie hin, die Frau Rosinski in ihrem knappen Rock, und wundert sich, woher ich ihren Namen weiß. Diese Blondine wird mit Strategie und Sturheit weichgekocht. Jeden Abend vor dem Supermarkt, bei Frost, Sturm und Hagel; der Winter kommt, und ich gebe nicht auf, da muß sie schmelzen wie der Schnee auf dem Schornstein. Ach Loreley! Warum zum Teufel kommst du jetzt nicht endlich raus?

Es ist zehn nach sechs, der Konsum-Bunker geht für einen späten Kunden von innen noch mal auf, ein Typ vom Lager macht sich wichtig als Zerberus, er reckt das Kinn beim heftigen Operieren mit dem Sicherheitsschlüssel. Das Licht im Laden wird auf halbe Kraft runtergefahren, in ihren grauen Kitteln wuseln die Angestellten durch die Gänge zwischen den Regalen, Loreley ist nicht dabei, ist sicher schon hinten beim Chef, um abzurechnen, ja, man muß noch 'ne Weile drangeben, sie zieht sich wohl noch um, vielleicht wäscht oder schminkt sie sich sogar und steckt das Haar mit Kämmen und Klemmen hinter den Ohren fest... Wie auch immer. Ich harre wie ein Fels.

Der letzte Kunde ist ein alter Herr, einer von der zierlichen Sorte mit flinkem Gang, aber der Kopf wackelt ihm schon ein bißchen. Er entfernt sich Richtung Rabenstraße, seine Minipreis-Tüte schwenkend, und kann nicht anders, der gute Mann, als mich an jenen Greis erinnern, der mir mal nahestand.

Nachdem die Mauer gefallen war und Ost und West die Schrecksekunde durchgestanden hatten und aufeinander losstürmten, da dachte ich daran, mit der S-Bahn nach Friedrichshain hinauszufahren und an *seinem* Grab einen Strauß Astern niederzulegen. Ich wartete, bis die Formalitäten beim Übergang ganz weggefallen waren, dann fuhr ich.

Es war ein weißlicher, rauchiger Wintertag und nicht besonders viel los um die Mittagszeit, außer daß ich das erste Mal nach sieben Jahren wieder in den Osten kam. Viel hatte sich nicht verändert, nur die ganz natürliche Verwitterung, welche die Jahre an Häusermauern, Straßenbahnen und Laternenpfählen hinterlassen, die konnte ich sehen. Und daß es gar nichts Neues gab, keine frischen Scheiben am Eckhaus neben meiner alten S-Bahn-Station, statt dessen Westklebeband entlang der Sprünge; keinen neuen Briefkasten vor dem KONSUM gegenüber, statt dessen war der alte, schiefhängende einfach abmontiert worden, und den Pfosten hatte man stehen lassen wie ein Menetekel; kein buntes Pflaster auf den Bürgersteigen wie überall im Westen, nur Matsch oder Teer in den Löchern. So kannte ich sie, meine Hauptstadt: in ihren Hinterhöfen, ach, was sag ich, auch in ihren Vorderhäusern nie saniert, nicht mal richtig repariert, nur geflickt, gestückelt, notdürftig abgestützt, und wo man hätte mauern, schrauben und schweißen müssen, da klebte man: mit Eiweiß und Spucke.

Ich bin dort großgeworden, in der Cecilienstraße, unter der Obhut meines Opas. Er erzählte mir einst, wie sehr er gefürchtet habe, daß *seine* Straße, nach einer Heiligen getauft, das Schicksal so mancher Straßenschwester teilen müßte und nach einem sozialistischen Heros umbenannt würde. Aber in der zuständigen Behörde hatte man die

Cecilienstraße wohl vergessen, und sie blieb, was sie war – ganz wie mein Großvater. Seine Ahnen waren einst aus Polen zugewandert, er selbst war der Urtyp des toleranten Katholiken, vor dem Krieg als Lehrer für alte Sprachen tätig und in jeder Beziehung untauglich für das sozialistische Experiment an lebenden Menschen. Auch die Nazis hatten ihn nicht zu keilen vermocht, obwohl er damals ja noch jung genug gewesen wäre, um sich anzupassen. Doch nein, mein Opa blieb in seiner antiken Wunderwelt mit ihren polymorphen Göttern wohnen; es kostete ihn gerade genug Anstrengung, diese Treue mit seinem christlichen Glauben zu vereinbaren, was auch nie ganz gelang. In der DDR durfte er Lateinkurse für Archäologie-Studenten geben, und wenn ich nicht selbst ein ferngelenkter Stasi-Spitzel war, so hat die »Firma« meinen antisozialistischen Großvater genauso übersehen wie der Bezirksrat die Cecilienstraße. Wahrscheinlich hat man den Dr. phil. Marenge unter »ungefährliche Sonderlinge« abgeheftet – was zumindest hinsichtlich des Einflusses, den der alte Herr auf seinen Enkel ausgeübt hat, ein Irrtum war.

Lange zögerte ich am Friedhofstor. An den feinen Strohduft der Winterastern erinnere ich mich noch immer. Endlich faßte ich mir ein Herz und ging auf mich selbst als ein gekrümmtes, schluchzendes Etwas zu – ich wußte, daß es mit mir dahin kommen würde, wenn ich erstmal am Grab von Joseph Marenge stand.

Dauert es über halb sieben hinaus, bis eine Supermarkt-Kassiererin ihren Arbeitsplatz verlassen hat? So'n Mädchen braucht doch seinen Feierabend. Was machen die mit ihr dadrin? Ob der Lagerverwalter sie in der Damentoilette bumst? Nein, der wäre nicht ihr Typ, viel zu dusselig und aufgeblasen. Da! Dahinten geht sie doch, Mensch Igor, blinde Flasche, hinterher! Nee was, das war sie nicht, stop, Fehlanzeige. Aber dieses Trüppchen, das aus der Durchfahrt kommt, da müßte sie drunter sein, Guten

Abend! – Sowas Blödes, wieder nichts. Die Kleine aber da, die könnte 'ne Kollegin sein, ob ich die einfach frage? Oje, das Mädel steuert schon auf 'ne Karosse zu, steigt ein, surrt ab. Genaugenommen ist sie's nicht gewesen, denn Loreleys Kollegin, die kleine Dunkle mit dem schiefen Rükken, die ist richtig winzig, und sie geht anders, trippelt wie ein Spatz. Mist. Entweder ist die gesamte Minipreis-Belegschaft an mir vorbeigeschoben, und ich hab's nicht mitgekriegt, oder sie hat sich in Luft aufgelöst. Jetzt ist es zwanzig vor sieben, und der Minipreis sieht so finster und verlassen aus wie die geschlossene Tankstelle im amerikanischen Road-Movie. Brechen wir die Belagerung ab. Morgen ist auch noch ein Tag mit normalen Öffnungszeiten.

☆

Und nun? Ohne ein Pfand, ein Wort, ein Lächeln von ihr, ohne den Funken einer Hoffnung, daß Loreley mit mir ausgehen wird, mag ich nicht heimwärts ziehen. Also gut, noch nicht in die Heinrichstraße, sondern in die Dämmerung: in die Kögelstraße, die Sieglindenstraße, die Galvanistraße. Geschlossen stehen hier die Häuser Spalier und drohen den Unbefugten. Wie nah und unzugänglich sie sind, die schwarzen Verliese. Da leuchtet ein Fenster auf, es spreizt sich ein Schatten hinter'm Vorhang, und es erlischt eine Treppenhausbeleuchtung – viermal synchron hinter Milchglasscheiben. Ja, da leben sie, meine Berliner, in ihren mit Ketten und Stangen gesicherten Burgen, da tun sie Dinge, von denen ich nichts wissen darf. Schon bald machen sie ihre Lampen aus und träumen Träume, die ich nie kennen werde, nicht mal, wenn das Totalmodell *mit Menschen* funktionieren würde. Sie zappeln als Opfer häßlicher Verstrickungen und würden staunend ihre dikken Köpfe schütteln, wenn sie wüßten, wie sehr sie mich herausfordern. Sie gähnen, kichern, trinken, telefonieren, planen Familienfeste, Morde und andere Ausschweifungen, *ohne* mich ins Vertrauen zu ziehen – und das millionenfach. Nicht auszudenken, und wenn ich's bedenke, tritt mir der Schweiß auf die Stirn.

Hab schon überlegt, ob es nicht klug wäre, in eins der jetzt wieder erreichbaren brandenburgischen Weiler zu flüchten und unter Nachbarn zu leben, deren Zeitvertreib und Alpträume mir bald so geläufig sein würden wie meine eigenen. Aber ich werd es nicht tun. Was käme schon dabei heraus, als die Erkenntnis, daß es sich nicht lohnt zu wissen, was hinter den Fenstern passiert und hinter den Stirnen brütet. Der Reiz der großen Stadt, er ist die bloße Vorspiegelung eines Geheimnisses, das diesen Haufen Menschen und Material zusammenhält und von den trutzigen Fassaden des Häusermassivs gehütet wird wie der Schlüssel zum ewigen Leben. In Wahrheit ist gar nichts dahinter. Aber der Schein ist schön.

Auch ich falle drauf rein. Es nützt nichts, daß ich es besser weiß. Ich verzehre mich nach dem Schatten dort im vierten Stock. Wer ist der Kerl, der hinter der Gardine auf und ab geht? Ein Sohn, der sich mit seiner Mutter zankt? Ein Vater, der sein Gör zusammenstaucht? Ein Angestellter, der in Gedanken mit seinem Chef anstößt? Oder eine Frau? Die Umrisse sind zu grob, es läßt sich nicht mehr sagen als: ein Mensch. Und diese Ungewißheit macht mich fertig.

Warum gehe ich nicht hinauf in den vierten Stock der Galvanistraße Nr. 22, klingele auf der linken Seite und stelle den Bewohner zur Rede:

»Ihre Papiere bitte. Ihren Lebenslauf, Ihre Lebenslage, Ihren Lebensplan. Glauben Sie, ich lasse mich mit Ihren Umrissen abspeisen? Ich weiß, daß Sie eine Infamie verbergen. Würden Sie sonst solche Schattenspiele mit mir treiben? Heraus mit der Sprache!«

Und wenn es eine Frau ist? Was werde ich ihr sagen?

»Gestatten Sie, Marenge ist meine Name, ich komme vom Statistischen Landesamt, wir machen eine Umfrage.«

»Was für eine Umfrage?«

»Uns interessiert Ihre Lebenslüge.«

»Wie bitte?«

»68 Prozent aller Stadtbewohner überwinden ihre Selbstwertkrisen nur dank einer an Größenwahn grenzenden Selbstüberschätzung, einer riskanten Täuschung über ihre miserable Position im sozialen Wettbewerb, wobei der Alkohol...«

»Ach rutschen Sie mir doch den Buckel runter.«

Rrrums. So wird die Tür zufallen. Und wenn schon. Was ein echter Jäger ist, ein Schicksals-, Verstrickungs- und Verhängnisjäger, der läßt sich nicht aufhalten. Mit den Fäusten werde ich gegen ihre Tür trommeln, werde die Briefschlitzklappe hochdrücken und hindurchbrüllen: »Fliehen ist zwecklos! Mir entkommt keiner!«

Ob das Eindruck macht? Kaum. Die Frau geht zum Telefon und ruft die Polizei. Doch hab ich keine Angst vor der irdischen Gewalt. Wenn die mich schnappt, spiele ich den Idioten und sage die Wahrheit. Hauptsache, ich wirke harmlos.

»Wissen Sie, Herr Wachtmeister, ich kann nichts dagegen tun. Ich gehe abends durch die Straßen, ich sehe, wie die Leute ihre Vorhänge zuziehen, das Licht oder den Fernseher einschalten und Schatten gegen die Gardinen werfen. Dann überkommt es mich. Ich ahne, daß sie alle von schwärzesten Kümmernissen niedergedrückt und von irrwitzigen Hoffnungen erfüllt sind, und sie tun mir leid, so leid, daß ich nicht anders kann, als hingehen und ihnen mein Mitgefühl...«

»Frau Rosinski meldet, Sie hätten sich unter dem Vorwand, eine statistische Erhebung durchführen zu müssen, Eingang in ihre Wohnung und Informationen über ihr Privatleben verschaffen wollen.«

»Würden Sie es denn nicht versuchen bei einem so attraktiven Kind wie der Rosinski?«

»Jetzt reicht es aber, Herr Marenge, ich verhafte Sie im Namen...«

☆

»He, was ist los, Mann, betest du im Gehen?« Teufel, die Stimme kenn ich und auch die Gestalt. Das ist doch Juni! Wo kommt der plötzlich her? Richtig, da vorne zweigt die Kögelstraße ab, wo er zuhause ist; er hat jetzt Feierabend, seine Augen funkeln. Er bleibt vor mir stehen, hakt die Daumen in den Gürtel und rollt die Schultern.

»Was treibst du hier? Hast du endlich die Kleine am Haken?« Und er streckt den Unterkiefer vor, als wolle er mich aus lauter Freude über dieses unverhoffte Treffen beißen.

»Eben nicht«, gestehe ich. »Das is det Elend.« Juni ist einer meiner besten Kumpels. Er ist Kfz-Mechaniker und Türke und heißt eigentlich anders, aber sein wahrer Name ist so schwer auszusprechen, daß sich Juni als eine Art Berliner Version durchgesetzt hat. Sogar seine Mutter nennt ihn so.

Ich hab nur wenige Geheimnisse vor Juni. Also weiß er auch, daß ich seit längerem davon träume, die Kassiererin unseres Supermarkts anzusprechen und möglichst gleich danach auszuführen. Und er wünscht, über die Entwicklung auf dem laufenden gehalten zu werden.

»Was haste schon wieder vermasselt?« fragt er teilnahmsvoll.

»Nix. So um sechs ging ich zum ›Minipreis‹ runter und bezog Posten. Kurz nach Ladenschluß muß sie ja rauskommen, dachte ich.«

»Logisch.«

»Schön wär's. Sie ist gar nicht erst aufgetaucht.«

»Halt mal. Der ›Minipreis‹ Ecke Clausthaler Straße? Is doch so'n großer Klotz. Wahrscheinlich gibt's 'n Hinterausgang.«

»Scheiße.«

Dabei liegt's auf der Hand. Wenn man sich bis zur Fleischtheke vorgekämpft hat, steht man praktisch an der Darwinstraße. Und hinter der Fleischtheke gibt's die großen Glastüren, die führen zu den Büros, und dahinter geht es raus zum Hof, wo die Waren geliefert werden. Völlig klar. Wer in diesem Laden arbeitet, betritt und verläßt ihn hintenrum. Und ich steh mir vorn am Kundeneingang die Beine in den Bauch!

Juni wiegt sein Haupt, wohlgelaunt, weil er es besser gemacht hätte, und faßt mich am Jackenknopf. Ich ärgere mich eine Spur und behaupte:

»Wenn du in die Rosinski verknallt wärst, hättest du auch vorne gewartet.«

»Was?«

»Ja, die Süße hätte dir den Kopf so verdreht, daß du gar nicht den Verstand zusammengebracht hättest, dir den Laden als Block vorzustellen... Wer auf solche Ideen kommt, ist noch nicht restlos geliefert.«

»Ach du Scheiße.«

»Wer verliebt ist, denkt nicht wie ein Häusermakler. Er hat den Kopf voller heißer Bilder...«

»So wie du, hm? Hör zu, Mann, wenn du nur halb soviel Hirnschmalz locker machen würdest, um Fehler zu vermeiden, wie um dich rauszureden, wenn's schiefgelaufen ist, dann würdeste nur halb so viele Fehler machen und 'n Haufen Kraft sparen, um vorher nachzudenken und noch weniger Fehler zu machen. Nettogewinn: satte zweihundert Prozent!«

»Spiel'n wir heute bei Bella?« frage ich versöhnlich. Er rollt die Schultern und faßt mich noch einmal am Jackenknopf.

»Ich mach die Nacht 'ne Tour. Wie sieht's aus – kommste mit? Wär'n Job für dich dabei.«

»Was liegt denn an?«

»Ich muß 'n Tschaika-Wrack bergen, drüben im Osten, in Niederschönhausen.«

»Tschaika?«

»'N Bonzenauto aus den Sechzigern.«

»Die gibt's doch schon lange nicht mehr.«

»Ich sag doch: 'n Wrack.«

»Und wozu?«

»Ich renovier die Kutsche für'n Sammler. Is heiß gefragt.«

»Au warte.«

»Was is? Interessiert?«

»Okay.«

»Also: zehn Uhr? Ich hol dich ab.«

Er schnalzt mit der Zunge und macht mir ein Victory-Zeichen. Sein schwarzer Kopf rollt in den Nacken, als er davonschlendert. Es dämmert. Und Schwälle von Dunkelheit stürzen manchmal nieder, als habe im Himmel jemand den Hahn aufgedreht. So ein Schwall ergießt sich über Juni und schluckt ihn auf, noch bevor er die Ecke erreicht haben kann.

☆

»Du mußt beruflich Gestalt annehmen«, sagt Juni gern zu mir. »Das geht doch nicht so weiter.«

»Ich hab schon nen Beruf. Ich bin Jäger.«

»Du bist ein Penner, ein Niemand, du lebst auf Pump.«

»Ich jage Evelyn Rosinski, die schönste Kassiererin aller 672 Supermärkte Berlins.«

Mit Juni kann ich über alles reden, sogar über mein Berlin-Modell. Er ist ein erfinderischer Zeitgenosse mit erstaunlichen Eingebungen. Als ich ihm erklärt hatte, wozu ich das Totalmodell brauche, stieß er einen Pfiff aus und sagte:

»Das Geheimnis von Berlin liegt nicht hinter Häusermauern, Igor, das liegt unter'm Straßenpflaster.«

»Hä?«

»Den Baukasten kannste vergessen. Die Bausubstanz ist marode, die Leute sind beknackt. Aber der Untergrund hat's in sich. Hätt ich 'n Wunsch frei, würd ich 'n Trichter bauen lassen in die Unterwelt… zwei, drei, fünf Meter… senkrecht in den Dreck!«

»Du würdest auf die Kanalisation stoßen, Junge, und auf die U-Bahnschächte.«

»Geheimgänge, Mann, unterirdische Agententunnel. Wo hatte der Senat von Berlin die Rationen für den Ernstfall gebunkert, na? Geheime Keller, sag ich dir, Tresore mit Plänen, Gräber, Schätze. Der Kronschatz des Kaiserreichs, der Kunstschatz des Dritten Reichs, der Goldschatz von Troja, Millionen aus Bankeinbrüchen, Silberbarren, vergrabene Juwelen, von Juden auf der Flucht vor Hitler noch schnell unters Pflaster gedrückt oder von alten Mütterchen vor den Russen in Sicherheit gebracht – alles, alles, ist da unten angesammelt und will gehoben werden. Gib mir 'ne Schaufel, Mann, und ich mach uns beide reich!«

Juni ist ein Kumpel, der viel an andre denkt und nicht gern allein arbeitet. In seiner Werkstatt beschäftigt er einen Schwager, einen Neffen und einen alten Schulfreund. Wenn ich abgebrannt bin, gehe ich zu Juni, und der kriecht unter einem silbergrauen Mercedes hervor, reckt sich, wetzt die Hände an seinem Overall und geht mit mir nach hinten ins Büro, wo die Kasse neben einem verlassenen Hundekorb in der Ecke wartet.

»Wann geht's los mit Graben, Igor?« fragte er mich gestern, und ich sagte:

»Gib mir zweihundert.« Und: »Jetzt taufen sie den ganzen Osten um. Mit Otto-Grotewohl-Straße isses nix mehr, Ernst-Thälmann-Allee wird auch abgemeldet, und wieviele Karl-Marx-Straßen die Post verkraftet, bevor die Zustellung im Chaos versackt, das rechnen die Computer grade aus.«

Juni schlug vor, die abmontierten Straßenschilder einzusammeln, ein paar Jahre zu lagern und dann als Kunst- oder Kultgegenstände, ganz wie die Brocken der Mauer, auf Flohmärkten oder besser noch vor den Toren einer regulären Messe zu versilbern.

»Was kriegen wir in sieben Jahren für einmal Wilhelm-Pieck, was meinste?« fragte er. »Die Leute stecken sich so was hintern Spiegel, hier, die Fahrer von solchen Autos« – er zeigte mit dem Kopf auf den Mercedes – »sind Leute mit Humor, die nageln sich den Lenin-Platz über ihr Gästeklo.«

Während Juni sich drüber hinwegsetzt, nehme ich praktische Schwierigkeiten ernst. Diese Südländer und ihr Vertrauen ins Glück!

»Wie willste das anstellen?« fragte ich. – »Warten, bis die Stadt Arbeiter schickt, die so'n Ding abschrauben und dann zugreifen?«

»Ach was, gleich jetzt im Blaumann hin und selbst den Arbeiter machen. Wir helfen mit, daß diese Stadt zusammenwächst, wir tun ein gutes Werk. Man müßte die Stalin-Allee-Schilder ausgraben, von anno dazumal, die würden heute was bringen. Oder ›Walter-Ulbricht-Haus‹. Hat's alles gegeben, lagert womöglich in irgendwelchen Kellern. Unterirdisch, das ganze Zeug. Ich sag dir, wir müssen diese Stadt von unten her aufrollen.«

In Junis Augen spielt das Leben auf einer Halde versenkter Kostbarkeiten, ob das nun Kisten mit antiken Dublonen oder Tresore mit Formeln für des Führers Geheimwaffe sind. Seine Füße fühlen den Reichtum der Erde beim Gehen. Sie reagieren wie Wünschelruten; dann springt der Kerl in die Höhe, stößt mich in die Seite und verlangt Kreide, um den Ort zu markieren.

☆

Am Ende der Galvanistraße ragt ein mächtiges vierstöckiges Haus mit einem löwenkopfgeschmückten Portal und Balkonen samt bauchiger Brüstung aus Schmiedeeisen auf. Es atmet schwer, dieses Haus, unter schwärzlichem Rauhputz, es gibt mir mit seinen glühenden Fenstern verstohlene Winke, Anspielungen auf das hinter ihnen summende, Schatten werfende Leben, mir verborgen, aber nah und ahnbar, hiesig und jetzig. Wie komme ich dahinter, wie kriege ich es zu fassen? Ich muß hinein, muß mitten hinein.

Klingle ich im vierten Stock dieses Hauses, wo, wie ich hier auf dem Klingelschild lese, keine Rosinski wohnt, sondern ein gewisser Wille oder auch Witte, sagen wir eine Familie Witte, klingle ich also bei Wittes und erreiche es wider alle Wahrscheinlichkeit, zum Abendessen eingeladen zu werden, so bringt mich das nicht weiter. Herr Witte ist in der Verwaltung der Berliner Elektrizitäts-Werke beschäftigt und momentan wegen eines Leberleidens zur Kur. Frau Witte ist ausgebildete Krankenschwester, länger schon als Hausfrau unterfordert, doch mit der Pflege eines Kleingartens an der Havel redlich in Anspruch genommen. Die elfjährigen Zwillinge gehen in die fünfte Klasse, spielen Handball und züchten Lurche im Bassin. Soweit die Fassade. Dahinter die ganz normalen Geheimnisse. Vater Witte ist statt zur Kur mit der Schankhilfe seiner Stammkneipe auf Rügen; Mutter Witte zweigt vom Haushaltsgeld seit Jahren satte Summen ab, um diese einer religiösen Sekte und insbesondere deren autoritativem Guru zukommen zu lassen, und die Zwillinge rauchen im Keller. Ist jemand beeindruckt? Na bitte. Das kann doch wohl die Aufregung nicht wert gewesen sein.

Ich suche etwas anderes. Das Leben hinter rauhverputzten Ziegeln, gelben Fenstern und lackschwarzen Balkongittern, die Schicksalsverschlingungen von Millionen, sie bilden, sublimiert zu Seufzern und Schluchzern, zu Furcht, Horror und Jubel, einen Niederschlag an Scheiben und Wänden, in den Hausfluren und auf den Treppengeländern, der an warmen Tagen zu einer dunklen, bröseligen Schicht trocknet, sodann durch Türen und Fenster hinausgeweht wird und, vermengt mit dem Staub der Straße, als graues Pulver durch die Luft stiebt. Das ist es: das Pulver des Lebens, des Treibens, des Wandels und Sehnens, Derivat der millionenfach hoffenden, irrenden, sich schämenden und sich vergessenden, ausspuckenden und wegguckenden Menschheit. Das möchte ich finden und untersuchen wie ein Chemiker, es als Prise zwischen zwei Fingern halten, daran riechen und es mit der Zunge kosten. Wie wird es schmecken? Salzig vermutlich oder hitzig-dumpf wie Großwäscherei. Können mir die Wittes sowas bieten? Nein. Das banale Berliner Kleinbürgerleben ohne Konzentration, ohne kristalline Dichte und Härte, das ist nicht gemeint. Ich pfeife auf die Wittes, auf ihre Schatten, ihre Pelargonien und ihr vermaledeites Aquarium. Was ich im Sinn und im Visier habe, ist nicht das Leben als Einzelfall, sondern als Quintessenz.

☆

Meine Suche nach der pulverisierten Lebensfülle ist so alt wie ich selbst, Igor Marenge, ein begabter, aber arbeitsloser Übersetzer, ein junger Philosoph ohne Geld und Einfluß, doch mit einer Menge innerer Vermögenswerte. Ich ging auf diese Suche, als ich anfing zu atmen, ich glaubte, bald etwas zu finden, solange ich noch Gräser preßte, Briefmarken sammelte, fremdländische Geldstücke in einer Keksdose hortete und nicht wußte, was das Wort »prophylaktisch« bedeutet. Später, als ich dieses und andere längere Wörter verstand, war ich enttäuscht, wie wenig mir das neue Wissen einbrachte, und ich arbeitete mit wachsender Skepsis an der Komplettierung meines Herbariums, meiner Briefmarkensammlung und meines Münzschatzes. War nicht, so schwante mir, am Ende alles umsonst, ein armseliger Zeitvertreib ohne Hintertür in jenen Zustand der Gnade hinein, der die Augen sehend macht für das graue Pulver und die Zunge empfindlich für sein Salz? Betrogen war ich, ein armer Idiot, der gesammelt und gepreßt hatte ohne Sinn, ohne Aussicht auf die Offenbarung, die mir, ich erinnere mich gut, bei meinem ersten Atemzug versprochen worden war. An normalen Werktagen vergesse ich das alles. Aber im September, wenn die Stadt zu früh eindunkelt, weil die Sommerzeit zu Ende ist und die Uhren eine Stunde vorgestellt werden, kommen die Urwünsche wieder, und ich verstehe nicht, warum ich jemals einwilligen und den Anspruch auf die Quintessenz verloren geben konnte.

Zugleich ist mir vollkommen bewußt, daß ich niemals an das Pulver herankommen werde, den Schnee der Stadt, das große Menschensalz. Ich werde es niemals als Prise zwischen zwei Fingern halten, es einatmen, schnupfen, auf meinem Handteller verreiben oder es mir auf die Zunge streuen. Das bleibt ein Traum, ein Irrwahn dieser Jahreszeit. Septembernächte sind dazu da, uns menschliche Kriechtiere mit Hybris zu vergiften, und wir halten die schütteren Platanen der Galvanistraße für Bäume der Erkenntnis, trauen ihnen alle Wunder zu und lauschen auf ihr Blätterspiel.

☆

Um Punkt zehn Uhr stürme ich aus meiner Wohnung, werfe mich über das Treppengeländer und rutsche, mich zwischendurch an den linoleumbezogenen Stufen abstoßend, vom vierten Stock bis ins Parterre. Ich durchquere den Hof und das Vorderhaus und öffne erwartungsvoll meine gewaltige, schwärzliche, knarzende Haustür. In der Heinrichstraße gibt es keine Parkplätze. Juni wartet immer in der zweiten Reihe. Da ist er schon in seinem weißen Golf. Er winkt vergnügt.

»Steig ein, du feiger Hund. – Wieviel schuldest du mir mittlerweile?«

»Lenk nicht ab, Freund. Wir haben meine Gage noch nicht ausgehandelt. Was ist für mich drin?«

»'N Hunni. Ich zieh ihn dir von den zweihundert ab, die du...«

»Nix da, ich hab Ziel bis Sonntag.«

»Auch gut. Also bar.«

»Heute noch?«

»Logisch.«

Juni fährt sachte an und zieht dann seine frisierte Kiste mörderisch in die Höhe.

»He, bist du toll? Das hier ist Moabit und nicht der Nürburgring.«

Juni kichert und läßt den Wagen ausrollen.

»Wollte nur mal wieder den Schißhasen aus dir rauskitzeln«, grient er. – »Weeßte, daß du komisch kiekst, wennde Angst hast?«

»Ja, weiß ich. Wie illegal ist der Coup?«

»Überhaupt nicht illegal. Wir helfen der Polizei. Die muß den Tschaika irgendwann sowieso aus'm Verkehr ziehn. Steht ohne Zulassung auf der Straße rum, die Kutsche.«

»Na dann. Und wem gehört sie?«

»Einem Ex-Bonzen. Der hat sie 25 Jahre in seiner Garage versteckt gehalten wie 'ne geraubte Prinzessin. Er hat sie bloß geliebt, nie gefahren. Ist um sie rumgetanzt und hat sie mit Rostschutzmitteln eingerieben. Ein Irrer.«

»Garage? Rostschutzmittel? Du sagtest doch – *Wrack*?«

»Naja, 'n gut erhaltenes Wrack. – Der Bonze ist übrigens

nach Schweden abgehauen. Und seinen heiligen Tschaika läßt er auf der Straße verrecken. Da sieht man mal wieder, was beim Sozialismus herauskommt: nix als Unmenschlichkeit.«

»Puh.«

»Wie lange bist du eigentlich im Westen, Igor?«

»Neun Jahre.«

»Da könntest du dir's praktisch aussuchen, ob du Ossi oder Wessi sein willst...«

»Pfffhh...«

»Und was nimmste?«

Nimmste! Als ob man da frei wäre! Noch im Frühjahr 1989 fühlte ich mich als vollgültiger Westberliner, obwohl erst sieben Jahre dabei. Jetzt, wo die Mauer weg ist, ruft mich Friedrichshain. Im Traum erscheint mir der schiefe Laternenpfahl vor unserem Haus.

»He, von wem weißt du das alles, das mit dem Bonzen und seinem Tschaika?«

»Von meinem Auftraggeber. Der is 'n höheres Tier in der Politik und hat 'ne Schwäche für Oldies. Er wollte den Ex-Bonzen auskaufen, aber da war der schon in Malmö. Hüüi – verdammt!!«

Juni bremst so plötzlich, daß ich den Gurt einschneiden fühle und schaurig röchele. Da hätten wir fast einen Hund überrollt! Das Tier spurtet in den Windschatten seines Herrchens, welcher wild mit der Leine fuchtelt. Juni gibt Gas. Sekundenlang zeigt er mir sein Gesicht, in dem die schwarzen Augen flackern.

»Ja, bremsen muß man können«, sagt er heiser.

Juni hat selbst einen Hund besessen – und nicht nur besessen, er hat ihn verehrt. Kurt hieß der Terrier. Eines Tages ist er unter ein Auto gerannt, Juni hat ihn verbluten sehen. Er kommt nicht darüber hinweg. Vier Wochen ist es jetzt her, und noch immer kriegt Juni Falten unter den Mundwinkeln, wenn er einen Hund sieht.

»Du willst Jagdinstinkt haben?« sagte er, als ich kam, um ihn zu trösten. – »Ist doch alles Gerede. Kurt hatte Jagdinstinkt. Er hat den Ratten eingeheizt, daß die Viecher Saltos aus'm Stand geschlagen haben, wenn er nur gehustet hat. Ich möchte wissen, was aus dieser Gegend werden soll ohne Kurt.«

Juni hat seinen vierbeinigen Freund neben der Werkstatt beigesetzt und dabei ein bißchen tiefer ins Erdreich hineingestochen, als es für ein Hundegrab notwendig gewesen wäre. Prompt hat er etwas gefunden: eine Schraubmutter und zwei grüne Glasscherben.

»Sieht nach nichts aus«, räumte er ein, »ist aber ein Anfang. Ein Zeichen. Wenn wir weiterbuddeln, stoßen wir auf eine Silberader.«

Er hat Kurt in die Grube gelegt, die nagelneue Leine und das Halsband hinterhergeworfen und das Loch zugeschüttet. Er mochte dann doch nicht mehr nach Silber suchen und mit seiner Schatzgier Kurts Ruhe stören. Statt dessen schloß er seinen Laden, obwohl es noch nicht fünf war, und ging mit mir in unsere Stammkneipe »Bella Ciao«. Ich habe ihm seinen Lieblingsdrink ausgegeben, um ihn ein bißchen aufzuheitern, aber es hatte keine Wirkung. Er nahm den Futschi und meinen guten Willen zur Brust und sagte immer wieder: »Der Trabifahrer hat zu spät gebremst« und »Warum hab ich Kurt nicht angeseilt?« und kippelte mit seinem Stuhl, als sei er wild auf noch ein Unglück. Gegen Morgen berichtete ich, daß im Minipreis eine neue Kassiererin...

»Aber du läßt die Finger von ihr«, drohte ich. »Mit der ist's mir ernst.«

Da hat er endlich gelächelt.

☆

»He Juni, wie willst du den Tschaika überhaupt vom Fleck kriegen?«

»Schon mal was von Abschleppseil gehört?«

»Aber... da muß doch jemand lenken?«

»Rat mal, warum du hier neben mir sitzt.«

»Mann, ich hab keinen Führerschein...«

»Aber Auto-Scooter biste schon gefahren? Du weißt, was man mit dem Lenkrad macht, wenn man rechts um die Ecke will? O du mein stilles Tal, gäb's doch 'ne Spritze gegen diesen ewigen Schiß von Igor. Keen Wunder, daß du keine Mark machst.«

»Juni, wenn ich den Tschaika lenken soll, muß ich *reinkommen*.«

»Logisch.«

»Und du meinst, das Ding steht *offen* auf der Straße?«

»He Mann, bist du verbohrt.«

»Verbohrt oder nicht, das ist Diebstahl.«

»Nicht, wenn die Polizei den Kahn abschleppt.«

»Richtig. Aber...«

»Wir *sind* von der Polizei.«

»In Zivil und mitten in der Nacht?«

»Wenn de mal nach hinten kiekst, siehste zwee Blaumänner, die legen wir an. Das Ganze geht ruckzuck, und keen Ossi wird davon wach.«

»Egal, für hundert Mäuse ist mir das zu heiß.«

»Jau, Auto-Scooter-Fahren ist ge-fähr-lich, saugefährlich.

»Tut mir leid, Meister, du mußt was drauflegen.«

»Weil du es bist: hundertfünfzig.«

»Zweihundert.«

»Blutsauger.«

Wir brummen durch das schläfrige Reinickendorf, entlang der Mauertrasse, neben uns die S-Bahn. Reste von Beton und Stacheldraht türmen sich stellenweise zu wüsten Gebilden. Ein Zug rauscht vorbei, funkelnd und vertieft in seine Spur. Juni biegt ab nach Niederschönhausen, vorbei am Pankower Friedhof, in den gerade ein Kaninchen eilig heimkehrt. In diesem ehemaligen SED-Nobilitäten-Viertel ist es still und düster, und meine Bedenken verfliegen. Juni hat recht. Wir müssen ihn nur finden, den russischen Nomenklatura-Waggon, anseilen, aufbrechen, ab geht die Post. Was soll schon passieren?

»In welcher Straße steht das Ding?«

»Kuckhoffstraße. – Paß auf, Igor, Strategie. Ich kümmere mich um den Tschaika, du dich um den Faktor Mensch. Wenn jemand vorbeikommt, der sich wundert, verwickelste ihn in einen kleinen Plausch über die Wende. Das könn' die mit uns nicht machen und so weiter. Und glotz mir nicht auf die Pfoten, davon krieg ich Ausschlag.«

Er hält in der Kuckhoffstraße: biedere Zweifamilienhäuser hinter schmalen Vorgärten. Die Straßenbeleuchtung funktioniert nur hier und da, man sieht nicht viel. Juni und ich verrenken uns fluchend die Glieder, bis wir sie in den knappen Blaumännern verstaut haben, und dann war meiner auf links gedreht! Ich muß nochmal durch die ganze Prozedur. Juni startet den Golf und läßt ihn im Kriechgang durch die Kuckhoffstraße summen. Wir beiden stieren auf die im Lichtkegel links und rechts auftauchenden parkenden Wagen: Volvo, Wartburg, Trabi, Lada. Wartburg, Opel, VW, Mercedes.

»Keine Ahnung, was Leistung heißt und Standard«, brummt Juni und bohrt seinen Blick in die Nacht. »Aber 'n Westauto muß sein, und wenn dafür die Mutti verkooft wird.«

Plötzlich bremst er und japst. Da seh ich's auch. Tiefschwarz prangt er unter der Laterne, riesig und fremd wie ein Raumschiff: der Tschaika. Auf seinen Flanken schimmern kleine Wappen, das mächtige Heck strahlt wie ein Kometenschweif. Es fehlt nur der Trockeneisnebel, dann wäre das die Zeitmaschine aus der vierten Dimension.

»Donner«, haucht Juni und ich mache: »Oijoijoi!« Andächtig wiegt Juni sein Haupt und wiederholt: »Donner!« Seine dunkle Stimme versteigt sich in bewundernde Koloratur:

»Hättste das den Russen zugetraut?« Schon hat er's eilig. Rangiert den Golf schräg in die zu kleine Lücke vor dem Tschaika, greift sich sein Werkzeug und öffnet den Schlag: »Los!«

Er wagt das exotische Schiff nicht mal genauer anzugucken, so selig ist er über seinen Fund. Fürchtet wohl, der könnte abheben wie ein Ufo, wenn er ihn scharf ins Auge faßt. Widmet sich erstmal der Anseilerei. Das geht schnell, aber nicht ohne Störung. Wie das eben ist in ruhigen Gegenden: Wenn jemand kommt und hält und aussteigt, fällt er auf – zumindest den Wachhunden. So einer schlägt jetzt an.

Das gedrungene Zweifamilienhaus rechter Hand wird lebendig. Es grollt und grummelt ein Köter, es murren die Menschenstimmen. Dann wird es still. Die Haustür öffnet sich. Eine dickliche Bewohnerin guckt ruhig zu uns hin. Sie guckt, entschließt sich und naht. Juni drückt mir seinen Unterarm ins Kreuz. Das wäre nicht nötig gewesen. Ich weiß, was ich zu tun habe.

»Na, so spät noch am Werk?« fragt die füllige Dame, die jetzt bis ans Gartentor vorgerückt ist. Hinter ihr erscheint in der Haustür ein etwa fünfzehnjähriger Junge mit Brikett-Frisur, der einen Schäferhund am Halsband führt, und, das Tier tätschelnd und beschwörend, so tut, als rettete er uns gnädig das Leben.

»Man wird ja nich mehr fertich«, melde ich freundschaftlich, den Ellenbogen plauschbereit auf den Zaun gestützt. »Wat in den Berliner Straßen so los is heutzutage – Sie glooben's nich!«

»Wer hat Sie hergeschickt – wenn man fragen darf?«

»Die Verkehrswacht. Wir schleppen den janzen Tach

Fahrzeuge ab. Jeklaute Autos, falsch jeparkte Autos, TÜV-überfällige Autos, abjemeldete Autos...«

»Und nu räum'n Se endlich ma hier det Museumsstück beiseite?«

»Jenau. Wissense, det is nich statthaft, det so'n Fahrzeug ohne Nummernschild... Det jehört entweder uff'n Schrottplatz oder...«

»Sach ick doch, sach ick doch. Versperrt uns hier die Zufahrt zur Garage. Ick war schon drauf und dran, bei Ihnen anzurufen...«

Ich suche Junis Blick, da ich meine Freude über diesen glimpflichen Verlauf der Dinge gern mit ihm geteilt hätte, aber der Kerl arbeitet verbissenen Gesichts am Tschaika-Schloß, das offenbar nicht aufgehen will. Er hat jetzt keinen Sinn für den Faktor Mensch. Ich dafür umso mehr!

»Tja«, fahre ich fort, »da komm'n wir ja gerade richtich.« Ich gewahre den Jungen, wie er dem Hund einen Klaps gibt und ihn ins Haus schickt, dann die Tür von außen schließt und quer durch den Vorgarten huscht, um sich durch eine Zaunlücke in den Nachbargarten zu zwängen. Mir gefällt das nicht. Sieht so aus, als liefe er vor seiner Mutter davon. Und die ist eine so nette Person!

»Aber det Se ooch bei de Verkehrswacht Nachtschicht schieben müssen!«

»Na, wat denken Sie, jute Frau, *nachts* passieren doch die Schweinereien! Wat machen denn die Leute, wenn sie die erste Rate für'n Opel Kadett zusammenhaben? Wat machen die mit ihre Trabis? Richtich, die entsorgen die wild! Nummernschilder runter und raus damit nach Weissensee uff'n Marderberg oder in't Jebüsch neben die S-Bahn-Schienen. Und *wann* machen sie det? Nachts! Und wir, wir müssen det vahüten. Sehen Se...«

»Immer uff Draht, wa?«

»So isset doch. Det verlangt der Steuerzahler, is sein jutet Recht. Sie woll'n doch ooch hier in Ihre Garage...«

»Nee, ick bin froh, det Se jekomm'n sind«, bekräftigt die Mutti und knetet ihr starkes Kinn. – »Det war doch keen Zustand hier mehr. Regelrecht jefährlich. Ja, mein Sohn sacht: Der Wagen hat schon Sammlerwert. Wie 'ne Antiquität. Unbezahlbar. Sowat zieht Elemente an. Polen usw. Die lungern hier rum und machen sich dran zu schaffen...«

Sie tritt, angeregt wohl durch den Gartenzaun, der bekanntlich mehr verbindet als trennt, nah an mich heran und raunt mit weicher Stimme:

»Der Wagen soll ja Miel-ke jehört ham!«

»Nee!«

»Wird jemunkelt. Mielke. Der immer so bieder jetan hat. Aber da komm'n jetzt ja Jeschichten raus...!!«

»Ick kann Ihnen sagen...«

»Jeschichten komm'n raus! Wo unsereiner Vazicht jeleistet hat der juten Sache wegen, ham die Böbberschten in Saus und Braus...«

»Und in solche Karossen...! Is 'ne Schande, wa? Wo unsereiner...«

»Sie sind auch von hier?«

Glühenden Auges begrüßt sie, eine Hand im Bogen auf mich zuführend, den Ost-Genossen in mir. Manus manum tenet. Ich bin so eingenommen von meinen Ablenkungskünsten, daß ich Junis Schnalzlaute, durch die er mir bedeuten will: Wir können jetzt, erst mal überhöre und mit Frau Teichmann (denn so heißt sie) noch ein paar Takte über die Korruption in Wandlitz und über Mielkes Wagenpark verplaudere.

»Betrogene Betrüger«, ruft sie aus und strahlt, »det sind se nun zusamm'n, die Towarischtschi!«

☆

Juni kann gerade noch verhindern, daß ich Frau Teichmanns Einladung auf ein Gläschen in ihren selbstgebauten Wintergarten annehme – er erinnert mich daran, daß wir im Dienst sind, auch nachts und gerade nachts; da muß man eisern bleiben. Ich winke lässig, als Juni mir den Schlag aufhält und ich in Mielkes schwarzes Leder plumpse. Der Tschaika duftet schwer nach Tannenharz.

»Ich habe das Schloß gesprengt«, zischt Juni zwischen den Zähnen. »Die Tür geht jetzt nicht mehr zu. Wir müssen sie von innen festbinden.«

Während sich Frau Teichmann auf ihr Haus zubewegt, hantiert Juni schnaufend mit einem Stück Paketschnur zwischen Tschaika-Tür und Sitz-Verstellhebel hin und her.

»Wie fandste mich?« gluckse ich, auf ein Lob aus. – »Ein paar Minuten länger und die Alte hätte mich zum Alleinerben eingesetzt.«

»Noch sind wir nicht zuhause«, bemerkt Juni nervös. – »Laß mich sehen. Ist'n Gang drin? So. Okay. Jetzt geht's ab. Du machst *nichts*, außer daß du das Lenkrad festhältst und schön sanft mitgehst in den Kurven. – Das hier ist die Bremse, klar? Wenn beim Golf die roten Lichter angehen, trittst du drauf. Und mach dir keine Sorgen, ich fahr fünfundzwanzig.«

Er springt in seinen Wagen und zündet ihn. Langsam, langsam krabbelt der Golf vorwärts, bis sich das Seil strafft und der Tschaika zu rollen beginnt. Ich fühle mich augenblicklich wie ein Bonzen-Chauffeur und lenke, beide Arme besitzergreifend über das Steuerruder verteilt, professionell mein Gefährt aus der Lücke. Na, wie haben wir das geschaukelt?! Juni muß auf dreihundert hochgehen. Wenn nicht sogar... Mir schwant, daß er ein Vermögen macht mit diesem Russen-Kreuzer.

Am Ende der Kuckhoffstraße – Juni hat schon den Blinker gesetzt, um nach Süden abzubiegen und den Westen zu gewinnen – am Ende der Straße ist etwas im Weg. Was es ist, erkenne ich erst, als Juni anhält und auch ich, leicht erschrocken, ruckartig gebremst habe. Die Scheinwerfer des Golfs strahlen ein paar junge Männer an, fünf an der Zahl, die breitbeinig dastehen und als lebende Schranke die Straße sperren. Der Junge in der Mitte dürfte niemand anders sein als Teichmann junior. Mir fällt, obwohl ich das jetzt gar nicht wissen will, die Ähnlichkeit mit seiner Mutter auf: dasselbe lange Kinn. Und einen langen Stock hält dieser Knabe in der Faust – das könnte ein Billard-Queue sein. Der neben ihm spielt mit einer Heckenschere. Ein weiterer trägt einen Wagenheber bei sich, lässig wie ein Eis am Stiel hält er sich das Ding vor's Gesicht. Mir wird speiübel. Mielke kann sich nicht so elend gefühlt haben, als man ihn verhaftet hat.

Einstweilen lassen mich die Gangster ungeschoren. Auf Juni haben sie es abgesehen, denn der verfügt über 'n laufenden Motor. Er macht auch einen Versuch durchzustarten, ich höre den Motor kurz hochgehen und spüre das Seil rucken, aber wie der Wind sind alle fünf Kerls auf der Haube, und der mit der Heckenschere zertrümmert die Windschutzscheibe. Ich kann nicht ausmachen, was sie Juni antun, ich höre ihn nur schreien, so furchtbar und gar-nicht-mehr-menschlich, daß ich in Horror erstarre. Irr vermisse ich ein Bett, unter das ich schlüpfen könnte; der Tschaika-Rücksitz ist, so scheint es mir, zu schmal. Da kommt auch schon eine Figur auf mich zu, lächelnd, böse, einen Queue erhoben und versucht, den zugebundenen Wagenschlag aufzureißen.

Mitten in der Gefahr reagiert auch ein ängstlicher Mensch instinktiv kühl. Ich lasse meinen Blick über die auslaufende Kuckhoffstraße schweifen, um abzuschätzen, ob ein Hilfeschrei lohne. Der Ort ist für 'ne Falle bestens gewählt; hier gibt es nur Gärten und Brache. Ich kurble die Scheibe herunter. An beiden Türen steht je ein Bursche.

»Die Spritztour ist zuende, Herr Wachtmeister«, sagt Brikettfrisur. – »Dein Kollege da vorne hat es sich anders überlegt. Du jehst jetzt hin und hilfst ihm abhauen.« Und er reicht mir Junis Wagenschlüssel.

»Mit deiner Mutter hab ich mich besser verstanden«, sage ich in breitester Ruhe, erleichtert konstatierend, daß die Übelkeit weicht. »Der wird das nicht gefallen, was du hier nachts so treibst.«

»Raus«, brüllt der Typ auf der Rechten und rüttelt am Schlag. »Raus!«

Teichmann junior senkt sein langes Kinn und macht Anstalten, durch das Fenster nach mir zu greifen, als ein kleiner, massiger Schwarzschopf dazwischenfährt – der mit der Heckenschere. Er blitzt mich durch die Fensteröffnung an und fuchtelt mit seiner Waffe.

»Okay«, sage ich, »schneid mich los.«

Ich zeige ihm das Paketschnurnetz zwischen Tür und Sitz. Er reißt seine Schere auf und hackt auf die Schnur ein, schon gibt die Tür nach und schiebt ihn sanft zur Seite. Ich steige aus. Der enge Blaumann kneift mich in den Schritt. Sie werden's dir noch zeigen, spricht eine Stimme in mir. Sie werden dich ohne Abschiedsgruß nicht ziehen lassen. So spricht die Stimme, doch Angst kommt nicht auf. Ich bewege mich vorwärts, ich trete auf das von der Heckenschere durchgeschnittene Abschleppseil. Ich gehe.

Bis der Hieb mich trifft und gegen den Golf schleudert. Der Schmerz wirft mir einen Sack über Augen und Hände, die nichts mehr finden. Und doch kann ich aufstehen und Schritte tun. Das war das Queue, das war's auf meinem Rücken, meinem Nierenbecken. Trotz des Schleiers vor'm Gesichtsfeld identifiziere ich die Beifahrertür, ziehe sie auf und steige ein. Alles passiert wie unter Wasser. Juni sitzt da, schneeweiß, mit offenem Mund, um ihn herum die Hagelkörner der Windschutzscheibentrümmer. Ich gebe ihm die Schlüssel. Er startet, noch bevor ich die Tür geschlossen habe.

»Diese Schweine«, heult er. »Meine Hand. Ich glaub, die ist gebrochen.«

Es macht mir nichts aus, daß er mit neunzig Sachen bei scharfem Gegenwind durch Pankow rast.

2. Kapitel

Isaacs Kinder

Ich öffne meine Fenster: Glocken läuten. Was für Glokken? Die der Melanchthon-Gemeinde, der Erlöser-Kirche, der Paulus-Kapelle? Die Stadt ist voll von Gemeinden, aber die Berliner sind kein frommes Volk, Gott sei Dank, sie lassen die Kirchen veröden. Ob Loreley verlangen wird, daß ich sie vor einen Altar führe, um ihr dort mein Ja-Wort zu geben? Hochzeit kommt wieder in Mode. Meine Braut ist höchstens 25, rosablond, mit einer Haut wie Erdbeermilch. Noch sitzt sie auf dem Drehstuhl und erhebt ihre singende Stimme, um »49 Mark 80« oder »fuffzich retour für Sie« zu sagen, aber nicht mehr lange. Heute abend wird sie abgeschleppt.

Warum bloß bin ich hinter dieser Tussi her? Wird es ein schlimmes Erwachen geben, wenn sie das erste Wort zu mir spricht? Ob sie aus dem Osten ist?

Deshalb muß sie ja nicht blöd sein. Gezeugt auf dem Zentralfriedhof Herzberge, aufgewachsen in der Leninallee 87 und entjungfert unterm Tulpenbaum im Volkspark Wuhlheide, hat sie am 9. November '89 mit ihrem kurzen, dicken Freund am Brandenburger Tor auf der Mauer gesessen und Westbier aus Dosen in ihren Schlund und über ihre wattierte Fliegerjacke gegossen. Warum er kurz und dicklich war, ihr Freund? Weil es einen Grund gegeben haben muß, daß sie ihn verlassen hat. Der Platz an ihrer Seite ist leer, und ich erscheine im idealen Augenblick.

»Kommen Sie, Frau Rosinski, ja, ich weiß Ihren Namen, weil ich meine Ohren aufmache, wenn ich einkaufe, und weil mich alles interessiert, was Sie betrifft. Nehmen wir doch diesen Tisch am Fenster. Warten Sie, ich zünde die Kerze an. Rauchen Sie? Ich auch nicht. Aber ich trage dieses Feuerzeug bei mir, weil es ein Andenken an meinen verstorbenen Großvater ist.«

Sie wird nicht wissen, was sie dazu sagen soll, und obendrein kriegt die Stimmung zwischen uns zweien, diese von vorgreifendem Jubel durchwärmte starke Stimmung einen Schock, wenn von Tod die Rede ist. Wir werden beide verlegen auf das Tischtuch glotzen und nur zu bald nach Hause gehn. »Mein Opa«, werde ich stammeln, »besaß ein Öllämpchen, das er sehr liebte und mit diesem Feuerzeug...« Aber es ist schon zu spät, sie läßt mich stehen.

Man soll die Wahrheit in Ruhe lassen, wenn man eine Frau jagt. Macht sie was her, die Wahrheit, bediene man sich ihrer, macht sie nichts her, kehre man sie unter den Teppich. Schließlich sage ich auch nicht, daß ich arbeitslos und verlobt bin, da hüte ich mich. Wozu habe ich meine Verstellungsgabe und meine Art, interessant, vielseitig und ungebunden zu wirken? Die Wahrheit! Jeder ernstzunehmende Philosoph sagt uns heute, daß es sie nicht gibt. Warum sollen wir in Liebessachen unter das Niveau des Jahrhunderts fallen?

Also: Gehen wir nochmal zurück zum Platznehmen am Cafétisch und ziehen wir das Feuerzeug elegant aus dem Gesprächsverkehr:

»Wennse nich roochen, wozu ham Sie dann 'n Feuerzeug mit?«

»Um an einem gesegneten Dienstagabend im Café mit Frau Rosinski – endlich, endlich im Café mit Frau Rosinski – die Kerze auf dem Tischchen anzuzünden, damit ihre Augen was zum Widerspiegeln haben.«

Eine komplette Antwort. Da muß das Herzchen lächeln. Steht ihr gut. Alles tritt hervor: das edle Kinn mit der Kerbe darin, die Lücke zwischen den oberen Schneidezähnen, die weiße Nasenspitze mit den rosa Nüstern und der Glanz in ihren Augen, die jetzt, erlöst von Tastatur und Scanner, einen Blick versenden. Und der gilt mir.

»Wer sind Sie eigentlich?« wird sie sagen, »erzählen Sie von sich.«

Sowas sollte *ich* sagen. Muß versuchen, schneller zu sein als sie. Oder so kontern:

»Was gibt's von mir schon zu erzählen! Ich möchte *alles* über *Sie* wissen!«

Nein, das ist ungeschickt. Erstens gibt es über mich eine ganze Menge zu erzählen, und zweitens klingt es reichlich abgeschmackt, dieses: »Ich möchte alles über Sie wissen«. Nie wird so ein Schmus über meine Lippen fließen. Geschworen! Statt dessen:

»Okay. Ich erzähle von mir. Aber nur, wenn danach Sie...«

»Jaja, danach ich. – Sind Sie von drüben?«

»Sieht man das?«

Sie zuckt die Schultern. Augenglanz wird runtergefahren, Blick schweift davon, die Enttäuschung ist offensichtlich. Sie wollte keinen Ostkavalier kennenlernen, von denen hat sie die Schnauze voll.

»Ich bin aber schon seit bald neun Jahren im Westen.«

Augenglanz wird wieder hochgefahren, Nasenspitze einen ganzen Zoll angehoben und die blonde Aureole über der Stirn mit allen zehn Fingern anmutig, aber effektlos zurechtgedrückt.

»Ehrlich?«

»Ich bin ganz legal ausgereist. War persona non grata.«

»Wieviel?«

Ein bißchen Latein macht sich gut bei den Damen. Diese Sprache mit ihrer klanglich faszinierenden Vokalfülle betört das Ohr einer jungen Frau am Feierabend. Es sei denn, sie heißt Loreley und reagiert auf Angeberei mit Verachtung. Besser ich bringe die persona non grata sofort in Ordnung, sonst ruft sie den Kellner.

Überhaupt der Kellner. Ist er schon an unsren Tisch getreten? Und wenn ja, was haben wir bestellt? Egal. Es gibt Wichtigeres. Zum Beispiel:

»Wie ist ihr Vorname?«

»Petra.«

So bin ich. Immer auf das Schlimmste gefaßt.

☆

Wie sie auch heißen mag – für mich bleibt sie die wiedergeborene Evelyn. Jaja, in die Rosinski hab ich mich verguckt, weil sie einer anderen Blondine ähnelt, Evelyn Mölcharetz, einer kleinen femme fatale, die ich die Ehre habe, seit ihren Kinderjahren zu kennen, als sie zwar auch schon fatal war, aber nicht auf Grund von Weiblichkeit, sondern von abnormer Rotzigkeit. Sie wohnte ebenfalls in der Cecilienstraße, im selben Haus wie ich, uns gegenüber. Sie nannte mich, der ich zwei Jahre älter war und ihr immer an Würden voraus (Schulranzen, junge Pioniere, erste russische Wörter) beharrlich »Stinkstiefel«, schüttete mir Kaninchenköttel in die Anorakkapuze und klaute meine rot-weiß-grünen Nabenputzer. Ich nahm alles gelassen hin, ich brachte es nicht fertig, mich zu wehren. Großvater nannte sie »der kleine Lausbub« und Omi Lenau vom Parterre sagte nur »der Fratz«.

Als sie vierzehn geworden war, verlieh ihr die Natur über Nacht die Aura einer märkischen Diana. Großvater stellte sich auf »die kleine Evelyn von nebenan« um, und Omi Lenau steigerte zu »Fräulein Mölcharetz«. Evelyn hörte auf, mich zu beleidigen, und als wir eines Abends im Hof plauderten, während sie, wie so oft, ein Stöckchen bei sich trug, eine Gerte, die sie im Park aus dem Gesträuch riß und mit ihrem Taschenmesser beschnitzte, als wir also plauderten und sie dabei rhythmisch mit ihrer Gerte an die Mülltonnen klopfte und mir – ich hatte etwas gesagt, was ihr paßte – auf die Beine schlug, verliebte ich mich in sie. Ich tat es in demselben Augenblick, in dem der leichte Hieb auf meine Oberschenkel niederging. Ich ließ mir nichts anmerken und quasselte fort wie ein alter Freund. In Wahrheit hatte ich mich binnen einer Sekunde vom Nachbarskind zum Liebhaber rausgemacht. Als ich aber gleich darauf versuchte, den Stock zu fangen, um meine frisch erwachte Jagdlust zu befriedigen, warf sie mir einen kalten Blick zu, hob das Kinn und schritt mit ihrer Gerte ins Haus.

☆

Heute tut der Rücken kaum noch weh. Ein bißchen hohl fühlt sich die Nierengegend an, doch Haut, Fleisch und Organe, sie wollen heilen. Juni hat es schlimmer erwischt. Seine Hand ist immer noch verbunden. Zwar war sie nicht gebrochen, aber gequetscht, geprellt, gestaucht, geschwollen und was sonst zum Nachteil einer Hand noch möglich ist. Seine Mutter hat drei Weißkohlköpfe für kühlende Kompressen verbraucht. Und alle unsere Freunde glaubten an die Sterne! Konnte das ein Zufall sein – daß an einem und demselben Tag (einem Freitag!) Juni sich die Kühlerhaube eines Mercedes auf die Hand geschmettert hat und ich beim Geländerrutschen aus dem dritten in den zweiten Stock gestürzt bin und dann auch noch wie 'ne Cartoonfigur voll in Frau Busses Scheuereimer...

Wenn der Mensch krank im Bett liegt, bereut er es nicht mehr, verlobt zu sein. Sonja kam sofort und mit ihr kamen

Salbe, Trost, zwei amerikanische Romane (meine Lieblingslektüre) und jede Menge Putenschnitzel mit Pürree. Den Salat nicht zu vergessen. Ich zog Sonja zu mir auf das Ausziehsofa und flüsterte: Laß uns das Beste draus machen, aus dieser Bettlägerigkeit, und sie sagte: Bitte sehr, und erwartete den ersten Schmerzenslaut. Meine Hüftbeweglichkeit war schier gleich Null. Juni ist doch besser weggekommen, fand ich, matt an die Liebste geschmiegt. Wozu braucht der Mensch im Bett Hände? Zumal mir Sonja auf beide draufschlug und behauptete, die Putenschnitzel seien durch.

☆

Heute ist sie bis zum tiefen Abend im Gemeindehaus beschäftigt, meine Sonja, also kann ich unbehelligt auf die Jagd gehen und den Minipreis beschleichen. Ich rutsche sorglos über's Geländer abwärts, denn ich bin mir meines Gleichgewichtes völlig sicher, und Hauswart Bock, der kann mich mal. Leider schmerzt das Kreuz noch ungemein.

Es ist spätsommerlich mild. Der warme Abendfriede lehrt uns Berliner, das Konzert der Vögel aus dem Verkehrsgesumm herauszuhören und – ja, fast einstimmen zu wollen. Frohgemut schlendere ich zur Darwinstraße rüber, froh und erwartungsvoll, denn heute mach ich es richtig.

Die Hinterfront des Minipreis, die kleinen Fenster und die Glastür, sie schimmern im Ladenschlußzwielicht. Die Werktätigen der Zirkulationssphäre haben ihre Sachen gepackt und treten hervor, um in den Moabiter Feierabend auszuschwärmen. Hier parken des Abteilungsleiters Opel, des Lager-Fuzzis Motorrad und ungefähr ein halbes Dutzend Lieferwagen. Die menschlichen Wesen irren winzig durch diesen Kongreß machtvoller Fahrzeuge; man muß achtgeben, daß man keines übersieht, denn sie alle können sich im Schatten der LKW's entlangdrücken und verflüchtigen. Aber dann – nun danket alle Gott – dringt eine Traube erheiterter Mädchen aus der gläsernen Hintertür, die hängen aneinander, die erzählen sich was und lachen sich scheckig; der ganze Tagesfrust wird hier in Kicherkaskaden ersäuft. Und wie ich näher herantrete, kühn und zielbewußt, verstehe ich sogar, was die eine, die kleine Verwachsene, hervorstößt:

»Nur um zu hupen? Nur um straflos die Hupe durchzudrücken?« Und eine andere quiekt dazwischen:

»Sieht dem Affen ähnlich. Wundert mich überhaupt nicht.«

Und was sagt Loreley?

Denn sie ist auch dabei und mittendrin. Sie lacht, entfesselt, den Kopf im Nacken, ohne Luft, sie hat sich festgelacht und führt die Hand zum Bauch, weil es ihr wehtut.

So hübsch dieser Anblick sich kringelnder Mädchen ist, so froh ich bin, an der richtigen Stelle zu sein und Evelyn-Loreley Rosinski vor mir zu sehen, so ungünstig ist für meine Absichten die Pulk-Form, in der das Frauenvolk sich fortbewegt. Wie komme ich da an eine einzelne heran, wie kann ich meine Blondine aus dem Gewimmel heraus abfangen, ja wie mich überhaupt bemerkbar machen, wo alle durcheinander gackern und Loreley vor lauter Tränen in den Augen und Krämpfen im Zwerchfell überhaupt nichts wahrnimmt?

Schon sind sie an mir vorbei; trotz ihrer humorigen Stimmung haben die Mädels es eilig. Sie schieben und drücken einander vorwärts; die eine verliert 'n Schuh, die andre hebt den Slipper auf und rennt damit weg, alles kreischt, Flüche und Handtaschen wirbeln durch die Luft – wo ist Loreley? Zum Teufel, ihr verdammten Schicksen, wo habt ihr meine Süße hingescheucht? Ist sie das, da vorn an der Straße, knapp am Kantstein längsspurtend und dem Busfahrer zuwinkend, der eben losfahren will und jetzt charmanterweise die Tür noch mal aufgehen läßt? Nein, das ist sie nicht, aber wo kann sie abgeblieben sein? Die lachenden Supermarktweiber sind auseinandergestoben. In der traulichen Moabiter Dämmerung erkenne ich die Zwergin, wie sie die Darwinstraße überquert, die Dralle, wie sie auf einen Trabi zusteuert und zwei weitere, die untergehakt Richtung Süden davonspazieren. Loreley ist weg. Ein letzter höhnischer Gelächterfetzen weht zu mir herüber, dann ist Stille.

Der Abendwind bläst in das graue Pulver, das hier überall, auf den parkenden Autos und auf dem grünen Kabelverteilerkasten, gegen den ich tief enttäuscht gelehnt stehe, reichlich lagert. Ich nehme eine Prise, atme die von grauem Pulver erfüllte Luft gut durch und warte auf die Offenbarung. Aber mir fällt nur ein: Kommen und Gehen. Und: Heteronome Insemination. Keine großartige Ausbeute.

In solchen Lebenslagen gedenkt man ihrer mit doppelter Zärtlichkeit: der Stammkneipe und des Genies, das sie erfand.

☆

Ich kreuze die Einsteinstraße, in der Veit Prause wohnt, ein Freund aus meinem ersten Westjahr. Ich lernte ihn an der Bushaltestelle kennen, als bei der BVG gestreikt wurde und die Linie von Moabit nach Süden ausfiel. Veit und ich waren die letzten, die davon erfuhren, was bei den damaligen Minusgraden ein heroisches Versäumnis war. Statt in Dahlem landeten wir in Veits mit schweren alten Möbeln vollgestopfter Hinterhauswohnung und tranken einen Rumtopf, den mein Gastgeber im Steingutkrug auf dem Dach seines mächtigsten Schrankes vorrätig hielt.

Noch nie zuvor war mir ein alkoholisches Getränk in dieser Konzentration bekommen. Ich gewann Veit, als ich ihm erzählte, daß ich alte Sprachen hatte studieren wollen – und Architektur, was er mir erst nicht glaubte, dann hoch anrechnete und mit der Darlegung seiner Jugend in der Pfalz vergalt. Wir blieben am Ende der fünfziger Jahre, mitten in Veits Einschulung, stecken, ziemlich angeheitert. Ausgiebig schilderte mein Freund seine elektrische Eisenbahn, mit der er daheim und zu Weihnachten heute noch spielt. Morgens um acht wollte ich gehen. Aber Veit hielt mich zurück.

»Raus mit der Sprache. Wie bist du über die Mauer? Legal? Mit'm Schlepper? Durch die Spree geschwommen?«

Und ich erzählte ihm meine Geschichte.

☆

Es tat mir leid um Veit, daß sie nicht dramatisch war, die Geschichte meines Legalverzugs, sondern bloß bürokratisch und entsprechend trocken. Ich überlegte kurz, ob ich eine aufregende Fluchtgeschichte erfinden sollte und setzte sogar dazu an, doch dann begannen die Spatzen in Veits Hof zu palavern, und das Morgenlicht badete seine Buffets und Kommoden in weißen Wellen. Die Stimmung für ein Märchen war dahin.

»Ich hatte einen Antrag gestellt«, begann ich erneut, »und…«

»Warum?« rief Veit. Er zappelte betrunken mit den Armen. »Warum bloß?« – Nach seiner Einschätzung war das Honecker-Regime Anfang der achtziger Jahre noch reformfähig, und oppositionelle Kräfte hätten deshalb, statt in den korrupten Westen auszurücken, lieber zur Stärkung des Sozialismus…

»Lamm Gottes«, seufzte ich.

»Du stammst aus einer katholischen Familie?«

»Ja schon, aber wir waren nicht kirchlich aktiv.«

»Was sagten deine Eltern zu deinem, hick, Ausreisebeschluß?«

»Ich hatte keine Eltern mehr. Meine Mutter ist gestorben, da war ich fünf. Meinen Vater habe ich gar nicht gekannt. Aber mein Opa, der war mir mehr wert als ein ganzes Elternpaar, er war mein Ein und Alles.«

»Du wolltest werden wie er?«

»Natürlich.«

Meine Initiation in die Welt der Schrift und der Gedanken war weniger der Schuleintritt als mein zehnter Geburtstag, zu dem mir Opa seine weinrotgoldene Homer-Ausgabe schenkte – sowie seine Bereitschaft, mich alles zu lehren, damit ich dieses Buch verstünde. Und er tat es, jawohl. Aber als ich die Schule verließ, wurden gerade keine Altphilologen gebraucht und Architekten schon gar nicht. Statt dessen Rechnungsführer für die LPG's und Ökonomen für die VEB's. Meine Enttäuschung über dieses Nein zu meinem Lebenszweck wütete wie ein Brand in meinem Ego. Ich war nicht zum Rebellen geboren, aber erst recht nicht zum Buchführer. Und so pfiff ich erstmal auf jegliche Ausbildung. Und vor allem auf die Nationale Volksarmee.

»Oho«, röhrte Veit, »das war nicht gern gesehen, was?«

»Es bedeutete, daß ich praktisch mit einem Bein im Knast steckte.«

»Noch'n Schluck?«

Es bedeutete, daß ich für die Volkssolidarität Essen ausfahren mußte, mit dem Rad, aber das war mir lieber als sozialistisches Rechnungswesen. Zumal ich zwei der alten Leutchen, die ich verköstigte, bald ins Herz schloß: Beau Schuster, einen homosexuellen Komponisten, der zu Unrecht vergessen ist, und Oma Köpcke, die arabisch konnte. Beide hatten keinen großen Appetit. Was sie liegen ließen, durfte ich verzehren. So kam ich billig durchs Leben.

»Erzähl von deiner Flucht, Igor. Wie lief das? Du bist durch den Spreetunnel…«

»Das war 'n Scherz. Ich habe einen Antrag gestellt. Das einzig Aufregende daran war Frau Bremers Oberweite.«

»O weia.«

»Ich schrieb an den Rat des Stadtbezirks, Abteilung Inneres, mit Rückantwort. Ich mußte jedes Wort wägen. So ein Ausreiseantrag durfte keinesfalls nach einer Herabwürdigung des Staates klingen.«

»Und der Schlepper?«

»Hab nie einen Schlepper gesehen. Hab in meinen Antrag reingeschrieben, daß ich, 'ne Waise, auf die Suche nach meinem Vater gehen wollte, der im Westen verschollen war, und Frau Bremer hat mir das abgekauft.«

»Das war die Beamtin, die dich...«

»Genau. Ich kriegte circa alle sechs Wochen meinen Termin bei ›Inneres‹, das heißt bei Frau Bremer, und ich freute mich jedesmal doppelt. Einmal, daß meine ›Entlassung aus der Bürgerschaft‹ ein Stück näher rückte, und zum zweiten auf Frau Bremers Busen. Er war so riesenhaft, daß er den Stempelständer umriß, wenn sie sich vorbeugte, um mir in die Augen zu sehen.«

»Keine Schikanen?« flüsterte Veit und kniff ein Auge zu. »Keine Pressionen und Drohungen?«

»Eigentlich nicht. Ich erzählte ihr mein Leben und glotzte auf ihren Pullover. Sie machte sich Notizen und sah mir in die Augen. Quälte mich höchstens durch außergewöhnlich lange Abstände zwischen zwei Terminen. Und dann, nach einem knappen Jahr, kriegte ich meinen Laufzettel.«

»Da kannste mal sehen«, erklärte Veit befriedigt. »Is doch ne menschliche Prozedur. Und hier im Westen machense aus der DDR das reinste Alcatraz.«

»Vorsicht, Veit. Ich hatte immer das Gefühl...«

»?«

»...daß es mit mir anders lief als sonst.«

»Und wieso?«

»Ich weiß es nicht. Zwei Gründe kommen in Frage. Erstens: Ich war persona non grata. Die Bürokratie witterte in mir ihren geborenen Feind und schob mich lieber ab, als sich mit mir anzulegen.«

»Aber sonst bist du bei Trost?«

»Oder Frau Bremer sah keine andere Möglichkeit, ihre Ehe zu retten.«

Da lachte Veit so konvulsivisch, daß er sich verschluckte und leider danach übergab. Ich brachte ihn zu Bett und schlief auf seiner Chaiselongue.

☆

Inzwischen ist das alles viele Jahre her, und ich bin längst ein naturalisierter Westberliner, ebenso zuhause auf dem Kudamm wie in der Hasenheide, genauso gern gesehen auf dem Victoria-Luise-Platz wie im Tiergarten. Nur selten denke ich an Frau Bremer; Beau Schuster und Elsbietha Köpcke hab ich im Grunde vergessen. Nicht aber die Cecilienstraße, nicht Evelyn – obwohl es noch länger her ist, daß ich beide das letzte Mal sah.

In der DDR hielt man Jugendliche de facto auch dann noch in geschlechtlicher Unwissenheit, wenn sie de jure schon Familien gründen konnten. Sex ließ sich längst nicht so gut vom Klassenstandpunkt aus treiben wie Sport, Singebewegung und Subotniks.

Niemand hat Evelyn und mich ermutigt, mit dem Händchenhaiten rechtzeitig anzufangen, und hinzukam, daß wir seinerzeit viel rohes Unglück durchzustehen hatten. Was mich ängstigte, waren Großvaters Krankheiten: Zustände von Atemnot und Schmerzen in der Brust, die er beharrlich als »Zipperlein« herunterspielte. Einmal kam Evelyn und brachte Weißdorntee, der solle helfen. Sie selbst litt auch, denn Bernd, ihr großer Bruder, ein hochbegabter Mechaniker, hatte in den Westen rübergemacht, und niemand wußte, wie. Jetzt gab es keinen Puffer mehr zwischen Evelyn und ihrer älteren Schwester Annegret, einer angehenden Bibliothekarin mit Parteibuch, die nach der Flucht ihres Bruders den Zorn der gesamten Arbeiterklasse auf die Familie herabbeschwor. Frau Mölcharetz hatte ihre Älteste stets den anderen Kindern vorgezogen. Aber es war ihr nicht recht, daß Annegret in die Partei eintrat, und weil sie sich nicht traute, ihre geliebte Tochter deswegen abzumahnen, ließ sie ihren Unmut an Evelyn aus. Papa Mölcharetz war lange schon verstorben; daß nun auch der Sohn sich abgesetzt hatte, war zu viel der Verluste, und in das Haus mit der schiefen Laterne zog ein finsterer Dämon ein.

Evelyn war immer aufsässig gewesen, jetzt wurde sie jähzornig. Manchmal hörte ich durch die Wände, wie Mutti Mölle und ihre Töchter miteinander rumbrüllten, auch rumpelte und barst Mobiliar. Großvater schüttelte den Kopf, atmete tief ein und murmelte: Odi profanum vulgus. Er schickte mich aus dem Haus, Brot und Eier holen, damit ich nicht hören sollte, wie meine Nachbarinnen einander die Stuhlbeine durch die Frisuren zogen.

Meine Liebe zu Evelyn versank in diesem Meer von Harm, das in die Cecilienstraße geschwappt war. Aber sie wartete unter den Wogen auf ihre Stunde, und so viel ich auch tat, sie mir aus dem Kopf zu schlagen, sie siegte am Ende.

☆

Die Einsteinstraße hat nicht viel zu bieten, außer Veit, immerhin. Ich kehre um und schlage den Weg zu meinem Kumpel ein. Veit gehört zu denen, die bei »Bella Ciao« verkehren, doch wir zwei treffen uns auch einfach so. Was ihn an mir reizt, ist der DDR-Bürger in mir, jenes melancholische Geschöpf, das Loreley abschrecken wird und das auch sonst nicht auf sehr viel Interesse stößt, außer wenn es mir gelingt, es mit meiner erworbenen West-Frechheit in den Schatten zu stellen. »Man merkt dir gar nicht an, daß du drüben aufgewachsen bist«, ist das größte Kompliment, das die Welt für mich übrig hat, und ich weiß auch nicht, warum ich's nicht ganz so gern höre.

Jetzt klingele ich bei Prause. Habe ich Schwein, ist Veit da und bereit, zu »Bella« mitzugehen. Womöglich aber hat er Besuch von Janett F. Niemann, seiner Freundin, die von Beruf Lehrerin und permanent empört ist über den Lauf der Welt. Oder er muß einen dringenden Auftrag erledigen: einen Forschungsbericht, ein Drehbuch, eine Doktorarbeit in seinen Computer tippen. Davon lebt er. Gelernt hat er Buchhändler, und sieben Jahre war er in einem Laden in der Hardenbergstraße tätig. Dann wurde er gefeuert, weil er im Lagerraum des Geschäfts ein Quartier für zwei minderjährige libanesische Flüchtlinge eingerichtet hatte, die auch noch weiblichen Geschlechts waren und dort – so erzählt es Juni – nicht allein genächtigt haben. Veit leugnet. Er sagt, er habe einen Betriebsrat gründen wollen und sei als untragbar entlassen worden. Mich kümmert nicht, welche Lesart richtig ist. Ich steh zu Veit, er ist okay.

Da kommt er zur Tür, späht durch sein Guckloch, das macht er immer, und ich schneide immer ein Gesicht, so auch heute. Ich runzle die Stirn, drücke die Nasenspitze mit dem Zeigefinger in Himmelfahrtsposition und biege die Zunge runter bis auf's Kinn. Veit entriegelt die Tür und öffnet. Er steht im Bademantel vor mir, mit einem Schal um den Hals und hustet kunstvoll.

»Ich hab die Grippe, Alter, aber komm rein, Alter. Hast du gehört, was in Hoyerswerda passiert ist? Bei mir tagt gerade eine kleine Versammlung. Wir sind der Meinung: Es muß etwas geschehn.«

Er verspricht mir Tropfen, damit ich mich nicht anstekke: »Unter die Zunge träufeln.« Öffnet mir dann die Tür zu seinem stickigen Wohnzimmer, und – wie ich schon ahnte, denn »kleine Versammlung« heißt: *Sie* ist da – Janett F. Niemann thront auf dem Schreibtisch, neben ihr im Drehstuhl sitzt ein Schwarzer, der gerade stürmisch in die Hände klatscht, und gegenüber im Ohrensessel hockt ein schmaler Typ mit Brille, der in ein Notizbüchlein starrt.

»Ich darf euch Igor Marenge vorstellen«, erhebt Veit seine Krächzstimme. »Er ist absolut vertrauenswürdig und kann uns vielleicht bei der Einschätzung der Lage behilflich sein, denn er kommt von drüben.«

Fast als sei er stolz darauf, einen ehemaligen DDR-Bürger persönlich zu kennen, legt Veit mir die Hand auf die Schulter und schnieft:

»Igor, hier rechts sitzt Futu aus Zaire, und das ist Janetts Kollege Tom.«

»Hallo«, mache ich verlegen. Folge dann Veit; der kriecht auf die Chaiselongue unter sein Federbett, ich nehme am Fußende Platz. Futu und Tom nicken mir zu. Janett tut so, als sei ich nicht da und verkündet:

»Der Adressat ist Bonn!«

Das haben die andern erwartet, und sie sind nicht einverstanden. Man schüttelt den Kopf (Tom), rauft sich das Brusthaar (Veit) und bläst die Backen auf (Futu). Schließlich sagt Tom:

»Warum nicht gleich der Weltsicherheitsrat!«

»Eins muß klar sein«, schnarrt die Niemann, »die Verantwortung liegt beim Innenministerium, da beißt die Maus…«

»Wenn schon, denn schon«, röchelt Veit.

»Das kannst du doch nicht wegdiskutieren«, sagt Tom, »die Schmierereien von Weißensee sind der weit größere Skandal! Ich meine: das spricht Bände. Vierzig Jahre ruht dieser Friedhof in Würde, dann kommt die Wiedervereinigung, und die antisemitischen Parolen prasseln nur so auf die historischen Grabmäler…«

»Immerhin hat die jüdische Gemeinde Mittel, sich zu wehren«, wendet Futu ein. »Aber wer spricht für die Flüchtlinge? Niemand. Nur ein paar Grüne und die GEW.«

»Was war denn los in Hoyerswerda?« frage ich. Es ist mir etwas peinlich, zuzugeben, daß ich nicht informiert bin. Deshalb füge ich schnell hinzu, ich hätte verletzt im Bett gelegen. Ein Sportunfall.

»In Hoyerswerda haben Rechtsradikale das Asylantenheim in Brand gesteckt«, erläutert Veit, während Janett geschmerzt an die Decke starrt. »Ein Kind schwebt in Lebensgefahr.« Und gestern haben sie hier am Ostkreuz einen Farbigen aus der U-Bahn gestoßen. Der Mann hat das Becken gebrochen.«

»In der DDR war so was undenkbar«, erklärt Janett.

Pause. Man wartet auf meine Zustimmung. Aber ich *kann* dieser Person nicht recht geben, und wenn ich bestreiten müßte, daß sich die Erde dreht. Für den Anfang stelle ich klar:

»Es gab ja keine Ausländer. Wir – «

»Stimmt nicht«, schneidet Janett ein. »Ich denke, du hast da gelebt? Dann hättest du doch mal 'n Vietnamesen sehen müssen. Oder einen Afrikaner. Oder einen Kubaner. Oder einen Russen.«

»Die Russen waren verhaßt«, entgegne ich. »Die anderen nicht beliebt. Wie man mit denen umgesprungen ist, das kam natürlich nicht in die Zeitung.«

»Ach Igor«, stöhnt Veit, »Du und deine subjektive Perspektive.«

»Vielleicht war es besser so«, brummt Tom. »Manche Idioten überfallen Wehrlose, bloß damit sie in die Zeitung kommen.«

»Zur Sache«, mahnt Veit. Er hält ein Blatt Papier in die Höhe: »Ich habe hier unsere Optionen aufgelistet.«

Jetzt, wo sich die ersten unerfreulichen Folgen der Wiedervereinigung zeigen, hält Veit seine Stunde für gekommen. Jede neue Arbeitslosenstatistik, jeder frischgebackene Skinhead aus Mecklenburg oder Sachsen-Anhalt, jede Immobilien-Schieberei zugunsten bayrischer Mittelständler oder schwäbischer Bankiers ist Wasser auf seine Mühle. Dieser feinfühlige Bücherwurm kann vor Empörung kochen, wenn es um seine Schützlinge geht: die armen Zonis, Opfer zweier deutscher Diktaturen und der geballten Brutalität westlicher Marktwirtschaft. Er ist rot vor Wut und Fieber und hustet in sein Federbett.

Ich kann mich keineswegs so erregen wie er, was daran liegt, daß ich viel weniger von der Welt erwarte. Veit ist verwundbar, denn er glaubt an das Gute. Wird sein Vertrauen aber enttäuscht, so entlädt sich sein Frust in schaurigen Verwünschungen, und die Menschheit, ob in Berlin oder Hoyerswerda, sinkt in seiner Achtung klaftertief, tiefer als je in der meinen.

Ich weiß, ich bin zu milde, ich sollte über Ausschreitungen wie die, von denen Veit jetzt spricht, in Entrüstung aufstehen, aber in meiner Brust regt sich nichts, und ich würde mich am liebsten davonstehlen. Doch das empfiehlt sich nicht, wenn Veit geladen ist, man riskiert eine Gardinenpredigt. Nachdem er seine »Optionen« verlesen und alle Anschläge und Übergriffe der letzten Wochen aufgezählt hat, wendet er sich an mich:

»Wie war das, Igor, gab es in der DDR eine Erziehung zur Völkerverständigung, oder gab es sie nicht?«

»Es gab eine Erziehung zur Folgsamkeit. Was richtig war, stand vorher fest. Man durfte es nicht selbst herausfinden.«

»War vielleicht besser so«, bemerkt Tom. »Wenn jeder selbst bestimmen wollte, was richtig ist...«

»Es gibt eine Sehnsucht«, beharre ich, »über Richtig und Falsch nachzudenken, ohne daß das Ergebnis feststeht. Diese jungen Skinheads probieren aus, ob Rechtssein für sie richtig ist...«

»Jesus«, schnappt die Niemann, »der verteidigt diese Mörder!«

»Keineswegs. Ich...«

»Eine Resolution gegen Ausländerfeindlichkeit«, unterbricht Tom unduldsam, »die den Antisemitismus nicht einbegreift und zwar ausdrücklich...«

»Alle meine Entchen«, quiekt plötzlich Futu mit Kopfstimme, »und was ist mit den Schwulen?«

»Der Adressat ist Bonn.« – Janett haut mit Veits versilbertem Brieföffner auf Veits empfindlichen Monitor. Der Kranke zerbeißt krachend ein Stück Blockmalz und fuchtelt mit den Armen:

»Igor, ich versteh dich nicht. Was soll'n wir deiner Meinung nach tun? Die Skinheads ruhig ausprobieren lassen, wie es sich anfühlt, rechtsextrem und gefährlich zu sein?«

»Jahahahu«, lacht Tom. »Was sollen wir tun?«

Ich bin dran. Shit. Habe über diese Frage noch nicht gründlich nachgedacht. Und jetzt ist dafür keine Zeit. Also sag ich aufs Geratewohl:

»Da hilft nur eins: zurückschlagen.«

»???«

»Geht rüber nach Ostkreuz, dahin, wo die Typen sich treffen und verpaßt ihnen einen Denkzettel.«

Das war natürlich die falsche Idee. Außer Futu, der laut in die Hände klatscht, sind alle dagegen. Aber ich meine es. Wer zu feige ist, die eigene Rübe hinzuhalten, soll nicht an der Polizei rummeckern. Doch ich komme nicht dazu, meinen Standpunkt klarzumachen. Janett guckt an die Decke, was so viel heißt wie: Wann räumt dieser unqualifizierte Marenge endlich das Feld?, und Veit reagiert auf den Wink. Er krabbelt aus dem Bett und legt mir die Hand auf die Schulter.

»Komm mit«, sagt er, »ich geb dir die Tropfen.« – Und er führt mich hinaus in die Küche. Schneuzt sich dabei und niest dann.

»Weißt du, Igor, ich gönne der Regierung den Schlamassel, wenn die Jungs in Hoyerswerda nicht von selbst auf die Idee gekommen wären, hätte man glatt nachhelfen müssen.«

☆

Veit ist gegen die Wiedervereinigung, er war es von Anfang an. Heute, ein knappes Jahr nach dem Vollzug der Einheit, jammern alle über die Folgen, aber die Sache selbst mag kaum einer ungeschehen machen, auch nicht in Worten, als Wunsch. Veit hat diesen Mut. Er findet, die DDR hätte um ihren Fortbestand kämpfen müssen, anstatt bedingungslos zu kapitulieren. Ich verstehe seine Gründe. Er kommt aus dem Pfälzischen, hat das Land, in dem er erzogen wurde, nie recht gemocht und sich eingebildet, die kleine mundtote DDR sei tieferer Sympathien würdig. Unsere Debatten über diesen Irrtum haben des öfteren den Tag versinken und wieder aufgrauen sehen, ohne daß er seinen Wahn und ich meine subjektive Perspektive, wie er das nennt, aufgegeben hätte.

»Die Leute drüben waren vor '89 nicht besser, Alter«, murmele ich rechthaberisch. »Das glaub man nicht. Die hatten bloß Schiß.«

Veit aber ist überzeugt von den charakterverderbenden Auswirkungen des DM-Imperialismus, schwenkt dann über auf die Arbeitslosenversicherung und endet bei seinem Kleinkrieg mit dem Weddinger Finanzamt, das von ihm verlangt, er möge seine Tipp-Honorare versteuern, obwohl er das doch nebenbei und illegal macht, um die Stütze nicht zu verlieren. Sein eigener Charakter, bekennt er zwischen zwei Hustenattacken, sei im Begriff, durch Mangel an D-Mark korrumpiert zu werden.

»Scheißsystem«, sagt er durch die Nase. »Es macht uns alle zu Mammon-Jüngern, wir vergeuden unsere besten

Kräfte auf der Jagd nach dem Erfolg, und nichts bleibt übrig für die Menschlichkeit.«

»Ich jage nicht nach Erfolg«, versetze ich, »sondern nach dem Schicksal der Menschen. Ich möchte wissen, was in ihrem Innern schlummert.«

»Das kann ich dir sagen: ein Scheißdreck. Aber warum bist du eigentlich gekommen?«

»Ich wollt dich zu Bella mitnehmen. Wenn Malte da ist, zocken wir.«

Er zögert. Dann legt er sich die Hand auf die Brust und zieht die Mundwinkel weit runter:

»Du siehst ja selbst, ich muß ins Bett. Janett läßt da nicht mit sich spaßen.«

Und er bittet mich, zwei Briefe für ihn in den Kasten zu werfen.

»Sonst klingelt mich die Sau wieder aus'm Bett«, womit er das Finanzamt meint, genauer eine Sachbearbeiterin mit Namen Schuller, von der er annimmt, sie komme aus dem Osten.

»Reines Sächsisch«, vermerkt er kennerisch. »Warum bloß stellt ein Westberliner Finanzamt Leute ein, die keine Ahnung haben?«

Als ich mich zum Gehen wende, fragt er mich nach Sonja. Daß er meine Freundin bei ihrem Vornamen nennt, berührt mich unangenehm, denn ich kann mich nicht revanchieren. Den Namen Janett brächte ich nie über die Lippen, um keinen Preis. Das schiene mir zu vertraulich bei so einer blöden Person. Sie beim Namen nennen hieße, ihre Tonlage akzeptieren. Ich sollte Veit mal stecken, daß sie nichts für ihn ist. Aber da er krank ist und ich ihn schonen will, sage ich nicht:

»Wie hältst du bloß die Hippe aus?«, sondern: »Sonja geht's gut.«

»Wann heiratet ihr?«

»Ich weiß nicht. Vielleicht nächstes Jahr.«

»Warum so spät? Hat sie'n andern?« Der Gedanke ist mir unsympathisch. Ich nehme das gerührt zur Kenntnis, schlußfolgernd, daß meine Liebe zu Sonja lebt und loht wie eh und je, den Reizen einer gewissen Kassiererin zum Trotz.

»Ich glaube nicht, daß sie 'n andern hat.«

»Hast du sie gefragt?«

»Warum soll ich sie auf Ideen bringen?«

»Auch wieder wahr. – So, und jetzt träufeln. Zehn Tropfen. Schön lange im Mund lassen.«

Das Zeug schmeckt wie schales Bier. Veit zuliebe behalte ich es drin, ziehe stumm ab und spucke die Dosis diskret neben die Fußmatte. Denn ich bin gottlob nicht anfällig.

☆

Ein stilles Wunder: die Sterne. Sie machen mich immer verrückt. Der Mensch ist ein vorkopernikanisches Geschöpf und nicht dazu begabt, astronomische Maße und Gewichte in seiner Vorstellungskraft unterzubringen. Vermutlich sind Computer diejenigen unter den dienstbaren Geistern des technischen Zeitalters, die eine solche Leistung erbringen können. Für die Simulation des Flugs ins All jedenfalls taugen sie unbedingt. Hauptsache, ich muß es nicht machen. So, und nun rein mit euch in die gelbe Box, zuerst du, Liebesbrief an Frau Schuller, Wedding, und dann du, Werbeantwort an die Firma Rotermund, Steglitz, Antik-Möbel, Ankauf und Restauration.

Ich sah mal einen Meteor über den Nachthimmel ziehen. Vielleicht war es auch ein Sputnik. Ich sage mal: ein Meteor. Denn das Ding wurde größer in der Nähe des Horizontes, den ich es nur nicht mehr erreichen sah, weil meine Freunde, die Häuser, sich davordrängten, und wie üblich gleich wieder in Massen. Ich nannte das Gestirn »Igor

Eins« und suchte eine Zeitlang verstohlen in Marzahn-Bürknersfelde nach seinen Bruchstücken im Erdenschoß. Offen gestanden suche ich noch immer. Ich spähe die Rinnsteine rauf und runter und schnüffele in der Luft nach schwefeligen Anteilen als Hinweis auf das weitgereiste Steinstück. Von wegen: suchet, so werdet ihr finden. Finden tut man schon, alles mögliche, aber es ist nie das, was man gesucht hat. Schließlich nimmt man vorlieb. In Marzahn fand ich eine Lesebrille ohne Bügel und zwei ungarische Kleinmünzen, und heute abend, mitten im eindunkelnden Moabit, ist es ein Gutschein für den Friedrichstadt-Palast.

☆

Hier stehe ich mit dem Gutschein in den Fingern, und eh ich mich's versehe, ist es mein Dasein, das ich halte, mit beiden Händen, wie ein Stück Papier. Es ist am Dasein des Igor Marenge, der im Licht einer Moabiter Straßenlaterne einen Gutschein entziffert, nichts Besonderes, außer daß es *meine* Existenz ist, die sich hier unter blassen Sternen ihrer Anwartschaft auf Größeres bewußt wird. Sie wünscht sich die glückliche Stunde, Kairos, Erfüllung im Morgengrauen, das Mädchen vom Minipreis und – ja, ein Pud grauen Pulvers. Aber sie kriegt nur einen Gutschein für den Friedrichstadt-Palast, ein Unter-der-Laterne-Stehen, ein angelegentliches Erblicken von Sternschnuppen und ein Bier bei Bella. Sie gibt sich damit nicht zufrieden, sie verachtet solche Kinkerlitzchen, sie will die spannenden Verwicklungen und die unmöglichen Komplikationen, wenn schon nicht als Hauptdarsteller, dann doch als akkreditierter Beobachter.

Ach, hätte ich das graue Pulver auf der Hand, was für Einsichten könnt ich daraus kochen! Ja, lach du nur, du frischgebackener Opel-Fahrer aus Finsterwalde, du bist von derselben Sucht nach Bedeutung und großer Form geplagt wie ich, und wenn du es abstreitest, dann nur, weil du betrunken bist und also deine Wünsche für erfüllt hältst.

Da beginnt die Turmstraße. Da blinkt die Stammkneipe.

☆

Das »Bella Ciao« ist ein altes Wirtshaus mit getäfelten Wänden und einer unter dunkelbrauner Ölfarbe schwitzenden Decke, aus deren Mitte ein gewaltiger Kronleuchter seine Arme segnend über die Gemeinde breitet. Die Glühbirnen in dieser Lampe gehören zu den schwächsten, vielleicht auch sind es die senffarbenen Pergament-Schirmchen, die jede Helligkeit zurückhalten. Bei »Bella« sind immer alle Lampen an, und trotzdem ist es schummrig. Das sichert dem Ort die Ausstrahlung familiärer Wohnlichkeit, ohne ihm das obligatorische Halbdunkel einer Gaststätte älteren Typs zu mißgönnen.

Bei allen Stammgästen schlicht als »Bella« bekannt, wird diese Kneipe nicht, wie man spontan vermutet, von einer Wirtin gleichen Namens geführt, sondern von einem Herrn, genauer gesagt einem Amerikaner Anfang 50, der einst an der FU Theologie studierte und sich dann eines besseren besann: Isaac. Wir alle, die wir die Nächte bei »Bella« beschließen, sind seine Kinder, und er tut für uns mehr, als daß er nur anschreibt. Ich selbst bin – auf dem Papier – fünf Jahre bei ihm Kellner gewesen, ohne daß ich je einen Zapfhahn in der Faust gehabt hätte. Aber ich beziehe legal Arbeitslosengeld und muß – denn für Übersetzer gibt es sowieso null Stellen – dann und wann begründen, warum ich einen Job im Hotel- und Gaststättengewerbe nicht antreten kann.

Ach, Isaac, dein grauer Bart und deine gelben Ziegenaugen sind es eigentlich, warum ich immer wiederkomme, gar nicht so sehr das Bier. Obwohl es ausgezeichnet ist. Isaac zapft es selbst und lächelt, wenn ein Gast ungeduldig wird, mit seinem linken Mundwinkel in ein Grübchen hinein. »Siebeneinhalb Minutten braucht ein gutgezapftes Pils«, sagt er mit pfleglich bewahrten Resten eines US-Akzentes.

Heute herrscht Hochbetrieb. Johanna, die Schankhilfe, ist rot im Gesicht und stimmungsmäßig kurz vor'm Umkippen ins Kurzangebundene. Aber meine Freunde sind alle da und ziemlich munter. Juni hat sich Schorschi Köhler geschnappt, einen bärtigen Typen, der eigentlich nicht zu unserem Stammtisch gehört, aber gern mal mitmischt. Gerade lernt Schorschi, daß Berlin die Stadt der Katakomben ist, ein märkisches Rom sozusagen, denn die Stasi hat Geheimgänge unter der Mauer durchgebuddelt, mannshohe Tunnel mit verputzten Wänden, um ihre Agenten hindurchzuschleusen und vor allem dort die Preziosen vor dem Klassenfeind in Sicherheit zu bringen.

»Was für Preziosen?« fragt Schorschi und drückt sich die Schaumbläschen in seinen Bart.

»Gemälde!« intoniert Juni mit Gusto. »Echter Barock, aus enteigneten Landsitzen abgeschleppt, tiefgelagert und dann von Zeit zu Zeit zur Aufbesserung der Parteikasse in den internationalen Kunsthandel geschmuggelt. Was glaubt ihr: Haben die '89 Ruhe gehabt, alle Wertstücke zu bergen? Die einzigen, die Genaues wußten, sitzen jetzt im Knast! Lageplan und Spitzhacke hab ick schon besorgt. Was noch fehlt, is'n Bergmannshelm mit 'ner Latüchte vorne dran. Wer von euch kann so was auftreiben? – Hallo Igor, Leute, einen Stuhl für Igor, komm, rutsch zwischen.« – Und er winkt kollegial mit seiner verbundenen Hand. Als ich Platz nehme, knurrt er kaum hörbar: »Kein Wort über Niederschönhausen.«

Juni hat seine Kumpels dabei, Schwager Mecki, auf dessen Namen die Kfz-Werkstatt läuft und seinen Neffen

Chagdas. Die beiden sind gerade mitten in der Rekonstruktion eines Fußballspiels, Hertha BSC gegen VfB Leipzig, zweite Halbzeit, und schenken nun *mir* ihre glänzenden Blicke. Wie wunderbar, wenn man erwartungsvoll willkommen geheißen wird. Ich glaube fast, es gibt nichts Schöneres nach der Umstellung der Uhren auf die Winterzeit.

Mit am Tisch sitzen Malte Fuchs, Pächter eines Kopierladens, der seit kurzem nach Pankow expandiert und Detlev, genannt Wenzel, angestellt bei der KWP-Versicherung, aber sonst ein sympathischer Typ. Malte erklärt Wenzel seinen neuen Xerox 5090 Hochleistungsdruckkopierer; der erstellt zwo Kopien pro Sekunde und verarbeitet die Bögen im On-Line-Verfahren zu gehefteten Sätzen. Per Vakuum. Ja, so'n Gerät macht seinen Weg auf dem Markt, ist aber leider störanfällig.

»Für Pankow soll es der Bubble-Jet sein.« Malte zündet sich einen Zigarillo an. »Im Osten muß man gleich richtig einsteigen. Die Leutchen durften doch 'n halbes Jahrhundert nicht mal Visitenkarten drucken. Jetzt geht's los, jeder kopiert da sein Ego in Farbe, und zwar mit dem digitalen Blasen-Tintenstrahlsystem in meinem Laden.«

Malte bestellt in Vorfreude auf seinen Pankower Reibach gleich noch ein Helles und trägt mir einen Job an: ob ich nicht Lust hätte, mich mit der Arbeit am Bubble-Jet anzufreunden?

»Farbumwandlung, Multibahnkopien, Spiegelbildtechnik, das hast du schnell raus.«

Ich kriege pro Bella-Abend mindestens einen Job angeboten, und ich weiß das zu schätzen. Ich nicke immer mit demselben Ernst, als wollte ich sagen: So eine existenzwendende Entscheidung will wohl überlegt sein.

Am liebsten möchte Malte in das Hardware-Geschäft einsteigen; in ihm stecke ein verhinderter Ingenieur, behauptet er, und gemeinsam mit Juni könne er eine neue

Generation von Laser-Druckern entwickeln. Juni hat sich so ein Gerät von Malte ausgeliehen, hat's bei sich zuhause in der Küche aufgestellt und arbeitet in seinen freien Stunden an der Verbesserung der Digitaltechnik.

Schorschi Köhler möchte viel lieber über das Fußballspiel mitdebattieren und ob nun der Leipziger Stürmer eine Chance gehabt hätte oder nicht, aber Juni hat ihn am Kanthaken und dringt in ihn, er müsse doch jemand beim Tiefbauamt kennen, denn schließlich, der Köhler ist Rohrleger.

Als Mecki den Namen des umstrittenen Stürmers: »Olli Scharnweber«, einmal über die mittlere Lautstärke hinaus hervorstößt, merkt Malte auf, läßt vom digitalen Blas-System ab und sagt ruhig:

»Der ist stasibelastet.«

Alles stockt, als sei der Gott-sei-bei-uns durch die Tür getreten. Malte mag solche Momente verlegener Stille. In sie hinein läßt sich jede Dreistigkeit mit verdoppelter Wucht plazieren. Jetzt erklärt er:

»Ich werfe dem Jungen das nicht vor. Man muß die Spielregeln einhalten, überall, ob nun beim Fußball oder sonstwo. Und die Spielregeln hießen drüben: Haltet unsern Staat sauber. So war's doch. 'N wohlerzogener Mensch sah das ein.«

Juni hat Angst, daß der Stammtisch auf ein politisches Thema überspringt und fuchtelt lautstark zu Johanna hin, damit sie ihm noch'n Futschi bringt. Dann sagt er:

»Scheiße. Ich glaub, ich hab mir in der Sauna 'n Fußpilz eingefangen.«

Aber so läßt sich Malte nicht stoppen:

»Die Spitzelei war nicht nur die Regel«, hebt er wieder an, »sie war das Spiel selbst. Ich sage euch, denen fehlt jetzt was da drüben. Die hatten doch ihren Krimi täglich frei Haus. Unsereiner muß sich schon ins Freie trauen, um 'n bißchen Spannung ins Leben reinzukriegen, die drüben, die brauchten bloß das Fenster aufzumachen und rauszurufen: ›Scheiß Staat‹, und schon ging 'n klasse Thriller los mit ihnen selbst als Helden. Da drüben bricht der große Frust jetzt aus, weil alles vorbei ist, weil denen der Schwung im Leben fehlt, das tägliche Theater. Arbeitslosigkeit ist doch nicht der Punkt, wer will schon arbeiten gehen, und verhungern tut keener. Denen fehlt die Stasi drüben, is doch sonnenklar. Wat sagst du dazu, Igor, du kennst doch den Laden von innen. Hab ich nicht recht?«

Ich sag dazu, daß meine siebeneinhalb Minuten rum sind und Johanna mein Pils nun mal könnte rüberwachsen lassen.

»Wer war Otto Nuschke?« fragt Juni. Er leckt sein Futschi-Glas aus. »Weiß das einer?«

»Die andere Hälfte der Bevölkerung«, fährt Malte fort, »die Jäger des verlorenen Schatzes, die Schnüffler-, Schleicher- und Arschkriechertypen, die sind erst recht betuppt, klarer Fall. Die ham ja nun niemand mehr, in dessen Müll sie wühlen können und niemand, der ihnen auf die Schulter klopft und ihnen 'n Orden an die Kappe klebt. Na, wenn das keen Verlust ist, wenn das keen Zusammenbruch von Lebensperspektiven ist! Mein Vorschlag zur Güte: man macht die ›Firma‹ wieder *auf*, mit allem Drum und Dran in der Normannenstraße, und auf Los geht's los, meine Damen und Herren, wer will noch mal, wer hat noch nicht 'ne Wanze in sein' Klo.«

»Und was soll nu ausgespitzelt werden«, fragt Wenzel, »wo der Klassenfeind rehabilitiert ist?«

»Is doch piepegal«, versetzt Malte, »war doch vorher auch egal. Oder glaubst du, das hat im Ernst jemand interessiert, wat so'n Ingenieur von Bergmann Borsig oder so'n Elektriker aus Babelsberg abends im Bett für'n Westbuch liest? Es war völlig egal, aber es wurde ausspioniert und aufgeschrieben und abgeheftet und mit'm Top-Secret-Stempel versehen, damit die Leute 'ne Spannung im Leben hatten, damit überhaupt was los war und sie nich alle miteinander vor Langeweile abgekratzt sind.«

»Wer war... hab ich... Ottmahlske... woBonz... Futschlett...«

Das sind Juni und Schorschi, die zur gleichen Zeit reden, einer immer aufgeregter als der andre, und es kostet sie ordentlich Mühe, ihre Stimmen auseinanderzuzurren und die Reihenfolge zu klären. Juni darf zuerst:

»Wer war Otto Nuschke?« fragt er. »Und wo bleibt mein Futschi?«

Dann kommt Köhler:

»Hab ich doch kürzlich in Mahlsdorf 'ne Villa saniert und dabei 'n eingesargtes Skelett im Garten gefunden.«

»Is nich wahr!« Alle sind platt.

»Stellte sich raus«, – Köhler kichert und vergißt, die Schaumbläschen in seinen Bart zu drücken, so daß sie jetzt auf dem Gestrüpp wie Pusteblumen sitzenbleiben – »Stellte sich raus, daß der angrenzende Friedhof irgendwie durch 'ne Erdverschiebung in das Grundstück des Kunden rübergerutscht war...«

Johanna kommt mit neuem Stoff und horcht offenen Mundes auf das Schauerstück.

»Mir egal«, brummt Chagdas, »ob der Scharnweber Dreck am Stecken hat. Er is nun mal der einzige Spielführer, der sich auch im Westen behaupten könnte.«

»Im Westen niemals«, fährt Mecki dazwischen, »dafür fehlt's denen drüben am sechsten Sinn für Taktik.«

»Wer war Otto Nuschke?« ruft Juni. »Igor, du mußt das doch wissen, sag mal 'n Ton.«

»Wozu willst du wissen, wer Otto Nuschke war?« fragt Wenzel, der Versicherungstyp, der leider plant, nach Köln umzuziehen.

»Wegen der Otto-Nuschke-Straße: die wird jetzt umbenannt. Und ich muß wissen, ob es sich lohnt, das alte Schild zu kassieren.«

»Wozu?«

»Um Kasse zu machen, du Dämlack, denn diese Schilder haben einen marktgängigen Symbolwert.«

»Mit sowas handelst du?« fragt Schorschi, nicht ohne einen Unterton der Verachtung für Junis Müllwelt.

»Man muß die Arbeitsplätze, die der Osten ehrlich schafft, besetzen«, gluckst Juni. »Die Mauer ist in Stükken ein Vermögen wert.« Er selbst hat zwei Blöcke nach München verkauft und eine Ladung mit Brocken nach Istanbul.

»Arbeitsplätze sind 'ne feine Sache«, fängt Malte wieder an, »aber die Arbeit muß auch Spaß machen, Geld alleine reicht nicht zum Leben. Was ist spaßig an der Maloche, wo du die Überstunden nicht bezahlt kriegst und wo ständig Feierschichten geschoben werden, weil niemand echt zuständig ist, denn der Betrieb gehört dem Staat? Um diese Öde ein bißchen bunter zu gestalten, hamse die Stasi erfunden gehabt, und die hat dafür gesorgt, daß die Zeit schneller vergeht und ein großangelegtes Versteck- und Fangenspiel sozusagen breitensportmäßig die ganze Belegschaft der DDR erfaßt hat.«

»Wer war Otto Nuschke?« lallt Juni, sichtlich benusselt. Und ich, der ich's gern höre, wenn Juni diese Frage stellt, aber auch stolz darauf bin, seine Neugier stillen zu können, ich packe nun mein Wissen aus:

»Ein Blockflötenmann der ersten Stunde. Von der CDU.«

»Stasi-belastet?«

»Was spielt das für 'ne Rolle?«

»'Ne Riesenrolle. Ich krieg das Doppelte für sein Straßenschild, wenn er ein Schurke war.«

»Also diese Aasgeierei«, sagt Schorschi angewidert, »die find ich tragisch.«

»Nicht mit mir«, murmelt Chagdas, aber keiner versteht, was er damit meint.

»Was Neues schaffen«, fährt Schorschi, zu Juni gewendet, fort, »fällt jemand wie dir nicht ein. Immer nur alte Schüsseln aufpolieren, das würde mir auf Dauer nicht reichen als... als Perspektive. Und nun noch in die Abfalltonnen greifen.«

»Das siehst du ganz falsch.« Juni fängt an, heftig mit dem Stuhl zu kippeln. »Neues Schaffen ist völlig abgesagt. Es gibt nämlich schon zu viel Neues auf der Welt. Zu viele Autos, zu viele neue Straßen samt Schildern und zu viele Schorschi Köhlers. Recycling ist das Gebot der Stunde.«

»Und wann recyceln die Türken mal wieder in ihre Heimat«, knirscht Schorschi, »und machen wieder Platz für unsereins?«

Das ist die Stunde des Wirts. Isaacs Stärke liegt in seiner amerikanischen Autorität, die da heißt: Leibesfülle und Sinn für Fairness. Er nimmt alle mit gewissen Obertönen ausgesprochenen Sätze in den Winkeln von »Bella« wahr und wirft sich ins Mittel, vom Tresen her. Er tut das immer mit Maß und mit einem Geschirrtuch in der Faust. Aus seinen Augen blitzt der Triumph des Dompteurs:

»Grrroße Worte nach 23 Uhr sind genehmigungspflichtig, werrter Herr«, sagt er.

Wunderbarerweise durchdringt seine warme Stimme den Kneipenlärm. Juni erstickt seine Wut in einem Kicheranfall und quietscht mir zur Freude:

»Wer war bloß Otto Nuschke... wer war bloß dieses blöde Otto-Nuschke-Schwein?«

Schorschi widmet sich seinem Bier. Damit keiner sieht, wie verzogen seine Mundwinkel sind und wie schwer es ihm fällt, sie wieder auf normal zu stellen, versenkt er die Lippen im Schaum.

Eine Weile spricht niemand. Nicht mal Malte sagt was, aber er grinst. Da geht, mitten in das Schweigen der Runde hinein, die Kneipentüre sachte auf und, vom bellatypischen Halbdunkel und von den Rauchschwaden anfangs verhüllt, dann zu uns rüberwinkend und -nickend und so doch erkennbar, tritt eine Gestalt ein, die niemand anders ist als unser aller Freund Veit, der gute, dem Krankenbett entronnen und der Versammlung. Mit seinem Schal um den Hals kommt er näher, Lachen, Krakeelen und Poltern auslösend, als man einen Stuhl sucht und den späten Gast angemessen begrüßt. Nun sind alle beisammen.

»Ich hab das Rumliegen nicht mehr ausgehalten«, sagt Veit, »hab mir gedacht: am besten hilft doch ein Cognac.« Er ruft Johanna seine Wünsche zu.

»Hier, wer Angst hat vor Ansteckung, soll sich das Zeug unter die Zunge träufeln.«

Jetzt stürzt sich Malte, angefeuert durch das Erscheinen Veits, dieses Parteigängers der Deutschen Demokratischen Republik, mit erneuerter Streitlust in seine Stasi-Tirade, aber er blitzt ab. Veit muß sich erst mal über das Wetter, die Viren und das Finanzamt auslassen und reibt sich ausgiebig die Hände. Juni mag sowieso nicht politisieren; er zieht Chagdas und mich in ein Palaver über Terrier und Miniröcke, und es bleibt für Malte nur Wenzel übrig, von dem er aber nicht ernstgenommen wird. Zumal Mecki mit Schorschi über die Promillegrenze zu streiten anfängt.

»He, Genosse«, stichelt Malte, der noch nicht aufgibt, in Veits Richtung, »warste auch'n Inoffizieller? Haste in der Normannenstraße Bescheid gesagt, wenn Isaac Junis Köter in die Küche gelassen hat zum Restefressen?«

»Ach leck mich«, knurrt Veit. Er führt aus, daß es vor allem die Asozialen, die Kriminellen und die Faulpelze gewesen seien, die sich gegen den Staat gestellt hätten und deshalb überwacht werden mußten, und das sei überall in der Welt so. Und daß er, Malte, bloß nicht so tun solle, als seien alle, die von der Stasi beschattet worden wären, selbstlose Freiheitskämpfer und verhinderte Reformer gewesen. Solche Leute gebe es erfahrungsgemäß in einer Bevölkerung höchstens zu zwei Prozent.

»Die sogenannten Opfer«, sagt Veit mit brechendem Organ, »haben genauso 'n Interesse daran, ihre Akten verschwinden zu lassen wie die sogenannten Täter. Leck mich am Arsch.«

Aber Malte hat keine Lust, sich zu wehren, jetzt, wo nicht mehr *er* es ist, der im Mittelpunkt steht. Er winkt Johanna zu, weil er zahlen will. Danach träufelt er sich schön langsam die Immuntropfen unter die Zunge und schielt dabei zu Johanna rüber, ob sie wohl Interesse an seinem geöffneten Mund zeigt. Wenzel legt mir seine Hand auf den Kopf und sagt vertraulich: »Warum biste rüber damals, hattste öffentlich zur Unzucht aufgerufen?«

Alle wissen hier, warum ich rüber bin, ich habe es mehrfach erklärt. Aber ich erzähle es gerne noch mal, wenn die Mitternacht eingerückt ist.

»Ich bin rüber, weil das Mädchen, in das ich verliebt war, mich hat sitzen lassen. Zudem war mein Opa verstorben.«

»Is nich wahr«, flüstert Juni und bettet seinen Kopf an Chagdas' Schulter. Er schließt langsam seine Augen, ich sehe an seinem Gesichtsausdruck, daß er an Kurt denken muß. Es ist Zeit aufzubrechen. Malte lehnt am Tresen und spricht mit Isaac über die Polizeistunde. Das ist die große Sorge der Berliner Gastwirte, daß jetzt, wo die Stadt sich normalisiert und mit der Mauer die importierten Straßennamen, die Stasi und die Besatzungssoldaten verschwinden, daß jetzt womöglich eine Sperrstunde eingeführt wird.

»Und wenn, dann interpretieren wir sie in unserm Sinn«, schmunzelt Isaac. »Wir sagen den Bullen: Polizeistunde ist, wenn wir auf euer Wouhl anstoußen.«

»He Igor«, ruft Juni und wischt sich eine Träne aus rotem Auge. – »Wenzel hier besorgt mir 'n neuen Hund. Was meinste: nenne ich ihn Otto oder Nuschke?«

Die Mehrzahl am Tisch ist für Nuschke. Malte schlägt noch »Vöfreu« vor, als Abkürzung von »Völkerfreundschaft«. Das ist uns denn doch zu weit hergeholt.

3. Kapitel

Dr. Sonja

Eins macht mir Sorgen: Wenn *alle* so sind wie wir, wie meine Freunde und ich, wenn auch »die da oben«, die Abgeordneten, Konzernchefs und Erzbischöfe, Persönlichkeiten, vor denen ich den Hut ziehe, weil sie sich bereit finden, nach dem Rechten zu sehen, wenn die letztlich doch genauso sind wie wir, wie Juni, Veit, ich und die anderen, genauso darauf bedacht, oben zu schwimmen und die Lacher auf ihrer Seite zu haben, im Mittelpunkt zu stehen und fröhlich begrüßt zu werden, wenn dieses Narrenverhalten normal ist, allgemein-menschliches Verhalten, uns Zweibeinern von unserer Natur aufgezwungen und allem höheren Streben zum Trotz unser Los, – dann, ja dann gute Nacht, Marie.

Mein Glaube aus der Zeit des Gräserpressens und Münzensammelns ist, daß es außer uns selbstvergessenen Kindsköpfen noch die Erwachsenen gibt, die wissen, wo es lang geht und wie man richtig lebt. Selber erwachsen werden, heißt diesen Glauben verlieren und mit Entsetzen der Wahrheit in ihr Teufelsauge blicken: Auch die Großen spielen bloß, niemand ist nüchtern geblieben und paßt auf die Schar der Rangen auf. Erwachsen werden heißt, alsdann vor lauter Schreck ein bißchen weniger übermütig sein, ein bißchen verständnisvoller und vorausschauender.

Was mich betrifft, so ist mir dieser Schritt noch nicht geglückt. Immer hoffe ich insgeheim, daß der Bezirksbürgermeister, der Konsistorialpräsident und der Aufsichtsratsvorsitzende Leute sind, die wissen, was sie tun, und sich nie von so eitlen, unernsten und fallweise regelrecht niederträchtigen Motiven leiten lassen wie zum Beispiel die »Bella«-Gäste, selbstverständlich auch ich und alle meine Menschenfische, die da durch das Häusermeer schwimmen, ohne mir zu sagen, was sie treiben. Aber ich ahne es: Es ist Malte gar nicht darum zu tun, herauszufinden, wie er und andere sich wirklich zu den Stasi-Greueln stellen sollen, denn er will nur, daß die Runde über seinen Fez lacht und daß Johanna es hört, auf die er ein Auge geworfen hat. Es ist Veit gar nicht darum zu tun, den neuen Bundesländern mit seiner Fürsprache beizuspringen, er will nur recht behalten, weil er in der SEW gewesen ist oder wenigstens nah dran. Juni ist ehrlicher, er gibt keine großen Ziele vor; aber was würde aus der Menschheit werden, wenn sich alle so unbekümmert um das Allgemeinwohl zeigten wie er? Da ziehen wir über den Berliner Senat her und sollten froh sein, daß es Menschen gibt, die es in der Politik aushalten, weil sonst diese Stadt, übervoll mit Bälgern wie Wenzel, Juni und Marenge, führungslos durch die Geschichte donnert wie »Igor Eins« durch das Sonnensystem.

»Du bist mir ein schöner Anarchist«, spottet Sonja, wenn ich ihr solche Gedanken vortrage. »Ich kann mir nicht vorstellen, daß ein echter Anarchist sich solche Sorgen um das Allgemeinwohl macht.«

»Meine Sorgen um das Allgemeinwohl sind bloß gespielt. Ich äußere sie, um dir zu imponieren.«

»Da wüßt ich was Besseres.«

☆

Es stimmt gar nicht, daß ich diese besonderen Sorgen vorschütze, um Sonja zu imponieren. Ich hege sie wirklich. Um Sonja zu imponieren, behaupte ich, sie seien gespielt. Bin ich doch auch nicht anders als der Rest der Welt – der ja nur eins im Sinn hat: Sonja zu imponieren. Oder sonst einer Frau.

»Was jeder Mensch im innersten Herzen wünscht, ist, im Mittelpunkt zu stehen«, erkläre ich. – »Jeder einzelne. Immerzu. Leider gibt es nicht so viele Mittelpunkte wie Individuen. Das ist schon rechnerisch ausgeschlossen.«

An solchen Stellen wird Sonja hellwach und sieht mich aus ihren königsblauen Augen mit gefährlicher Aufmerksamkeit an. Um ihre Stirn legt sich eine Wolke aus professionellen Vorbehalten. Sie läßt nichts durchgehen, was nur Vermutung oder Vorurteil wäre, sie sucht nach den wahren Beweggründen. Da sie eine studierte Sozialarbeiterin ist, die psychologische Vorlesungen gehört hat, verfügt sie über das Rüstzeug, mit dem sie Wunschdenken und Einbildung aus ihrem Urteil vertreibt wie Maulwürfe aus ihrem Laubengarten.

»Die meisten Menschen fühlen sich ganz wohl außerhalb des Mittelpunkts«, bemerkt sie mit frischer Entschiedenheit. »Sie schauen lieber zu, wie andere sich abstrampeln.«

Man sollte denken, daß Sonja es wissen muß. Ihr Arbeitgeber ist die Evangelische Kirche, ihre Klientel sind Alkoholiker. In der Kirche gibt es nur Einen, der im Mittelpunkt steht, der Rest ist Herde. In den Gruppen, die Sonja betreut, steht *sie* im Mittelpunkt, die anderen sitzen beschickert um sie herum. Ich aber bin davon überzeugt, daß die schwindende Popularität der Kirchen an der Ausschließlichkeit hängt, mit der sie, die Kirchen, den Gekreuzigten und seine irdischen Vertreter in den Mittelpunkt stellen. Wie überhaupt die Abdankung autoritärer Systeme, seien sie geistlicher oder weltlicher Herkunft, darauf zurückzuführen ist, daß sie zu wenig Mittelpunkte anbieten. Die Demokratie ist da überlegen: Sie zollt der Eitelkeit der Menschen klugen Tribut. Und was den Alkohol betrifft: Warum wohl greift Hans-Walter Balthasar, Sonjas problematischster Klient, zur Flasche, wenn nicht, um sich im Rausch erhaben über die Welt zu fühlen?

Sonja aber neigt einem Theorem zu, das ganz andere Zusammenhänge herstellt, und wer weiß, vielleicht ist sie im Recht.

»Hans-Walter Balthasar«, erläutert sie, »wurde als Kleinkind von seiner Mutter ans Gitterbett gefesselt und stundenlang in seinen eigenen Ausscheidungen liegen gelassen.«

Kaum ist diese Fülle menschlichen Leids vor meinem inneren Auge erstanden, verstumme ich und schiele vor Betretenheit. Dabei ticken mir die Schläfen. Niemals aber reicht mein Mitgefühl aus, um den Zweifel an Sonjas zentraler These wegzuschwemmen: daß wir Menschentiere aus der Bahn geraten, weil uns die Liebe fehlt. Daran glaube ich nicht. Ich glaube, daß wir auf Liebe verzichten können, bloß auf *Bedeutung* nicht. Doch die wird uns keineswegs nur von liebenden Mitmenschen zuerkannt, auch und erst recht von hassenden und angsterfüllten.

»Die Menschen wollen oben schwimmen«, behaupte ich, »sie wollen hervortreten und beachtet werden. Ob mit liebenden Augen oder nicht, ist ihnen piepegal.«

»Die moderne Psychologie«, pflegt Sonja Kontroversen dieser Art zu schließen, »ist sich über vieles uneins, nicht aber über die Bedeutung affektiver Zuwendung für die Individuation. Um es einem Laien wie dir zu verklickern, mein Freund: Wer Liebe gefunden hat, ist am Ziel seiner Wünsche und wird weder Verbrecher noch Säufer. Wenigstens nicht im statistischen Durchschnitt.«

Wie sollte ich widersprechen. Bin ich doch immer sonnabends der glücklichste Laie von ganz Lichterfelde, lagernd auf der Couch in Sonjas edlem Wohnzimmer, eine Teetasse zwischen den Händen und eine Frau im Blick, die Frau meines Herzens, die sich zu schaffen macht: an ihrem Zopf, an der Teekanne, an ihrem samtenen Hausmantelkragen und an meinem Ohr. Die Statistik sprach gegen meine Chance, die affektive Zuwendung einer so reizenden Braut zu gewinnen, und sie warnt mich noch heute, wenn ich mich verführt fühle, es mir auf ihrer Couch und in ihrem warmen Arm allzu bequem zu machen: Los, Igor, steh auf und sammle ein paar Pluspunkte, sonst verlierst du dieses Mädchen mit dem tollen Körperbau.

☆

Indessen: Ist es der spöttische Blick aus Sonjas klaren Augen, ist es ihr volles Herz, das sie mir zum Geschenk macht, ihre abgöttisch von mir und tja, auch vom Rest der Männerwelt verehrte Figur, sind es diese Gaben, die mich davor bewahren, kriminell zu werden oder nicht vielmehr der schlichte Fakt, daß ich mir vom geraden Weg weit mehr verspreche? Warum ich kein Alkoholiker geworden bin, kann ich plausibel begründen: Ich vertrage das Zeug nicht. Leider Gottes. Juni dabei zuzusehen, wie er abhebt, nachdem er eine gewisse Anzahl seiner heißen Mix-Drinks intus hat, Malte zu lauschen, wie er nach dem fünften Halben vollends mit der Welt zerfällt – das weckt in mir die Vorstellung einer brodelnden Erlebnistiefe, in die ich gern mal selbst hinunterstürzen würde. Aber ich bin dazu nicht fähig. Das erste Bier tut mir wohl. Das zweite bekommt mir durchaus. Das dritte aber weckt, schon nach dem ersten Schluck, einen milden Protest meiner Magennerven, nach den letzten Schlucken Brechreiz, und es fangen sogar meine Papillen an, giftige Bitternis zu melden. Ich muß abbrechen und mich im Ausscheidungskampf um die vertiefte Weltbegegnung selbst disqualifizieren. Von schärferen Sachen gar nicht zu reden. Einzig Veits Rumtopf schmeckt und bekommt mir so gut, daß ich ein ganzes Glas davon wegdrücke. Mehr aber nicht.

»Daß du kein Alkoholiker geworden bist«, lächelt Sonja, »hat mit deinen Magennerven nichts zu tun. Es liegt daran, daß deine Mutter dich geliebt hat. Und daß dein Großvater immer für dich da war.«

Obwohl ich anderer Ansicht bin, weil ich zum Beispiel weiß, daß mein Schulfreund Sebastian, der mit 19 dem Wodka verfallen war, eine sehr zärtliche Mutter hatte, erhebe ich keinen Einspruch, sondern benutze die Gelegenheit, von einer akuten leichten Entzugserscheinung in Sachen Liebe zu schwatzen und Sonja in ihrem samtenen Hausmantel zu mir auf's Sofa zu hieven. Denn die Liebe, die muß immer neu gezapft und nachgeschenkt werden, damit der Mensch nicht stehlen und betrügen geht und nicht im Suff verkommt. Und sie, die Liebe, ist ein Ding an sich mit Sonja.

Meine Verlobte ist eine Frau, deren Anblick überwältigt, wenn man sie *von hinten* sieht. Kein Liebhaber wird es je ertragen, von Sonja verlassen zu werden – im Wortsinn: daß sie sich umdreht und hinausschreitet aus dem Leben dieses Unglücklichen und dabei womöglich noch nackt ist. Was mag bloß in ihren Klienten vorgehen, wenn die Therapeutin während der Sitzung herausgerufen wird, sich vom Drehstuhl erhebt und aus dem Raum spaziert? Wer ihr jetzt mit den Blicken folgt, sieht sie unweigerlich von hinten. Zwar neigt sie zu überlangen Pullovern und weiten Jacken, aber auch die verbergen nicht alles, nein, kein Textil kann gänzlich jenes Teil verhüllen, das meiner Sonja ein angeheiterter Schöpfergott in bester Geberlaune draufpackte: den größten und formschönsten Arsch des Jahrhunderts.

☆

Wie war das, Helmut Amrehn, – so hieß der Typ, den Sonja sitzen ließ, als wir uns verliebten – wie war das, als Sonja Katharina Rudolph, die kleine Zopfträgerin aus Lichterfelde, die gescheiteste und ehrgeizigste Diplomandin ihres Jahrgangs, die dich sowieso leistungsmäßig in die Tasche steckte, wie war das, als sie dir die Liaison gekündigt und sich *umgedreht* und ihren gelungenen Leib aus deiner Tür geschoben hat – hast du da noch Luft gekriegt? Hast du auch nur ein Wort herausgebracht? Und hast du nicht, als es längst zu spät war, ein elendes: Nein! hervorgestoßen und bist dann für immer verzweifelt? Warum bloß, denkst du heute, vergesse ich die Zicke nicht? Ich kann es dir sagen: Du hast sie von hinten gesehen. Das Bild wird dir bleiben.

Oben ihr Kindernacken, aus dessen allerliebster Mittelkuhle ein brauner Zopf zum Oberkopf hinaufsteigt, darunter die zierlichen Schultern, zwischen denen die Wirbelkette auf die schmale Taille zuläuft; unten zwei kräftige Beine mit rosa Kniekehlen. Und zwischendrin, prangend in autoritativer Wucht und vollkommener doppelter Ballung, der mächtige Arsch.

O nein, er zieht den Körper nicht in träger Massivität nach unten, er bebaut und schmückt ihn durch zwei Kuppeln, die sich triumphal in den Raum erstrecken und dabei keine Himmelsrichtung auslassen. Niemand, der Sonja, ein heiteres, vernünftiges, schnellsprechendes Mädchen mit träumerischen Augen, zum ersten Mal und von vorn erblickt, vermutet einen solchen Schatz in den Tiefen ihrer Kledage. Hat sie abgelegt und bewegt sich unter ihren Jeans oder Hosenröcken mit charakteristischer Taumeligkeit, die durch das rückwärtige Übergewicht bedingt ist, so ahnt man einiges. Dennoch bleibt einem die Spucke weg, wenn man sie erstmals nackt sieht.

»Wie ist das eigentlich«, erkundigte ich mich neulich vorsichtig, »wenn während der gruppentherapeutischen

Sitzungen das Telefon klingelt? Mußt du dann unterbrechen? Rennst du hinaus ins Vorzimmer und…«

»Wo denkst du hin? Während der Sitzungen ist das Telefon so leise gestellt, daß wir es im Gruppenraum nicht hören, und draußen im Vorzimmer geht Dagmar ran und sagt: ›Frau Rudolph ist erst ab 14 Uhr wieder zu sprechen.‹ Gut, was?«

Natürlich beruhigt mich eine solche Auskunft nicht. Wie auch. Selbstverständlich sehen Sonjas Klienten sie von hinten, auch wenn die Gute während der Beratungen auf ihrem Stuhl festgenagelt säße. Es geschieht nun mal, daß eine Frau ihren Mitmenschen den Rücken zukehrt, ständig kommt das vor, und daß auch sie, meine Sonja, ihre Rücken- und Popartie zur Draufsicht freigibt, damit muß ich mich abfinden. Ganz wie sie sich damit abfinden muß, daß mir mal eine andre Frau gefällt, zumal es bereits passiert ist. Was würde Sonja tun, wenn sie es wüßte? Mir eine Therapie empfehlen? Mir eine kleben? Es mir heimzahlen mit Hans-Walter Balthasar?

Vorderhand ahnt sie nicht mehr als Frau Rosinski selbst und kommt um drei zu einem guten Zweck: um mir beim Fensterputzen zu helfen.

☆

Manchmal klingelt auch mein Telefon. Es klingelt gehorsam und stetig, ohne je eine Persönlichkeit, die Igor Marenge sprechen möchte, mit schnarrender Tonbandstimme anzuöden. Als Ex-DDR-Bürger empfinde ich noch in meinem neunten Westjahr eine heimliche Freude, wenn mich das vielversprechende Schrillen aus häuslichen Beschäftigungen reißt; ich lasse alles stehen und liegen, selbst ein Spiegelei mit Speck, und hechte an den Apparat.

Damals, zuhause in Friedrichshain, hatten wir kein Telefon. Wer eins hatte, galt der Protektion durch Bonzen oder der 150 Prozentigkeit verdächtig; also war der anständige Mensch gar nicht auf ein Telefon aus und lebte mit überraschenden Besuchen.

Was mich am Westen auf Anhieb überzeugte, war, daß ich junger Taugenichts, ich ungelernter Frauenjäger, ich bloß präsumptiver Student der Altphilologie, ein Telefon beanspruchen konnte, ohne auch nur den Schatten eines Vorwurfs auf mich zu ziehen. Inbrünstig liebte ich meinen Apparat, den mir ein sympathischer Monteur der Post an einem schönen Märztag installierte. Leider schwieg das grüne Ding für's erste hartnäckig, bis schließlich Veit den Bann brach. Er war damals gerade aus seiner Buchhandlung geflogen, was er mir aber nicht gleich gestand, und hielt sich mit dem Schreiben kleinerer Artikel für ein Stadtteilblatt über Wasser.

»Hier Veit Prause. Weißt du noch? Wir ham vor'n paar Wochen bei mir zuhause Rumtopf…«

»Au Mensch, ach ja, wie geht es?«

»Bestens. Ich möcht gern 'n kleines Gespräch mit dir führen, über deine Ausreise aus der DDR, daß du als Anarchist persona non grata warst. Ich könnte das beruflich gebrauchen, für 'n Zeitungsartikel. Wie isses: Machst du mit?«

»Klar, Mensch.«

»Also dann, ich schlage vor; wir treffen uns heute abend um 18 Uhr inner Kneipe. Du gehst die Turmstraße runter bis Ecke Kögelstraße…«

So kam ich zu Bella. Isaac traktierte seinen Tresen mit einem blauweißgewürfelten Putztuch und nickte mir, nachdem er Veit durch ein Hallo! gegrüßt hatte, *zweimal* freundlich zu. Die Westwelt hatte sich mir aufgetan. Man mochte mich, man traf sich mit mir, man hörte meiner Geschichte zu. Ich orderte mein erstes Bella-Pils.

Jetzt ist es der Fensterputzeimer, den ich stehen und liegen lassen muß, um rauszufinden, wer was von Igor Marenge will. Ob Sonja absagt? Nein, es ist Wenzel. Ich hätte doch bestimmt Lust, dabeizusein, wenn Juni seinen Nuschke kriegt; er, Wenzel, würde mich mit dem Wagen abholen, nachdem er das Tier vom Nachbarn eines Kollegen in Empfang genommen habe. Nun, ich persönlich mache mir nicht viel aus Kötern, aber vielleicht hätte Sonja Spaß daran, und außerdem, bei Juni einzufallen, das lohnt sich immer. Also bis später.

Ob ich Loreley anrufe und versuche, ihr erst mal telefonisch näherzukommen? Leider gibt es etliche Rosinskis in Berlin. Und da ich hoffe, daß meine körperliche Erscheinung einen gewissen Eindruck auf sie machen wird, da ich diesen Trumpf nicht aus der Hand geben will, zögere ich mit einem Rundruf unter Berlins Rosinskis. Ferner siedele ich die Blonde nun mal im Osten an, und eine Supermarktkassiererin vom Prenzlauer Berg hat kein Telefon.

Wenn Sonja nicht kommt, sage ich vor mich hin, wenn sie unsere Verabredung vergessen hat, soll es ein böses Omen sein. Kommt sie aber, dann soll es bedeuten, daß sie mich immer noch liebt.

☆

Ich werde sie auf der Leiter sehn. Von hinten. Wow. Zart wird ihr Riesenarsch im Takt der Putzbewegung wogen. Aber ich kann meine Liebste nicht darauf ansprechen, das würde sie in Verlegenheit stürzen. Die Freuden an den Ausmaßen ihres Pos muß ich allein und insgeheim genießen. Der Herrgott oder wer immer dafür zuständig war, gab ihr diesen Vorzug mit, vergaß aber, einen gehörigen Stolz auf ihn dazuzutun. So findet die Gesegnete selbst an ihrer Gabe keinen rechten Gefallen, ja, sie hadert mit ihrer Physis und versucht, durch Massagen und Gymnastik ihr Gesäß einem langweiligen Normalmaß anzunähern. Natürlich erfolglos.

Meine anfänglichen spontanen Komplimente quittierte sie mit ungläubiger Reserve, der genug ihrem Blick abzulesende Pein beigemischt war, um mich zu veranlassen, dieses Thema mit besonderer Diskretion zu behandeln. Sonja glaubt, daß ich sie trotz ihres Arsches liebe. Wüßte sie, daß ein »wegen« den Tatsachen weit näher kommt, hielte sie mich für pervers. Anfangs irritierte mich diese Unaufrichtigkeit in unserem Verhältnis, später amüsierte sie mich – und froh konnte ich Isaac zustimmen, als er einmal während des Zapfens bemerkte:

»Es gibt kein Mißverständnis, an dem nicht was Koumisches ist.«

Isaac bezog sich auf einen ganz anderen Zusammenhang, auf die Maueröffnung und auf das unglaubliche Versehen, aus dem heraus die Mauer so plötzlich, so gänzlich und so unwiderruflich aufgemacht worden war. Aber seine Worte paßten auch auf meine Liebe, und sie gefielen mir aus diesem Grund so gut, daß ich ganz gegen meine Gewohnheit das dritte Bier bestellte.

Malte trank es mit weg.

☆

Inzwischen ist Deutschland wiedervereinigt, und niemand lacht mehr über Mielke. Aber ich lache über Sonjas Prüderie, zumal sie eine Prüderie des Tages ist, die nächtens umschlägt ins Laster. Laster ist ein hartes Wort, und es paßt eigentlich nicht zu Sonja – aber wer wie ich zu Übertreibungen neigt, kann dieses Wort nicht umgehen, wenn er an Sonja denkt, wie sie sich nachts verwandelt. »Dr. Sonja und Mrs. Arsch« – auf die Formel kann man es bringen. Meine Braut ist Therapeutin und selber schizophren. So weiß sie wenigstens, was Sache ist, wenn sie ihre Unglückswürmer tröstet.

Kennengelernt habe ich Sonja vorletzten Sommer. Der

späte Frühling bescherte mir im Grunewald die Bekanntschaft einer gewissen Luitgard, einer zierlichen Madonna, die immer lächelte und fast nie lachte. Luitgard litt unter ihrem ausgefallenen Namen, nannte sich Lu, arbeitete im Büro einer Baufirma und dilettierte bildhauerisch mit Gips und Ton. Uns war nicht mehr vergönnt als eine schöne Woche, dann kam ihr Chef dahinter und erpreßte Luitgard mit Tränen und Drohungen. Die Zuschüsse zu Gips und Ton würde er ihr streichen, wenn sie ihn noch einmal mit einem jungen Schnösel betröge.

Aber unsere kurze Woche reichte für ein Fest im Laubengarten von Lus Cousine Trixi Carlsen, einer feschen Sekretärin, die aus der Hand las und Ziehharmonika spielte. Trixi begeht den Mai jedes Jahr feierlich in ihrer Gartenparzelle an der Havel und lud damals Lu dazu. Während ich mit meiner Flamme unter Apfelbäumen walzte und dabei auch zweimal auf den keimenden Salat trat, äugte ich hinüber in den Nachbargarten, wo eine Person unzweideutigen Geschlechts über ein Staudenbeet gebeugt stand und gegen Unkraut vorging. Ich nutzte die Situation, als es Lu zur Bowle zog und trat an den Zaun. Von der herüberwehenden Festfreude unbeeindruckt, hackte die junge Gärtnerin die Erde auf. Ich sah ihr ehrfürchtig zu.

Als sie aufblickte und sich mit ihren Unterarmen das Haar aus der Stirn schob, war es ein schmales, ernstes Gesicht, das mich beschämte, waren es tiefblaue Augen, die mich entzückten. Ich stand da und gaffte.

»Diese verdammten Maulwürfe«, knurrte sie. »Wenn ich einen von denen erwische, hau ich ihn mit dem Spaten platt wie'n Hamburger.«

»Wollen Sie nicht rüberkommen und ein bißchen mittanzen?« fragte ich, begierig zu erfahren, wie sich das prominente Hinterteil der Kleinen im Boogie-Rhythmus bewähren würde.

»Sie sind wohl noch nicht lange mit Carlsens bekannt?« entgegnete sie mit gesenkter Stimme, abschätzige Blicke ins Tanzgewühl werfend.

»Erst seit heute.«

»Dacht ich mir. Sonst hätten Sie gewußt, daß Carlsens mir niemals erlauben würden, ihren Garten zu betreten. Weil wir nämlich verfeindet sind.«

»Verfeindet?« rief ich erregt, augenblicklich zum Romeo auflaufend. »Aber warum in Gottes Namen?«

»Wegen der Maulwürfe«, seufzte sie und schloß die Augen. »Während ich der Meinung bin, daß man im Interesse der Pflanzen gegen diese Tiere vorgehen muß, sind Carlsens mit ihrer falsch verstandenen Tierliebe der Auffassung...«

Das Mädchen setzte mir, verächtlich schnaubend, die Hintergründe ihrer Fehde mit den Carlsens auseinander, ich aber hörte kaum zu und suchte statt dessen verliebt und fieberhaft nach einem Weg, diesen Zaun zu überwinden, der nicht nur aus Draht und Holz geflochten und genagelt war, sondern obendrein mit der zählebigen Feindschaft von Schrebergärtnern gesichert. Aber was hatte ich mit den maulwurfhörigen Carlsens zu schaffen, ich, der ich gekommen war, das Tanzbein zu schwingen und mich nun plötzlich vor eine viel größere Aufgabe gestellt sah.

»Wie heißen Sie?« fragte ich meine Julia.

»Was is?«

»Ihren Namen bitte. Ich möchte Sie wiedersehen.« Bis heute entsinne ich mich des ernsten Blicks, mit dem Sonja ihren Namen preisgab. Sie sei, sagte sie, aus Nordrhein-Westfalen.

Das blöde Fest holte mich in seinen Schoß zurück. Trixi gab mir das Akkordeon zu halten, ein kleiner Junge goß mir Bowle in den Schuh, und auf der Gartenbank wartete, lächelnd wie immer und ein bißchen angetütert, die zierliche Luitgard.

Zwei Tage später ertappte uns der Bauunternehmer, wie wir nach Büroschluß an der Bushaltestelle knutschten. Er stürzte in tiefe Verzweiflung. Ich floh mit der BVG. Am Abend gab mir Luitgard telefonisch den Laufpaß, der Weg zu Sonja war frei. Ich brauchte ja nur an ihrem Garten zu warten. Leider regnete es fast die ganze nächste Woche. Aber es kam die Stunde des Sonnenscheins. Und ich nutzte sie.

☆

Am ersten schönen Tag nach Trixi Carlsens Maifest stand ich vor Sonjas Pforte. Meine Gärtnerin saß unterm Flieder auf dem Rasen und richtete ihren Zopf, eine Haarklemme im Mund. Sie war nicht erstaunt, mich zu sehen, nahm sie doch an, ich sei auf dem Weg zu Carlsens und sagte ihr mal eben nur Hallo.

»Sonja…«

»Hhm?«

»Ich bin gekommen, um Sie wiederzusehen.«

»Nee!«

»Wie kann ich es Ihnen beweisen?«

»Lassen Sie sich was einfallen.«

Ich bat sie, alles stehen und liegen zu lassen und mit mir auf's deutsch-französische Volksfest zu gehen. Sie tat's. Kam das nächste Mal schon mit ins Restaurant. Danach ins »Wow« (Disco für Dauertänzer). Ins Museum. In den Botanischen Garten. Und wieder an die Havel, zu den Stauden, Küchenkräutern, Gespinstmottenräupchen und Maulwürfen. Das Wetter war wechselhaft im Sommer '89. Immer wieder goß es ganz plötzlich.

So auch an jenem Sonnabend im Juni. Wir suchten vor dem Schauer Schutz in ihrer Laube und tranken alkoholfreies Bier. Sonjas Gartenhäuschen ist nicht viel mehr als ein Unterstand; es beherbergt eine Truhe mit Liegestuhlauflagen, ein Regal mit gärtnerischen Utensilien, Büchern, Zigaretten und Haushaltskerzen. Ferner gibt's einen Plastiktisch samt Klappstühlen und einen alten mit braunem Plüsch bezogenen Lehnsessel. Dieses Möbel, das schon viel Feuchtigkeit aufgesogen und wieder ausgedünstet hat, riecht stark nach Leim und Moder; Sonja hatte es lange schon entfernen wollen, sich aber nie entschließen mögen, weil sie so gern hineinsank, um sich rauchend vom Gärtnern und vom Zank mit Carlsens zu erholen. Die bequemsten Sessel sind oft nicht die schönsten, und die, mit denen uns rührende Erinnerungen verbinden, muffeln bisweilen.

An jenem Abend hatten wir den Sessel erstmal freigelassen und mit den Klappstühlen vorliebgenommen. Wir gerieten in einen Disput über die Heilige Schrift, frag mich einer, wie wir darauf kamen, jedenfalls: Sonja war im Recht. Sie hatte sogar ein Exemplar der Bibel zwischen den Haushaltskerzen und Staudensamen liegen, holte es und suchte die Stelle. Dann las sie laut. Es klang verführerisch. Seit jenem Regentag bin ich am Neuen Testament interessiert.

»Diese tiefe Weisheit überlebt Jahrtausende«, sprach Sonja. Ich stimmte zu, was sie freute. Das Buch der Bücher sank in ihren Schoß.

Ich erhob mich und sagte etwas Dummes. Ich küßte ihre Schläfen und entflocht ihren Zopf. Ich küßte ihre Ohren und entfernte die Perlclips. Ich küßte ihre Lippen und öffnete den Kragenknopf. Ich erfuhr beglückt, daß sie die westliche Unart des Brutalküssens, bei der die Lippen überhaupt nicht zählen, Zähne und Zunge hingegen überstürzt eingesetzt werden, nicht pflegt. Behutsam liebkosten wir Lippe mit Lippe und Lippe mit Zungenspitze, Zunge mit Mund. Die Zeit verstrich. Als wir vom Küssen zum Entkleiden übergingen, dämmerte es.

Ich erledigte die restlichen Blusenknöpfe, sie schälte

sich rasch aus dem geblümten Teil. Ich öffnete ihren BH, stolz auf meine Fingerfertigkeit, und schob ihr die Träger über die Oberarme. Sie operierte an meiner Gürtelschnalle, war auch nicht ungeschickt mit ihren kurzen Fingern. Zwischendurch kam's zum Kuß, weil wir ein paar Sekunden der Einkehr und des Augenschließens nötig hatten. Endlich zog Sonja ihren sportlich-schlichten Büstenhalter ganz aus, um mir und der Mittsommernacht zwei kleine weiße Titten hinzuhalten, die ich mit ausgestreckten Händen grüßte.

Einstweilen waren wir nur zur Hälfte entblättert, es stand uns das größere Unternehmen noch bevor. Wir wußten beide nicht recht, wie wir's anpacken sollten. Fast schienen wir mit Mündern, Brüsten, Schultern und Haar genug zu tun zu haben, bis das Verlangen wuchs und wir die Arbeit an der Gürtelschnalle (sie) und am Reißverschluß des Hosenrocks (ich) wieder aufnahmen. Sie flüchtete sich an die Laubenwand, als nur noch ein Höschen Hüften, Bauch und Po vor meinen Blicken schützte. Sie tat so, als fehle ihr jetzt ein Schluck alkoholfreies Bier.

Ich pflanzte mich in den mächtigen Lehnstuhl ihr gegenüber. Ganz der privilegierte Inhaber eines Logenplatzes saß ich da und bat Sonja, das Bier stehen zu lassen, sich mit dem Gesicht zur Wand zu drehen und ihr weißes Baumwollhöschen selber auszuziehen. Sie tat es für mich.

Sie fand nur unter zeitweiligem Verlust des Gleichgewichts aus ihrer Unterhose. Aber wie wenig kümmerte es mich, daß meine Süße sich nicht mit der Eleganz einer Stripperin zu entkleiden wußte. Denn was sie zu bieten hatte, dürfte selbst unter Frauen, die ihre Schönheit verkaufen, seltene Mitgift sein. Inzwischen war es vollständig dunkel geworden. Sonjas Hintern aber prangte wie der eben dem Horizont entstiegene Vollmond in archaischer Autorität vor der Wand unserer Hütte. Und hieß mich ihn anhimmeln.

Ich zog eilig, ohne aus dem Lehnstuhl aufzustehen, meinen Slip aus, um ihr, die Anstalten machte, sich mir zuzuwenden, den Beweis des großen Eindrucks, den ihre Nacktheit auf mich gemacht hatte, vorzustellen. Sie drehte sich um und kam lächelnd auf mich zu. Ich faßte ihre Hände und gebot ihr, durch Führen ihrer Arme und leichten Druck, mir wieder ihren Rücken zuzukehren. Sie tat es zögernd und verwundert. Ich sagte mit einer Stimme, die vor Erregung kippte:

»Setz dich auf meinen Schoß.«

Sie tat es für mich. Jetzt hatte ich ihre tierische Masse da, wo ich sie hinhaben wollte. Ich umklammerte die Braut mit meinen Armen und drückte sie an mich, als sei sie ein Kind, das sich in der Eisenbahn vor fremden Mitreisenden fürchtet. Ihre Hinterbacken wogten mir über die Schenkel, ein betörender Schatz, gewichtig und kräftig, von glattester Oberfläche und hoher Temperatur. Mein Schwanz wurde mir gegen den Leib gepreßt, was ihm nur halb zupaß kam: Die drückenden Backen liebte er, aber wenig gefiel ihm der eigene Bauch. So suchte er da, wo sich die Backen trafen und übereinanderschmiegten, als wollten sie mit ihrer Fülle das Vorhandensein einer Ritze leugnen, Zugang. Er fand keinen, wiewohl ich mit Händen half. Die Kuppeln, sie ragten zu hoch, und sie schlossen zu fest. Mir blieb nur stumme Ehrfurcht. Mehr war nicht rauszuholen.

Das Kind auf meinem Schoß begann sich zu regen. Es wandte mir sein glühendes Gesichtchen zu und entfernte meine Hände von seinen Hüften. Verwirrt und beschämt gab ich es frei. Sonja lief zum Regal und trank einen Schluck. Sie packte eine Kerze aus, die sie anzündete. Sie stellte sogar die Heilige Schrift an ihren Platz zurück. Darauf öffnete sie die Truhe und holte die Liegestuhlauflagen samt etlicher Handtücher, Decken und Kissen hervor. Aus diesem Zeug improvisierte sie ein Liebeslager, und auf dieses Lager streckte sie sich hin. Auf den Rücken! Sie breitete die Arme aus und schloß die Augen. Sie wollte, daß ich ihr Gesicht und ihren Busen sah und ihren weißen Bauch. Ihr bestes Teil hatte sie in eine Schaumgummimatte gesenkt, so war es ihr offenbar lieber.

Ich verließ den Lehnstuhl, jenen mir ewig erinnerlichen Ort, auf dem ich eine große Aussicht und eine wonnige Berührung genossen hatte und ließ mich neben ihr auf dem Boden nieder. Wir umarmten uns im Schutz des Abends und des Regens und verhielten uns dabei ganz nach ihren Wünschen. Die aber waren erst zur Hälfte ausgeschüttet. Daß in der Tiefe noch was wartete, das wußte sie wohl nicht, und ich, ich wagte es ja kaum zu hoffen.

Zu den Wundern meiner kleinen Existenz zähle ich die Morgendämmerungen nach einer Liebesnacht, wenn mir das Vogelvolk mit kollegialen Trillern zu verstehen gibt: So ist es recht, Freund Igor, halte die Kleine fest und laß dich von ihr küssen. Sie sind immer gleich schön, diese Dämmerungen, ob's ein grauer Tag ist, der sich ankündigt, oder ob die Sonne schon über den Horizont steigt, ob das Mädchen neben mir eine Geliebte ist oder nur eine Freundin für ein paar Nächte. Luitgard und mich verband nicht viel, und doch wird mir die Zwitscherei im Hof ihrer Wilmersdorfer Neubauwohnung unvergessen bleiben. An Sonja sollte ich nicht nur Begierde, sondern große Hoffnung und Gefühle wenden, ich wußte es noch nicht, als nachts um vier vor ihrer Laube eine Amsel anschlug. Aber ich begrüßte diesen Gesang und den durch's Laubenfenster zwinkernden Morgenstrahl mit hellem Jubel. Und fühlte frischen Tatendrang.

Meine Liebste hatte neben mir geschlummert. Kaum rührte ich ihr Haar und ihre Schultern an, als sie auch schon glockenwach und liebeslustig war und sich, wie ich mich, rekelte und wand. Der Morgenschein gab uns neue Kraft. Die bewiesen wir einander, indem wir uns umschlangen und ein bißchen rangen und dabei vom Lager auf den bloßen Boden rollten, wo ich Sonjas schmales Gesicht von einem Lichtstrahl aufgeschlossen wiederfand.

So lieb mir dieses Gesicht war und so gern ich es betrachtete, so scharf war ich doch darauf, den Arsch der Ärsche ins Licht zu rücken und das, was ich am Abend im Finstern umfangen und mit der Hellsicht der Triebe verehrt hatte, nun im Schein der Sonne zu beschauen und mit den Augen des Augentiers zu begutachten. Ich wälzte meine Venus auf den Bauch, schob ihr fürsorglich eine Sesselauflage unter und hielt sie so, indem ich ihr auf Kreuz, Po und Schenkel mit den Fingerspitzen Schnörkel zeichnete. Dabei weideten sich meine übernächtigten Augen an dem voluptuösen Doppelberg, dabei versetzte dieser Berg meinen Schwanz nach einer Nacht mit bitteschön mehraktigem Liebesdrama wieder in Bereitschaft, in entschiedenere und ungeduldigere als zuvor; und als ich Sonja dieses Produkt ihrer Unwiderstehlichkeit fühlen ließ, indem ich mit ihm sanft dort anklopfte, wo ich hineinwollte, tat sie etwas vollkommen Überraschendes: sie hob ihn, den Prachtarsch, in offenkundiger Zustimmung und Vorfreude an, streckte ihn mir hin, und wimmerte dabei. Es war ein langer, hoher, schöner Ton, der nur bedeuten konnte, daß ihr all das wohltat. Daß sie endlich ihre Scheu verloren hatte und keine fremden Mitreisenden mehr fürchtete. Es war das Signal, das Sesam, das die Backen öffnete.

Mein Schwanz suchte, verirrte sich, traf den Ring, übte dort und kämpfte. Er scheiterte an der ungewohnten Enge und verzweifelte darüber. Er flüchtete runter zur vertrauten Möse, ich verlegte ihm den Weg mit der Hand. Erstaunt, sie glaubt es kaum, trifft diese Hand auf einen Saftspiegel. Sie erntet mit dem Zeigefinger ein paar Tropfen ab und bestreicht damit den Ring. Und siehe, er geht auf. Geht auf! Mein Mädchen stößt anfeuernde Rufe hervor und hilft durch Drehen und Winden ihres Beckens beim schwierigen Eintritt. Ihre Stollenwände reagieren spastisch und erschüttern das ganze Kind und mich. Ich konnte es kaum aushalten. Noch nie war meine Lust so scharf und dem Schmerz so verwandt gewesen. Als sie kam, preßte sie mir ihre Backen mit Macht gegen die Leisten und schluchzte. Ich hielt sie an der Taille fest und sah ihren Arsch, dieses starke Massiv, fassungslos zittern. Das gab mir den Rest.

☆

Ich weiß noch, ich schlief nach diesem Abgang. Nicht länger als ein paar Minuten, aber es war ein vollkommener Frieden, der mich hielt, dick war er, wärmend und weiß. Als ich die Augen öffnete, sah ich Sonja in ein Badetuch gehüllt dasitzen und rauchen. Ihr Blick war ernst.

Wir machten es bald noch mal und später immer wieder, ja wir spezialisierten uns auf diese Variante des Liebesakts. Meine Sonja, das stellte sich heraus, fand nichts auf der Welt so berauschend. Erst viel später gestand sie mir, daß ich an jenem Morgen beim Schlage einer Amsel ihren herrlichen Arsch defloriert hatte! Weder ihre verschiedenen Jugendfreunde noch Helmut Amrehn, dieser Gimpel, waren auf die Idee gekommen, diese bei Sonja sich von selbst darbietende Abfahrt in ihren Leib aufzusuchen und ihr die Lust zu schenken, die dort darauf gewartet hatte, freigefickt zu werden. Das war der Grund, vermute ich, warum sie Amrehn den Laufpaß gab und sich für mich entschied.

Aber Sonjas Arschgeilheit ist an die Nacht gebunden. Kaum trägt sie wieder ihr marineblaues Jackett über rosenholzfarbenen Jeans, so ist's, als wäre nichts gewesen. Sie vergißt das Glück, das uns ihr Dicker spendiert hat, interessiert sich für Diät und wird rot, wenn sie merkt, daß jemand hinter ihr herguckt. Ich weiß, was sie sich im tiefsten Herzensgrunde wünscht: 'n Arsch im Normalformat.

Ob sie sich außerdem einen Liebhaber wünscht, der über ihre Formen hinwegsieht und ihr die Illusion verschafft, sie habe eine ganz durchschnittliche und natürlich sehr hübsche Figur, an der außer Hübschheit nichts auffällt? Ob Helmut Amrehn so einer war? Ob er zu ihr gesagt hat: Ich finde, man merkt überhaupt nicht, daß dein Po ein bißchen dick ist, und sich so in die spießbürgerliche Kammer ihres guten Herzens hineingeschwindelt hat? Ob er vielleicht wirklich eher auf ihre Brüstchen und ihre kleinen Füße und all das aus war? Egal, er hat verloren, weil er nicht gewußt hat, wo die Musik spielt bei Sonja. Sie ist mein, weil mir durch einen Akt verkuppelt, auf den so ein Amrehn nie kommt.

☆

Jetzt steht sie vor meiner Tür, Sonja Katharina Rudolph, in ihrem braunen Trench. Sie lacht, wogt herein und legt ab. Sie hat mich nicht vergessen.

»Einmal«, sagt sie, auf ihren Zopf klopfend, »könnte doch ein guter Geist auf meiner Seite sein und mir einen Parkplatz bescheren. Aber nix da. Rate, wo ich geparkt habe.«

»Turmstraße?«

»Nö.«

»Kögelstraße?«

»Nö.«

»Clausthaler Straße?«

»Rabenstraße! Das sind zehn Minuten Fußweg bis zu dir. Nächstes Mal nehm ich die U-Bahn.«

Meine Rede. Ich persönlich schwöre auf die BVG. Aber Sonja fährt einen roten Kleinbus, zur Verfügung gestellt von der Kirche, und sie fährt ihn gern. Außer wenn das Gaspedal klemmt.

»Klemmt das Gaspedal noch?«

»Ja, aber das spielt keine Rolle, im Berlinverkehr kommt's seit '89 nur noch auf die Bremse an. Hast du einen Lederlappen besorgt?«

Ich habe sogar zwei Lederlappen besorgt. Warum hat sie's so eilig?

»Mußt du bald wieder gehen?«

»Nicht vor fünf.«

»Dann laß uns erst 'n Schluck…« Aber Sonja hat schon Tee getrunken, sie will an die Arbeit gehen. Tatendurstig strebt sie Richtung Küche. Warum bin ich so aufgeregt? Weil ich Sonja auf der Leiter sehen werde? Weil ich ahne, daß meine Rücksicht auf ihre Empfindlichkeit, meine gewohnte Heuchelei uns beiden nicht mehr guttut?

Plötzlich bin ich davon überzeugt, daß es doch eine Wahrheit gibt. Und die heißt: Sonjas Arsch ist auch am Tage schön. Und wert, ausgestellt und mit Blicken verschlungen, ja mit Händen geliebkost zu werden. Er gehört auf ein Podest – warum nicht gar auf eine Leiter? Der Fensterputz wär ein idealer Anlaß, uns beide ehrlich zu machen, wegzukommen von diesen dummen Übergrößen, Walle-Shirts und Blut-zu-Kopf-Steigereien tagsüber; zwischen uns beiden ist das doch lächerlich.

Sonjas Klienten und ihr Chef, die dürfen gern durch Pelerinen und artiges Vorderfront-Zukehren vor einem gewissen Anblick geschützt werden. Aber ich – ich möchte, daß sie mir gestattet, am hellichten Tage Hand an ihren Hintern zu legen. Ihn lange anzustarren, wenn sie auf der Leiter steht. Ohne Klamotten. Sie wird sich zieren.

»Aber Igor, hier am Fenster kann mich jeder sehen…«

Ich habe eine große Küchenschürze. Die werde ich ihr selbst vorbinden, damit kein Hinterhausbewohner beim Pflanzengießen aus dem Fenster fällt. Aber mehr als diese

Schürze sollte sie nicht tragen. Mir zuliebe. Einmal. Heute. Ich werde sie drum bitten.

Ich werde sie da packen, wo sie stark ist, werde die Therapeutin in ihr herausfordern. Und mich selbst schwach zeigen. Als erstes schwatze ich ihr ein Zigarettenpäuschen auf.

»Päuschen wovon? Wir haben doch noch gar nicht…«

»Ich wollte dir etwas Wichtiges sagen…«

»Oh. Ja?«

Sie reagiert. Ihr Ja kommt nicht ganz so heiter-gleichmütig wie sonst, es wappnet sich gegen eine Zumutung. Auch ist ihr Blick konzentriert.

»Ich habe«, fahre ich fort, »einen Wunsch.«

»Welchen?«

»Du wirst es wahrscheinlich kindisch finden…«

»Hhhh…? …!«

»Aber mir würde es etwas bedeuten, wenn du …«

»?«

»…wenn du beim Fensterputzen…«

»…?«

»…wenn du nichts anhättest. Es ist… eine Vision von mir, verstehst du, ein Traum…«

Als professionelle Versteherin muß sie verstehen. So nickt sie denn auch mit dem Kopf, runzelt aber dabei ihre Stirn und lächelt fragend mit geschürzten Lippen. Ich lasse sie ein Weilchen schmoren, was ihr nicht schlecht steht. Aber ich selbst schmore viel schlimmer und spüre, wie ich vor Scham vergehe. Ich bin mit der Tür ins Haus gefallen. Ich habe mich nicht bemüht, den Trank zu brauen, der Dr. Sonja in Mrs. Arsch verwandelt. Jetzt wird sie mich für alle Zeit verachten. Sie ist bloß schizo, ich aber bin ein Idiot.

Sonja saugt an ihrer Zigarette. Ihr schmales Antlitz wird noch schmaler, wenn sie schmauchend Hohlwangen macht. Ihre Augen widmen sich mit diagnostischer Wachsamkeit meinem Gesicht. An meinem Silberblick hat sie erkannt, wie peinlich mir das ist, was ich da angezettelt habe. Und wenn ich selbst nicht weiß, wie ich die Nacht zum Tage machen und unser Laster mit Brennspiritus und Lederlappen vereinbaren soll, wie soll dann sie es ahnen.

»Igor, du hast 'n Knall.«

»Ja.«

»Sei froh, daß ich dir überhaupt bei dieser Scheißarbeit helfe...«

»Bin ich ja.«

»...ich hab nämlich genug anderes zu tun.«

»Klar.«

»Derart muß *kein Mensch* seine Fenster versyphen lassen«, rügt sie.

»Sind noch nie geputzt worden«, gestehe ich. »Noch nie.«

»Schwein.«

Sie hat mich abstinken lassen. Hat mir den Korb nicht einfach nur gegeben, sondern an die Rübe gefeuert. Und ich bin selbst schuld. Hätte ja in all den Jahren mal mit 'm Lappen über die Scheiben gehen können.

☆

Jetzt ist mir gar nicht mehr nach Hausarbeit zumute. Aber Sonja befürchtet, die Frostperiode könne bald hereinbrechen, und dann wird Fensterputzen erst recht zur Strapaze. Also her mit Leiter, Eimer, Lappen und Essenzen und ran an die blinden Vierecke mit ihren rissigen alten Rahmen und ihren Messinggriffen in reinem Jugendstil. Bald setzen wir den Scheiben zu, daß die Ledertücher wimmern.

Leider kann Sonja Wenzel und mich nicht zu Juni begleiten, denn sie muß um sechs im Gemeindehaus sein, wo die Klienten zu einer Sondersitzung zusammentreten. Einer von ihnen, ein jähzorniger Quartalsäufer, hat sich entschlossen, die Gruppe zu verlassen, und das muß mit allen Mitteln verhindert werden.

»Mit was für Mitteln?«, frage ich, schon wieder eifersüchtig besorgt.

»Mit den Mitteln des vernünftigen Arguments und der indirekten Drohung. Es wäre eine Katastrophe für diesen Mann, wenn er jetzt aufgäbe. Er ist auf dem besten Wege, sich zu fangen, und schon glaubt er, auf die Therapie verzichten zu können. Bloß: er irrt sich gewaltig.«

»Welcher ist es denn? Hans-Walter Balthasar?«

Sonja zuckt bei der Nennung dieses vollen Namens leicht zusammen, denn eigentlich darf sie die Namen ihrer Klienten nicht weitergeben, und auch nicht die dahinter verborgenen Schicksale. Bei mir macht sie eine heimliche Ausnahme, weil sie weiß: ich schweige still.

»Nein«, haucht sie, den Lappen in den Eimer senkend, »es ist Lutz Kuhlbrodt.«

»Lutz Kuhlbrodt?« Ich lege eine tiefe Mißbilligung in diese drei Silben.

Hätten die alten Kuhlbrodts nicht noch einen vierten dunklen Vokal in den Namen ihres Sohnes reinstopfen können? Wenn schon, denn schon. Lutz-Urs Kuhlbrodt oder Otto-Gundolf Kuhlbrodt oder Ulf-Udo-Bruno Kuhlbrodt. Wie können Eltern so gedankenlos sein und ihr Kind für's Leben durch einen unheilbar schaurigen Klang seines Namens zeichnen?

»Hast du je überlegt, ob es einen Zusammenhang gibt zwischen Alkoholismus und zuvielen U's im Namen?«

»Hans-Walter Balthasar hat zu viele A's. Auf diesem Weg kommen wir nicht weit. Sag mir lieber: Warum nennt dein Freund Wenzel sich Wenzel, wo er doch Detlev heißt?«

»Wenzel sagt, Detlev ist ein Schwulenname.«

»Ach was?«

»Deshalb hat er den Namen seines Patenonkels angenommen.«

»Wie kann Detlev ein Schwulenname sein, wo doch die Eltern, wenn sie ihr Kind Detlev nennen, gar keine Ahnung davon haben, daß es später mal schwul wird?«

»Wenzel hat es mir so erklärt. Er muß es schließlich wissen.«

»Wieso?«

»Weil er schwul ist.«

»Wenzel ist schwul?«

»Ja.«

»Das wußte ich nicht.« Sorgsam wischt Sonja die Fensterbank trocken und fragt treuherzig:

»Warum nennt er sich dann nicht Detlev?«

Sonja ist eine Persönlichkeit, die sich von menschlichen Schrullen, Grillen und Narreteien niemals schrecken läßt. Noch der bizarrsten Abartigkeit, ja selbst einem geouteten Po-Fetischismus gegenüber bewahrt sie eine erstaunliche Gelassenheit, die mehr ist als bloße Professionalität, die an Philanthropie grenzt, an tief verwurzelte Menschenliebe, von der die wenigsten wissen, daß es sie überhaupt noch gibt. Ihre Freundlichkeit verleiht der ganzen Sonja eine lichte Würde, um derentwillen sie mir teuer ist und von der ich selbst gern ein Fünkchen hätte. Nicht mal vor der Güte macht meine Lust an der Verwandlung halt.

☆

Es stellt sich heraus, daß Lutz Kuhlbrodt aus dem Osten ist, aus Eisenhüttenstadt. Obschon er gleich nach der Wende in den Westen getürmt ist, wünscht er sich heute die Mauer zurück. Er kommt um vor Heimweh.

«...nach Eisenhüttenstadt!« versetzt Sonja, die stolze Duisburgerin. »Warst du mal dort?«

Ja, war ich. Und ich weiß, warum Lutz Kuhlbrodt zurückwill. Wie soll ich Sonja erklären, daß Heimweh nicht von der Schönheit eines Ortes kommt, wie soll ich ihr erklären, was das graue Pulver ist? Die Sache ist die: Das Zeug schmeckt überall anders. Und der wahre Grund für Heimweh ist nur dieser einzigartige Geschmack.

»Er gehört zu denen«, fährt Sonja sorgenvoll fort, »die immer sagen: Es war nicht alles schlecht.«

So verteidigen die Ossis ihr graues Pulver. Überall, wo Menschen gehen und stehen, werktätig sind und Blödsinn machen, fällt er an, der hochaktive Stoff. Also auch im Osten. Er kocht heraus aus einer Atmosphäre von verdunstendem Schweiß, zuckenden Affekten, schwebenden Ideen; man kann ihn nicht naturwissenschaftlich nachweisen, vermißt ihn aber sofort, wenn man ihn nicht mehr riecht.

Ich bilde mir ein, daß er sich materialisieren läßt – als ein Niederschlag, der zu grauem Pulver trocknet. Man braucht nicht so weit zu gehen, muß eins aber anerkennen: Ohne auch über das graue Pulver zu reden, kann man nichts über das Leben sagen. Das graue Pulver, sei es salzig vorhanden oder bloße Metapher, ist das Element, das unsere Erinnerungen kitzelt und unser Lebensgefühl würzt, weil es das Echo unserer Herzschläge und die Entropie unserer Gemütsbewegungen anreichert. Wir erkennen es sofort wie der Hund seinen Korb, wir niesen und sind grundlos glücklich. Ach, laß den Leuten aus Zittau und Eisenhüttenstadt ihr graues Pulver, Sonja. Es gab in der DDR mehr davon als im Westen, weil die Menschen mehr Angst hatten und mehr schwitzten und weil die Straßenreinigung nicht so gut funktionierte. Es saß überall dicke druff, und die Leute sind süchtig geworden.

»Es wird Zeit«, sagt Sonja unvermittelt.

Plötzliche Aufbrüche gehören zu ihrem Charakter. Jetzt, da meine Scheiben die gestaffelte Flucht eines dreifachen Hinterhofes gestochen scharf an meine Netzhäute heranlassen, hat Sonja hier nichts mehr verloren. Zum Bleiben ist es ihr bei mir zu eng, dafür gibt's Lichterfelde.

Ich küsse sie zum Abschied auf die Schläfen und danke für ihren Beistand.

»Vielleicht machst du Lutz Kuhlbrodt mal mit *meiner* Version der Dinge vertraut«, stichele ich, während ich ihr helfe, den erdfarbenen Herbstmantel um ihre Formen zu wickeln, »und erklärst ihm, daß Alkoholismus mitnichten eine Krankheit ist, sondern eine gottverdammte Fahrlässigkeit, und daß er besser daran tut, sich damit abzufinden, ein Mensch ohne tiefere Bedeutung zu sein.«

»Vergiß nicht, die Lederlappen auszuwaschen«, mahnt Sonja, »sonst kannst du sie morgen wie zwei Stück Pappe verfeuern.«

Sie bleibt auf der Schwelle stehen und sieht mich flehend an. Hat wieder vergessen, wo sie geparkt hat und muß sich erst besinnen. Ich bin ihr dankbar, daß sie nicht nochmal auf jene Vision zu sprechen kommt, die ich so roh in unziemliche, gestammelte Worte gefaßt hatte...

»Rabenstraße, Schatz.«

»Adieu, mein Freund«, sagt sie. Ich trete hinaus auf den Treppenabsatz und gucke hinter ihr her, wie sie die Stufen runterhüpft. Daß ich dabei eine Spur erröte, sieht sie gottlob nicht mehr.

☆

Dreimal klingelt's, das ist Wenzel. Ich winde mich die Stiegen herab, winke einmal kurz im zweiten Stock, denn ich ahne: Frau Busse späht durch ihr Guckloch, und setze durch's Vorderhaus. Da hupt Wenzel in seinem blauen Audi. Obwohl Juni um die Ecke wohnt, steige ich ein, und zwar hinten, denn Nuschke hat sich unter'm Vordersitz verkrochen; Wenzel kriegt ihn nicht raus, und es ist besser, wenn wir erstmal im Werkstatthof parken.

»Warum ziehst du bloß nach Köln, Wenzel!«

»Warum kommst du nicht mit, Igor!«

»Die KWP-Zentrale wird sowieso nach Berlin verlegt, hier spielt jetzt die Musik.«

»Was hier spielt, ist der letzte Akt, mein Guter. Versicherungen kannste keine mehr verkaufen.«

»Wieso das nicht?«

»Zu hohes Risiko. Die Policen müßten ins Aschgraue steigen. Berlin ist nicht mehr versicherbar.«

Ein Stimmchen fiept, ich sehe, wie Nuschkes Nase unter'm Vordersitz hervorwittert und zieh das Viech am Nakkenfell zu mir herauf. Es ist winzig, sieht mir aus wie eine Kreuzung aus Spaniel und Pudel und zittert heftig.

»Bist du sicher, daß der Kleene schon ohne die Mutter klarkommt?« frage ich erschrocken.

»Oh, der ist fünf Wochen alt, der kriegt bald feste Kost. Kannst du ihn halten?«

Ich könnte schon, aber mir ist nicht danach. Vorsichtig drücke ich das Tierchen auf das Rücksitzpolster neben mir, wo es fiepend über seine Ohren stolpert und auf Wenzels Baskenmütze schifft.

Jetzt sind wir da. Wenzel bringt den Hund in seiner Jakke unter, und wir drei begeben uns in den ersten Stock.

Ich klingle. Juni macht auf und steht da mit einer Schraube im Mund.

»Isch'n losch?«

»Wir ham was für dich«, sagt Wenzel und trappelt auf seinen Ledersohlen wie ein Steptänzer hin und her. – »Ham was für dich, ham was für dich.«

Juni hebt die Brauen und schiebt die Schraube mit der Zunge in die Backe. Er tritt zu uns in den Treppenflur und zieht die Tür hinter sich zu.

»He, was soll das, warum läßte uns nicht rein?« protestiere ich, aber da hat Juni schon seine Arme um meine und Wenzels Schultern gebreitet, die Schraube über das Geländer gespuckt und seinen kumpeligsten Ton angeschlagen:

»Kommt runter, Jungs, in die Schmiede, ich zeig euch was.«

Als mitten auf der Treppe ein lautes Quietschen ertönt und Nuschkes braunes Köpfchen sich aus Wenzels Blouson hervorwühlt, bleiben wir alle stehen. Juni sagt:

»Nee aber auch, sowat. Na komm her, du kleener Braten«, und Wenzel, lächerlich stolz auf das Tier, als hätte er es persönlich gezeugt, ruft kichernd dazwischen:

»Er hört schon auf Nuschke«. Und: »Wat saachste denn?«

»Nee sowat.« Juni schmilzt. »Nu komm doch. He, Nuschke, Puschke. He?« Die Freude ist allseitig und ungetrübt.

In der Werkstatt macht Juni kein Licht. Er läßt den Hund los – »damit er sich gleich an die Ratten gewöhnt« – und winkt uns an einem Fiat-Wrack und einem Reifenturm vorbei in einen Winkel. Dabei schimpft er auf Mecki, der mal wieder das Werkzeug nicht eingeordnet hat, »und so ein Chaot will Meister sein«. Auf dem Regal mit den Kanistern hat er einen alten Musterkoffer stehen, den er jetzt Wenzel zu halten bittet, aufmacht und um ein dickes, bräunliches Couvert erleichtert.

»Ratet, was da drin ist«, sagt er mit spitzbübischem Gesicht. Dann zeigt er's uns: zwei Bündel mit hübschen, alten, frischgepreßten Zwanzigmarkscheinen. Wir sind baff. Und vollends verstört, als Juni uns anvertraut, daß er die Pfunde aus den Eingeweiden der Berliner Erde geschürft hat: am Potsdamer Platz, genau da, wo mal die Mauer längsgelaufen ist.

»Is nich möglich.«

»Doch, ich sag's euch: runter mit dem Spaten in den Lehm. Hier – für eure Mühe.«

Wir kriegen jeder fünf Lappen. Sie sind von 1959 und riechen nach Tinte.

4. Kapitel

Das Mädchen vom Minipreis

Sonst kaufe ich nicht kurz vor Ladenschluß ein. Das Personal ist nervös, die Kundschaft knatschig, und die Weintrauben und Putenschnitzel sind alle. Aber heute muß es sein. Das geht so nicht weiter mit Madame »Lach-mich-kaputt«-Rosinski. Wenn sie Gefallen daran findet, sich nach Feierabend in Luft aufzulösen, dann werde ich dafür sorgen, daß sie mir *vor* Feierabend ihr Jawort gibt.

Schiß gilt nicht, los Igor, rein in den Puff.

Alle Welt kauft kurz vor sechs im »Minipreis« ein. Zwei Matronen kloppen sich um die letzten Weintrauben, eine Rotte Kids fahndet nach Waldmeister-Eis, und ein Mottenpulvergeruch verströmender Rentner beschwert sich, weil die Avocados Stellen haben. Was will diese Leiche auf Urlaub mit Avocados, warum nimmt sie nicht stattdessen Kartoffeln? Der Lagerverwalter bricht sich mit gerecktem Kinn Bahn durch den späten Kundenhaufen und klingelt schon mal prophylaktisch mit dem Schlüsselbund. Und wer sitzt an der Kasse? Etwa die Zwergin? Oder die dralle Marie? Ich äuge hinüber und reagiere auf den Anblick der goldblonden Fee zwischen Förderband und Kassentrumm mit einem so spitzen Glücksgefühl, daß mein Herz einen Hüpfer macht und mir die Apfeltüte auf die Füße fällt.

Umso besser. Operationsplan C 17 kann steigen. Ich reihe mich mit meinem Obst in die Schlange ein, und es dauert auch nur circa drei Stunden, bis es soweit ist und ich meine Ladung Vitamine auf's Band plaziere. Meine Auserwählte tippt den Preis ein und sagt mit ihrer lasziven Stimme:

»Zwei Mark neunzig.«

Ich lege einen von Junis Zwanzigern auf das Band, halte ihn jedoch fest und schiebe mit der anderen Hand ein rosa Pappkärtchen mit der Aufschrift: ICH MUSS SIE UNBEDINGT SPRECHEN. HEUTE UM 18 UHR AM HINTEREINGANG? über den Schein.

Loreley wirft mir, als ich das Geld nicht loslassen will, einen empörten Blick zu. Sie bemerkt das Kärtchen, liest es und läßt einen erschrockenen Blick folgen. Das alles dauert nur drei Sekunden und wird von keinem der wartenden Kunden registriert.

»Sind Sie einverstanden? Warten Sie auf mich?« frage ich mit Verschwörerstimme und gebe das Pfund frei.

Sie steckt es aufatmend in die Kasse und zählt das Wechselgeld ab. Es geht leider, wie immer, blitzschnell.

»Wat wollen Se?« flüstert sie und mustert mich unverschämt.

»Ich erklär's ihnen später«, antworte ich, das Wechselgeld scheinbar zählend und in der Hand wiegend, um Zeit zu gewinnen. Da sagt Loreley etwas absolut Beseligendes:

»Kommen Se um acht ins ›Fröhling‹.«

Als ich still dastehe und sie anstarre, während die Mutti hinter mir Hundefutterdosen auf's Band türmt, zischt Loreley ungeduldig und belustigt aus dem Mundwinkel.

»Wissen Se nich, wo's ›Fröhling‹ ist?« Klar weeß ick det, ha' ick imma schon jewußt, bin da jebor'n. Ich krächze:

»Doch, doch. Also dann. Um acht«, und stolpere, vor Wonne schielend und am Leibe schlotternd, dem Ausgang zu.

Loreleys weiche Stimme schallt, geschäftsmäßig und eine Spur genervt, hinter mir her:

»Junger Mann, woll'n Se Ihre Äppel nich mitnehm'n?«

☆

Spiegeleier mit Speck sind mein Leibgericht. Schon daraus ersieht der Menschenkenner meine tief im Physiologischen wurzelnde Anspruchslosigkeit. Aber Vorsicht, anspruchslos bin ich nur in Bezug auf die Dingwelt; kommen wir auf's Immaterielle und Sublime, da wo die Leichtverfügbarkeit und die Käuflichkeit enden, wachsen meine Wünsche ins Vermessene hinaus.

Opa konnte Spiegeleier so zubereiten, daß alles Eiweiß festgebraten war und alles Eigelb flüssig blieb. Dazu drehte er das Ei in der Pfanne um – over easy, wie der Amerikaner sagt – und briet es auf kleinem Feuer auch von der zweiten Seite, aber so, daß das Eigelb seine Konsistenz unter einer dünnen, goldenen Backhaut bewahrte. Er ließ fetten Speck aus und streute ein paar Würfel rohen Schinken über das Gericht.

Ich habe diese Kunst von ihm gelernt und sie im Westen verfeinert. Ich würze mit Zwiebelsalz und einem Hauch Paprika. Und ich achte auf einen knusprigen Eirand.

So auch heute abend. Bloß: als ich vor dem Teller sitze, bleibt mir der Appetit weg. Das ist mir noch nie passiert. Ich muß mordsmäßig verschossen sein in das Mädchen vom »Minipreis«, mehr als mir bewußt ist. Schließlich habe ich Hunger. Möchtest du lieber was andres, alter Magen? Ein Schmalzbrot? Oder ein Stück Leberkäs? 'N Apfel oder 'n Schluck Bier? Nix. Mir wird fast schlecht. Komm, Igor, leg dich auf dein Bett und atme aus.

Ich atme wieder ein vor Schreck und Ach-du-Scheiße! War nicht heute Kino angesagt mit Sonja Rudolph? Kommt sie nicht gleich mit ihrem roten Bus angeschaukelt, um mich abzuholen? Es gibt einen amerikanischen Polizeifilm. Mein Telefon klingelt. Das wird sie sein, um mir wie üblich zuzuzwitschern:

»Gleich bin ich da.« (Kußgeräusch). Sie ist es, aber sie sagt etwas anderes. Lutz Kuhlbrodt steckt in Schwierigkeiten, sie muß sich um ihn kümmern, und leider können wir heute abend nichts ins Kino gehn. – Gott segne den versoffenen Prol aus Eisenhüttenstadt!

»Was ist mit dem alten Lutz?«

»Seine Frau hat versucht, ihn umzubringen.«

»Was?«

»Sie hat versucht, ihn vom Balkon zu stürzen, als er in die Pelargonien gekotzt hat.«

»Himmel. Mit was für Leuten verkehrst du!«

»Bist du sehr enttäuscht?«

»Ich hab Verständnis.«

»Kriegst 'n Orden. Hab es gut.« (Kußgeräusch)

Ich hab es gut. Erst sieben Uhr. Noch eine Stunde. Ich leg mich auf mein Bett und atme endlich aus: alle Sorgen, allen Hunger, alle existenziellen Krisen und meine Angst vor Mieterhöhung. Ich hauche alle Unbill aus, um unbeschwert und neugeboren vor Frau Rosinskis Tisch im »Fröhling« anzutreten.

Das »Fröhling« ist ein Yuppie-Schuppen. Wir Bella-Gäste meiden ihn. Es gibt dort nur Flaschenbier, süße Suppen und allerhand Schnickschnack wie Salatbar und Hirsekuchen mit Papierschirmchen drauf. Vernünftige Würstchen sucht der Gourmet auf der Schleiflack-Speisekarte vergebens. Aber egal. Mit Loreley Rosinski würd ich mich sogar im Café Huthmacher treffen.

Sie hat mich gemustert. Das schamlose Weib hat an mir herauf- und heruntertaxiert, als hätte ich mich auf eine Kontaktanzeige hin an ihrer Kasse eingefunden. Es ging blitzschnell, aber es war eine Musterung. Schön sieht sie aus. Verdammt anregend, hätte Juni gesagt. Der wird mir einen ausgeben morgen bei »Bella«. Der Dreh mit dem Kärtchen wird ihn entzücken. Oh Freunde, wie überlebensgroß mein Glück zu dieser Stunde ist.

☆

Die Angst davor, daß sie Petra heißen könne, kehrt zurück, aber vielleicht wird sie mir erlauben, ihr einen Namen *meiner* Wahl zu geben und sich darin zu gefallen, von mir Evelyn genannt zu werden. Das wäre ein Ausweg aus der sich anbahnenden Petra- (oder Martina- oder Claudia- oder Andrea-)Katastrophe. Manchen Frauen schmeichelt ein Getu um ihren Namen. Ist doch der von den Eltern ausgesuchte, gewöhnlich phantasielose und unromantische Name immer schon ein wenig abgewetzt, so daß ein neuer Name, vom Liebhaber gewählt, etwas hermachen kann. Jedenfalls drückt er den Wunsch aus, der Begehrten exklusiv beizukommen, sie an Orten und zu Zwecken und unter einer Parole zu treffen, von denen andere Menschen nichts wissen. Genau nach so einer Konspiration ist mir zumute bei Frau Rosinski.

An dieser Stelle bricht meine Vorstellungskraft ihre Tätigkeit ab und schweigt vielsagend. Sie weiß, daß es jetzt die Wirklichkeit selbst sein wird, die das Wort ergreift und daß sie bald nicht mehr zählt. Verlagert sich also stammhirnwärts und läßt die Erinnerung plaudern. Es ist die echte Evelyn, die da in Rede steht und sich in Szene setzt, die aschblonde Friedrichshainerin Evelyn Mölcharetz.

☆

Das Unglück hatte uns zwei auseinandergejagt. Von ihr kam noch ein Glückwunsch zu meinem Abi sowie die Frage: »Wann wirste jezogen?« Als ich sagte: »Gar nicht«, strahlte sie, denn sie wußte, das mißfällt Annegret. Einmal noch ging sie, weil ich seine Hand halten mußte, für Opa in die Apotheke, dann sah ich sie lange nicht mehr. Daß sie aber nicht aufhörte, mir am Herzen zu liegen, merkte ich an der Unruhe, in die ich geriet, als drüben etwas vor sich ging. Da war es nämlich plötzlich still geworden. Kein Rumpeln mehr, kein Trampeln und kein Schreien. Eine erwartungsvolle Spannung hing über Tür und Flur, als sei die männliche Fraktion der Mölcharetzens aus Jenseits und Exil zurückgekehrt.

Sowas Ähnliches war's wirklich. Ein Kerl war in die Weiberwirtschaft drüben eingekehrt, ein wohlgestalteter Hüne mit einem Lachen, aus dem die Triller wie lauter Liebesgrüße in die Gegend stiegen. Mein Herz beruhigte sich, als ich erfuhr, daß es Annegret war, der seine Aufmerksamkeit galt. Er war ein Bonzensohn, selbst Parteimann und ungeheuer beliebt bei den Frau'n.

☆

Komisch, dachte ich, daß dieser ansehnliche Genosse mit Aussicht auf eine Laufbahn im Justizwesen sein Auge auf ein so betriebsnudeliges Geschöpf wie Annegret Mölcharetz wirft. Ich sah näher zu und erkannte, daß Mutti Mölles Liebling rein optisch einiges zu bieten hatte: tolle Beine, rote Haare und ein Gesicht wie von einem westlichen Reklamegrafiker entworfen. Ich hatte die große Schwester bisher ganz aus dem Blickwinkel der kleinen wahrgenommen und ihre Vorzüge glatt übersehen. Wieviel giftiger Neid war wohl in die Abneigung meiner Diana gegen ihre uneinholbar ältere und überall Eindruck machende Schwester hineingemischt.

Mir aber erschien Evelyn viel reizender als die angehende Bonzenfrau. Die Kleine schaute einen listig und verschwörerisch an, während die Große immer nach Planerfüllung aussah. Und Evelyn hatte die schöneren Augen, große, hellblaue Seelenfenster, die urplötzlich eindunkeln konnten zu marmorierten Mysterien. Annegrets Blick war dagegen stumpf.

Dr. Eberhard Wessdonck – so hieß der junge Kader und Bewerber um die Gunst der Bibliothekarin – war selbstverständlich anderer Ansicht, und das war ja auch völlig in Ordnung. Sollte er nur seine Annegret aus dem zankerfüllten Haushalt wegheiraten, das wäre bestimmt für alle das beste und für Evelyn ein Segen, denn sie würde die verhaßte Schwester los. Meine Freundin und ich kamen wieder ins Gespräch. Sie war aufgeschlossen und erzählte: von Eberhard, der eine politische Laufbahn anstrebte, von der Schwester, die erst heiraten wollte, wenn sie ihre Fortbildung zur Fachbibliothekarin hinter sich hätte, und von ihrem, Evelyns, siebzehnten Geburtstag. Und daß sie Physiotherapeutin werden wolle. Sie trug wieder eine Gerte bei sich und klopfte mir damit auf die Knie und die Schuhspitzen.

»Eberhard find't det unmöglich«, lachte sie, »det ick 'n Stock mit mir rumtrage.«

☆

Großvater erkrankte, es war eine Rippenfellentzündung. Ich schlug im Gesundheitsratgeber nach und fand, daß es Schlimmeres geben müsse. Dennoch kam der alte Mann ins Krankenhaus. Ich verstand nicht wieso. Ich besuchte ihn täglich und sah ihn hohler und hohler werden. »Warum helfen Sie ihm nicht?« fragte ich die Schwester. »In seinem Alter…« antwortete sie und wandte sich ab, um Plätzchen für die Schwesternkaffeestunde anzurichten. Ich lief davon, sorgenvoll, einsam, mit den Tränen kämpfend. Die Angst vor dem Verlassenwerden griff nach mir und hielt mich an der Kehle fest. Ich fuhr nicht mehr zu Beau Schuster, ich lief Stunden vor der Besuchszeit im Krankenhaus herum, ich machte dem von der Volkssolidarität beauftragten Kollegen, der gekommen war, um nach mir zu sehen, die Tür nicht auf. Ich aß kaum noch was. Ich verwandelte mich in eine streunende Kreatur, die ganz in Angst lebte und nur ihren Instinkten traute. Allein während der Minuten an Opas Krankenbett sprach ich mit meiner normalen Stimme und reagierte wie ein Mensch mit Empfindungen. Eines Tages kam ich und fand sein Bett leer. Man hatte ihn zur Leichenwäsche gefahren.

In meinem Schmerz nach seinem Tod vergaß ich Evelyn ein zweites Mal. Sie gehörte in meinen Augen zur Welt der Glücklichen, zu einer Spezies Mensch, denen Bier und Brot, Lieb und Treu, ein Urlaub am Plattensee und ein Fernsehapparat etwas bedeuten. Mit solchen Menschen hatte ich nichts mehr zu tun. Sie sollten ihre Kreise ziehen und ihre Dummheiten reden; solange sie mich in Ruhe ließen, war mir das egal. Ich fühlte mich am wohlsten unter Opas Bett. Ich war als Kind gern unter's Bett gekrochen, wenn ich Angst hatte oder müde war. Jetzt brachte ich hier Stunden zu. Mein Freund Sebastian kam, um mir Mut zuzusprechen, und seine Mutter lud mich zu Schweinelendchen ein. Eine Frau von der Wohnungsverwaltung erschien am frühen Morgen, um mir mitzuteilen, daß ich Einzelmensch jetzt zuviel Raum besetzte. Ich lachte erst, dann heulte ich und knallte ihr die Tür vor den Bug. Sie kam nicht wieder.

Eines Tages klingelte es, und Evelyn stand draußen. Die Treppenhausbeleuchtung war kaputt, mein Flurlicht hatte ich nicht angeknipst, und so konnte ich sie nur mit knapper Not erkennen. Dennoch sah ich sofort, daß mit ihr etwas nicht stimmte. Ich sagte: komm rein. Wir gingen ins Wohnzimmer. Da stand Opas Sessel, den ich nicht benutzte, und sie schob sich langsam hinein. Eine Gerte war nirgends zu sehen.

Wie sie sich verändert hatte! Ihr Gesicht war rund und

blaß, der Mund blaurot, und ihre Augen schwammen in schwerem Glanz. Sie streckte die Hand nach mir aus, um mir ihr Beileid zu bekunden, und als ich kam, um die kleine rote Hand zu ergreifen, legte sie ihre andere obenauf und darauf ihre Stirn. Sie weinte die ganze Zeit, beruhigte sich aber, als ich ihr über die Haare strich. Wir waren zwei Geschlagene, wie es schien, zwei Untergepflügte im Arbeiter- und Bauernstaat, und einer sollte nun die andere trösten.

☆

Evelyn erzählte mir ihre Geschichte. Sie war schwanger – von niemand anders als von Eberhard Wessdonck, dem strahlenden Funktionärssohn und aufstrebenden Staatsanwalt. Nein, nicht er habe sie verführt – umgekehrt sei es gewesen, sie, Evelyn, habe ihren zukünftigen Schwager umgarnt und ihn soweit gebracht, daß er sich mit ihr eingelassen und seine Braut im tiefsten Herzen verwundet habe.

»Soll das heißen, daß er jetzt *dich* heiraten will?« fragte ich erschrocken. Sie schüttelte den Kopf.

»Nee, nee, die beeden heiraten wie geplant. Aber natürlich kann Annegret et nich vawinden, det ick als erste 'n Kind von ihm bekomme.«

Sie sagte das mit einer Befriedigung, die mich vollends bestürzte.

»Warum hast du nicht abgetrieben?« fragte ich unfreundlich.

Evelyn knabberte an ihrer Unterlippe, brachte ein halbes Lächeln zustande und schüttelte dann stürmisch den Kopf.

»Det vastehste nich«, flüsterte sie.

»Wie?« fragte ich.

Ich hatte es mir so vorgestellt, daß die beiden in einem Anfall von Übermut ein einziges Mal miteinander ins Bett gegangen wären, um alles am nächsten Tag herzlich zu bereuen. Aber so war es nicht gewesen. Evelyn breitete erbarmungslos die Wahrheit vor mir aus, walzte sie aus vor mir armem Schwein. Ich hatte geglaubt, nichts mehr verlieren zu können, und nun merkte ich, daß da doch noch was zu quälen war in meiner Brust: Die so oft vernachlässigte Liebe zu Nachbars Töchterlein war's, die da noch saß und heute abgemurkst werden sollte von den selben kleinen roten Händen, die sie einst gesät hatten.

☆

Evelyn wirft auf den Bräutigam ihrer Schwester den ersten Blick und ist hin. Anfangs denkt sie, das geht vorbei, aber es wird stärker. Sie öffnet dem Mann die Tür, wenn er kommt, sie begleitet ihn zum Parkplatz, wenn er geht, sie ist immer da und viel mit ihm zusammen. Die zwei verstehen sich. Sie müssen über dieselben Sachen lachen, gehen beide gerne schwimmen und mögen Sahnemalzer. Annegret ist mit ihren Examina beschäftigt, kommt oft spät heim und ist nervös. Mutti Mölle backt einen Kuchen nach dem anderen und merkt gar nicht, was ihre Jüngste da anzettelt. Eberhard spielt anfangs den Onkel bei der Kleinen, aber nach und nach schmilzt seine Reserve. Evelyn ist unsterblich verliebt, zum ersten Mal und für alle Zeit, und das macht sie schön, stark und schlau. Sie gräbt sich in seine Phantasie, schlängelt sich in seine Sinne und bohrt sich in sein Herz. Er ist besiegt und küßt sie ab. Sein Wartburg auf einem Kaulsdorfer Baugelände wird der enge, harte Rokking-Chair für Evelyns ersten Geschlechtsakt.

Niemand kommt ihnen auf die Schliche. Eberhard sitzt in der Falle. Die Kleine hat ihn am Haken.

»Wie oft habt ihr... wie oft seid ihr zusammen gewesen?«

»Jeden Tag.«

»Jeden Tag?«

»Ja, jeden Tag.«

»Wo bloß?«

»Im Auto. Bei ihm zuhause, manchmal sogar bei uns. Wir fanden immer 'ne Ecke. Mal morgens, mal abends. Sogar halbe Nächte.«

»Und Herr Dr. Wessdonck?«

Wie konnte dieser Hund bloß Annegret ins Auge sehen! Evelyn zuckt die Achseln.

»Niemand hat wat jemerkt«, sagt sie stolz.

»Hast du ihn denn nicht gefragt: Wen willst du heiraten, sie oder mich?«

»Nee.«

»Warum nicht?«

»Wozu denn? Ick wußte doch: Er liebt mich.«

»Wurde es nicht Zeit, der Welt das mitzuteilen?«

»Neenee. Det vastehste nich.«

»Was verstehe ich nicht?«

»Eberhard ist 'n Mann, der Verantwortung trägt.«

»Aha.«

»Er wird Staatsanwalt. Wenn die Sache mit mir rauskommt, kriechter mordsmäßige Schwierigkeiten.«

»Soll das heißen, ihr haltet alles geheim?«

»Nur die Familie weeß et.«

Und ich, dachte ich.

☆

Als Evelyn merkte, daß sie schwanger war, behielt sie ihr Wissen für sich. Nicht einmal Eberhard weihte sie ein. Sie fühlte sich wohl. Die Familie hätte zur Abtreibung gedrängt, also wartete sie, bis die Schwangerschaft augenfällig wurde. Ihre Mutter faßte ihr eines Abends an den Bauch und verlangte eine Erklärung. Evelyn setzte sich auf einen Küchenstuhl und ließ die Bombe platzen. Dann erwartete sie die Zusammenbrüche, erst Muttis, dann Eberhards, zum Schluß Annegrets. Letztere mußte vom Bräutigam mit Gewalt daran gehindert werden, sich auf die Schwangere zu stürzen. Von Eberhard in einer Art Polizeigriff festgehalten, spuckte Annegret auf ihre Schwester. Der verzweifelte Bräutigam fuhr das Kebsweib in seine Wohnung in der Frankfurter Allee, um es vor der Raserei seiner Zukünftigen in Sicherheit zu bringen. Später, als alles geklärt war und Annegret wußte, daß ihr Freund zu ihr stehen und sein Heiratsversprechen halten wollte, beschloß man, daß die Frauen ihre Plätze tauschen sollten. Annegret also zog zu Eberhard in die Frankfurter Allee, und Evelyn kehrte heim in die Cecilienstraße. Seitdem hat sie ihren Liebhaber nicht wiedergesehen. Und gestern hörte sie von ihrer Mutter, daß Eberhard sein Treiben bitter bereue und niemals wieder mit seiner zukünftigen Schwägerin ins Bett gehen würde.

Evelyn schluchzte, als sie das berichtete. Sie verlangte ein Taschentuch, ich hatte keins und gab ihr ein Handtuch. Allmählich kam sie zu sich.

»Ick gloobe Mutti nich, det er sowat jesacht hat«, stieß sie während des Schneuzens hervor. »Und wenn er et jesacht hat, wird er sich nich dran halten. Ick kenne ihn.«

Soweit erzählte ich einst Sonja die Geschichte meiner ersten Liebe. Den dramatischen zweiten Teil verschwieg ich. Statt dessen fügte ich hinzu: Ich ließ es mir eine Lehre sein. Ich wußte jetzt: Das Mädchen meiner Wahl hat einen anderen. Auf das Glück ist kein Verlaß, der Mensch muß kämpfen. Ich beschloß, mich zum Jäger auszubilden, zum Fallensteller im Dschungel der Leidenschaften. Zum Sammler im Untergrund des Menschenelends. Zum Pflanzer im Garten der Wollust. Zum Maulwurfsmörder auf Sonjas Parzelle.

»Leider ist das«, lächelte Sonja, »kein besonders gut bezahlter Job.«

Womit sie ihr Lieblingsthema angesprochen hatte: Welcher Job ist gut genug für Igor Marenge? Auf dieses Thema hat Sonja ein Anrecht, denn: wo immer in meinem Leben etwas teurer kommt, springt sie ein. Sie verdient Geld, sie wirtschaftet, sie unterstützt mich. Also hat sie auch ein Recht darauf zu fragen: Was soll bloß aus dir werden, Freund? Wo soll das alles enden? Du mußt doch irgendwann mal Kohle machen.

Wenn ich ihr meine Liebe erkläre, spricht sie von der Zukunft. Ein Kreuzberger Zimmertheater suche einen Inspizienten, ob das nicht was für mich sei. Ich bin sofort dafür. Aber werde ich der Aufgabe gewachsen sein? Und wird mich die Truppe schwarz beschäftigen, denn schließlich will ich ja meine Arbeitslosenhilfe nicht verlieren.

Die Zukunft ist für mich ein heikles Thema, weil ich nicht weiß, wie lange Sonja meinen Schlendrian noch toleriert. Als Mensch mit Ausbildung, Ehrgeiz und beruflichem Erfolg hat sie womöglich trotz ihres Einfühlungsvermögens keine unerschöpfliche Geduld mit dem arbeitslosen Wunderknaben. Meine Pläne für später sind kaschierte Manöver, geschmiedet zu dem Zweck, einen Zustand der Freiheit, so wie er jetzt besteht und wie ich ihn genieße, gegen das andrängende Realitätsprinzip in Schutz zu nehmen. Dieses Prinzip heißt derzeit ja bloß Miete, Brot und ein paar Groschen für meine diversen Laster, ist somit noch nicht allzu hart und durch die Arbeitslosenhilfe finanzierbar. Aber wie lange kann das so weiterlaufen? Und steht nicht ein Abstieg in die Sozialhilfe bevor?

Als ich im Westen angekommen war, hatte ich mich zunächst an der Technischen Universität bei den Architekten umgesehen – aber dort wurde so viel Mathematik verlangt, daß ich gleich wieder aufgab. Ich wechselte zur Freien Universität und zu den Altphilologen – wie freute ich mich darauf, Griechisch zu treiben, ohne einen Bezug zum Kampf der Arbeiterklasse herstellen zu müssen. Doch leider schied ich auch hier im Vorfeld aus – diesmal, weil mir die Hochschulbürokratie dumm kam. Die zweifelten an meiner Identität, hielten mein Abiturzeugnis für gefälscht und wollten mir das Eingeständnis abzwakken, ich hätte drüben im Gefängnis gesessen. War ich in den Westen gekommen, um mir von durchgedrehten Bürohengsten in den Arsch beißen zu lassen, hatte ich mit so was zu Hause nicht genug Spaß gehabt? Aber wahrscheinlich wäre ich doch unter das Joch gekrochen, um die Sprache Homers zu studieren, hätte nicht plötzlich aus den Himmeln des Westens eine viel stärkere Faszination zu mir gesprochen, und die hieß: Amerika. Im Osten hatte ich sie geahnt und mich gegen sie gewehrt, weil Großvater diese Faszination nicht teilte und weil ich wußte: da komm ich ja doch nie hin. Jetzt, im Westen, wiesen jedes T-Shirt, jeder Pop-Song, jede Leuchtreklame, jeder Action-Film und jeder lesenswerte Roman auf dieses Traumland hin. Ich brauchte kein Arkadien und keinen Olymp mehr, um das schlichtweg Wunderbare in ein Wort zu fassen, und New York City und die Statue of Liberty, diese geweihten Namen neuer Sehnsuchtsziele, waren keine Literatur, sondern es gab sie wirklich. Ich überlegte nicht lange.

An Begabungen besaß ich außer meiner Verstellungskunst und meiner Pfiffigkeit beim Kartenspiel ein beglaubigtes Sprachtalent. Also beschloß ich, das mir vom Staat zustehende Stipendium zum Erlernen der englischen Sprache zu verwenden. Ich wollte erst ein halbes Jahr nach London, aber Geldmangel trieb mich nach zwei Monaten zurück. Veit empfahl mir eine Sprachenschule in Charlottenburg, die ein gestaffeltes Kurs-System bis zum Konferenzdolmetscher-Examen anbot. Ich belegte Englisch und Russisch und errang in beiden Klassen beste Plätze. Erst als ich nach bestandener Übersetzerprüfung schüchtern auf Jobsuche ging, erfuhr ich, daß ihr Antikommunismus die Elite des Westens keineswegs daran gehindert hatte, russisch zu lernen. Mit Übersetzern meiner Qualifikation kann man in Berlin die Straßen pflastern. Im Grunde ist ein Sprachstudium an der Charlottenburger Brandt-Schule nur dazu gut, Mädchen kennenzulernen. Aber was heißt »nur«? An dieser Schule genoß ich sie, die erotischste Zeit meines Lebens. Knappe zehn Minuten von der Brandt-Schule entfernt lag das »Wow«, eine Disco für Dauertänzer, die mich bald umsonst reinließ. Ich glaube beinahe, ich habe nur drei Schülerinnen meines Jahrgangs ausgelassen: die eine war verheiratet, die zweite konnte mich nicht leiden, und die dritte hatte was gegen Sex.

☆

Die ersten Schreckensmeldungen über AIDS beendeten jene Zeit unbeschwerter und glorreicher Promiskuität. »Unbeschwert« ist nicht *ganz* richtig, denn manchmal ging dem einen oder der anderen das Wechselspiel zu schnell, und es hieß auf der Hut sein bei Briefen mit leidenschaftlichen Postscripta und Nebenbuhlern mit breitbeinigen Gangarten. Mir hatte sich – und ich fand, nach all den Martern der letzten Jahre, keinen Tag zu früh – ein umsichtiger Schutzengel beigesellt, der mich stets zur rechten Zeit aus der Gefahrenzone hob. Es kamen die Abschlußprüfungen und die Medienkampagne über die neue tödliche Geschlechtskrankheit, und die Schar der ewig verliebten Sprach-Studenten stob auseinander wie ein Vogelschwarm, wenn's donnert. Gedrückt von Angst und Schuldbewußtsein ließ ich Charlottenburg hinter mir, das überflüssige Diplom im backpack, und wählte daheim die Nummer des Gesundheitsamtes, um einen Termin für den AIDS-Test zu erbitten. Hatte ich, als ich das Gesundheitsamt betrat, gehofft, von der Seuche trotz allem verschont geblieben zu sein, so war ich überzeugt, mein Todesurteil durch die Testprozedur herbeizitiert zu haben, als ich das Amt verließ. Nemo ante mortem beatus est. Es kam die Nachricht, daß alles in Ordnung sei, und ich wollte sie nicht glauben. Ich fürchtete, es liege ein Irrtum vor. Dann aber kehrte das Leben, das ich schon verabschiedet hatte, laut rauschend in meine Blutgefäße und Herzkammern zurück, und ich erinnerte mich sehnsuchtsvoll an die Namen der hübschen Übersetzerinnen, mit denen ich's getrieben hatte: Katja, Uschi, Carmen-Renate... Ein Lyriker könnte allein aus diesen Namen die schönsten Strophen komponieren. Wo sie wohl abgeblieben waren, meine Mitschülerinnen, meine Tänzerinnen, meine Liebhaberinnen? Ob sie manchmal an mich dachten? Aber wie das so geht, ich sah keine wieder. Statt dessen geriet ich an Luitgard, und die führte mich zu der Frau, die mein Herz fing.

☆

Wie stets auf das Schlimmste gefaßt, fragte ich Sonja kürzlich ohne Umschweife.

»Ich liege dir verdammt auf der Tasche, wie?«

»Ach, woher denn«, tröstete sie mich. »Du schuldest mir, warte mal, 32 Mark 50. Ich hab letztens deine BVG-Monatsmarke bezahlt. Und ich schulde dir... Moment. Was hast du ausgelegt neulich beim Bäcker? Ich glaube, wir können das verrechnen.«

»So meine ich es nicht. Dir winkt eine Karriere. Du wirst bestimmt bald die Beratungsstelle leiten, und ich, ich werde auf dem Flur des Sozialamts die drop-outs anführen – sofern ich rechtzeitig genug aus dem Bett finde, um der erste in der Schlange zu sein. Das paßt nicht zusammen.«

Solche Anwandlungen von Zukunftsangst spiele ich

meiner Liebsten mit dem lebensechten Ausdruck gezügelter Verzweiflung vor; ich mache das hervorragend, cool, mit einem blitzartig mein wehes Lächeln löschenden Lippenzittern. Es wirkt immer. Sie kommt und küßt mich. Aber es wirkt auch auf mich. Ich bin nicht vollends cool. Ein Stück Furcht irrt durch mein Gedärm und läßt sich nicht ausscheiden. Es ist keine Furcht vor dem Leben ohne Arbeit, vor dem Dastehn ohne Ansehn, vor dem Auskommen-Müssen mit wenig. All das schreckt mich nicht. Es ist die Furcht davor, daß Sonja am Ende doch Anstoß nimmt, daß sie enttäuscht auf Abstand zu mir geht und daß ein geheilter Hans-Walter Balthasar, ein Mann, der es trotz seiner liebeleeren Jugend zu einer Führungsposition im Lebensmittelgroßhandel gebracht hat, ihr mehr bietet. Daß der oder ein anderer sie abwirbt. Schließlich: was hat sie schon von mir außer Liebe? Wir sind seit einem halben Jahr offiziell verlobt, aber dieses Verlöbnis ist keine Garantie auf nichts. Im Gegenteil, es bestätigt doch in seiner Vorläufigkeit, daß uns noch was zu unserm Glück fehlt, und das ist meine Laufbahn.

Ich ahne, was Sonja wünscht. Sie spricht nicht davon, aber ich kenne sie ja. Es hat mit Familie zu tun und gesicherten Verhältnissen. Sie verdient so was, ja mehr: sie braucht es. Ihre Arbeit mit den Abgestürzten der Leistungsgesellschaft ist hart, da muß eine Gegenwelt, in der Normalität und Frieden auf sie warten, unbedingt bereitstehen. Nur: wird das was mit *mir*? Und wenn nicht: was wird sie tun? Mich aufgeben? Oder mich zu einem Praktikum im Lebensmittelgroßhandel zwingen?

»Was wirst du tun, wenn ich nicht bald Arbeit finde?« fragte ich zaghaft.

»Ich werde dich in ein Faß stecken, das von innen mit rostigen Nägeln ausgeschlagen ist und dich vom Rodelberg in der Hasenheide runterrollen.«

»Ich kann bei Malte im Kopierladen anfangen. Er

macht eine Filiale in Pankow auf. Ich könnte den Farbkopierer warten und den Kunden bumsende Igel auf ihre T-Shirts drucken.«

»Hast du dazu Lust?«

»Ja, doch. Nur: Pankow ist aus der Welt. Vor allem im Hinblick auf Lichterfelde.«

»Dann versuch es bei der Kreuzberger Theatergruppe. Die sitzt nicht weit vom Südstern.«

Die Namen der Berliner U- und S-Bahn-Stationen sind, zum großen Teil, von bukolischer Poesie, fast so wundersam wie die der Londoner Tube. Für mich als Ossi versprachen einst »Gesundbrunnen«, »Zoologischer Garten« und »Waidmannslust« die schönsten Jagdgründe für alle meine Beutezüge, während »Birkenwerder«, »Falkenhagen« und »Wuhlheide« erst wieder einen Klang bekamen, als sie für mich nicht mehr erreichbar waren. Heute können alle überallhin, was wohl nur *den* Berlinern irgendwas bedeutet, die nicht-motorisiert und fähig sind, die Verheißungen von U- und S-Bahn-Schildern zu empfinden. Ich nähme, im Ernst, den Theaterjob schon deshalb an, weil es mir ein Fest wäre, täglich am »Südstern« auszusteigen.

»Von wem hast du den Tip mit dem Theater?« fragte ich bange. »Von Hans-Walter Balthasar?«

»Ach was«, sagte sie, »von Dagmar.«

☆

Manchmal träume auch ich, verstohlen und im Bewußtsein meines unwürdigen Status, den Familientraum mit Sonja. Ich sehe uns dann vor mir inmitten einer Schar pummeliger Nachkommen, alle fünf weiblichen Geschlechts und wie die Mutter mit märchenhaften Bürzeln bestückt...

Aber würde ich dafür eine Karriere nach Yuppie-Art ankurbeln? Es heißt ja, daß die Yuppies, erschöpft und desillusioniert, aus ihren Wertpapierbörsen und Werbebüros nach und nach zurück in die Normalität streben, dahin, wo das Geld *nicht* auf Bäumen wächst und die Mädchenherzen so wetterwendisch sind wie überall sonst auf der Welt. Ich hätte ihnen das ins Stammbuch schreiben können: daß die Jagd nach dem Geld nur müde und nicht glücklich macht, sogar, wenn man erfolgreich jagt und tatsächlich reich wird. Die meisten für Geld zu erwerbenden Glücksgüter erweisen sich nach einer gewissen Frist als Langweiler. Das ist so und wird immer so bleiben. Interessant, aufwühlend, beglückend sind ausschließlich Menschenküchen, in denen graues Pulver auf die Fliesen rieselt, welches nun mal nicht käuflich ist. Das hätte ich den Yuppies und allen, die es sonst noch wissen wollen, gleich sagen können. Aber wer fragt schon einen geborenen Ossi?

☆

Der »Anspruchslose« ist eine meiner vielen Rollen. Ihn spiele ich besonders gern, aber nicht besonders gut, kommt er doch dem geheimnisvollen Kraftfeld, das Sonja und andere als mein »wahres Ich« bezeichnen würden, gefährlich nahe. Ich glaube nicht an das wahre Ich. Viel zu gern spiele ich den Kenner, den Genießer, den Gewinner, um nicht zu wissen, daß der »Anspruchslose« nur eine meiner vielen Gesichter ist. Ich finde mich sympathisch ohne Fernseher und Führerschein. Aber ob das Frau Rosinski auch so gehen wird?

Neulich fragte Sonja:

»Was würdest du tun, wenn du reich wärst?«

Diese Frage machte mir Spaß. Nein, ich bin nicht der Mann, der vor einem Goldklumpen die Flucht ergriffe. Ich hätte keine Lust, ihn zu jagen wie Malte oder nach ihm zu buddeln wie Juni, aber ich wiche ihm nicht aus, käme er auf mich zugerollt.

»Nach Amerika fahren. Mit dir.«

Leider habe ich Hornochse diese kavaliersmäßige Antwort *nicht* gegeben. Ich habe den Fehler gemacht, meine exzentrischen Spekulationen vor ihr auszubreiten und davon gesprochen, daß ich eine Turnhalle mieten würde, um das Totalmodell der Stadt Berlin (*mit* Menschen *und* Hunden) auf eine gigantische Platte montieren zu lassen, und daß ich Juni als technischen Berater einstellen würde, schwarz und nach Feierabend, insbesondere für die Drehvorrichtung würd ich ihn brauchen, aber auch für das Oberlicht, denn ich wollte über dem Gendarmenmarkt eine Light-Show niedergehen lassen. Veit bekäme auch einen Job, er würde die Dossiers in seinen Computer einspeisen und den S-Bahn-Ring schließen und dann dächte ich an einen italienischen Architekten mit Namen Luigi oder so ähnlich, der das Modell täglich mit mir dynamisieren würde, so daß es lebte wie das wirkliche Berlin und...

Ich habe tatsächlich so einen Quatsch erzählt im Angesicht meiner lieben Sonja, die wie üblich unerschüttert blieb und zärtlich grinste. Aber die Amerika-Antwort hätte ihr mehr bedeutet. Nochmal mache ich diesen Fehler nicht. Bei der Rosinski bestehe ich auf einer Reise nach New York und auf einer Suite im Plaza.

☆

Es ist soweit, kurz vor acht. Ich rutsche, tobe, falle aus dem Haus und renne Herrn Bock um, der sein traniges »So was hamwa gerne« von sich gibt. Jetzt also ins »Fröhling«.

Vor der Tür des Lokals fetzt mir eine kleiner Angstschreck durch die Brust, und ich streiche mir den Solarplexus. Bloß jetzt nicht schielen! Ich hole den Kamm aus der Tasche und fahre damit durch meinen Wuschelkopf. Stehen mir die Jeans? Immer stehen mir die Jeans. Hinein in den Yuppie-Stall.

Da sitzt sie. Und – du kriegst die Motten! – sie ist nicht allein. Ein Typ hockt ihr vis-à-vis, auf den sie eifrig einschwätzt, ihre langen, weißen, gepflegten Finger dabei um einen Bierdeckel flechtend. Was ist das? Hat die einen Dreier mit mir vor? Ich will schon abhauen, dann aber siegt der Jäger in mir, dieser unbeirrbare, eiskalt zielende, jubilierend abdrückende, und ich stampfe auf den Tisch zu, die Faust geballt, den Gegner messend. Beide, Rosinski und der Knabe, erblicken mich zur selben Sekunde, fahren auseinander, stehen auf. Die Sache klärt sich. Der Mann ist hier Kellner. Hat sich mal eben zu ihr gesetzt, weil nicht so viel los ist.

»Ciao, Heinzi.«

»Ciao, Vicky.«

So erfahre ich ihren Namen: unvermittelt, viel zu früh und nicht von ihren Lippen. Aber er gefällt mir.

☆

»Darf ich auch Vicky sagen?« Sie breitet die Hände aus, als wolle sie damit bedeuten: Sind wir nicht alle eine große Familie? und setzt sich mit einem bejahenden Seufzer.

Sie wirkt nicht müde. Es könnte früher Morgen sein, so heiter leuchtet ihr Gesicht. Ihre Haut ist hell und mattschimmernd, ein paar kleine rote Stellen und ein Leberfleck neben der Nase erscheinen wie ihr ganz privater Spaß. Meine Schönheit verpflichtet mich zu nichts, verehrter Verehrer, ich nehme mir heraus, sie mit kleinen Makeln zu sprenkeln, wo immer es mir beliebt! Diese Augen gucken nicht, sie grüßen, sie winken. Sie tun das leise und insgeheim, aber unmißverständlich und eine Spur anzüglich. Sie sind grün.

»Vicky paßt zu Ihnen.«

»Wieso det?«

»Es ist die Abkürzung von Victoria, englisch ›Victory‹.

Und Victory heißt ›der Sieg‹.« Ich sollte hier nicht den Anglisten raushängen lassen. Kann sein, daß sie das abstößt. Doch sie geht darüber hinweg.

»Sagen Se mir jar nich, wie Sie heißen. Sie denken sich ja doch 'n Phantasienamen aus. Wenn Heinzi nich jeplappert hätte, ick hätt mich Ihnen unter meinem Pseudonym vorgestellt.«

»Sie benutzen ein Pseudonym?«

»Naja...«

»Schreiben Sie Bücher?«

»Quatsch.«

»Oder treten Sie als Rockstar auf?«

Sie stutzt. Dann ruft sie Heinzi.

»Bringst du mir 'ne Cola-Rum? Und wat trinken Sie?«

»Einen Kaffee.«

Bemerkenswert, diese Dame. Sieht mir an der Nasenspitze meine Verwandlungslust an. Und hat offenbar selbst ähnliche Neigungen.

»Wie lautet Ihr Pseudonym?«

»Lassen wir det. Sagen Se mir lieber, warum Sie mich sprechen woll'n.«

»Ich will Sie nicht ›sprechen‹. Ich... äh... meine, ich will mehr, als Sie einfach nur sprechen... (räusper) Nicht, daß Sie mich mißverstehen. Ich möchte Sie *kennenlernen.*«

»Warum?«

»Sie – gefallen mir so gut. Wenn ich im Minipreis einkaufen geh, ist das für mich ein Rendezvous. Ich geh meistens morgens, wenn's noch leer ist und mach Faxen an der Kasse, damit Sie auf mich aufmerksam werden. Zum Beispiel habe ich neulich mein ganzes Kleingeld runterprasseln lassen. Erinnern Sie sich wirklich überhaupt nicht an mich?«

Sie blickt mir höchst amüsiert in die Augen, führt die Hand zum Mund, um einem Kicheranfall vorzubeugen, platzt aber doch los. Ich kenne ihre Lache schon. Sie ist hoch, zuchtlos, buhlerisch, bacchantisch und ansteckend. Wir prusten beide, daß die Kaschemme bebt.

»Sie ham ja 'n Hau«, quiekt sie.

»Was?«

»Sie komm' in den Laden, um...«

»Naja, ja. Um mit Ihnen anzubändeln, wenn ich das so offen sagen darf. Sie sitzen an Ihrer Kasse und sind so schön, und ich bin hin und weg, da ist es nur natürlich... Sie haben mich immer übersehen. Ich versteh das ja. Sie müssen hart arbeiten, da hat man keinen Sinn für animierte Kunden, das ist logisch. Aber ich konnte mich einfach nicht damit abfinden. Ich dachte, wenn ich nur *einmal* die Chance hätte, mit Ihnen allein zu sein...«

»Du meine Güte! Wie lange jeht det schon?«

»Ein paar Wochen.«

»Echt?«

»Absolut.«

»Ick fass et nich...«

»Sie finden mich wahrscheinlich ein bißchen langsam, und ich gebe zu, ich bin kein geborener Draufgänger. Ich wär gern einer und versuche mich dazu auszubilden, aber es dauert seine Zeit, und Sie war'n bisher mein schwerster Fall. Denn schließlich: Sie gucken immer durch alles hindurch. Man kann machen, was man will, das Zigaretten- und Kaugummi-Regal umschmeißen...«

»Sagen Se bloß, det war'n Sie neulich...«

»...Obst unausgepreist in den Korb packen oder hinten in der Schlange Streit anzetteln: Sie gucken einfach nicht hin!«

Jetzt lacht sie nicht mehr, jetzt lächelt sie. Neigt den Kopf dabei leicht zur Seite. Sie umgreift den blonden Haarbusch, drückt ihn ein bißchen zusammen und hebt den hinteren Schopf kurz an, um ihn gleich darauf über den Nacken wieder herabwallen zu lassen. Als wolle sie fragen: Soll ich die Haare offen tragen? Oder hochgesteckt?

Mir gefiele dieses Weib auch ohne Haare oder zottelig wie eine ungarische Hirtenhündin. Ihre Hände sind groß, schmal und glatt, als wären sie aus Glas. Ob ich sie ergreife? Nein, jetzt noch nicht.

»Sagen Sie mir Ihr Pseudonym, Vicky.«

»Ach komm'n Se. Meen Pseudonym kenn' alle möglichen Leute. Sie wissen meinen richtjen Namen.«

»Ich teile diese Privileg mit Heinzi.«

»Heinzi is'n juter Freund.«

»Hab ich Chancen, das auch zu werden?«

»Wennde uffhörst mit dem Jesieze...«

»Is kein Thema. Also: Vicky...« Wieder legt sie den Kopf zur Seite und lächelt. Ja, ich habe mich richtig erinnert: Zwischen ihren vorderen Schneidezähnen klafft ein winziger Spalt. Der *teilt* ihr Gesicht ebenso wie das Grübchen im Kinn und die winzige Kerbe an der Unterseite ihrer Nasenspitze. Ich habe bisher nicht gewußt, daß diese feinen Teilungsmarkierungen ein Gesicht so verdammt anregend machen können. Vor Verlangen nach ihr brennt mir der Arsch in der Hose. Aber mein Instinkt warnt mich: Es ist viel zu früh, dieser Braut an die Wäsche zu gehen, oder habe ich bloß Schiß? Egal. Meinen Begierden zum Trotz bin ich die Ruhe selbst, nehme artig vorlieb mit ihrem Anblick und sage ihr ins Gesicht:

»Montagabend hab ich am Hintereingang des Minipreis auf dich gelauert. Du kamst auch, Arm in Arm mit den anderen Mädchen. Aber urplötzlich warste wieder weg.«

»Montagabend?«

»Hhm.«

»Ach, da bin ich mit den andern nur raus, um... Meene Kollegin hatte wat Komischet zu erzählen, und ick wollt wissen, wie's ausjeht. Danach bin ick zurück in'n Laden.«

Um mit dem Lagerverwalter auf der Damentoilette... Oder was macht Vicky Rosinski abends um halb sieben an ihrem längst geschlossenen Arbeitsplatz?

»Zurück in den Laden? Wozu das?«

»Mein Chef wollte mich sprechen.«

Aha, der Opelfahrer ist der Glückspilz.

»Isser hinter dir her?«

»Quatsch. Et jing um die Überstunden. Er drängt und drängt uns, und wir woll'n nich mehr.«

Heinzi bringt Kaffee und Cola-Rum. Er streift mich mit einem feuchten Blick und lächelt grundlos überlegen. Das Lokal füllt sich. Der »gute Freund« wird zu tun haben und nicht noch einmal stören.

»Dein Job ist ziemlich hart, nehm ich mal an.«

»Och, et jeht so. Die Kollejinnen sind in Ordnung, det Arbeitsklima is okay. Niemand regt sich über Fehlbons auf oder wenn man ma die Pause überzieht. Da hab ick Schlimmeret erlebt.«

»Erzähl die komische Geschichte von Montag.«

Ich habe das nur gesagt, weil ich möchte, daß Vicky lacht. Daß sie ausgelassen, unbändig, quietschend, tirilierend gickert. Sie tut es sogar. Nicht ganz so rasend wie neulich, aber das kann man nicht verlangen bei der zweiten Auflage. Ihr Chef, dieser beknackte Opel-Fahrer, ein ziemlich junger Schnösel noch, aber, wie Vicky einflicht, schon kahl, hat kürzlich mit zwei Spezis die Karossen ausstaffiert, richtig bekränzt mit frischem Grün und weißen Schleifen an den Antennen und einem Schild »Just married« im Rückfenster, bloß um im Konvoi laut hupend durch die Kapitale brausen zu können: Straße des 17. Juni, Unter den Linden und an der Spree entlang, fast durch die ganze Stadt. Volle anderthalb Stunden Hupkonzert und streckenweise überhöhte Geschwindigkeit, ohne daß eine einzige weiße Maus auf die Idee gekommen wär, die Brüder anzuhalten. Ich versteh erst nicht. Und frage dusselig:

»Wer hat wen geheiratet?«

»Niemand niemand, du Schaf. Det war's doch. Meen Chef is frisch jeschied'n, der denkt nich an's Heiraten.

Und seene Spezis sind ooch alle ledich. Die wollten ebent nur mal freie Fahrt ham und ordentlich Krach machen, ohne det et wat kostet.«

Seltsame Wünsche haben die Herren in Vickys Umgebung. Aber vielleicht hätte auch ich längst einen Knall, wenn ich sie täglich sehen müßte, ohne... Hhm. Frisch geschieden also isser, ihr Chef.

»Ich kann mir nicht vorstellen, daß die Typen, mit denen du zusammenarbeitest, die Herren vom Minipreis...«

»Hh?«

»Ich will damit sagen: die sind doch sicher alle verrückt nach dir?«

»Nö.«

Sie lächelt wieder und zeigt ihre elfenbeinfarbene Zahnreihe mit der Ritze in der Mitte.

»Das versteh ich nicht. Es sei denn, du bist mit einem Sizilianer liiert, der jeden Mann mit Absichten auf deine Person eigenhändig kastriert.«

»Hihihi!«

»Oder mit einem eifersüchtigen Schwaben oder einem besitzgierigen Schotten...«

»Warum willste mich unbedingt mit 'm Ausländer vabandeln?«

»Will ich gar nicht. Ich möchte dich mit einem gebürtigen Berliner verbandeln, Größe 1,82, Gewicht 72 kg, Augen braun, Nase vorn...«

Vicky merkt, daß sie es mit einem entschlossenen Verehrer zu tun hat und läßt das Lächeln sein. Sie zieht die Brauen ein Stück hoch, um zu testen, ob verhaltener mimischer Spott mich abschreckt. Tut er nicht.

«...geboren am 4. April 1962 in Berlin, Abitur 1989, Studium der Rechte, erste politische Funktionen beim Senator für Jugend und Sport...«

»Schon jut, hör uff. Wat ick wirklich wissen will, sachste mir doch nich.«

»Natürlich, alles, Wort für Wort. Interessiert dich mein Einkommen? Ich könnte dich ernähren. Ich könnte dir Hühnerbrühe mit Eierstich einflößen, mein schärfstes Rezept.«

»Meen Leibjericht sind Scampi.«

»Kein Problem. Und dazu so viel gemischten Salat, wie reinpaßt.«

»Salat hab ich nix für übrig. Wennde dafür 'ne Flasche Rheinwein spendieren tätest?«

»Du kannst sogar kalifornischen haben.«

»Wie'n Politiker siehste nich aus.«

»Nicht?«

»Eher wie'n Künstler oder sowat.«

»Echt? So gut?«

Sie zuckt die Achseln.

»Ick kannte mal 'n Künstler. Der war blutarm.«

»Umso besser, daß ich Jurist bin...«

»Du bist'n Schwindler«, grient sie und zieht eine Stirnlocke zu ihrer Nasenspitze runter.

Pause. Da sitzen wir und gucken aneinander rum, gukken und lassen uns begucken, frei und vergnügt. Für Augenblicke traut sich mein Blick unter ihr Gesicht herab, wird aber dort enttäuscht.

Unselige Sweatshirts, die ihr die Oberkörper von Männern, Frauen und Kindern heutzutage uniform einhüllt und, oversized wie ihr seid, alle Formen unter euren dikken, gleichgültigen Falten verschwinden laßt. Könnt ihr euch nicht in gewissen Fällen etwas fließender und transparenter benehmen? Vicky trägt auch so ein Ungetüm. Das Wort »Manhattan« kann ich darauf entziffern, sowie das steile Zickzack einer Skyline, nicht aber Größe und Form des bedeckten Busens, der mich ungleich stärker beschäftigt.

»Sag mir dein Pseudonym, Vicky.«

»Heinzi! (lauter) Hein-zi! Noch 'ne Cola-Rum. Und du?«

»Ich hab noch.«

Pause.

»Marion.«

Sie spricht den Namen französisch aus. Der Nasal sitzt nicht ganz richtig. Aber er steht ihr. Über der weißen Stirn sträubt sich ihr Kräuselhaar zu einer im Fröhling-Neon platinschimmernden Gloriole. Sie gefällt mir so gut, daß ich in Verwirrung gerate und eine ziemlich konventionelle Frage stelle.

»Was tust du, wenn du frei hast?«

»Wat?«

»Deine Lieblingsbeschäftigung, deine Hobbies…«

»Och… hm… Da jibt's verschied'ne Versionen.« Kleine Pause.

»Ick jeh gern ins Kino«, sagt sie, »oder spazier'n…«

»Allein?«

»Schon, ja.«

»Immer, unter allen Umständen?«

»Det ooch wieder nich.«

»Warum sitzen wir dann noch hier?«

»Junge, es is dunkel.«

Na und? Die Straßen Westberlins sind nachts in Licht gebadet. Gemeinsame Bewegung mit der Angebeteten verschafft dem Liebhaber in spe operative Vorteile. Sie könnte über den Bordstein stolpern, und ich fasse sie galant am Unterarm. Sie verliert ihren Binde-Gürtel, und ich helfe beim Wiedereinfädeln des Teils in die Schlaufen. Ferner sind beim Schlendern ihre Beine gut zu mustern, vor allem, wenn ich drei Schritte zurückbleibe, um mir die Socke hochzuziehen. Und was sagt der Gang nicht alles über die Persönlichkeit aus!

Aber Vicky, das erfahre ich jetzt, hat einen schlimmen Fuß, weil eine Konserven-Pyramide zusammengestürzt ist, als sie den Preis einer Mayo-Flasche im Regal darüber auswechseln mußte, und ihr linker Fuß hat kräftig was abgekriegt. Man macht sich keine Vorstellung, wie gefährlich Konservendosen sein können, besonders kanadische, deren spezifisches Gewicht über der Norm liegt.

»Du bist Berliner, eh?«

»So isset.«

»Ick ooch. Aber heutzutage ist det 'ne unvollständje Ortsanjabe.«

Wir sitzen und stieren einander in die Augen, grinsen verdruckst und denken beide dasselbe: Sie ist aus dem Osten und gibt es nicht zu. Ich bin aus'm Osten und geb es nicht zu. Er is aus Köpenick und jibt et nicht zu. Ich bin aus Marzahn und geb es nicht zu.

»Cola-Rum. Und Sie?«

Wenn ich schon mit seiner »guten Freundin« flirte, soll ich wenigstens den Umsatz heben. Denkt Heinzi. Und weil ich spüre, daß er wirklich eifersüchtig ist, und weil er Grund hat, denn Vicky mag mich, ordere ich frohgelaunt:

»Einen Kaffee.« Heinzi geht, und Vicky hat den Mut, als erste Klarheit zu fordern:

»Aus welchem Stadtteil?«

In diesem Augenblick werden die Weichen gestellt: Wird das hier ein Wahrheitsspiel oder ein Kunstgenuß, machen wir einander Geständnisse, oder geben wir uns ein bißchen mehr Mühe und erfinden Figuren aus Tausendundeiner Nacht, mit denen wir uns in unseren Träumen sehen lassen können? Ich schwanke einen kurzen Moment und fühle den Feigling in mir, den vom Leben verhauenen Jammerlappen, der nur eins wünscht: die harsche Wahrheit sagen und getröstet werden, an die Oberfläche meines Seelenspiegels steigen, aber der Abenteurer ist auch nicht faul, gibt dem ehrlichen Esel einen Tritt und sagt kühl:

»Moabit.«

Stimmt sogar für neun Jahre.

»Und Du?«

»Kreuzberg.«

Für wie lange das stimmen mag? Für zwölf Monate? Egal. Wenn sie genauso dreist lügt wie ich, umso besser. Jetzt möchte sie doch wissen, wie ich heiße und hält meinen Namen für nicht schlecht ausgedacht.

»Aber ich heiße wirklich so.«

»Klingt putzig.«

Ich fühle mich ein bißchen an meiner Familienehre gezaust und rücke, um die Sache richtig zu stellen, mit einem echten Geständnis raus:

»Ich heiße Igor nach meinem Vater. Er und meine Mutter konnten nicht heiraten, weil... Es war so: Mein Vater war im Sommer '61 nach Ostberlin rübergefahren, um ein paar alte Freunde persönlich zur Hochzeit einzuladen und bei der Gelegenheit gleich ein Fuder Obst aus dem Garten seiner Großtante mitzunehmen – für die Bowle, verstehst du – und auf dem Rückweg landete er vor der Mauer. Inzwischen war es nämlich der 13. August geworden. Schluß, aus. Meine Mutter wußte damals noch gar nicht, daß sie mit mir schwanger war.«

Die Geschichte stimmt bis auf die Himmelsrichtungen, die ich mir erlaubte, seitenverkehrt wiederzugeben. Auch hatte mein Vater keine Himbeeren bei einer Tante in Woltersdorf, sondern erstklassige Fliesen aus einem Fachgeschäft in Bad Harzburg holen wollen. Aber das spielt alles keine Rolle, denn Vicky ist entzückt und zeigt mir ihre Zungenspitze, die ein Tröpfchen Cola-Rum von der Lippe fängt.

»Haste dein' Vater wiederjesehen?«

»Wiedergesehen ist gut. Der weiß wahrscheinlich nicht mal von meiner Existenz. Von Freunden haben wir erfahr'n, daß er in die Sowjetunion gegangen ist und dort mehrfach ausgezeichnet wurde für seine Verdienste um die bakteriologische Forschung.«

Der historische Igor Schettler und mein natürlicher Vater ging in die USA und arbeitete dort in einem Geheimprojekt zur Vervollständigung des biologischen Waffenparks. Daß er je vorgehabt habe, meine Mutter zu ehelichen, halte ich für unwahrscheinlich, aber ich habe immer so getan, als glaubte ich Opa, wenn er von der für den 13. August geplanten und unter der Berliner Mauer begrabenen Hochzeit erzählt hat.

»Du könntest jetzt nach dei'm Vater suchen.«

»Mein Interesse ist nicht sehr groß. Es sei denn...«

»Hä?«

»... er hätte es zu was gebracht und Lust, sein Vermögen mit einem aufstrebenden Ressortleiter zu teilen.«

»Ach Rubel, damit kannste dein' Badeofen anheizen.«

»Spezialisten wie mein Vater wurden in Devisen bezahlt.«

»*Dollars*, wie?« Sie sagt es viel zu träumerisch, um keine Ostbraut zu sein und nicht mit amüsierter Herablassung an die abgeschafften Holzdollars Deutscher Notenbank zu denken. Ach Vicky, du dumme Nuß, wenn du wüßtest, wie gern ich dich erzählen hörte von deiner frühen Jugend in Weißensee. Leider hat sie es plötzlich eilig, murmelt etwas von einem Besuch, der zu Hause auf sie warte, und zieht ihr Portemonnaie heraus.

»Ich habe dir diesen Abend eingebrockt, und ich zahle«, sage ich.

»Na schön.«

»Wann gehen wir in der Hasenheide spazieren?«

»Ick möcht lieber in'n Tiergarten.«

»Auch gut. Morgen?« Sie erhebt sich und streckt sich, und unter dem Panzer des Sweatshirts drängt ein üppiger Busen in den Raum. Mein Herz schlägt hoch, als sie aus ihrer Jeanstasche ein Parfümpröbchen hervorholt, um sich damit den Hals zu betupfen und diese Bewegung mir offenbart, daß Vicky eine Wespentaille hat. Wespentaillen sind dazu da, die Fülle eines Busens, die Breite eines Bekkens und die Kompaktheit eines Pos zu unterstreichen und zu verstärken und deshalb an den Leibern schöner Frauen so erwünscht. Jetzt, wo ich mich durch den Augenschein von den zahlreichen Vorzügen Vickys überzeugen durfte, möchte ich, daß sie auch von mir nur Gutes denkt. Deshalb sage ich gradeheraus:

»Blutarm bin *ich* kein bißchen.«

Sie grinst.

»Wat studierste wirklich?

»Was hat es auf sich mit ›Marion‹?«

Fast hätte ich gesagt: Ich möchte dich studieren, schlukke aber diese abgeschmackte Bemerkung herunter, obwohl Vicky sie wahrscheinlich hingenommen, wenn nicht goutiert hätte, denn sie ist nicht so. Ob ich es doch nachschiebe, das schlüpfrige Kompliment, und damit vielleicht einen Punkt mache? Heinzi ist wieder da und hält die Hand auf. Was glotzt der Freak bloß immer so intensiv! Ich runde die Rechnung um ganze fünfzig Pfennig auf; ein so bescheidenes Trinkgeld ist schlimmer als gar keins und eine Beleidigung, die sich nicht nachweisen läßt. Vicky hinkt ein wenig und ich habe, o Freude, einen guten Grund, ihren Ellenbogen stützend zu umfassen. Und Heinzi sieht es. Manchmal sind kanadische Spargelspitzendosen doch zu was gut. »Darf ich dich nach Hause bringen?« Nein, sie steigt hier in den Bus. Wir tauschen Telefonnummern und verabreden uns. Ihre Seejungfernaugen verweilen so gütlich und erwartungsvoll auf meinem Gesicht, wie meine Hand auf ihrem Musikknochen. Es ist zuviel des Glücks und des süßen Parfümgeruchs. Ich muß die Augen schließen, deren Äpfel ein feiner Schmerz zu verdrehen droht, und da ich nicht will, daß sie es merkt, reiße ich mich los und türme Richtung Kögelstraße.

☆

Was hat sie zu mir gesagt? »Du Schaf«. Ein derart altmodisches Schimpfwort spricht für ihre Ostherkunft; drüben haben sich die Invektiven aus der ersten Jahrhunderthälfte gehalten wie Leichen im Torfmoor. »Schafskopf« hätte noch gefehlt, um sie restlos zu überführen. Scheiße, wa? Da sind wir, Vicky und ich, zwei junge Menschen, drauf und dran, sich zu verlieben und entsprechend damit beschäftigt, den besten Eindruck zu machen und an der Wahrheit herumzuschönen, wie es normal ist und dazugehört, da sind wir vornehmlich und nach Kräften darum bemüht, alles, was an uns auf den Osten Deutschlands und Berlins verweisen könnte, auszutilgen wie ein Vorstrafenregister. Ich setze mich freiwillig dem Verdacht aus, etwas mit dem Berliner Senat zu tun zu haben, solange sie mir nur nicht auf Friedrichshain kommt.

Und sie? Ist reizender als die Polizei erlaubt. Als sie vor mir stand und sich reckte, gafften zwei ältliche Fröhling-Gäste mit offenem Mund. Marion... Was hat dieser Name zu bedeuten? Eine Berlinerin ist sie ganz gewiß. Sie hat die schnippische Art und den typischen Tonfall. Allerdings beides in der etwas herberen, trockeneren, melancholischeren Version, wie sie für den Osten charakteristisch ist.

Vicky Rosinski.

Mir gefällt diese tückische Sirene. Ich mag ihre Stimme, die ein bißchen heiser, ein bißchen leiser als normal und alles in allem geheimnistuerisch klingt. Ich mag ihren von Spargelkonserven beschädigten linken Fuß. Ich verehre ihre langfingrigen, gläsernen Hände. Ich schweige jetzt mal von ihrem Angesicht. Und von ihrem Haupthaar. Vivat, crescat, floreat.

War ich gut? War ich interessant? Wohl eher unbeholfen und ein wenig förmlich. Aber egal, sie mochte mich! Wenn nicht, wäre der Tiergarten nimmermehr dringewesen. Seid mir gegrüßt, Freunde und Kollegen vom Club der Herzenschnitzer! Hätte ich ein Messer dabei, ich ginge hin und schnitzte ein Herz in diese Kögelstraßen-Linde da, das die Namen »Vicky« und »Igor« in liebevoller Doppelschlinge zu umfangen hätte. Herzenschnitzen ist eine völlig plausible und angemessene Reaktion auf solche Turbulenzen in Becken, Brust und Stammhirn. Da können die Naturschützer und Baumfreunde noch so barmen.

Die Herbstnacht hält Berlin umwickelt wie ein schwarzer Turban ein müdes Haupt; selbst das graue Pulver rührt sich kaum und ruht wie Puder in den Falten des Stadtgesichts. Bin ich hier nicht schon mal längsgeschoben, auch im September und gleichfalls verliebt? Wie dumpf, süß, vertraut die Luft mir ist, wie schwach bewegt. Die Bäume verlieren ihr Laub und decken die Mazdas und Fiats und Opel Kadetts generös damit ein. Die Menschen schütteln ihr Mißtrauen ab und träumen erlöst in die Kissen. Veit spricht oft davon, wie schreckensvoll und gefahrenreich unser Zeitalter sei, wie nah am Abgrund diese Epoche gebaut habe; er ist nie in einer Herbstnacht durch die Kögelstraße gewandelt, wo unter den Kellerfenstergittern die Mäuse ihre Schnuppernasen zeigen und junge Männer vor den Linden stehen, um Herzen reinzuritzen. Diese Straße hat ihre Menschen gut versorgt, sie alle schlummern fest und glauben an sich selbst und werden hochbetagt den Strohtod sterben. Wie ich, dem die Liebe jene auf Genuß bedachte Klugheit schenkt, die einen Weg um die Apokalypse herum ausspäht, findet, begeht und notfalls eigens planiert.

5. Kapitel

Im Schein des Öllämpchens

Dobro paschalowatsch, mein Hinterhof! Endlich kann ich dich begucken, ohne die Fenster öffnen zu müssen, Sonja sei dank. Willkommen, altes Mauerwerk, stolzer Besieger des lästigen Putzes, der überall von deinen Fugen abplatzt. Willkommen, Fensteraugen, die ihr des Abends euer freches Glühen nicht lassen könnt und Schattenspiele mit mir treibt. Willkommen, Mülltonnen, beulenreiche Torhüter und ascheerfüllte Zeugen so mancher Dispute zwischen Hauswart Bock und den verlorenen Mietern dieser Hinterhauswohnstätten, deren Ofen schlecht ziehen und deren Holzböden so durchgetreten sind wie Domstufen. Endlich sehe ich euch wieder, und das tut mir gut.

Ich selbst wohne im Seitenflügel des Vorderhauses und bin ein bißchen privilegiert, da ich bausubstanziell zum gediegeneren Vorderhaus gehöre, stimmungsmäßig aber und was den Blick aus den Fenstern betrifft, zur Welt der Hinterhöfe. 1901 wurde mein Haus erbaut. Über der Eingangstür ist diese Zahl als steinernes Relief zu sehen, und wer ein Gemüt dafür hat, erfreut sich an den graziös taillierten Ziffern des Jugendstils. Zahl und Tür und Treppenhaus könnten gepflegter sein, könnten sogar, wie manch andere Westberliner Altbauten, prachtvoll aussehen, aber hier in der Heinrichstraße kümmert sich niemand um sie, was mir insofern recht ist, als ja Pflege oder gar Modernisierung die Miete hochtriebe und manches auf den Sperrmüll verfrachtete, was mir besonders lieb ist. Die Haustür zum Beispiel. Dieses vor ca. vierzig Jahren zum letzten Mal gestrichene Monstrum aus Holz, das den Wechselfällen zweier Kriege trotzte, würde als erstes entfernt und durch eine leichte Alu-Pforte mit undurchsichtigem Riffelglas und Sicherheitsschloß ersetzt. Und ich wäre machtlos dagegen.

Für Hauswart Bock und seine Mieter ist die Tatsache, daß unser Haus aus dem Jahre 1901 stammt, nur Grund, über die Miethöhe zu klagen, denn so eine Immobilie ist mindestens dreimal abgeschrieben. Kein Mensch hat ein Ohr für die Grüße vom Beginn des Jahrhunderts, die das ehrwürdige Mauerwerk hervorstammelt, Tag und Nacht, Tag und Nacht. Da muß Igor Marenge aus dem Osten kommen, um mal einen dieser Grüße zu erwidern, wobei nicht etwa die sozialistische Einheitserziehung dafür zu loben ist, daß ich so feine Augen und Ohren mitbringe, sondern ganz im Gegenteil mein Großvater, dessen Kenntnis antiker Sprachen, Sagen und Götterspeisen ihm die Fähigkeit geschenkt hatte, einer Antiquität die *Menschen* anzusehen, die sie einst hergestellt und gehandhabt hatten und deren Spur zu spüren er mich durch das viele, viele Stehenbleiben in den Berliner Straßen lehrte.

»Roter Sandstein. Das Haus muß aus den achtziger Jahren des vorigen Jahrhunderts stammen. Siehst du die Einschußlöcher im ersten Stock? Als wär '45 erst gestern gewesen. Ja, vor hundert Jahren, da konnten die Leute noch bauen, da war so ein Haus für Äonen gedacht. Heute dagegen...«

Lange Zeit war ich insgeheim betrübt, daß unser Haus in der Cecilienstraße aus den zwanziger Jahren *dieses* Jahrhunderts stammte, bis ich Großvater über die Baukunst auch jener Zeit ein anerkennendes Wort sprechen hörte. Seitdem kehrte ich immer mit Stolz in das Haus mit der schiefen Laterne heim. Doch wuchs meine Sehnsucht nach dem Altertum weiter, und als ich im Westen gelandet war und meine winzige Moabiter Wohnung bezog, erkannte ich aufgeregt: 1901. Endlich war ich in Berlins Antike angekommen.

Jetzt erblicke ich vom Sofa aus den Rücken dieses überlebenden Mietstempels. Wer ist im Laufe der Epochen nicht schon alles auf dem Hinterhof in Erscheinung getreten – mit Kohlensäcken über der Schulter, Einkaufskörben über'm Arm oder einem Gewehr in der Faust. Generationen von Bewohnern hat dieses Haus ein- und ausgeatmet; 1901 waren es in den Seitenflügeln lauter Dienstboten, die das schmale Wendeltreppenhaus hinaufeilten, um ihren im Vorderhaus heimischen bürgerlichen Herrschaften aufzuwarten: Hausmädchen, Kutscher und Köchinnen. Sie selbst wohnten in den dunkleren Ablegern der großen Etagen, eben in den Seitenflügeln, die heute kleine Wohneinheiten für Rentner, Studenten und Arbeitslose bieten. 1929, tja, da konnte sich der dicke Kaufmann aus der Bel Etage des Vorderhauses keine Dienstboten mehr leisten; also ließ er seine Wohnung am Hintereingang zumauern. Und der so abgetrennte Seitenflügel mit seinen zwei Resträumen, einer Küche mit Herdstelle und einer Stube, ging an... na, sagen wir: einen jungen Arbeiter weg, der draußen bei Borsig am Band stand und die Kommunisten wählte, wenn er nicht sogar im Rotfrontkämpferbund war. Eine Etage drüber hauste vielleicht ein Mütterchen, das bessere Tage gekannt..., und im dritten Stock legierte eine schöne Schneiderin, die im nächsten Sommer heiraten und zu ihrem Gatten nach Frohnau hinausziehen würde. Im vierten Stock, da, wo heute ich wohne, lebte ein versoffener Schauspieler, ein Jude aus Lemberg, vormals als Bariton und Charakterliebhaber erfolgreich, dann aber lange Zeit ohne Engagement, weil er von der Flasche nicht loskam und seine Auftritte schmiß.

Im gegenüberliegenden Seitenflügel mag der erste Stock von einem Frisörmeister mit Frau und Säugling bewohnt gewesen sein; im zweiten lassen wir einen kleinen Beamten, also etwa einen Betriebsprüfer, unterkommen, einen ehrgeizigen Burschen, den es im Hinterhaus kaum noch hält und der in seinen Träumen längst Abgeordneter bei den Deutschnationalen ist und immer Handschuhe trägt. Hm, tjaja, einen Nazi müssen wir wohl auch noch in dieses Hinterhaus einmieten, machen wir's kurz mit ihm. Er ist Kriegsveteran, wegen einer Kopfverletzung frühverrentet und verbittert, Schluß. Und wer wohnt im vierten Stock mir gegenüber und gibt abends mit Lichtzeichen dem Liebhaber zu verstehen, daß der Ehemann, Nachtportier bei der Charité, zur Arbeit aufgebrochen ist? Richtig, das ist die kleine rundliche Blondine mit dem Kirschmündchen und dem Pudelhündchen, und schon huscht der Borsigarbeiter über den dämmrigen Hof, vorbei an Fliederbüschen, die hier mal wuchsen, vorbei an den Wohnungstüren der Frisörsfamilie, des Finanzbeamten und des Kriegsveteranen, um endlich in die Arme der Portiersfrau zu sinken und es mit ihr vor den Augen des vergnügten Pudels zu treiben, bis die Frühschicht beginnt.

☆

Häuser bewahren die Erinnerung an ihre Schützlinge in Tapeten-Innenhäuten, in Gebeinen und Adern, Wände haben Ohren, Fenster sind Augen, und Türen können Stimmen ertönen lassen, um historische Seufzer zu imitieren. Zwar sind es keine großen Dramen, keine rätselhaften Geschichten und exotischen Abenteuer, von denen so ein Haus wie das meine erzählt, es sind eher klägliche kleine Legenden, die es ergeben dahermurmelt. Doch sammelte man sie, diese Groschenromane, um sie zu verdichten und zu kondensieren, und ließe man das Kondensat an der

Luft trocknen und mahlte es danach in einer zuvor gründlich gereinigten Kaffeemühle zu feinstem Staub, so erzeugte man das graue Pulver in einer Reinheit und von einer Kraft, vor der alle großen Tragödien und sensationellen Enthüllungen zu kruden Episoden zerkrümeln. Mein Haus ist ein schlecht gepflegter, häßlicher Berliner Mietstempel, und doch ist es vollgesogen mit Angstschweiß und Freudentränen wie ein großer unförmiger Schwamm; man brauchte es nur ein bißchen zu pressen und schon käme es herausgetropft, das Schicksalsfluidum, das an der Luft zu grauem Pulver trocknet. Bloß: wie preßt man ein Haus aus? Ich muß Luigi fragen, er wird irgendeinen Apparat erfinden, den wir zwei nachts durch die Straßen schieben, um den Berliner Häusern die in ihnen eingeschweißten Geheimnisse zu stehlen. Unsre Beute gießen wir zu Hause in die Dossiers. Bis ich schließlich doch auf Computer umstelle, verwahre ich die Aktenmasse in hundert Mega-Regalen, die in weinrot, der Lieblingsfarbe meines Opas, gestrichen sind.

»He Igor«, ruft Luigi, der gekommen ist, um auf der Friedrichstraße einen Baukran in das leere Grundstück Ecke Französische Straße zu zwängen, »ergänze im Dossier über die Heinrichstr. 24, Moabit: 1931 überraschte Herr Fritz Lohmann, Nachtwächter bei der Charité, rechter Seitenflügel, vierter Stock, seine Frau Ida beim Geschlechtsverkehr mit Herrn Manfred Krause aus dem ersten Stock im linken Seitenflügel. Es folgte ein Handgemenge, in dessen Verlauf der Lohmann'sche Pudel sein Herrchen in die Eier biß…«

Ich könnte versuchen herauszubekommen, wer damals wirklich hier wohnte, und ob in Herrn Bocks Parterre-Klause seinerzeit ein Blockwart residierte. Doch wozu das alles? Die einzusehenden Grundbücher und Einwohnermeldekarteien, die aufgeschlagenen Biographien und freigegebenen Tagebücher, wie sind sie trocken und öde. Ich höre lieber auf mein Haus. Das knurrt und murrt und faselt, und ich versteh es gut, wenn ich mein Ohr an seine Mauern schmiege. Was es mir zuraunt und was seine Giebel, Simse und abgebrochenen Verzierungen meinem Auge an Winken geben, das alles gehört zum cantus firmus des Stadtrauschens, zum Refrain der großen Berlin-Ballade, und wer die nicht wahrnimmt vor lauter Sorgen um sein Einkommen und seinen Parkplatz, wer blind und taub durch meine wundersamen Straßenzüge rollt, der hat es nicht verdient, in dieser Stadt zu leben, der soll doch in ein Eigenheim nach Bielefeld oder Bad Bramstedt ziehen.

☆

Ich war seit der Wende nicht wieder zu Hause. Nur zu Opas Grab hat's mich gezogen. Die Cecilienstraße habe ich gemieden. Ich könnte, dachte ich, das graue Pulver, das dort im Rinnstein wirbelt, nicht ab, es würde mir den Atem verschlagen. Oder fürchtete ich nur, daß Evelyn vor die Tür treten könnte, aschblond und schwanger, mit einer Haselgerte in der Hand? Jaja, das ist der Grund, weshalb ich bisher nicht fahren wollte.

Der scheint mir heute nicht mehr zwingend. Höchstwahrscheinlich wohnt sie ganz woanders. Auch Mutti Mölle und Omi Lenau könnten sich verändert haben. Warum also fahre ich nicht gleich? Weil ich zu »Bella« will. Und weil eine tägliche Prise grauen Pulvers Marke Moabit zu meinen Grundnahrungsmitteln gehört. Also runter in den Kiez.

☆

Im Grunde genommen bin ich von Berufs wegen ein verhinderter Architekt. Was mich bannt, sind Bauten. Ich baue mich meinerseits vor ihnen auf, vor Türmen, Brükken, Häuserblocks und Kirchen, umschließe sie mit meinem Blick und fühle, wie Schicht um Schicht vergangenen Lebens leise knisternd auf ihre Fugen drückt. Neubauten lassen mich kalt, jeder Bau jedoch, der schon Geschichte hat, hat auch Charakter, und es gibt keinen, in dem es nicht spukt. Ein windschiefes Mietshaus ist in meinen Augen eine Persönlichkeit mit Würde, die zu schützen das Grundgesetz ruhig garantieren dürfte. »Die Architekten dieses Jahrhunderts«, sagte Opa, »scheiterten an der Demokratie.« Ein echter Architekt käme immer vom Schloß her. Nur das Schloß vermöchte seine Phantasie zu befruchten. Er wolle ja etwas Einmaliges schaffen, und das ginge nur für einen einmaligen Bewohner, also den König. Kirchen seien Schlösser für Gott, den König des Himmels; Museen und Theater Schlösser für die Kunst; Postämter und Bahnhöfe Schlösser für die großen Diktatoren Geschwindigkeit und Kommunikation; Versammlungshäuser, Parlamente und Fußballstadien Schlösser für den Souverän, das Volk als Ganzes. Bloß im einzelnen hätte man diesen Souverän nicht königlich unterbringen können. Die um die Jahrhundertwende entstandenen groß- und kleinbürgerlichen Mietshäuser seien dem Schloß noch nachempfunden gewesen: in Raumhöhe, Schnitt und Zierat. Doch dann begann der Jammer. Abgesehen von ein paar ehrenwerten Experimenten hätten die Architekten vor der Aufgabe versagt, Schlösser für alle zu schaffen. Massenunterkünfte setzten ihre Phantasie nicht in Bewegung, so war es nun mal. Kaiser, König, Graf aber waren entthront, verjagt und vergessen, und die Republik verlangte ihren eigenen Wohnstil. Den fand keiner. Die Mietskaserne und das Hochhaus galten als Notlösungen. Im Grunde wollte jedermann, auch der Ärmste und gerade der, in einen Schloß wohnen. Der letzte Großversuch mit Schlössern für das Volk war die Stalinallee. Danach stellte man fest: es geht nicht. Schlösser für alle sind zu teuer und platzraubend. Und still ging man über zu Schlafstadt, Hochhaus, Plattenbau. »Im Westen ist es nicht besser«, sagte Großvater, »bloß: drüben hamse Messingklinken. Und das ist ein Vorteil von Gewicht. Weißt du auch warum, mein Junge?« »Nee.« »Weil Türklinken diejenigen Bauelemente in einer Wohnung sind, die am ausgiebigsten genutzt werden. Abgesehen vom Fußboden.«

Und er zeigte mir, wie wundervoll der namenlose Architekt eines Mietshauses von 1889 die Form der Erker und Balkone von Stockwerk zu Stockwerk variiert hatte, ohne doch die Einheit der Fassade zu verletzen. »Sieh dir das Durchgangstor an mit dem großen Wappen und dem Adler-Relief. Woran erinnert dich das? Natürlich an ein Schloßportal. Aber dieses Haus wurde für die Mittelklasse gebaut, für Leute mit durchschnittlichem Einkommen...« Und während Opa zu erläutern fortfuhr, träumte ich davon, jener Architekt zu sein, dem die Quadratur des Kreises und der Bau von Schlössern für das Volk gelang: Billig waren sie und platzsparend, aber imposant, mit Türmen nach gotischer Art, mit Zugbrücken, Zinnen und Spitzbogenfenstern, hinter denen die lieblichsten Töchter des Proletariats ihrer Befreiung durch Igor Marenge harrten.

Als ich zwei Jahre vor dem Abitur meinen Berufswunsch äußern mußte, reagierte die Lehrerin mit jener charakteristischen Mischung aus Mitleid und Verzweiflung, der man entnehmen durfte: Junge, daraus wird nix. Vielleicht auch konnte sie nur nicht vergessen, was ich ihr zuvor einmal anvertraut hatte: daß ich Schlösser bauen wollte für das Volk mit Löwenköpfen über den Türen und Schießscharten auf den Balkons. Sie hatte bei dem Wort »Schlösser« die Augenbrauen gelupft und mir zu verstehen gegeben, daß die Aristokratie in der DDR entmachtet und ihre Wohnform *historisch* überholt sei. Ich spürte, daß ich einen ideologischen Schnitzer begangen hatte, und setzte, um zu retten, was zu retten war, hinzu: »Die Schießscharten sind dafür gedacht, daß die Arbeiter und Bauern den Klassenfeind aufhalten können, wenn er von Westen her...«

Aber meine Lehrerin hatte schon andere Sorgen, denn Sebastian ließ einen Papierflieger los, und Henning in der ersten Reihe übertönte meine Apologie mit seinem berühmten Doppelfurz. Ich gebe zu, daß unsere Lehrerin es nicht leicht mit uns gehabt hat, gleichwohl finde ich, sie hätte mehr Verständnis aufbringen müssen für meine Ideen von einer volksnahen Prachtarchitektur. Immerhin handelte es sich um ein historisch ungelöstes Problem und um meine Zukunft.

Doch es wurde nichts aus der Baumeisterei, und das tut mir immer noch leid. Die Erlöser-Kirche, die ich stets passiere, wenn ich zu Bella gehe, diese Kirche stört es nicht, daß ich kein echter Profi bin. Vielleicht weiß sie es auch nur nicht. Sie spricht mit mir, als hätte ich selbst sie gezeichnet und errichtet bis rauf zu der heidnischen goldenen Kugel auf der Spitze ihres Turms. Sie ist von der evangelischen Sorte, und Gott, wenn er in ihr gewohnt hat, jedesmal erkältet.

Gut, daß du vorbeikommst, ruft sie heute abend. Die Rosette über meiner Tür ist total verstaubt, Gott sieht nichts, wenn er mal hinausschauen will in die Schöpfung. Und stell dir vor, sie haben Lautsprecher auf meinem Triforium angebracht, obwohl ich über eine vorzügliche Akustik verfüge und der Pfarrer sich den drei Schäfchen, die sonntags zum Gottesdienst kommen, im Flüsterton verständlich machen könnte. Was ich gar nicht wünsche, ist, daß die Bengels aus der Einsteinstraße meine Apostelskulpturen als Torpfosten benutzen, wenn sie ihren gestohlenen Volleyball gegen meine Südwand kicken. Der Petrus klagt über Abschürfungen an Knie und Bart.

Das sind hier so die Sorgen der Kirchen. Verglichen mit ihnen geht es mir prächtig. Auch ich lebe von Steuergeldern, bin aber beliebter, und kleine Jungs lassen mich in Ruhe. Trotzdem nimmt Gott zuweilen Wohnung in meiner Brust – wie in diesem Moment, der mich an der Erlöserin vorbeigeleitet, mir die Turmstraße in verwunschenem Halbdunkel zeigt und meine nahe Zukunft in überbordenden Feuerfarben.

☆

In Moabit sind für meine Freunde und mich überall unsichtbare, doch zuverlässig arbeitende Förderbänder in den Boden eingelassen, die alle vor »Bella« enden. Selbst wenn wir gar nicht wollen – wir landen immer unterm Schultheiß-Krug.

Wie ich so vor der Kneipentür stehe und überlege, wer alles da sein könnte und Juni vor meinem inneren Auge lachen und das Pik-As ausspielen sehe, fühle ich, daß ich gar nicht besonders geneigt bin, von Vicky zu erzählen. Meine Lebensweisheit sagt mir, daß dieser plötzliche Wunsch, ein Geheimnis aus der ersehnten Begegnung zu machen, für echte Verliebtheit spricht, und das macht mich wieder so vergnügt, daß ich mit Schwung die Tür aufstoße, bereit, in das Leben der erprobten Freundschaft, des ewigen Spiels, des tumben Frohsinns, des kühlen Bieres und der Isaac'schen Leutseligkeit bis zum Halse einzutauchen. Der Gastraum ist mittelvoll. Am Stammtisch sitzen Malte, Veit und Mecki und zocken. Wenzel lehnt an der Theke und schwatzt mit Isaac. Ein heller Strom der Sympathie und des Verstehens ohne Worte wärmt mir das Herz. Die Spieler sind zu vertieft, um mir mehr zu gönnen als einen kurzen Gruß, und so lande ich neben Wenzel an der Bar, wo Isaac mir seine Grübchen zeigt und zu zapfen beginnt.

»Vielleicht kennt Igor einen Interressenten«, sagt Isaac.

»Wird dein Nachbar die Welpen nicht los?« frage ich

Wenzel und mustere mit der üblichen Ehrfurcht die Dauerausstellung exotischer Liköre und hochprozentiger Branntweine in Isaacs Rücken.

»Nee, es geht um mein Boot.« Wenzel hat sommers auf dem Wannsee ein Segelboot liegen, und er meint, auf dem Rhein könne er damit nicht schippern. Er will es versilbern und von dem Erlös seinen Umzug bestreiten. Leicht fällt es ihm nicht, denn ein gutes Stück seines Herzens hängt an dem Kahn, der »Tina« heißt. Ob ich nicht jemand wüßte, der 'n kleines Vermögen für 'ne gut gepflegte Jolle übrig hat?

»Schneider!« tönt es vom Stammtisch her. Malte ruft: »Nee aber!« und Mecki schreibt befriedigt die Miesen an. Er ist ein gerissener Spieler, und es geht die Fama, daß er beim Geben bescheißt.

Warum ist Juni nicht dabei? In letzter Zeit ist dieser Typ stets unabkömmlich. Eine Frau? Juni hat an jedem Finger zehn und »alles Deutsche«, wie Schorschi Köhler einmal gerügt hat. Dieser Rohrleger wirft Juni Bequemlichkeit vor, denn Türkinnen sind meist gut bewacht. »Ich steh auf Blondinen«, hat Juni kundgetan, während Schorschi fand, daß Juni sozusagen qua Türke keinen Anspruch auf Blondinen habe und sich verpflichten müsse, sein Liebesglück in Istanbul zu suchen. Darauf zitierte Isaac: »Die Liebe liebt das Wandern, Gott hat sie so gemacht...« und erklärte Schorschis endogamische Prinzipien für von Natur und Geschichte gleichermaßen außer Kraft gesetzt. Der Köhler hat den Dämpfer verdient, denn er ist bloß neidisch, weil Juni so gut bei den Mädels ankommt, während er, Schorschi, aufgrund angeborener Häßlichkeit nicht weit kommt. Isaac ist auch kein Herzensbrechertyp, aber er wird damit fertig. Wohl weil er glücklich verheiratet ist und zwar so gut wie von Kindesbeinen an. Seine Frau heißt Ruth und schmeißt die Küche: 1A Bratwürste bis 22 Uhr.

»Wo steckt bloß Juni?« frage ich die Freunde. Isaac schließt kurz die Augen und kneift die Lippen zusammen – die für ihn typische Weise, darzutun: Weiß der Geier! Wenzel hat was von Geschäften gehört, in die Juni verwickelt sei und legt dann los:

»Das war vielleicht 'n Ding mit Nuschke! Gleich in der ersten Nacht isser verschwunden.«

Juni und Wenzel haben gesucht und gesucht und ihn nicht entdeckt. Am nächsten Morgen ruft Juni an: Hat doch das Tierchen in Kurts Korb genächtigt und zwar *unter* dem karierten Wolltuch, mit dem der Korb immer noch ausgelegt ist. Damit hat Nuschke Junis Herz erobert: daß er gleich gewußt hat, wo er hingehört und dabei dem abgetretenen Kurt posthume Reverenz erwies, denn er muß die Witterung seines Vorgängers aufgenommen *und* gemocht haben, sonst hätte er sich nicht in die olfaktorische Hinterlassenschaft des Terriers geradezu hineingewühlt. Verwirrung setzte es, als Juni feststellte: Nuschke ist ein Weibchen. Das war nicht ausgemacht. Wenzel hat ihn beruhigt: Hündinnen seien häuslicher, man habe nicht so viel Last mit der Ausreißerei, und was den Jagdinstinkt betrifft, so solle sich Juni man keine Sorgen machen, den hätten Weibchen ebensogut, denn schließlich: sie müssen ja ihre Jungen ernähren.

»Was denn für Junge?« hat Juni gefragt und »Ach du Scheiße« gesagt und hinzugefügt, *ein* Hund reiche ihm, er sei nicht daran interessiert, Jahr für Jahr einen Wurf kleiner Nuschkes durchzubringen. Und ob Wenzel die Kleine nicht gegen einen Rüden austauschen könne. »Mal sehen, was sich machen läßt«, hat Wenzel geantwortet. Da sei Juni augenblicks schwankend geworden und habe gemeint, er sei nun doch schon fast an Nuschke gewöhnt. Man könne ja auch ein so kleines Tier nicht ständig wechselnden Umgebungen aussetzen, und sie fräße in Vanillesoße aufgelöste Multivitamintabletten.

»Steigst du ein, Igor?« krächzt Veit, der noch vergrippt ist. Mecki hat genug gewonnen und bricht auf. Ich nehme mein Pils mit an den Tisch und mische die Karten. Ein friedvoller Eindruck stillstehender Zeit schmeichelt meinem Gemüt – wie stets, wenn ich Karten mische.

»He Igor, du Alt-Ossi«, spöttelt Malte, sein Blatt fächernd, »zieht's dich noch manchmal in die Heimat? Ich kann dir in Pankow 'ne Kneipe empfehlen.« Und animiert schildert er eine neu eröffnete Pinte am Bürgerpark, welche 82 Whisky-Sorten feilhält, mehr als die edelste Budike am Ku'damm.

»Glenfiddich«, buchstabiert er mit Genuß und ruft zu Isaac rüber: »Zwölf Jahre alter Cragganmore – wer hat davon schon mal gehört?« Dann fällt ihm noch »Bushmill's Single Malt« ein, und er schließt emphatisch: »Da kannste mal sehen, was denen da drüben wirklich gefehlt hat. Die Stasi war doch nicht der Punkt.«

Ich verspreche, diese Wunderkneipe aufzusuchen, obwohl ich keinen Whisky vertrage und meine jüngsten Erinnerungen an Pankow nicht die ermutigendsten sind. Aber ich kann Malte heute nichts abschlagen.

»Denk an einen Interessenten für meine Jolle«, ruft Wenzel. »Frag mal bei Sonjas Wirtin oder sonst nem feinen Pinkel aus Lichterfelde. Die ›Tina‹ hat 'ne völlig neue Pfeife mit vorgeschriebener Grundfrequenz.«

Ich verspreche alles. Mir ist so wohl in meiner Haut, denn ich hab ein frisch gezapftes Pils vor mir stehen, 'ne ausgewachsene Seejungfrau am Haken, gute Freunde und 'ne Farbe blank.

☆

Es ist eine milde Nacht, von der Erlöserin her schlägt es zwölf. »He, altes Bethaus«, rufe ich ihr zu, »ich habe verloren. Gott gab mir nichts als Luschen.« Die Erlöserin röchelt ein müdes: »Hodie mihi, cras tibi« zurück.

Die Heinrichstraße schlummert schon, nur vor meiner Haustür knutscht ein Liebespaar. Nee, nee, sah nur so aus, es ist ein Einzelmensch. Was macht der da? Ach Unsinn, Einzelmensch, das ist doch Juni. Er ist es wirklich, er kommt auf mich zu.

»He Mann, wollte dich gerade auftun«, ruft er. »Wo kommst du her? Wie steht's mit 'ner Aktion?« – Und er faßt männlich seine Werkzeugtasche unter.

»Was für 'ne Aktion?«

»Am Strausberger Platz wird 'ne Marxbüste entfernt. Nichts Besonderes, Bronze, ca. vierzig Zentimeter hoch. Wenn wir jetzt zugreifen, sind in zwei, drei Jahren einige Tausender drin. Hab 'n neuen Abnehmer an der Hand. 'N Kanadier.«

»Junge, bei dir piept's wohl. Strausberger Platz ist dicht bebaut. Wenn wir da stehen und sägen, gehen überall die Fenster auf und wir sind genauso gemütlich dabei wie in Pankow.«

Juni sagt, er habe 'ne Metallsäge mit Schalldämpfer mit, Eigenkonstruktion, und wenn wir bis drei Uhr warten, stecken sie auch am Strausberger Platz alle miteinander in der Tiefschlafphase.

»Ich geb dir'n Vorschuß. Warte mal.« – Er fischt aus seiner Werkzeugtasche einen nagelneuen Hunderter. Wie gut ich den gebrauchen könnte! Aber ich bleibe hart. Aktion Strausberger Platz muß ohne mich über die Bühne. Mein verhaßter Mathelehrer hat am Strausberger Platz gewohnt und wohnt wahrscheinlich immer noch da. Wenn der mich persönlich bei der Polizei abliefert, überlebe ich das nicht.

Wie Juni so ist, überläßt er mir trotzdem den Hunni.

»Hör ma«, sagt er mit »unter uns«-Timbre, »wenn einmal was danebengeht, mußte nicht gleich abdanken, he!«

Um ihn zu beschwichtigen und um zu verhindern, daß

er im Groll von mir scheide, wechsle ich das Thema und frage aufgeräumt:

»Wie geht's Nuschke?«

»Die beißt schon zu. Gib mir mal 'ne Socke oder 'n Schal, dann richt ich sie auf dich ab. Damit du'n Grund hast zu schlottern... O Scheiße! Weißt du ein gutes Mittel gegen Fußpilz?«

»Warum gehst du nicht zum Arzt?«

»Bin ich lebensmüde?«

In Junis Familie herrscht die Meinung vor, deutsche Ärzte hätten ein Komplott geschmiedet, um türkische Patienten mittels absichtsvoll herbeigeführter Embolien aus der Welt zu schaffen. Wenn Juni krank ist, läßt er sich von seiner Mutter kurieren. Aber das mit dem Fußpilz traut er sich nicht zu beichten, weil seine Alte was gegen Saunen hat.

Er packt sich die Werkzeugkiste auf die Schulter, was ihm gut steht, und bewegt sich rückwärts auf seinen frisierten Golf zu.

»Wenn du wenigstens 'n Führerschein hättest«, mault er noch, »könntest du das Fluchtauto steuern. Ich frag mich, wozu du zu gebrauchen bist.«

Nicht nur er fragt das. Ich mache eine kleine Selbstwertkrise durch, während ich über meinen Hof steuere, vorbei an den guten alten Mülltonnen und den Fenstern hier von Hauswart Bock, die immer noch erleuchtet sind. Aber als ich meine Wohnungstür aufschließe, ist es mit der Krise vorbei, denn mein Telefon klingelt.

Das ist *sie!* Hat sie doch meine Nummer in ihr kleines, dunkelrotes Notizbuch geschrieben, und jetzt wundert sie sich, warum ich nicht zu Hause bin und, ihr Bild vor Augen, rasend in die Laken wichse.

»Marenge.«

Es ist Sonja. Sie hat den ganzen Abend hinter mir hergeklingelt, denn es ist etwas Tolles passiert.

»Sag mir erst«, unterbreche ich, meine Gedanken sammelnd und sie in Sonjas Welt zurückschickend, »wie es mit Lutz Kuhlbrodt steht. Hat er überlebt?«

»Wieso überlebt?« kommt es baff von Sonja.

Typisch. Das kenne ich! Erst heißt es: Der Mann schwebt in Lebensgefahr, es wird alles stehen und liegen gelassen, die Rettung geht vor, und ein paar Stunden später ist derjenige, der mitfühlt und nachfragt, der Dumme: weil nämlich auf wundersame Weise immer alles ins Lot kommt mit diesen Flaschenkindern. Stocknüchterne Familienväter werden zu Tausenden Opfer von häuslichen Unfällen und Verkehrskarambolagen, weil sämtliche Schutzengel mit den Alkis beschäftigt sind. Ein Katastrophenalarm jagt den nächsten in dieser Szene, und wenn man sich am anderen Morgen höflich erkundigt, was aus den Selbstmördern, Kindesmißhandlern und an schwerster Alkoholvergiftung um ein Haar Dahingeschiedenen geworden sei, heißt es so gut wie immer: Wieso? Ach so. Alles in Ordnung. Manchmal erinnert sich Sonja nicht mal mehr daran, daß sie vor Stunden noch auf 180 war. Denn inzwischen hat sie neue Sorgen und die von gestern sind gnädig begraben. Lutz Kuhlbrodts Frau hat gar nicht versucht, ihren Kerl umzubringen. Sie wollte ihm bloß die Flasche wegnehmen, die beiden haben miteinander gerungen und zwar auf dem Balkon, und das muß so furchtbar ausgesehen haben, daß die Leute von gegenüber einen Mordsschrecken gekriegt und die Polizei verständigt haben. Frau Kuhlbrodt hat im Gemeindehaus angerufen, Sonja ist gleich hin, und da saß Lutz in Tränen auf dem Sofa und machte den beiden Polizisten bittere Vorwürfe, weil sie nicht mit ihm anstoßen wollten. »Sind wir nun Freunde oder nicht?«, habe er immer wieder gelallt und Sonja als den »Engel der Kampftrinker« vorgestellt und sie auf den Oberarm zu tätscheln versucht.

»Auf den Oberarm?«

Aber Sonja hat keine Lust, ins Detail zu gehen. Zumal sie gar nicht wegen Lutz Kuhlbrodt, sondern wegen einer tollen Sache angerufen hat, in die sie mich nun einweiht.

Die Evangelische Kirche veranstaltet derzeit eine Tagung in Gießen, Thema: Suchtprävention – Bilanz und Perspektiven. Ein Referent ist wegen Krankheit ausgefallen, die Tagungsleitung hat mit Sonjas Chef, Dr. Martin Fricke, telefoniert, und der hat Sonja als Ersatz vorgeschlagen. Sie solle von ihren therapeutischen Gesprächskreisen berichten, eine Arbeitsgruppe zum Thema Rehabilitation leiten und 600 Mark kassieren. Sie ist richtig glücklich, denn Tagungen hat sie von Herzen gern, und es ist das erste Mal, daß sie einen öffentlichen Vortrag hält.

»Ist das nicht super?«

»Echt.«

»Ich muß morgen gleich fliegen und wollte dich bitten: Wenn du am Wochenende Lust hast, in den Garten zu fahren, nimm doch die Zwiebeln auf. Ach, und Igor, wenn du mir einen besonderen Gefallen tun willst und die Stunde günstig ist, starte das ›Kommando Gastropoden‹.«

Sie wiederholt ihre Bitte mit Samtstimme und pustet freiweg den Rauch ihrer Zigarette in die Muschel. Diese Frau hat in der Tat zwei Dutzend salatschädigender Gartenschnecken per Bierfalle in einen Drahtverschlag gelockt, um die Tiere zu »günstiger Stunde«, d.h. wenn Trixi Carlsen nicht anwesend ist, im Nachbargarten auszusetzen, auf daß sie dort ihr Zerstörungswerk am Winterkohl vollbringen. Carlsens ziehen eine Edelsorte. Der Effekt, meint Sonja, würde verheerend sein, und ihr könnte niemand etwas nachweisen. Leider waren in den letzten Wochen Carlsens pausenlos im Garten und Trixi auch noch auf dem Akkordeon mächtig aktiv.

»Wenn's schön ist, fahre ich«, verspreche ich.

»Dann sind Carlsens auch da. Wenn du mich liebst, fährst du bei Regen.«

Sonja. Ob's wegen Vicky ist, die sie mir ein Stück entrückt hat und deshalb im Moment umso begehrenswerter erscheinen läßt, ob's wegen Lutz Kuhlbrodt und Dr. Martin Fricke ist, deren lebhaftes Interesse an Sonjas Formen meine Eifersucht stacheln, ob es wegen meiner Verliebtheit ist, die mich angespitzt hat, daß es wehtut – ich möchte mit Sonja ins Bett. Mache ihr einen aus Zote und Minnesang kunstvoll gemischten Antrag, und sie lacht nicht mal.

»Jetzt?«

»Wann sonst?«

»Schatz, es ist ein Uhr nachts...«

»Die beste Zeit...«

«...und ich muß morgen um acht am Flughafen sein.«

Das Wort Flughafen spricht sie mit Schmelz in der Stimme. Bald wird sie mich mit einem Vielflieger betrügen, im Abort eines Jets, wo man der Enge wegen zu zweit nur in Koitusposition hineinpaßt.

»Gute Nacht, mein Freund.«

»Viel Erfolg. Und wenn du nicht mehr weiter weißt, erzählst du denen einfach, wie du mich damals in der Gartenlaube verführt hast.«

Kaum hat sie aufgelegt, klingelt das Telefon. *Sie!* »(räusper) Marenge«

Nochmal Sonja. Ob ich schon bei der Kreuzberger Theatertruppe angerufen hätte?

»Äh... ja. Es war immer besetzt, und ich dachte...«

»Du mußt *hingehen*«, unterbricht Sonja mein Gestammel. »Die erwarten dich, Dagmar hat dich avisiert. Das Telefon ist seit gestern abgeschaltet, weil... ich weiß auch nicht. Aber die Inspizientenstelle ist nach wie vor frei. Das wollte ich dir noch schnell gesagt haben. Und nun: denk an mich.« (Kußgeräusch)

Ich recke mich. Ein Arbeitgeber, der seine Telefonrechnung nicht bezahlen kann, wirkt nicht gerade attraktiv auf einen angehenden Bühnenmeister. Wer bin ich denn, he? Ich nehme mir vor, die Bewerbung um diesen Posten hinauszuschieben, zumal ich in jüngster Zeit immer häufiger davon träume, nach Amerika auszuwandern. Dort treffe und bezaubere ich einen vermögenden Mogul, der mir das Total-Modell der Stadt Berlin finanziert und mir sein Töchterlein zur Frau gibt. Es heißt Butterfly-Eleanor und trägt einen Keuschheitsgürtel aus Büffelleder.

»Ich frage mich, wozu du zu gebrauchen bist.« Die Frauen wissen es, Juni, du Sack. Frag sie oder besser: halt dich da raus.

☆

Seit jenem Abend, der uns zu Vertrauten im Unglück gemacht hatte, sahen Evelyn und ich uns oft. Ich blieb, niedergedrückt von meinem Verlust und unsicher betreffs der Rolle, die ich in Evelyns Leben spielen könnte, zurückhaltend; ich radelte meine Touren für die Volks-Soli, zweigte Buletten und Sandkuchen ab und wartete abends auf mein Mädchen. Sie erschien regelmäßig, oft brachte sie etwas zu essen mit – ein Stück Obsttorte oder einen Becher Kakao. Ihre Stimmung hellte sich auf, sie lachte wieder, und aus ihrem von der Schwangerschaft verklärten Gesicht strahlten die himmlischen Augen in vorsichtiger Freude. Eines Tages hatte sie ein beschnitztes Stöckchen dabei und schlug, als sie in Großvaters Wohnzimmer auf und ab ging, rhythmisch damit auf Kommode und Fensterbank.

»Jemand sollte hier ma' Staub wischen«, sagte sie, als die Wölkchen aufstiegen.

Diese schlichte Bemerkung sprengte einen Ring um mein Herz. Sie hatte mir eingeleuchtet und verschaffte so meinem Bewußtsein neuen Anschluß an die Dinge des tägliches Allerleis. Als ich mir darüber klar wurde, daß ich demnächst hier überall Staub wischen, daß ich den Boden kehren und den Ofen auskratzen würde, wußte ich: die Welt hat mich wieder. Es gibt ein Leben ohne Opa. Süße Dankbarkeit floß durch meine Brust und wärmte sie in jenen Tiefen, die eben noch von Gram und Bammel erfüllt gewesen waren. Ich nahm Großvaters Öllämpchen, zündete es an und freute mich an ihm. Ich packte Evelyns Stock, riß ihn ihr weg, kitzelte sie, als sie kam, um ihn zurückzuerobern, am Ausschnitt, und das kleine Handgemenge endete damit, daß wir uns in die Arme fielen und Küsse tauschten und der Stock zu Boden glitt.

Ich war wieder verliebt wie damals auf dem Hinterhof, und ich sah sie wohl auch so an, denn sie wurde verlegen, räkelte sich aber in meinen Armen und machte sich nicht los. Statt dessen kam ihr Mund zu meinem zurück; diese neuerlichen Küsse waren keine übermütigen, unwillkürlichen Küsse mehr, sondern wohlüberlegte, langgezogene, gewollte, und als sie dann anfing, mit ihren Händen unter mein Hemd zu drängen und da über meine Haut zu fahren, stockte mein Freude, es kam Kummer hoch, ich dachte mir: Was machst du, Evelyn, du liebst doch einen andern, warum spielst du mir was vor? Also hielt ich ihre Arme fest, um sie am Streicheln und Schmeicheln zu hindern, ließ das Küssen sein und sagte:

»Was machst du, Evelyn, du liebst doch einen andern, warum spielst du mir was vor?«

In ihren Augen glommen schwarze Punkte, ihre Nasenflügel flatterten, und ihre Zunge wollte nicht wieder hinter ihre Lippen zurück. Sie stand da, keine magere Diana mehr wie seinerzeit, sondern eine aufgegangene Mammi, die leicht schwankte; der Kamm ihres vorspringenden Bauches, der erstaunlich weit oben saß, dicht unter dem mächtigen Busen, bebte bedenklich. Da begriff ich, trotz meiner verliebten Narrheit, was mit ihr los war. Sie stotterte etwas wie: »Ick mag ooch dich« und: »Wenn du wüßtest...« oder ähnliches, dabei streckte sie ihre Hände nach mir aus; aber ich wich zurück und sagte, während ich langsam und unglücklich mit dem Kopf nickte:

»*Es* fehlt dir, stimmt's? *Es* fehlt dir!«

Woraufhin sie losheulte. Ich hatte es getroffen. Sie war auf Entzug – und da Eberhard wegblieb, mußte jemand anders her. Schließlich war sie mit ihrem Schwager jeden Tag im Bett gewesen, manchmal sogar »halbe Nächte«, und jetzt, wo die Sache aufgeflogen war und der Kerl nicht mehr kam, litt sie nicht nur im Herzen. Sie gestand mir später, daß sie nie so geil gewesen sei wie seit Beginn ihrer Schwangerschaft, sie wisse auch nicht, wie das zuginge, aber sie würde verrückt ohne Liebhaber.

»Biologisch isset ja Unsinn, denn schwanger bin ick schon, aber weeß der Deibel, ick bin eben so pervers.«

Das sagte sie später; damals aber, als ich erraten hatte, was sie quälte und sie so vor mir stand und weinte, waren wir beide furchtbar verlegen, und während sie ihre Fassung schon verloren hatte und mir die Arme um den Hals legte und ihren Bauch mit Eberhard Wessdoncks Kind drin gegen die Leisten drückte, war ich im Begriff, zwischen Furcht, Abscheu, Mitleid, Geilheit, Stolz und Empörung zerrissen zu werden.

Evelyn machte sich los, trocknete ihre Tränen, sammelte sich und gewann ihre Entschiedenheit zurück. Sie sei gekommen, sprach sie ernst, um mit mir ins Bett zu gehen. Ich hätte recht, ihre Liebe gehöre dem anderen, aber der heirate nächste Woche eine gewisse Annegret, und sie habe beschlossen, sich den Mann aus dem Herzen zu reißen, denn die Sache habe keine Zukunft. Ich hingegen gefalle ihr mit jedem Tag besser, ich hätte einen so schönen Mund, und wenn es mich nicht abstieße, mit einer Frau zu schlafen, die im siebten Monat sei, dann könnten wir jetzt glücklich sein. Und schließlich, fügte sie trocken hinzu, von Vorteil sei, daß man keinen Gedanken an die Verhütung verschwenden müsse.

Ich stand betäubt am Fuß des Sofas, auf dem sie schon ihre Schuhe auszog. Ich hatte mir meinen ersten Liebesakt sehr anders vorgestellt. Zwar war in meiner Phantasie die kleine Evelyn von nebenan gehäuft als jenes Weibsbild aufgetreten, das mich von meiner lästigen Unerfahrenheit in dieser größten Sache auf Erden erlösen würde, aber sie hatte das in meinen Träumen als ein junges Mädchen getan, als eine schmale, flinke, jungfräuliche Nymphe und nicht als ein sitzengelassenes Muttertier mit einem lebensfähigen Balg in der Plauze. Ich versuchte rauszufinden, welche der in mir gegeneinander anrennenden Leidenschaften die stärkste sei. Ich warf die Empörung raus, denn schließlich, was soll's. Ich beugte den Stolz, denn schließlich, ach was. Ich wollte mich gerade der Bangigkeit und dem Selbstmitleid überantworten, als Evelyn etwas flüsterte, was mich innehalten ließ. Sie flüsterte:

»Wir könn' et nur von hinten machen, weil det Baby schon so jroß is und ick ha' Angst, du drückst et platt, wenn du dich auf mich legst.« – Dabei knöpfte sie ihren Umstandsfummel auf.

Es war unzart von ihr, mich auf diese lakonische Weise zu einer besonderen Rücksicht zu verpflichten, und es war doch genau das Richtige gewesen. Ihren Küssen hatte ich widerstanden, ihren Tränen und ihren ersten Entkleidungsnesteleien auch, das prosaische »von hinten« riß mich hin. Furcht und Mitleid entwichen durch meine Poren, und wonnig drohend schoß mir die Begierde in den Bauch. Ich sah zu, daß ich mit dem Ausziehen hinterherkam, riß mir einen Knopf vom Hemd, stolperte über ihre Schuhe und verteilte meine Klamotten weiträumig über Großvaters Salon. Dann stand ich nackt im Raum, zum äußersten entschlossen, wie wir beide sehen konnten.

Auch Evelyn war jetzt nackt, und sie schämte sich ihrer Unförmigkeit. Sie kauerte sich auf dem Sofa nieder, stützte die Unterarme ins Polster und schob ein Kissen neben sich, um so ihren Bauch vor den Blicken und ihr Kind vor dem Gewicht ihres neugewonnenen Liebhabers zu schützen. Über die Schulter sah sie zu mir hin, die Augen voll Seele, und sagte:

»Jetzt komm.«

Ich trat zu ihr, wagte erst nicht, ihren Hintern zu berühren, strich über ihre Schulterblätter, den Rücken und die Arme. Ich wollte sie gern umdrehen, um an die Brüste ranzukommen, die ich untergefaßt hatte und deren beträchtliches Gewicht starke Fülle verhieß. Aber sie zierte sich und bestand darauf, vierbeinig hocken zu bleiben. Mir war es so auch recht, ich fand sie sehr verführerisch, nur fürchtete ich, es könne ihr unbehaglich werden, da sie mir nicht in die Augen sah und sich praktisch wie eine Kuh auf der Weide präsentierte. Sie aber wollte es so.

Ich kniete hinter ihr nieder, um sie zu begaffen und zu betatschen, zu küssen und zu beißen, bis sie wünschte, daß ich ernst machte. Mein Herz und die Welt standen stille, als meine Schwanzspitze ihre feine Möse berührte, die ich im Schein des Öllämpchens glitzern sah. Jetzt schlief ich mit einer Frau. Ich tat es, und sie rief mich beim Namen.

Natürlich wußte ich schon, daß ein Liebhaber von Format seinen Erguß hinausschiebt und seine Erektion erhält, bis die Frau, ermattet von multiplen Höhepunkten, um Einhalt fleht. Aber das half mir gar nichts. Zusammengeschlagen von der Lust, die mir in hellen Brechern über den Kadaver klatschte, fiel ich über Evelyns Rücken hin, außer mir vor Glück und Scham. Sie arbeitete sich unter mir hervor, wahrscheinlich um ihr Kälbchen nicht von dem ungeübten Beschäler quetschen zu lassen; aber ich erlaubte nicht, daß sie sich anzog, trug sie auf meinen Armen zum Sofa zurück und überzeugte sie, daß es besser sei, wenn sie aufhörte, ihren Bauch vor mir zu verstecken. Ich legte meine Hand auf die Wölbung, unter der das Kind mit seinen Füßchen um sich trat. Dann widmete ich mich den Brüsten. Sie waren vor sieben Monaten voll, aber spitz gewesen, jetzt wuchsen sie wie Kürbisse sogar über den Bauch hinaus. Ich küßte diese Riesentitten, und Evelyn sprach errötend davon, wie zufrieden sie sei, ihre arrogante Schwester busenmäßig auf den zweiten Platz verwiesen zu haben. Sie erzählte mir, daß eine der beiden Brüste schon einen milchähnlichen Saft absondere, und als sie anfing, an der Warze zu ziehen und dabei tatsächlich einen klaren Tropfen zutage förderte, erholte ich mich augenblicks von meiner postkoitalen Ohnmacht. Wir trieben es wieder a tergo, um dem Kind nicht weh zu tun, und diesmal hielt ich durch, bis meine süße bunte Kuh gefunden, was sie so schmerzlich vermißt hatte.

☆

So trat ich die Nachfolge Eberhard Wessdoncks an, erwartete täglich mein rolliges Weibchen, fiel mit ihr in die Kissen und bewies ihr bald, daß es einem ungeborenen Kind nichts ausmacht, wenn Mamas Liebhaber es ein bißchen plattdrückt. Sie verlor alle Scheu. Sie setzte sich auf mich und schmiegte den enormen Ballon ihres Bauches wie ein Geschenk in meine Arme. Sie ließ mich an ihrer frühreifen Brust saugen, deren süßer Saft mir gut bekam. Geduldiges Bearbeiten brachte auch den anderen Kürbis dazu, sich fruchtbar zu erweisen und kleine Kostproben in meinen Mund zu entlassen; ich widmete mich den beiden Milchbrunnen so ausgiebig, daß Evelyn mir mit Rücksicht auf das Kind Einschränkungen auferlegte.

»Laß das, Igor, du säufst ja dem Kleenen allet weg.«

»Ooch.«

»Det Kleene« war mir anfangs fremd gewesen, aber ich gewöhnte mich an seine Existenz und liebte es am Ende gleichfalls. Wenn Evelyn und ich bumsten, war es ja zugegen und mischte mit; wir empfanden uns als Dreier und stellten uns vor, daß Gustav – wie wir das Gör aus Quatsch nannten – genausoviel Lust an unseren Begegnungen fände wie wir selbst.

»Süße, hast du gefühlt, wie Gustav gehüpft ist, kurz bevor du gekommen bist?«

»Ach, det war Justav? Ick dachte, dein Schwanz wär's jewesen.«

Da ich mir einbildete, das ungeborene Kind werde täglich in meinem Samen gebadet, fühlte ich es mir immer vertrauter werden und wähnte am Ende, es hätte nicht Eberhard Wessdoncks, sondern *meine* Chromosomen in seinen täglich sich multiplizierenden Zellen. Ich empfand mich als Vater und hegte zärtliche Neigungen für das Gör. Aber ich sagte Evelyn nichts davon; das hätte nach Eifersucht geklungen, und ich wollte unser Glück, unser stürmisches Ergötzen aneinander, bloß nicht trüben.

»Wenn Justav uff die Welt is«, sagte Evelyn und lächelte frech, »wird ihm wat fehl'n. Ick jloobe, den muß ick von früh bis spät mit Effet in den Armen wiegen.«

☆

Es kam der Tag, an dem sie ausblieb. Ich versuchte mir einzureden, sie läge nur mit Sodbrennen im Bett, und tat erstmal gar nichts.

Aber dann klingelte ich doch gegenüber. Mutti Mölle, grau geworden und noch knurriger als sonst, erschien. Sie ahnte nicht, in welcher Beziehung ich zu ihrer Tochter stand, und das war nur gut so.

»Wie geht es Evelyn? Ist sie...? Hat sie...?«

Sie hatte. Gustav war seit gestern auf der Welt. Aber er hieß Thorsten. Alles sei gut gegangen. Mehr, fand Mutti Mölle, müsse ich nicht wissen. Sie drückte die Tür mit einem Rest von Höflichkeit nicht ganz so schnell und rrrumsmäßig zu, wie sie es ihrem ärgerlich-gequälten Blick zufolge gern getan hätte.

Ich ging zurück in Opas Wohnung, rutschte unter sein Bett und hielt mir die Eier. Was sollte ich jetzt tun? Abwarten? Ihr schreiben? Heulen? Ich entschied mich für's Abwarten, wo das Heulen angebrachter gewesen wäre. Denn ich habe Evelyn nicht wiedergesehen.

☆

Heute, im Jahre Eins nach der deutschen Einheit, im Jahre Zwei nach dem Mauerfall, heute, da ich hoffen darf, Vicky Rosinski flachzulegen, kann ich zum ersten Mal schmerzfrei an jene Epoche vor zehn Jahren zurückdenken, als ich wie in einem Crash-Kurs lernte, was Sex ist und dabei leider, leider, ganz gegen meinen Willen, mein armes Herz bei jedem Stoß, den ich in Evelyns graviden Leib tat, mit Liebe und noch mehr Liebe anfüllte. Diese hochschwangere, hochverräterische, hinterfotzige, hintergründige, gemeingefährliche, mannstolle Minderjährige hatte mich vom Scheitel bis zur Sohle unterjocht, was wahrscheinlich gar nicht in ihrer Absicht gelegen hatte; aber diese Absichtslosigkeit, auf meiner und auf ihrer Seite, die machte ja alles noch schlimmer. Ich weiß nicht, was aus Evelyn geworden ist. Aber ich weiß, daß es das Verschwinden Evelyns aus meinem Leben war, was mich dazu bewog, der DDR den Rücken zu kehren. Und nicht die Repression der Diktatur, wie Wenzel immer sagt. Was nicht heißen soll, daß mir die Diktatur egal gewesen wäre. Aber ich habe sie nie so inbrünstig gehaßt, wie Evelyn und mein Schicksal, als ich unter Opas Bett lag und mir die Eier hielt.

Ob es normal ist, daß junge Männer so leiden? Daß sie mit einem so brutalen Aufruhr im Gekröse auf eine Geliebte warten, die urplötzlich nicht wiederkommt?

Das kann nicht sein, denn die Welt wäre voller Schreie und Selbstmörder und das graue Pulver in Stadt und Land seines Salzgehaltes wegen weiß.

☆

Ich hielt es nur drei Tage aus, dann machte ich mich auf die Suche. Der Pförtner an der Klinik kannte mich noch aus Großvaters letzten Lebenswochen. Er fragte mich nach meinem Wohin und als ich antwortete: Zur Entbindungsstation, telefonierte er eine halbe Stunde vertikal durch die gesamte Hierarchie. Ich schwitzte wie ein Affe. Eine Schwester erschien und erkundigte sich, in welchem Verwandtschaftsverhältnis ich zu Evelyn Mölcharetz stünde. Ich sagte:

»Ich bin der Vater ihres Kindes.«

Nur in Gedanken sagte ich das. Es kostete mich große Mühe, es nicht laut zu sagen. Ich fand, ich hatte alles Recht auf dieses Neugeborene. Denn ich, ich hatte es hundertmal auf meiner Schwanzspitze gewiegt. Aber ich ahnte, daß die Schwester kein Verständnis aufbringen würde für solche natürlichen Bande zwischen zwei Menschen und sagte deshalb, meine Stirn wischend:

»Ich bin ihr Cousin.«

Die übliche Tarnbezeichnung für unerlaubte oder bloß gewünschte erotische Beziehungen. Hätte ich mir doch etwas Besseres einfallen lassen und zum Beispiel: »Der eben aus dem Westen heimgekehrte große Bruder« gesagt! Mein Leben hätte einen anderen Verlauf genommen. Aber nein, ich verspielte mit diesem phantasielosen »Cousin« mein ganzes Glück. Denn hätte ich Evelyn wiedergesehen, ich hätte sie und das Baby entführt. Wir lebten heute mit zwei weiteren Kindern aus meinem Stamm in Niederschöneweide, und ich wäre als alter Dissident mit der Leitung der Bezirksverwaltung beauftragt worden. Gustav wäre ein Schlingel von bald zehn Jahren und hieße wirklich so.

Die Schwester erklärte mir die Besuchszeitenregelung und schickte mich nach Hause. Am nächsten Tag war Evelyn angeblich wegen einer Nachuntersuchung auf der chirurgischen Abteilung. (»Stimmt etwas nicht mit ihr?« »Es ist alles in Ordnung. Schmerzen an der Naht. Das ist normal.«) Dann war Sonntag und kein Besuch von Fernerstehenden erlaubt. Montag war Evelyn nicht mehr da.

Ich ließ zuhause die Eingangstür angelehnt, um zu hören, ob sich gegenüber etwas regte. Aber ich vernahm nichts als der alten Mölcharetz' Geschlurfe, wenn sie vom Einkaufen nach Hause kam. Bis der Zufall es wollte, daß Mutti Mölle auf der Treppe von Omi Lenau aus dem Parterre angehalten wurde.

»Na, wann kommt das Enkelkind nach Hause?«

Krumm stand ich im dunklen Flur und lauschte mit jukkenden Ohren. Nein, das Enkelkind komme nicht nach Hause, sagte die Mutter meiner Braut. Sie wolle es nicht bei sich haben, mit dieser Art Ärger sei sie in ihrem Leben fertig, ein für allemal.

»Aber irgendwo muß sie doch hin, die kleine Evelyn mit dem Baby?«, sprach mir Omi Lenau aus dem Herzen, und am liebsten hätte ich die Tür geöffnet und laut geschrien: Hier, hier ist jede Menge Platz.

Der Kindesvater Dr. Wessdonck, fuhr Mutti Mölle fort, der sehe es als seine Pflicht an, sich um den Sohn zu kümmern. Und Annegret, inzwischen die Ehefrau des Herrn Doktor und als solche am Ziel ihrer Wünsche, die habe in ihrer Gutmütigkeit und Großzügigkeit ja dazu gesagt.

»Nu hatter ihre beiden Töchter«, traf Omi Lenau den Nagel auf den Kopf, und Mutti Mölle seufzte, so tief, daß meine Tür im Luftzug knarzte und sagte etwas wie:

»Soll'n se doch machen, wat se woll'n und bleiben, wo der Pfeffer wächst.«

Und sagte noch:

»Wenn Evelyn in ihr Unglück rennen will – ick halte ihr nich' uff. Ick hab's umsonst versucht, mein Leben lang.«

Ich weinte. Ich dachte immerzu daran, daß sie Schmerzen an der Naht hatte. In dieser Nacht beschloß ich, die Ausreise zu beantragen.

6. Kapitel

Moabiter Mittagstisch

Sonjas Wirtin, eine betuchte Kunstmäzenin, kennt gleich drei passionierte Segler, aber keiner braucht ein neues Boot. Arme »Tina«! Vielleicht muß sie doch auf den Rhein.

Mehrmals hat mich Wenzel eingeladen, bei einer Segeltour dabeizusein, aber es ist nie was draus geworden. Ein einziges Mal war ich entschlossen, es zu wagen, und da sagte Wenzel ab: Sturmwarnung. Alle übrigen Male hatte ich zu guter Letzt etwas anderes vor.

»Gib's zu, du bist nicht seefest, Igor.«

»Ich hab 'n Job in Aussicht bei der ungarischen Botschaft, und ich *muß* mich da morgen vorstellen.«

»Was kann die ungarische Botschaft mit einem Drückeberger wie dir anfangen, der keine vernünftige Ausbildung hat und keinen Alkohol verträgt?«

»An den Büroboten stellen sie keine so hohen Ansprüche.«

Ich bekam den Job nicht. Als ich es Wenzel erzählte, tröstete er mich mit einer abermaligen Einladung auf sein Schiff. Isaac fiel etwas Besseres ein. Er gab mir ein Pils aus und warf meinen Deckel vor aller Augen in den Müll. Wenzel fand, ich müsse endlich fleißig und ehrlich werden und eine Lebensversicherung abschließen.

»Es reicht nicht, gut auszusehen«, moserte er. »Initiative ist das, was der Westen belohnt. Initiative!«

Ob viel Initiative dazugehört, bei der KWP-Versicherung anzuheuern? Wenzel ist ein Großmaul, er kann, sagt Veit, nicht mal ordentlich segeln. Trotzdem mögen wir ihn alle, wahrscheinlich wegen seines Eigenwillens.

Er sagt, tut, denkt nicht unbedingt, was alle sagen, tun und denken, er hat seine ungemein unverwechselbare Wenzel-Tour. Daß er sich beispielsweise einfach den Namen seines Patenonkels zulegt. Und daß er es nicht erträgt, dem häßlichen Geschlecht anzugehören.

»So'n Unsinn«, rief Sonja, als ich ihr einst meine Theorie von der Entstehung des Schwulentums vortrug. »Schau dir die Mutterbindung eines Homosexuellen an, und du weißt, wie diese Triebrichtung zustandekommt.«

Ich wußte damals noch nicht, daß Wenzel schwul ist. Sonst hätte ich gekontert:

»Hach! Mein Freund Wenzel hat überhaupt keine Mutter. Er ist von seinem Papa und dessen Zwillingsbruder aufgezogen worden, eben jenem Wenzel…«

»Die Tante wird die Mutterstelle an ihm vertreten haben«, hätte Sonja eingewandt. »Es ist doch immer dasselbe: die Mutter – oder eine mütterliche Ersatzfigur – verführt den Sohn über eine zu enge Bindung zur Identifikation mit dem weiblichen Geschlecht und…«

In Wirklichkeit ist es viel einfacher. Männer wie Wenzel ertragen es nicht, häßlich und langweilig zu sein, sie wollen den Zauber, den die Frauen von der Natur mitkriegen, nicht nur bewundern und umwerben, sondern selbst besitzen. Sie sind ganz einfach unbescheiden. Und ich, obwohl ich nie aufhören könnte, den Frauen nachzusteigen, und auf den Verführungsversuch eines Mannes mit barem Grauen reagiere, ich kann Wenzel verstehen.

Eines Tages erkannte Detlev Becker, daß der Vorzug, für den er die höchste Bewunderung hegte, daß das einzige wirkliche Wunder auf der Welt – die feine, geschmeidige, duftige Schönheit des Weibes – immer nur Sehnsuchtsziel, nie Attribut seiner selbst sein würde. Und damit fand er sich nicht ab. Sicher, es gibt andere Herrlichkeiten, nach denen man streben kann, Reichtum, Rekorde oder ein Ministeramt. Aber zartsinnige, schaulustige Menschen wie Wenzel und – ja, wie auch ich – Igor Marenge, finden nichts auf diesem Erdenrund so anbetungswürdig wie Schönheit. Ein Wesen, das auf einem Stuhl sitzt und über schmaler Schulter ein Profil von rührend harmonischer Abstufung erkennen läßt, ein Kind, dessen Lippenpaar beim Plaudern Grübchen in die Wangen drückt und Blitze in die Augen schickt und wo drum herum das Haar goldrot wuchert und metallen knistert und von schneeweißen Fingern hinter die Öhrchen gestrichen wird, in denen die Bijouterie funkelt, so ein Mädchen verdient unser, der schaulustigen Zeitgenossen, tiefste Ehrerbietung und Liebe. Wir bringen ihm alles zum Opfer, was in unserem Leben zählt und tickt: unser Herz, unsre Sinne, unser bißchen Verstand. Ohne diese Wesen mit Profil und Grübchen können wir und wollen wir nicht sein.

Nun ist so ein reizendes Wesen – und damit findet Wenzel sich nicht ab – immer oder überwiegend weiblich. Männer, die schön sind im Sinne besagter, zu besingender Anmut, gibt es enorm selten. Fast gibt es sie gar nicht. Und die wenigen Ausnahmen sind schon von Oscar Wilde oder Luchino Visconti weggeschnappt. Also bleibt dem zartsinnigen Zeitgenossen nichts anderes übrig, als die Frauen zu lieben. Wie ich es ja auch brav tue, immer vergafft, immer auf der Jagd, immer magnetisch angezogen von diesen Wesen mit Lippe, Öhrchen und so fort.

Anders Wenzel. Er geht weiter als ich. Er will den weiblichen Reiz, diese Symphonie aus Weichheit, Feinheit, Glätte und Chic, selbst verkörpern. Heroisch, dieser Wunsch, denn Wenzel, nein, bei noch so viel Sympathie kann man nicht behaupten, er zöge Blicke an. Es sei denn solche des milden Entsetzens ob Gottes Nachlässigkeit und Stümperei. Hat er wohl Wenzel geschaffen, als er eigentlich vollkommen erschöpft war und sich hätte ausruhen müssen (Sonntag), aber doch noch ganz schnell ein Männlein hinkneten wollte, um irgendein göttliches Soll zu erfüllen. Er hat ohne Inspiration gearbeitet, ohne zu den feineren Modellierhölzchen zu greifen, hat den Ton einfach irgendwie zusammengehauen und besonders bei Nase und Nacken viel zu viel genommen. Als er sah, was er da angerichtet hatte, war's ihm peinlich, und er hauchte diesem Quasimodo, um ein bißchen was gut zu machen, Zartsinn und Schaulust ein. So entstand Wenzel.

Er mußte schwul werden. Nicht wegen seiner Mama, die, Gott hab sie selig, vor Schreck bei seiner Geburt verstarb, sondern wegen seines Zartsinns, wegen seiner Bereitschaft, vor der Schönheit – und zwar zunächst und im Grunde durchaus vor der weiblichen – in die Knie zu brechen. Er sah sich um und sprach zu sich: 1. Wie anbetungswürdig sind körperliche Reize. 2. Ich besitze keinen einzigen. 3. Schöne Menschen werden mir weder je einen Blick schenken noch ihre Wunder weisen. 4. Ich werde nie glücklich sein.

Aber Wenzel ist nicht nur ein Ästhet und Schwarmgeist. Sein Charakter besteht aus einem interessanten Kraftlinienfeld, in dem scharfe Gegensätze einander in Schach halten. So kennen wir Wenzel auch als Pragmatiker, der eine gleichförmige Angestelltenexistenz dem Leben auf freier Wildbahn, wie beispielsweise ich es führe, vorzieht. Als Kerl, der klarkommt, sagte sich Wenzel: 1. Das darf doch alles nicht wahr sein. 2. Man ist so schön, wie man sich fühlt. 3. Ich werde schon jemand finden, dessen Typ ich bin. 4. Ich werde glücklich sein.

Und es hat funktioniert. Wenzel traf Siegmund. Die beiden haben sich beim Segeln verliebt.

»Quatsch mit Soße«, würde Sonja sagen. »Als ob alle Schwulen häßlich wären. Ganz im Gegenteil…«

Ich gebe zu, hier liegt ein schwacher Punkt meiner Theorie. Aber der ließe sich korrigieren. Auch hübsche Männer, die es zum eigenen Geschlecht hinzieht, können sich, meine ich, nicht damit abfinden, daß das Zauberhaft-Aussehen, Begehrtwerden und Anträge-Kriegen etwas ist, was Frauen monopolisieren. Sie wollen es für sich. Was ist daran so absonderlich? Ich stelle mir auch vor, daß es toll sein muß, morgens um neun von einem Anruf geweckt zu werden, der sich so anhört:

»Schönste Vicky, ich kann nicht mehr warten. Lassen Sie uns heute in den Tiergarten gehen.«

Da ich Vicky nicht allzusehr verwöhnen will, tätige ich diesen Anruf nicht und gehe mich erstmal rasieren. Dann runter zum Kiosk, die Presse holen. Kaffee, Zeitung, Spiegelei. Trias des Morgenglücks.

☆

Da steht's auf der dritten Seite: Wegen des hohen Rangs, den er in der SED einnahm *sowie* wegen nachgewiesener enger Stasi-Kontakte muß der leitende Staatsanwalt des Bezirks Mitte, Dr. Eberhard Wessdonck, alle seine Funktionen niederlegen und obendrein mit einem Verfahren wegen Begünstigung im Amt rechnen... O irdische, o heilige Gerechtigkeit! Es gibt dich, gibt dich doch! Ich werde immer, wo du es verlangst, für dich zeugen. Werde Eide schwören, daß ich dir begegnet bin und daß du herrlich bist. Der schwarzlockige Großkotz ist gefeuert! Er ist mitsamt seiner »besonderen Verantwortung« und seinem kinderschänderischen Schwanz auf die Straße geflogen. Es lebe die Wende! Ich lese die Nachricht drei-, viermal und fühle, wie mir der Triumph die Rippen weitet. Elender Eberhard, jetzt hamse dich am Arsch! Wie wird er dumm dreinschaun, sich ans Herz greifen und voll bei seiner tapferen Annegret im Bett versagen.

Chevaleresk verschone ich Evelyn mit meinem Rachetaumel. Sie tut mir leid, denn sie wird keine Alimente mehr erhalten und in ihrem alleinerziehenden Muttertum ganz verhärmen. Arme, süße Evelyn. Warum kommst du jetzt nicht in die Heinrichstraße und teilst mit mir das Spiegelei wie einst in Friedrichshain? Die Mauer ist gefallen, du dummes Stück.

Und noch etwas steht in der Zeitung. Der Verlauf der Sitzungen im Bundestag leide nicht unerheblich darunter, daß ein Großteil (die Mehrheit?) der Parlamentarier zuviel trinkt. Ich zweifle keinen Augenblick an der Wahrheit dieser Meldung, aber sie kommt mir nicht zupaß, weil sie meine Theorie in Frage stellt. Schließlich haben diese Bonner einen Mittelpunkt, in dem sie glänzen können – warum dann noch Sprit? Alles kann man doch nicht haben, Herr Abgeordneter Dr. Wichtigmann, ein hübsches Mandat, jede Menge Bedeutung, Reden halten im Plenarsaal, daß die Opposition nur so schäumt, Fernsehen und Rundfunk immer dabei, dicke Diäten und Immunität – was wollen Sie noch? »Ein Gläschen«, sagt Dr. Wichtigmann, »damit ich den ganzen Streß aushalte.« Hm, was mach ich jetzt? Zugeben, daß meine Theorie einen Knacks hat? Herrn Dr. W. befragen, warum er so viel bechert? Die ganze Sache Sonja überlassen? Ich wollte, ich vertrüge selber einen scharfen Schluck. Würde mir jetzt gern einen genehmigen – denn ich möchte ihn feiern, den Absturz meines alten Rivalen. »Leitender Staatsanwalt des Bezirkes Mitte« – schön war die Zeit, was?

☆

Ich bin mit Veit verabredet und denke mir gleich, als das Telefon klingelt, daß er es ist, der mich erinnern will, hoffe aber ein loderndes Sekündchen lang, es möchte die schöne Kassiererin sein. Es ist Veit.

»Morgen, Alter. Kommste rüber? Der Recorder ist frisch repariert und ganz verrückt nach dir. Du könntest mir'n paar Aspirin mitbringen, dann muß ich nicht raus.«

Ich rolle, immer noch entzückt von den neuesten Nachrichten aus der vormaligen Hauptstadt der DDR, trällernd zur Tür hinaus und runter und raus in den Smog.

Die Heinrichstraße schmort in hitziger Betriebsamkeit dahin. Es gibt eine Unmenge Läden hier: Gemüse (türkisch), Fahrradbedarf (schlecht sortiert und kurz vor der Pleite), Trödel (armenisch), Fußpflege (nie jemand drin), Zeitungen und Lotto (okay), Videothek (gut besucht), TV-Geräte-Reparatur (afrikanisch), Blumen (nett), Autoverleih (meist geschlossen). In den Höfen überleben kleine Klitschen: eine Kürschnerei, eine Kunstglaserei, eine Druckerei und eine undurchsichtige Firma namens Blunck, von der ich bis heute nicht weiß, was sie außer stampfenden Geräuschen und großen Mengen seetangartigen Mülls eigentlich herstellt. Alle diese Unternehmen werden pausenlos beliefert, weswegen die Bürgersteige fast völlig von haltenden, wartenden, quietschenden, vor- und zurückrangierenden Lieferwagen blockiert sind. Dies wieder erbost die Moabiter Hausfrauen, welche Slalom laufen müssen, um vom Obst- zum Zeitungshändler und von diesem in ihre schönen alten, mit Kachelöfen geheizten Wohnungen zu gelangen. In den Händen dieser fast durchweg 55jährigen Hausfrauen ist der ganze Kiez, weswegen es nur drei Themen gibt: Sonderangebote, Lotto-Zahlen und Prinzessin Diana. Die Wiedervereinigung hat daran überhaupt nichts geändert. Hier riecht das graue Pulver eine Spur nach Vanillin-Zucker und Silberputzmittel, dem typischen Odeur der ältlichen Moabiter Hausfrauen. Ich mag sie alle gern leiden, denn sie garantieren, daß die Händler ihre Wechselgeld-Beschiß-Nummern nicht allzu dreist variieren und daß die Tyrannei der Hauswarte durch eine schimpfkräftige Gegenmacht sozusagen konstitutionell gebändigt bleibt. Erst kürzlich hörte ich Frau Busse gegen Herrn Bock von wegen der chronisch defekten Treppenhausbeleuchtung so vom Leder ziehen, daß das alte Ekel ganz vergaß, mich, der ich vorbeistrich, wegen diverser Verstöße gegen die Mülltonnenverordnung zu maßregeln. Er ist außer mir die einzige Person männlichen Geschlechts, die in der Heinrichstraße vormittags nicht mit Lieferwagen beschäftigt ist. Das führt zur Verbitterung.

Herr Bock säuft. Alle wissen es, alle riechen es, aber niemand spricht offen darüber. Selbst Frau Busse meidet den heiklen Punkt, wenn sie dem Alten die Stirn bietet. Alle sind sie von der massenmedial verbreiteten Trinker-Propaganda betäubt, derzufolge Alkoholismus eine Krankheit sei. Dabei ist die Sauferei – und niemand weiß das so gut wie die Schnapsnasen – die Therapie, für deren Krankheit sie gehalten wird. Ja, sie tut wohl; der Rausch heilt alle Wunden, solange er dauert. Und die Wunden? Frag Herrn Bock, liebe Sonja. Er wird dir erklären, daß er anders nicht damit fertig wird, keinen Lieferwagen zu fahren, keine Kunstglaserei zu führen und kein erstklassiges Gebiß zu tragen. Wie soll er unter diesen Umständen jemals in einem der Mittelpunkte stehen, die unsere Heinrichstraße anzubieten hat? Die Leute saufen, weil sie im Mittelpunkt stehen wollen und weil die Promille ihnen diese Illusion mit rührender Zuverlässigkeit liefern. So therapieren sie sich über ihres Lebens tiefste Qual hinweg, die Qual, gänzlich bedeutungslos zu sein und von niemand bewundert zu werden, nicht mal von ihren unterwürfigen, tückischen Kötern. Sonja müßte von rechts wegen Hans-Walther Balthasar, Lutz Kuhlbrodt und all den andern einen Vertrag für die Bingo-Show in SAT 1 versprechen, oder ihnen wenigstens die Chance in Aussicht stellen, einmal monatlich auf der Kreuzung Martin-Luther-Straße/Hohenstaufenstraße den Verkehr zu regeln, bevor sie ihnen ihre gewohnte, hochprozentige Therapie madig macht. Ohne einen solchen Ersatz anzubieten, hat sie im Grunde kein Recht, den armen Teufeln ihren letzten Halt zu rauben.

Sonja würde jetzt sagen: »Es geht um Leben und Tod, Igor.«

Und ich darauf: »Eben.«

☆

Immer wenn ich kurz vor Mittag durch meine Straße ziehe und erste Hinweise auf Schnitzel, Speck und Bohnen mich durch die geöffneten Fenster anwehen, kriege ich den Kochtopf-Koller. Es überkommt mich die unbändige Sehnsucht zu wissen, was die Moabiter Hausfrauen diesen Tag in ihren Pfannen wenden und in ihren Brätern schwenken. Ich bleibe klopfenden Herzens vor der Nummer 36 stehen, entschlossen, dieses Haus zu stürmen und ihm seine Küchengeheimnisse abzuzwacken, wenn's sein muß, mit Gewalt. Linseneintopf, Edelpilzpfanne, Kartoffelsuppe und Nudelauflauf will ich ineinandergießen, -rühren, -pürieren und -stampfen, bis eine lila Pampe draus geworden ist mit dem Namen: Moabiter Mittagstisch, September 1991.

In der Nummer 36 heißen die Leute: Schack, Aransülük, Morgan, Brezewski, Timmen-Weiberg, Capozzi. Ein Weilchen grüble ich über »Morgan« nach. Ein Amerikaner? Übrig geblieben von der Besatzung, einsam, drogenabhängig, auf ein Fertiggericht und seine Mikrowelle angewiesen? Nein, wohl nicht, die Amis leben in Dahlem. Ein britischer Student der Musik mit pakistanischer Frau und olivfarbenem Töchterchen, das vierjährig schon Geige spielt? Die Pakistanerin steht, ein heimisches Lied auf den Lippen, an einem mächtigen alten Gasherd und bereitet Pfannekuchen aus Hafermehl zu, während ihr Mann der Kleinen im Nebenzimmer die Molltonleiter erklärt.

Vielleicht ist Morgan aber auch eine zierliche Französin, schon vierzig, grauhaarig, mit einem Spitzenkragen und hochhackigen Stiefeln. Sie blieb nach der Scheidung von einem Berliner Grobian hier hängen und arbeitet auf der Turmstraße im Wäschegeschäft. Aber was ihr wirklich was ausmacht, ist, daß es seit der Wiedervereinigung in der Markthalle keine Froschschenkel mehr gibt, weil man dort umgestellt hat auf die Bedürfnisse der Ossis und nur noch Schellfisch feilhält. Unfroh dünstet unsere zerbrechliche Pariserin einen Hummerschwanz in ihrer Wohnküche und denkt an Herrn Capozzi, ihren Nachbarn, der aber leider schwul ist.

Ob ich bei Morgans läute?

Tu ich's, steckt vielleicht eine 55jährige Moabiter Hausfrau mit Lockenwicklern im Haar und einer Gießkanne in der Hand ihren Kopf zum Fenster raus und schreit:

»Wat wollense?«

»Entschuldigen Sie bitte, kann ich reinkommen? Ich mache eine Umfrage.«

»Für so Schweinereien sind wa nich zu haben.«

»Wieso? Ich habe gesagt: Umfrage.«

»Det sajen se alle.«

»Lassen Sie mich doch wenigstens einen Moment rein!«

»Na, weil Sie et sinn.«

Warum heißt eine so gewöhnliche Frau »Morgan«? Es riecht freundschaftlich nach Vanillin-Zucker auf ihrem kleinen Flur, und ins Wohnzimmer bittet sie mich nicht. Hat sie einen Ami als Mann? Einen Schwarzen vielleicht?

»Wat wollense wissen?«

»Nur was Sie heute kochen.«

»Wat ick heute koche? Wer bezahlt so dusselige Umfragen?«

»Ich mache das umsonst, aus Interesse an der Sache.«

»An welcher Sache?«

»Am ideellen Moabiter Gesamtmittagstisch.«

»Wat vor'n Ding?«

»Bedenken Sie, Frau Morgan: In dieser Stunde beschäftigen sich in ganz Moabit die 55jährigen Hausfrauen damit, Kartoffeln zu schälen, Zwiebeln zu schneiden, Fett auszulassen und Petersilie zu hacken, Hunderte, Tausende von Hausfrauen klappern mit ihren Töpfen, stemmen die schweren Dinger von der großen auf die kleine Flamme, finden den passenden Deckel nicht, verbrühen sich im Dampf den Ellenbogen, versalzen die Suppe, verschütten die Milch...«

»Sie sinn ja plemplem!«

»Haben Sie nie wissen wollen, Frau Morgan, was ihre Nachbarin, was die Oma gegenüber kocht, und wie das wäre, wenn man alles ineinanderrührt, so daß *ein* großes Gericht entstünde, der ›Moabiter Mittagstisch‹, die Ursuppe von Berlin, würzig, pikant und prozentig...«

»Nu is aba jut, Sie Dicketuer, raus mit Ihnen.«

»Bitte verraten Sie mir, was Sie heute kochen!«

»Nehmen Sie den Fuß aus der Tür, oder ick hole mein' Mann. Der kann zuschlagen, sar'ick Ihnen.«

»... was Sie heute kochen! Frau Morgan, bitte...!«

»Wennse's unbedingt wissen woll'n: jar nischt. Mein Mann hat's am Magen und macht Diät. Und ick speck ab und eß bloß Zwieback. Da hamse meene Zutat zu Ihre Ursuppe, allet klar?«

Um mir eine solche Demütigung zu ersparen, klingele ich *nicht* bei Morgan. Statt dessen zottle ich weiter, alleingelassen mit meinem Kochtopfkoller, der mir das Herz im Leibe wendet, auf den Magen schlägt und den Appetit verdirbt. Ach Frau Morgan, Sie und ich werden einander ewig mißverstehen. Ich bin vielleicht plemplem, aber ich meine es gut. Ich fühle das Konzertartige des massenhaften Kochtopfrührens und möchte es zum Klingen bringen, zum siedenden Rauschen in einem großen Ton, so daß die

Welt erstaunt die Ohren spitzt und murmelt: Ah, da ist sie wieder, die Moabiter Kochtopfsymphonie.

Sollte mit Luigi überlegen, ob es wohl möglich sei, die Küchen in den Modellhäuschen transparent zu bauen und wechselnde Zutaten in die Modelltöpfe hineinzupraktizieren, aber Luigi würde bloß sagen: »So was geht nur digital. Mach aus deinem ganzen Modell ein Computerprogramm, füttere das Schätzchen mit ca. 200 verschiedenen Berliner Standardgerichten, und du kannst täglich neue Kombinationen abrufen. Kein Problem. In das hölzerne Modell kriegst du nicht mal einen Kohlrabi rein, geschweige einen Champignon. So was läßt sich analog nicht lösen. Es sei denn, du baust ein zweites Modell: Die Heinrichstraße und ihre Küchen.«

So setzt man mir 'n Floh ins Ohr, Luigi, alter Dicketuer!

✩

Nächste Ecke: Großmächtige Apotheke. Sie ist eine von Millionen in der Hauptstadt. Wie's die Berliner Apotheken zuwege bringen, nicht nur dazusein, sondern prosperieren und sich täglich zu vermehren, das weiß der Geier. Man kann in der Westhälfte dieser Stadt praktisch keine Apotheke verlassen, ohne in die nächste hineinzustolpern, die Tüte mit dem Aufdruck von der Konkurrenz noch in der Hand. Der Preis für Aspirin ist schon wieder gestiegen. Ein Zehnerpäckchen kostet einen Tagessatz. Das muß mir Veit erstatten. Apotheker hätte ich werden sollen. Nun immerhin, Veit hat mir ein kleines Honorar in Aussicht gestellt, wenn ich ihm eine authentische Ossi-Jeremiade über den krassen Westen biete.

Neuerdings macht Gelegenheitsjournalist Veit Prause Reportagen für einen neu gegründeten Ost-Sender, der, da noch in der Erprobungsphase, nicht viel zahlt, aber Veit geht es vor allem um die Sache. Jetzt haben sie ihn gefragt, ob er nicht ein paar typische Schicksale sammeln wolle, den Ingenieur aus Marzahn, der Taxe fährt, und die Lehrerin aus Pankow, die sich zur Programmiererin umschulen lassen muß. Veit ist an solchen Schicksalen durchaus interessiert, scheut aber die Fahrt nach Marzahn. Er bat mich kürzlich zu sich, damit ich ihm die Gegend beschriebe. Ich war sofort dabei und gestand ihm, daß ich die Bängnisse meiner ehemaligen und meiner neuerlichen Mitbürger gern einkochen lassen möchte zu einem schweren Derivat, dessen Besitz und Geschmack mich wie Faust alles wissen ließe, was es zu wissen gäbe über das Menschengeschlecht...

Aber Veit meinte, so was könnte man im Radio nicht bringen, und ob ich nicht einen Marzahner Werktätigen wüßte, der jüngst entlassen worden sei und Taxe führe usw. Während ich noch überlegte, rief er plötzlich aus: »He, Alter, das können wir einfacher haben. Du bist doch selbst 'n Ossi und hast den typischen Akzent. Und daß du schon 'n paar Jährchen im Westen lebst, weiß keine Sau.« Ganz erlöst stellte er sein Tonband vor mich hin und sagte: »Nur zu. Denk immer: Ich bin aus Marzahn. Ich war Ingenieur. Und jetzt muß ich Taxe fahren. Greif's voll aus dem Leben. Zier dich nicht.«

Es zierte sich aber das Tonbandgerät, das eingebaute Mikro hatte einen Defekt und meine Stimme klang wie das leibhaftige Höllengrollen. Ich fand es eigentlich nicht richtig, dem neu gegründeten Mitteldeutschen Rundfunk ein faules Ei ins Nest zu legen, und verlangte von meinem Freund, daß er nach Marzahn hinausführe, um Feldstudien zu treiben. Veit sah mich durchdringend an und hustete ausgiebig. Dann versuchte er, mich mit einem Glas Rumtopf zu bestechen. Aber ich blieb hart und hielt daran fest, daß ich ja schließlich Co-Autor im vollen Wortsinn sei, nicht bloß Interview-Partner, und so auch Lohn verlangen dürfe.

Ich steh vor seiner Tür, höre ihn herbeischlurfen. Er

späht durch sein Guckloch, und ich schneide mein Gesicht, diesmal das mit den Unterzähnen auf der Oberlippe und den geblähten Nüstern. Veit entriegelt, öffnet und steht im Bademantel da. Er hat einen Ausdruck im Gesicht, daß ich gleich weiß: *Sie* ist da. Scheiße.

»Janett ist mal eben vorbeigekommen, um mir ihr Inhaliergerät zu leihen«, sagt er. »Das hilft gegen Bronchienverengung. Stör dich nicht dran, Alter. Setzt dich einfach an den Schreibtisch und jammer mir deine ganze Lebensangst ins Mikrophon. Hast du die Aspirin? Bist ein echter Freund.«

Ich lege keinen Wert darauf, von Janett F. Niemann besonders herzlich gegrüßt zu werden, aber das, was sie jetzt wieder macht – aus dem Bad hervor- und ins Zimmer hineinstürmen und Veit mit ihrer Kreisch-Stimme über die stufenlose Schaltung des Inhaliergerätes aufklären, ohne auch nur mit einem minimalen Kopfnicken darauf zu reagieren, daß hier zwischenzeitlich ein Individuum mit Lebenswillen und Existenzrecht in die Stube getreten ist –, das geht einfach zu weit. So was hat's in meiner Heimat *nie* gegeben.

»Heut abend wird gegründet«, schleudert sie dem armen Kranken entgegen. Und als ich frage, was denn gegründet werden solle, sagt sie, nicht mich, sondern das Innere ihrer Handtasche, wo sie eine Nasensalbe sucht, die sie für Veit besorgt hat, aufgeregt musternd:

»Das Komitee zur Bekämpfung von Ausländerfeindlichkeit und Antisemitismus.«

Das Komitee! So ist Janett. Sie kann nicht »ein Komitee« sagen und damit der Wahrheit die Ehre geben, daß Hunderte von Komitees einem so edlen Zweck wie der Bekämpfung von Ausländerfeindlichkeit und Antisemitismus dienen und daß die Nützlichkeit eines weiteren durchaus in Frage steht.

»Ich rechne auf dich, Veit«, herrscht sie den Kranken an.

»Damit du heute abend auf die Beine kommst, solltest du dich erstmal hinlegen.«

Das ging gegen mich. Sie findet meine Anwesenheit hier überflüssig. Und sie hat recht. Solange sie hier ist, mach ich ’ne schlechte Figur. Soll nur Janett ihr Komitee gründen. Dort steht sie im Mittelpunkt und genießt ihr Leben. Wer will sie König Alkohol in die Arme treiben? Ich nicht. Ich will in Ruhe mit Veit bei Bella zocken, und dafür ist ein Komitee gegen Ausländerfeindlichkeit und Antisemitismus, das Janett an mehreren Abenden in der Woche absorbieren dürfte, gerade gut genug. Ich muß bloß verhindern, daß der Dussel sich zum Protokollführer wählen läßt. Mein Freund erbricht ein Multivitamintablettenröhrchen und schwenkt, weil er meine Reserve gegen das Komitee spürt und nicht wünscht, daß Janett weiterquatscht, auf ein weniger verfängliches Thema um: Frau Schuller hat schon wieder angerufen. Sie erwartet, daß Veit morgen in ihrem Büro erscheint.

»Aber das ist ganz unmöglich«, sagt die Niemann. – »Du mußt liegen.« Jaja, aber wenn es um die Komiteegründung geht, muß der arme Junge nachts an die feuchtkalte Luft. Jetzt würdigt mich die Frau Vorsitzende eines vollen Wortlauts und fragt, ob wohl Sonjas Vermieterin, eine Dame mit klingendem Namen, den Gründungsaufruf unterzeichnen würde. Aber meine Antwort wartet sie nicht ab; sie hat erkannt, daß es schon Mittag ist und rafft ihre Glieder, ihren Schal, ihre Tasche zusammen. Scharf mahnt sie den Kranken: »Denk dran: kein Aspirin! Davon kriegt man Magenkrebs.« Veit ist aus Angst vor jener Schuller ganz besinnlich und sagt keinen Ton.

Als die Säge endlich draußen ist, atme ich tief durch und schicke Veit einen schnellen Blick, der als mein Beitrag zu ’nem einverständigen Blickwechsel gedacht war, aber schade, Veit verweigert seinen Part. Er schaut an mir vorbei und wirkt nur geschafft.

»Die hat was vonner Nachzahlung gesagt«, murmelt er. »Ich brauch'n Anwalt.« – Und er kauert sich in seine Chaiselongue.

Im Grunde halte ich es ihm zugute, daß er nicht bereit ist, von seiner Freundin durch einen Blickwechsel mit mir abzurücken. Er steht zu ihr, das zeugt von Charakterfestigkeit. Warum aber hat er *dieses* Weib unter hunderttausenden Berliner Jungfrauen auserwählt? Oft habe ich mir diese Frage gestellt und im Geiste verschiedene Antworten durchprobiert. Die erste lautet: sexuelle Hörigkeit. Janett ist 'ne Rakete im Bett. So eine Vermutung muß immer getestet werden, wenn ein ungleiches Paar auftaucht und man nicht versteht, warum er sie oder sie ihn erträgt. Die sexuelle Hörigkeit läßt manchen Fehler übersehen, ja zahlt fast jeden Preis. Ich weiß, wovon ich rede, hab's erlebt, ich weiß, was man in diesem Zustand alles ausblendet. Und doch, Janett... Klar, die Geschmäcker sind verschieden, und manche mögen magere Hippen. Aber dieser fehlt außer Po und Busen noch das volle Lippenpaar und das schöne Kräuselhaar. An der ist *gar nichts* dran. Im Bett dürfte sie etwa so raketenmäßig abgehen wie ein Pfennigschwärmer. Natürlich weiß man nie. Bei Janett aber ist man mit diesem Nichtwissen sehr zufrieden.

Zweite mögliche Ursache der Mesalliance: materielle Werte. Janett ist die Erbin eines bedeutenden Vermögens, das nach Abklärung minderer Ansprüche entfernter Verwandter voll an sie fällt. Meine Recherchen ergaben nun aber, daß sie weder was erwartet noch was hat. Bleibt als dritter Grund: Gehirnwäsche. Die Braut hat ihn so zugeschwallt mit ihrer Welterlösungs-Suada, daß er nicht anders kann, als ihr wie ein Hündchen folgen, allzeit bereit, die Umwelt und den Frieden mit seinem letzten Groschen zu verteidigen und für das Recht der Knastbrüder auf Freigang mit Sex an der Gedächtniskirche einen Infostand aufzuschlagen. Solche spirituellen Bindungen können die sexuelle Hörigkeit an Stärke und Intensität einholen. Aber sie machen weit weniger Freude.

Das Tonbandgerät wartet auf dem Tisch. Veit fummelt professionell daran herum, prüft, seufzt, weist mir einen Stuhl an und läßt mich ein paar Probesätze sprechen. Dann guckt er mir tief in die Augen.

»Bloß deine subjektive Perspektive! Keine Analyse oder so. Du bist ein angeschissener Ossi und fertig mit der Welt. Also los, greif ins Leben. Hol ihn raus, den human touch.«

»Ähm...« Veit nickt ermunternd.

»Wie soll ich heißen?«

»Is doch wurscht.«

»Mir nich. Ich muß wissen, wie ich heiße, sonst fällt mir nischt ein.«

»Na, dann eben Kläuschen Meyer.«

»Kläuschen Meyer ist dummerhaftig und irgendwie nicht typisch Ost.«

»O Mann, Igor, du raubst einem den Nerv. Jetzt muß ich zurückspulen.«

»Was hältst du von Quentin Stadelmann?«

»Reichlich abgefahren.«

»Ich wollte immer schon gern einen Namen haben, der mit Q anfängt.«

Veit hebt die Brauen und fragt sich vermutlich, warum er nicht schon damals an der Bushaltestelle gemerkt hat, daß Igor Marenge nicht richtig tickt.

»Ich möchte den Marzahner Ingenieur sehen, der Quentin Stadelmann heißt«, faucht er.

»Warum soll ein Ingenieur nicht Quentin heißen? Glaubst du, die Marzahner nennen ihre Söhne freiwillig Kläuschen? Das sind die typischen Vorurteile der Wes-...«

»Stop it, Igor, letzte Warnung!«

Ich mache geltend, daß es nur vordergründig um Namensprobleme ginge, daß sich dahinter wie hinter jedem

Namensproblem ein tieferer Streitgrund verberge, denn Namen besitzen als semantische und klangliche Symbole eine große Macht über uns.

»Nicht über mich«, knirscht Veit.

»Hast du je überlegt, inwiefern das Schicksal des Heiligen Veit auch deine Weltsicht prägt?«

»Der Heilige Veit semmelt dir gleich 'n paar.«

»Schon gut, schalt wieder ein.«

Ich bin also jetzt Quentin Stadelmann, Ingenieur aus Marzahn, früher bei der Bezirksverwaltung angestellt und mit der Kontrolle der Wasserleitungen beauftragt, neuerdings arbeitslos und schwarz als Fahrer tätig.

»Wie war denn vor der Wende Ihre Einstellung zum Westen, Herr Stadelmann?«

»Na, irgendwie taten mir die Brüder leid.«

»Wieso das?«

»Weil se uff der falschen Seite standen. Det hamwa inne Schule jelernt. Im Loofe der jeschichtlichen Entwicklung hat sich 'ne richtje und 'ne falsche Seite rausjebildet, und wir hier im Osten hatten die richtje erwischt, wa? Sozialismus, Frieden, Fortschritt. Drüben sah et zwar allet besser aus, war aber innerlich anjefault und jehörte zur falschen Seite. Diese innere Fäule, will ick ma sajen, bringt det Fernsehen ebent nich zur Jeltung.«

»Und wie ist heute Ihr Eindruck von den Verhältnissen im Westen?«

»Na, wie ick sage: die Brüder stehn uff der falschen Seite.«

»Wie?«

»Die sind jejen uns Ossis. Har ick doch kürzlich 'n Wessi vom Alex zum Bahnhof Zoo jefahrn, und der Schubjack, als er jeschnallt hat, det ick aus'm Osten bin, wollt mir in Naturalien bezahln. 'N juten Kaffee hätt er dabei, ob ick damit zufrieden wär.«

»Wie fühlen Sie sich denn so als Familienvater, der eine

sichere Stellung, Verantwortung und ein ausreichendes Gehalt hatte und nun plötzlich auf's Taxifahren angewiesen ist?«

»Nu ja, Optimismus liegt bei uns inner Familie. Und wo wir ja jetzt die Freiheit ham, die richtje Seite frei und jeheim zu wähln...«

Es läuft nicht so, wie Veit sich das vorgestellt hat. Ich wirke ihm nicht ingenieursmäßig genug und vom Taxifahrer strahle ich akustisch auch nicht viel ab. Außerdem hätte er lieber einen resignierten und verbitterten Ossi, keinen Optimisten.

»Das hättest du mir gleich sagen sollen, dann hätte ich mir einen anderen Namen ausgedacht.«

»Igor, ich *habe* es gleich gesagt!«

»Aber Quentin Stadelmann ist ein Macker-Name; so heißt kein Verlierer.«

Veit hustet eine Strecke. Dann fragt er:

»Möchtest du auch einen anderen Beruf? Wir müssen uns nicht auf Ingenieur versteifen – falls dir das zu lebensbejahend ist.«

O ja, ich weiß was.

»Ich wär gern leitender Staatsanwalt des Bezirks Mitte.«

»So jemand wohnt nicht in Marzahn. – Wie wär's mit Straßenbahnschaffner?«

»Die Straßenbahnen drüben fahren alle noch.«

»Friedhofsgärtner?«

»Gräber hamse noch nicht abgewickelt.«

»Dann schlag du was vor, Kruzitürken. Irgendwoher müssen die Arbeitslosen doch kommen.«

»Pförtner im ›Palast der Republik‹.«

»Zu herausgehoben. Außerdem hatten wir den schon im Programm. War'n steinalter Mann mit 'ner Kriegsverletzung von Verdun.«

»Als ich dort war, hatten sie 'n blutjungen Rolli.«

»Du bist dort gewesen?«

»Klar. Als Kind. Uns Kurzen gefiel er, der Lampenladen. War auf seine Art große Welt. Den ganzen Asbest hat man ihm gar nicht angemerkt.«

»Kannste nich'n stellungsloser Brigadier von Narwa sein?« fragt Veit, »und ordentlich darüber losjammern, daß alles teurer wird und du echt nich weißt, wie du mit den paar Piepen vom Taxefahrn durchkommen sollst – bei drei Kindern und wo's nich mal dein eigener Wagen is? Du bist nämlich angestellt bei einem westberliner Taxen-Hai, der keine Sozialgelder abführt und dich in Schrottmühlen rumkacheln läßt, die schon dreimal abgeschrieben sind. Alles klar? Leg los.«

»Ähm...«

Veit nickt anfeuernd.

»Wie heiße ich denn jetzt?«

»Phh.«

»Wie findest du... Valentin Burmester? – Ich wollte immer schon gern Valentin heißen, abgekürzt Valli mit Vau, das klingt melancholischer. Ich bringe den Pessi-Ossi nur mit einem melancholischen Namen.«

»Phhouou.«

»Wat willste, *du* mußt meinen Namen wissen. Du mußt mich doch ansprechen, das gehört sich so bei einem Interview.«

»Na schön, Herr Burmeister. Sind Sie soweit?«

»Burmester.«

»Darf ich Valli sagen?«

»Bin soweit.«

»Action.«

»Also, wennse mich fragen – ick gloob an die janze Sache nich.«

»Sie glauben nicht...?«

»Nee. Det kann nich die Wiedavereinjung jewesen sein. Det war nur'n Manöver.«

Und ich mime einen astreinen Ingenieur aus Potsdam,

der, vom Babelsberger Maschinenbau entlassen, in Griebnitzsee Currywürste verkauft und ganz schön pessimistisch ist bezüglich der deutschen Zukunft. Alle kriegen ihr Fett: der Bonner Klüngel, die Bundesbank, die Stasi, die Treuhand, das Komitee gegen Ausländerfeindlichkeit und Antisemitismus, die Fremdenlegion und die Freie Marktwirtschaft. Am Ende ist Veit hochzufrieden und fragt: »Wo nimmste das bloß alles her?« Ich hätte wahrheitsgemäß antworten können: »Ich bin verliebt und deshalb dabei, über mich selbst hinauszuwachsen.« Aber ich sage es nicht, schütze die Einnahme von Immuntropfen vor und erbitte meine Auslagen für das Aspirinpäckchen. Dann spiele ich auf mein Honorar an. Wir hatten einen Fuffziger ausgemacht. Veit hält ihn bereit.

✰

Sieh da, die Clausthaler Straße, sieh da, der Minipreis. Valli Burmester verwandelt sich schleunigst zurück in Igor Marenge und fällt in einen wiegenden Schritt. Wage ich mich hinein, mal eben beiläufig rumzushoppen und dabei äugeln, Kußhände werfen und beziehungsvoll eine bessere Sektmarke im Einkaufswagen herankarren? I wo, solche Geschmacklosigkeiten beginge ein erst '89 befreiter Friedrichshainer – *ich* kann warten. Coolness ist alles.

Kann es aber doch nicht lassen und peile durchs Schaufenster – stets in Deckung hinter den großen Sonderangebotsplakaten, die nur schmale Streifen zum Sehen und Gesehen werden übrig lassen. Auberginen sind heute im Angebot – und Vorderschinken. Nichts zu sehen von Vikky. Ist es ihr freier Tag? Warum ist sie dann nicht mit mir aus? Wahrscheinlich hat sie Kaffeepause oder füllt Regale auf – alle Kassen sind nicht besetzt. Mir schwindelt ob des angestrengten Plierens. Beide Augen schmerzen und die Nasenwurzel dazu. Aber mein Herz pumpt immer noch glückliches Blut bis in die Kapillaren meiner Zehen.

Kaum habe ich mich vom Minipreis losgeeist, ist mir, als brauchte ich dringend ein wenig Vorderschinken. Aber ich muß zusehen, daß ich den Fuffziger von Veit intakt halte, denn die Stimmung soll uns am Sonnabend nicht des Geldes wegen wegrutschen. Zwar hab ich noch den Hunni von Juni, aber ich schulde Malte 150, und da ich vorhabe, den Abend bei »Bella« zu verbringen und nicht ausschließen kann, daß Malte 'ne Anzahlung verlangt, will ich flüssig bleiben. Vicky, für dich hungere ich den Rest dieses lieben Tages! Was gar nicht nötig sein wird, denn wenn ich vor zehn bei »Bella« ankomme, kann ich Bratwürste bestellen und anschreiben lassen, wofür Isaac nicht mehr verlangt, als daß ich mir die neuesten Trabi-Witze erzählen lasse.

Jetzt sind in der Heinrichstraße die 55jährigen Hausfrauen dabei, ihre Töpfe zu putzen, dabei hingebungsvoll aufzustoßen und über das Schicksal von Prinzessin Diana nachzusinnen. Die Lieferwagen bilden noch immer keuchende Barrikaden längs der Bordsteinkanten, und ihre dicken Fahrer reinigen die Scheibenwischer oder horchen grüblerischen Blicks auf das Getöse der Motoren. Das Himmelslicht – in der Heinrichstraße, deren Fahrbahn schmal und deren Häuser hoch sind, stets von Schatten gejagt – flieht gänzlich und überläßt uns alle hier einem drohenden Schauer. Wie die Markisen über den Auslagen des Obstladens knattern, und die Blumenfrau sich sputet, ihre Bergfeigen vor dem Sturm zu retten! Der Balkon über ihrem Laden wird von kurzen, fülligen Karyatiden getragen, und als ich vorbeischleiche, erahne ich für Sekunden ein Lächeln unter der Nase der mir zugewandten Trägerin, als wolle sie mir bedeuten: Si vis amari, ama.

7. Kapitel

Der Wasseraffe

Bald, sehr bald läuft die Arbeitslosenhilfe aus und ich steige auf Sozialhilfe ab. Ich spüre, daß dies die Schmerzgrenze ist, an der Sonjas Geduld sich erschöpft. Wir sind uns beide einig, daß ich meine Zukunft auf meine Sprachkenntnisse bauen soll. Bloß wie? Beim Arbeitsamt bin ich als stellungsloser Übersetzer geführt, der auf das Hotel- und Gaststättengewerbe nolens volens ausgewichen ist. Übersetzer-Jobs habe ich natürlich nie angeboten gekriegt, so sehr ich auch anfangs noch darauf hoffte und meine Qualifikation herausstrich – aber neu eröffnete Discos und Restaurants in Lichtenberg oder Hellersdorf wollten schon mal einen Kellner aus dem Westen, und ich mußte mir was einfallen lassen, warum ich nicht der Richtige sei. Nun ist Schluß mit der besseren Staatsknete. Almosen werde ich beantragen wie ein Asylant. Veit weiß gar nicht, wie fein raus er ist als Steuerzahler. Steuern zahlen – so was adelt, denn es heißt: der Mensch verdient. Ich aber verdiene nur Verachtung, weil ich mit 29 Jahren immer noch keine Versicherungen verkaufe oder seetangartigen Abfall produziere.

Belagern mich diese schwarzen Gedanken wirklich wegen Sonja – nicht vielmehr wegen der anderen? Ein Weilchen wird sich Vicky noch mit meiner freundlichen Larve und meinem sinnlichen Mund begnügen, dann aber sich interessieren und fragen:

»Nu rück mitter Wahrheit raus, Igor Marenge. Das mit dem Ressortleiter war'n Jux, wa?«

Kann ich an ihrem Bettrand lügen? Nie. Ich brauche eine vorzeigbare wahre Antwort. Und Geld, um das ganze Mädchen in Weißweinsoße einzulegen. Also nix wie hin zum Südstern und der Theatertruppe die Bude eingerannt. Hier bin ich, euer neuer Inspizient. Wieviel pro Woche?

Als ich auf das Telefon zueile und das Tischchen nach dem Zettel mit der Kreuzberger Nummer absuche, klingelt der Apparat von sich aus. Ich nehme den Hörer ab, »Marenge«, und rutsche an der Wand entlang zu Boden.

»Weißt du noch, wer ich bin?« tönt es aus dem Irgendwo. »Erinnerst du dich an mich? Bernd Möl-«

»Nee – Bernd... – nee!«

»Tja ja. Ja.«

»Bernd. Wo steckst du?«

Obwohl es urlange her ist, daß ich zuletzt mit ihm sprach, erkenne ich die Stimme von Bernd Mölcharetz sofort. Er lacht vor Verlegenheit und Freude und erwähnt mehrmals eine gewisse Carmen Schmude, deren Namen ich noch nie gehört habe. Ich gestehe das nicht ein, um nur ja unseren Freudentaumel nicht zu stören, frage mich allerdings kurz zwischendurch, warum ich eigentlich so froh bin. Bernd läßt mich wissen, daß er hier ganz in der Nähe in einem Café sitzt. Hat vorhin umsonst bei mir geläutet, ist nun erfreut, mich doch erreicht zu haben und ob ich nicht mal schnell rüberkommen wolle. Ich rappele mich hoch.

»Wie heißt das Café?«

»Moment.« (Raschel, klapper) »Fröh-ling.«

»Aha. Bernd halt aus. Ich bin gleich da.«

Das »Fröhling« hat was im Sinn mit mir.

☆

Wirklich, da sitzt er. Die Zeit hat auch ihm mitgespielt, er ist kein Junge mehr. Die auffallendste Veränderung bewirkt ein Bart, der mir nicht recht gefällt, weiß nicht, warum. Der dicke Schnäuzer macht aus Bernd, wie ich ihn kannte, eine respekteinflößende Persönlichkeit mittleren Alters, wobei der Respekt, den ich Herrn Mölcharetz spontan entgegenbringe, mit einer Prise Kumpanei versetzt ist. Als er mich kommen sieht, steht er auf und streckt mir die Rechte hin.

»Wiensch önernd distwieder zuekinacherblin?« produzieren wir simultan, lachen auf und scharren mit den Stuhlbeinen. Ich kann Bernds »Wie schön, dich wiederzusehen, Nachbar« grade eben rekonstruieren, er aber stößt ein »*Was* war das?« hervor, und ich wiederhole: »...bist du wieder in Berlin?« und frage nach: »Wo warst du all die Zeit?«

Bernd erzählt. In Berlin ist er nur wegen der Familie, sein Sitz ist derzeit die Schweiz. Obwohl er von Rüsselsheim, Bochum und Genf spricht und abermals auf jene Carmen Schmude anspielt, steigt vor meinem inneren Blick die Cecilienstraße auf mit ihrem blauen Pflaster und dem schiefstehenden Laternenpfahl vor unserer Haustür, den Omi Lenau »Pisa« nannte. Ich fragte Opa, was das zu bedeuten habe, und der zog eins seiner schweren Kunstbücher aus dem weinroten Bücherbord und gab mir den berühmten Glockenturm zu sehen. Seitdem glaubte ich an eine geheime Verbindung zwischen der italienischen Baukunst und der Cecilienstraße.

Bernd Mölcharetz hat eine Erfindung gemacht. Er hat einen bei der Personenwagenmontage eingesetzten Roboter dahin gebracht, seine Fäuste in einem Operationswinkel von 60° (statt bisher nur 45°) zu öffnen, was eine beträchtliche Leistungssteigerung ermöglichte. Die Idee dazu kam ihm beim Händewaschen, sie hat etwas mit fallenden Tropfen zu tun, mit dem Hebelgesetz und der Chaostheorie. Bernd ist Patent-Inhaber und entschlossen, seine Einkünfte in ein Unternehmen zu investieren, das ihm wirklich am Herzen liegt. Irgendwann wird die Geldquelle versiegt sein, denn die Japaner arbeiten an einer Mechanik, die Bernds rasenden Roboter in den Schatten stellen wird, und dann muß er, Bernd, wieder in die Forschungsabteilung von Opel zurück. Die Zeit bis dahin will er nutzen, sich seinen Traum zu erfüllen.

»Was für einen Traum?«

Bernd macht eine Pause und ruft die Kellnerin. Die ist von der kühlen, ja fast pampigen Sorte mit seitlichem Pferdeschwanz und Keramikschmuck. Immer noch besser als Heinzi, der übrigens durch Abwesenheit glänzt.

Wir nehmen beide ein Baguette, ich eins mit Schinken. Da wird mir, während Bernd immer noch verlegen-erfreut und von Zeit zu Zeit glucksend, zwischen mir und der Kellnerin hin- und heräugt, klar, warum dieser Bart mir nicht paßt: er verdeckt Bernds Mundwinkel. Auf die aber hatte ich mich, ohne es direkt zu wissen, besonders gefreut. Denn in dem länglichen, treuherzigen Gesicht von Bernd erinnern nur *sie* an seine Schwester Evelyn. Seine Mundwinkel arbeiten exakt in derselben Manier beim Reden, Grinsen, Fast-Lächeln und Auflachen wie ihre. Diese phantastische Ähnlichkeit im Detail – und nur dort – hatte mich schon seinerzeit verblüfft. Jetzt komm ich um ihren vollen Genuß. Mist.

Bernd läßt anklingen, daß er von Frau Schmude, die sich offenbar als eine intime Freundin von mir ausgibt, dies und das über mich erfahren habe und nicht ganz ohne gewisse Hoffnungen, meine Person betreffend, nach Berlin gereist sei. Was hat das zu bedeuten? Geschmeichelt warte ich auf ein größeres Kompliment, sinne dabei aber im Hinterkopf darüber nach, wie ich Mölle dazu bringen kann, sich auf der Stelle zu rasieren.

»Nu hör zu«, sagt er, »mein Traum.«

Und er schildert einen in Genf ansässigen ungarischen Gelehrten, dessen Theorie zufolge die Menschheit nicht vom Kletteraffen der Savanne abstammt, sondern von einer ganz anderen Spezies, die ihr hochdifferenziertes Sozialverhalten im *Wasser* entwickelt habe, weil sie dort lebte – wofür schon die Haarlosigkeit des homo sapiens spreche sowie die Fähigkeit Neugeborener zu tauchen. Bernds Traum ist es, sich einer Expedition anzuschließen, die vor der südostafrikanischen Küste nach Beweisen für die Herkunft des Menschen aus dem Wasser forscht.

Seine Augen funkeln, sein Bart bebt. Die Baguettes kommen, und er läßt seins (mit Thunfisch) auf dem Teller liegen. Für Bernd Mölcharetz hat sich eine Welt eröffnet, in der Erfinder, Roboter, Japaner und ungarische Gelehrte ein- und ausgehen, und er hat ganz vergessen, daß seine Wiege in Friedrichshain stand. Ich muß versuchen, dem Gespräch eine Wende zu geben. Für die Diskussion von Operationswinkeln und phylogenetischen Spekulationen bin ich einfach nicht der richtige Partner.

»Wie geht's Evelyn?«

»Oh...?«

»Evelyn. Du weißt doch, sie und ich waren damals... befreundet.«

»Jaja. Ja.«

»Wie geht's ihr denn so?«

Er räuspert sich derart ausgiebig, dieser Stiesel, daß mir angst und bange wird:

»Ist ihr was passiert?«

»Nee, gar nicht. Ist wohlauf. Die Kinder auch. Und Annegret und Mutti. Die ganze Familie ist gesund. Gibt'n paar Probleme jetzt nach der Wende. Mutti kann die Wohnungsmiete nicht mehr aufbringen. Und Annegret... Naja, sie und Eberhard haben's kommen sehen...«

Es ist ihm peinlich, das mit seinem Schwein von Stasi-Schwager, und ich nicke schwer mit dem Kopf, heuchle

Verständnis für all die Familiensorgen, damit er bloß nicht wieder aus der Cecilienstraße abhaut und sich nach Madagaskar empfiehlt, dieser Spinner. Ich will jetzt wissen, was aus meiner ersten Liebe geworden ist – zehn Jahre ist das her und immer noch für Protuberanzen gut, die mir die Brust ansengen, innerlich, tüchtig.

Leider ist Bernd längst nicht so gesprächig, wenn es statt um den Wasseraffen um seine Schwester geht. Ich merke ihm an, daß er nur durch die Gewalt meiner Neugier zum Thema Mölcharetz zu treiben ist. Ob ich ihm einfach sage, daß ich damals in seine Schwester verknallt war? Nein, besser nicht. Ich probiere eine andere Taktik und ordere zwei Weinbrand. Bernd grinst und ich meine, durch das Gestrüpp seines Schnurrbarts Evelyns typisches verliebtes Lächeln wahrzunehmen. Die Weinbrände kommen umgehend, und zu meiner Genugtuung erweist sich Bernd als Typ »kein Kostverächter«. Er hat das Zeug sofort weggedrückt und wirft gleich Blicke auf mein unberührtes Glas.

»Schmeckt's nicht?«

Ich nippe und stelle dann fest, daß die hier im »Fröhling« meine Marke nicht führen. Weinbrand ist nun mal Gewohnheitssache. Ich hüstele und bitte Bernd, sich des Tropfens anzunehmen.

»Also dann«, seufzt der, greift zu und schlürft unter mutwilligem Verdrehen seiner Augenbälle. Noch ein verkappter Alki. Sonja, du kämpfst mit Schöpfkellen gegen die Sintflut. – Meine Kur hat gewirkt, Bernd grimassiert gefügig. Ich bestelle den dritten Weinbrand, während der Lange seine Jacke auszieht und nun, innerlich erwärmt und der freundschaftlichen Verbundenheit mit mir sicher wie nie, zu allem bereit ist. Ich muß ihn nur kurz anbohren.

»Ich habe Evelyn das letzte Mal... warte... Ich glaube, ich habe sie das letzte Mal gesehen, kurz bevor sie in die Klinik...«

Bernd sieht mich zweifelnd an, formt aus der Speisekarte, der Tischkerze und den beiden leeren Cognacgläsern eine Art Totempfahl und sammelt räuspernd seine Gedanken. Als das dritte Glas kommt, läßt er es erst stehen, nähert sich ihm aber schließlich doch langsam an.

☆

Es gab die Ménage à trois in der Frankfurter Allee und es schien sogar gut zu gehen. Der kleine Thorsten war allseits beliebt, Evelyn mit ihren Mutterpflichten ausgelastet und Annegret als legitime Hauptfrau des Dr. Wessdonck zufrieden. Mutti Mölle verfolgte das Arrangement mit tiefer Skepsis, sie kam nicht zu Besuch und wollte auch Thorsten nicht hüten. Ihr tat es im Herzen um Annegret weh, denn mit dem Instinkt der sorgenden Mutter erriet sie, daß ihrem Liebling Unheil drohte.

Als Thorsten ein halbes Jahr alt war, wiederholte sich in der Frankfurter Allee jener Auftritt, der ein Jahr zuvor in der Cecilienstraße den Hausfrieden für immer zerschlagen hatte. Was sich im einzelnen ereignet habe, wisse er auch nicht, sagt Bernd leise, auch kenne er die Geschichte fast nur aus der Perspektive seiner Mutter, die ja nicht dabei gewesen sei.

Aber er hielte die folgende Version für einigermaßen zutreffend. Es habe also eines Abends die damals 18jährige Evelyn mit dem kleinen Thorsten auf dem Arm Schwester und Schwager der Nachricht ausgesetzt, daß sie erneut schwanger sei. Eberhard sei zu einer Salzsäule erstarrt und Annegret in ein höllisches Gelächter ausgebrochen, während Evelyn in der schlichten Würde einer jungen Mutter den Kopf des erschrockenen Kindes an ihre Wange gedrückt und um Ruhe gebeten habe.

»So ist sie«, sagt Bernd nicht ohne Bewunderung. Er lächelt und vergegenwärtigt für mich trotz des Bartes einen flüchtigen Augenblick lang die Reize seiner fruchtbaren Schwester.

Evelyn habe aber die Wogen bald geglättet, indem sie erklärte, daß nicht, wie Annegret hatte annehmen müssen, Eberhard, sondern jemand anders der Vater dieses zweiten Kindes sei.

»Wer?« frage ich in hochgradiger Neugier und vor Erregung schluckend, so daß mein »Wer« in einem Gluckser versackt. Bernd hat mich trotzdem verstanden. Er hebt sein Glas und blinzelt.

»Du.«

»–«

»Tjaja. Ja.«

»Nee sag ma, Bernd, das is...«

»Schon gut, du mußt dich bei mir nicht entschuldigen, Igor. Das Leben spielt auf diese Art. Schon gut.«

Blut schießt mir in unanständigen Mengen zu Kopfe, es drückt und hämmert gegen die Stelle, wo der Sehnerv sitzt und wo ich besonders empfindlich bin. Für einen scheußlichen Moment ist das ganze »Fröhling« rot. Dann fange ich an zu schwitzen.

Bernd blickt gnädig auf die Tischplatte. Er schiebt mir sein Glas hin, aus dem ich einen Schluck nehme. Die Papierserviette hilft mir, Ordnung in mein Gesicht zu bringen, kann aber nicht verhindern, daß mir die Schläfen tikken und ich, zutiefst beschämt, fürchten muß zu schielen.

»Bernd, das – kann nicht sein.«

»Wie...?«

»Es ist unmöglich.«

»Soll das heißen... Willst du sagen, daß du nichts mit ihr hattest?«

»Nein. Doch. Bloß...«

»Na siehste. Trag's mit Fassung, Igor. Ich wollt es dir eigentlich nicht sagen. Ich finde, das ist Evelyns Sache. Aber sie...«

»Sie?«

»Sie weigert sich. Sie findet, man kann jetzt, nach so langen Jahren, nicht mehr damit kommen. Während ich auf dem Standpunkt stehe, Tochter ist Tochter. – Übrigens mach dir keine Sorgen wegen finanzieller Konsequenzen. *Rechtlich* bist du zu nichts verpflichtet. Evelyn hat deinen Namen nicht angegeben und außerhalb der Familie kein Sterbenswörtchen…«

Wär ja wohl auch noch schöner. O Evelyn, du alte Sau. Was machst du aus dem Andenken unserer flammenden Liebe! Ein eiskalt kalkuliertes Alibi für dich und ihn, diesen Scheißkerl. Gestern, als ich »es« in der Zeitung las, hätte er mir fast leid getan, dein Eberhard. Aber damit ist es jetzt und für alle Zeit vorbei. Hoffentlich wird er gestäupt.

Ich könnte ja nun alles richtigstellen. Bernd erklären, daß ich seiner Schwester das letzte Mal nahekam, als sie siebzehnjährig ihrer ersten Niederkunft entgegensah. Daß ich bald danach einen Ausreiseantrag stellte und alle vier Wochen mit Frau Bremer konferierte, bis… Halt. Haben wir uns nicht alle gewundert, daß es so schnell mit mir ging? Ein Jahr Wartezeit war ziemlich wenig. Sollte am Ende jemand nachgeholfen haben, jemand, der einen Kindsvater brauchte, den man nicht mehr dingfest machen und nicht mehr fragen konnte, weil er in den Westen entwichen war? Verdanke ich etwa meine Freiheit Evelyns Neigung zum Genossen Eberhard Wessdonck und ihrer dem Verführer unwillkommenen Fruchtbarkeit?

Ich schwitze wieder auf der Stirn und fühle meine Pupillen eiern. Bernd, der Gute, findet meine Erregung normal und tätschelt meine Hand. Darauf sichert er sich den Rest des Weinbrands.

»Wie heißt denn die Kleine?« frage ich schüchtern, wohl wissend, daß ich mit diesem Interesse in Bernds Augen meine Schuld gestehe.

»Astrid.«

Ich addiere im Hinterkopf Evelyns Schwangerschaftsmonate, verrechne sie gegen die Frist, die zwischen meinem ersten Gespräch mit Frau Bremer und meinem Abschied verstrich, und sehe: Im Groben kommt's hin. Der Wessdonck hat an der Sache gedreht, und die »Firma« mich mit Schwung aus der Republik befördert, weil ich dadurch nützlich war: der Ehe eines verdienten Genossen. Frau Bremer muß gar nichts davon gewußt haben. O Mann. O Jammer. Ergo bibamus. Ich winke die Pferdebeschwänzte herbei und bestelle ein Bier. Hoffe inständig, daß sich der glückliche Patentinhaber da der Rechnung annimmt.

Bernd fühlt sich verpflichtet, mir über meine natürliche Tochter ein paar Einzelheiten anzuvertrauen, und ich höre mit einer kuriosen Mischung von Gefühlen zu, wie er Astrid als ein munteres und schwarzlockiges Kind schildert, von dem ich mir – ich staune selbst – ein bißchen wünsche, es wäre wirklich meins. Bernd führt mit gedämpfter Stimme aus, daß ihm diese Nichte besonders lieb sei.

Diese Nichte? Wieviele gibt es noch? Und überhaupt: Wie ging der Wessdonck'sche Dreier weiter und aus?

Bernd legt noch mal los, jetzt flüssiger, da entlastet um ein schlüpfriges Geheimnis. Er wirft mir Milde erbittende Blicke zu und erklärt mit pharisäerhaftem Unterton, daß er für den Lebenswandel seiner tollen Schwestern nicht verantwortlich zu machen und ja auch gar nicht mehr im Lande gewesen sei.

Annegret hat sich geweigert, ein zweites Gör in ihrem Haushalt unterzubringen und von Evelyn verlangt, sich eine eigene Wohnung zu suchen. Da aber legte sich Eberhard ins Mittel, der die Trennung von seinem Sohn nicht wünschte und außerdem fand, man dürfe eine Schwangere nicht herumstoßen, ganz egal, wie leichtsinnig sie gewesen sei. Eine Anfrage bei Mutti Mölle führte zu nichts, außer daß die Alte vor Wut schäumend verlangte, Evelyn solle ihre Verleumdungen gegen Igor Marenge zurücknehmen, denn der unschuldige Junge habe mit Sicherheit noch keine Frau angerührt, und sie wisse genau, wer der Vater dieses zweiten Bankerts sei. Na, das Kind kam auf die Welt, und als Eberhard die benachbarte Zweizimmerwohnung hinzumietete, um darin Evelyn samt Gören unterzubringen, fand Annegret sich ab. Obgleich es ihr schlecht ging in dieser Zeit, denn sie hatte kurz nacheinander zwei Fehlgeburten.

»Kein Wunder«, murmele ich empathisch, wiewohl mir ja die Annegret nicht liegt. – »Und dann?«

»Tja.« Bernd schickt einen kleinen Exkurs über erotischen Magnetismus voraus und fügt die Weisheit an, daß, was schiefgehen *kann*, irgendwann auch schiefgeht, man muß nur lange genug warten. Annegret ertappt Eberhard und Evelyn in flagranti. Sie versucht, sich umzubringen. Die alte Mölle holt ihre Liebste heim in die Cecilienstraße. Scheidung. Eberhard Wessdonck heiratet die Mutter seiner Kinder, die kurz vor der Eheschließung mit ihrem dritten niederkommt. Die beiden Kinder Thorsten und Astrid werden großzügig vom Familienvater adoptiert. So schien erst mal alles in Ordnung zu sein, außer daß Annegret völlig verbitterte und den Rat ihrer Mutter und aller Freunde, sich einen anderen Mann zu suchen, ausschlug.

»Die hätte jeden haben können, Annegret«, ruft Bernd aus und hebt seiner Schwester zu Ehren das Glas, »so wie sie aussieht. Und war auch für einen Leitungsposten im Gespräch. Aber sie lebte bei Mutti in der Cecilienstraße und ging nicht mal abends ins Kino. Nix.«

Inzwischen hält das Familienglück in der Frankfurter Allee den Anforderungen der Normalität nicht stand. Evelyn und Eberhard konnten sich nur lieben, solange es verboten war. Kaum sind Beischlaf und Kinder gesetzlich gestattet, als es an allen Enden kriselt. Die Kräche zwischen den Gatten dröhnen durchs Haus, die Kinder flüchten zur Nachbarin, und Gegenstände fliegen durch geschlossene Scheiben. Eberhard bangt nicht nur um die häusliche Ruhe, sondern erst recht um seine Karrieren; die Nachbarn sind alle in der Partei. Er begreift, was er verloren hat. Nach jedem Streit mit Evelyn düst er in die Cecilienstraße, wo die Tür, die ihm die Alte vor der Nase zuknallt, von Annegret gleich danach diskret geöffnet wird. Das Paar hat glückhafte Erinnerungen. Man lebte ruhig und gesetzt miteinander, wußte, was man als führende Mitglieder dem Ansehen der Partei schuldete. Eberhard bereut aufrichtig. Annegret hat sowieso immer nur ihn geliebt. Was Frauen nicht alles verzeihen. Dr. Wessdonck leitet seine zweite Scheidung ein. Mutti Mölle sieht das Glück ihrem Liebling wieder lächeln und versöhnt sich mit dem Schwiegersohn.

»Und Evelyn?«

Ist zuerst einverstanden, macht aber dann Theater und fügt sich zum Schluß. Sie sieht ja selbst: so geht es nicht weiter. Nach der Scheidung erst erfährt sie, *wen* ihr Ex für seine dritte Ehe auserkoren hat. Sie tobt. Kann aber überhaupt nichts machen. Eberhard läßt ihr die Wohnung und zieht mit Annegret nach Wandlitz. Dort lebten sie und Mutti glücklich und zufrieden bis zur Wende.

»Und nun?«

Ja, Scheiße. Mit dem großen Fuß ist es vorbei, zumal auch Annegret ihren Posten verloren hat. Evelyn, die ihre Ausbildung zur Physiotherapeutin nie abschloß, arbeitete als Assistentin in der Poliklinik, aber jetzt, wo der Kindergarten dichtgemacht werden soll und keiner weiß, was aus der Klinik wird, steht auch ihr das Wasser bis zum Hals.

»Jetzt mußt du ran«, sage ich voll Mitgefühl, hätte aber das Thema besser nicht angeschnitten.

»Ich dachte, auch *du* könntest... vielleicht... Nicht daß du denkst, sie hätte mich geschickt, keine Rede. Aber ich sage: Tochter ist Tochter. Wie gut bist du als Übersetzer im Geschäft?«

Empörung, Lachlust und die blanke Angst, daß irgendeine jenseitige Instanz mir eine Kostenrechnung für den ersten vollen Liebes- und Fickmonat meines Lebens hinreiben könnte, packen mich am Hemd, und ich beschwichtige sie mit einem tiefen Schluck Bier. Dann bekenne ich matt:

»Leider bin ich nicht besonders gut im Geschäft.«

»A propos«, intoniert Bernd nicht ohne Herzlichkeit, »jetzt will ich dir sagen, warum ich dich überhaupt aufgestöbert habe.«

☆

Er ist wieder bei seinem Wasseraffen und kommt entsprechend in Schwung. In Genf hat er den Juwelier Ernst Schmude kennengelernt, der ebenfalls an der Affensache dran ist und ein hübsches Sümmchen zum Forschungskapital zuschießt.

»Und seine Frau, Carmen-Renate, die kennt dich.«

»Carmen-Renate?«

»Sie sagt, sie ist mit dir auf derselben Sprachenschule gewesen.«

Ach du mein Gott, die schöne Brünette. Damals hieß sie mit Nachnamen Wagner. Wie waren wir verliebt! Seltsam, daß es genauso schlagartig aufhörte, wie es begann, glücklicherweise bei uns beiden gleichzeitig. Und nun hat sie sich einen Juwelier geangelt, sieh mal an.

»...und ist der Meinung, du wärst mit Abstand der Begabteste aus der Klasse gewesen. Er roch Idiome und Wortfamilien wie der Hund den Knochen, hat sie gesagt und: Macht als Übersetzer mit Sicherheit 'ne Bombenkarriere.«

Haha. Die beiden Worte »Übersetzer« und »Karriere« gehören nicht in einen Atemzug.

»Das kam so«, fährt Bernd fort, »Schmude und ich sprachen davon, daß wir für unser Team einen englischsprachigen Mitarbeiter brauchen, der unser Projekt vor den amerikanischen Geldgebern darstellt und die Berichte übersetzt usw., und da die Amerikaner ziemlich viel Geld dazugeben, reicht es nicht, wenn einer von uns das nebenbei macht – abgesehen davon, daß weder die Ungarn noch Schmude und ich Englisch können. Ich hätte gern Carmen-Renate eingestellt, aber sie hat zwei kleine Kinder und ist nicht bereit, ins Ausland zu gehen. Statt dessen hat sie von ihrer Berliner Schule erzählt und gesagt: Ich wüßte jemand, der wäre für uns ideal, nur leider ist er weit weg. Und dann nannte sie deinen Namen. Ich war platt. Sag das nochmal! hab ich gesagt. Und gedacht: Ob es in Berlin wohl zwei Kerle mit einem so idiotischen Namen gibt? Igor Marenge, sagte Carmen, I-gor Ma-ren-ge, und ich bat sie, dich zu beschreiben. Sie machte das prima. Deine hochstehenden Haare hier am Wirbel, die hatte ich auch noch in Erinnerung. Hahaha! Da wußt ich Bescheid: du bist's. Ich dachte auch: So'n Zufall hat was zu bedeuten. Außerdem steh ich auf dem Standpunkt, daß wir alten Ostler zusammenhalten sollten. Na, was meinste, Igor? Ich kann dir zwar nur 'ne befristete Stelle bieten, drei Jahre, aber du würdest gut verdienen und kämst durch die Welt. Was sagst du dazu?«

»Bernd, ich... versteh keine Bohne von Anthropologie. Wüßte nicht mal, was ›Wasseraffe‹ auf englisch heißt. Außerdem hab ich Angst vor Krokodilen.«

»Ach Blödsinn. So wie Carmen dich geschildert hat, lernst du das alles im Handumdrehn.«

Mir werden die Ohren so warm. Befristete Stelle, Vertrag, Gehalt, all das lockt mich jetzt, wo es mir bei Bier und Schinken serviert wird, mehr als ich vorher geahnt hätte. Eine goldene Wolke aus Freude und Stolz bläht mir den Solarplexus. Aber Afrika...

»Muß ich graben?«

»Glaubst du, wir lassen Amateure an unser Gerät? Du wirst unser PR-Mann. Reiner Schreibstuben-Job.«

Bernd sagt das mit bärenstarker Zuversicht und sieht mir auch kaum noch bezecht aus. Seine Augen lodern. Im Geiste schreibt er die Urgeschichte der Menschheit um, und ich soll das alles ins Englische übersetzen. Warum eigentlich nicht? Vielleicht kommen wir ins Fernsehen, und ich werde der erste Übersetzer mit echter Popularität und großem Einkommen. Aber Vicky. Ich kann sie doch nicht jetzt, wo sie sich mir gerade sehnsuchtsvoll zuneigt, ungeküßt verschmachten lassen.

»Wann würde es denn losgehen?«

»Das ist noch nicht raus. Wir müssen erst das Team vervollständigen, die Kalkulationen prüfen und...«

Sonja wäre stolz auf mich. Keine Frage. Ich könnte zwecks Grundversorgung ihres lüsternen Hinterteils ab und an in Berlin einschweben (Heimaturlaub) und mich bei der Gelegenheit auch um Vicky kümmern. Und um »Bella« natürlich. Ja, warum nicht? Der Wasseraffe... Ich für meine Person glaube nicht an diese Theorie. Schwimmbäder haben mir nie etwas bedeutet.

»Ich muß es mir überlegen, Bernd.«

»Na klar. Aber sag mir wenigstens, ob du es dir vorstellen könntest...«

»Oh, ich finde die Sache verdammt attraktiv. Nur: wie ist es mit der Malaria?«

Wir reden noch ein Weilchen hin und her. Bernd winkt der Kellnerin mit seinem Portemonnaie. Er stellt fest, daß ich eher der bodenständige, für Fernreisen nicht so gut geeignete Typ sei. »Aber das macht gar nichts«, fügt er hinzu, und mir wird etwas flau, da mir mein Selbstbild verschwimmt. Hielt ich mich doch bis heute für einen Draufgänger von hohen Unerschrockenheitsgraden. Ich schiebe die Schuld für meine Feigheit auf meine großen

Freunde, die rüstigen Berliner Mietshäuser mit ihren sorgenvollen Gesichtern. Sie sind's, die mich nicht gehen lassen wollen. Was mache ich in Afrika ohne ihren Segen?

☆

Mit dem Wochenende kommen Sonjas Stauden und der Gartenschnecken-Anschlag über mich.

Soll ich, der zukünftige Konferenz-Hopper zwischen Tananarive und Chicago in eine Kleingartenkolonie hinausfahren und Dung schippen? Nö. Ich steh am Fenster, rühr mich nicht und sinne. Bernd, ach Bernd, was du mir alles für Sachen gesagt hast.

Obwohl gar nicht in der Lage, Evelyn ein Kind zu machen, bin doch *ich* es gewesen, dessen Name als väterlicher Geist über den Häuptern ihrer beiden Ältesten geschwebt hat. Das scheint mir, wie seltsam, okay. Ich war es, der für Gustav den Geburtskanal ausputzte, ich war es, der den Fruchtsack, in dem er schlief und spielte, auf meiner Schwanzspitze hopsen ließ. Das zweite Kind entstand, ohne daß ich seine Mutter auch nur von ferne gesehen hätte, aber die Metze nannte *meinen* Namen, als ihre Familie wissen wollte, wer der Vater war. Sie log, und log doch wieder nicht, denn was hätt ich drum gegeben, wenn *ich* in jener Zeit, in der sie Astrid empfing, ihr Beischläfer gewesen wäre und so glücklich, es mit ihr zu treiben, täglich, stündlich, schändlich, immerzu. Mein Leben lang hätt ich sie bürsten mögen, sie, meine stecken- und stabbewehrte pralle Süße, hätte alles dafür auf mich genommen, selbst die Ernährung eines Dutzends Nachkommen mittels brutaler Plackerei in der Produktion. Sogar die DDR-Staatsbürgerschaft, die ich nur aufgab, weil ich Evelyn verloren hatte, sogar die hätt ich behalten und vielleicht noch wertgeschätzt.

Es müßte mich fuchsen, daß sie meine Hingabe an sie ausgenutzt hat, um eine plausibel klingende Lüge in die

Welt zu setzen und so ihren Liebhaber-Schwager zu halten, und es fuchst mich auch. Und doch schmeichelt es mir, daß sie der Welt zu wissen gab: Ich hatte was mit Igor. Ist da doch eine schwarzlockige Wessdonckin in den Augen von Tante, Onkel und Oma – wobei die Oma, gerissen wie alte Weiber sind, ihre Zweifel hegte – als *mein* Sproß ins Leben getreten, der kleine Racker. Würde das Gör gern kennenlernen. Dürfte schon acht Jahre zählen und den Nachbarskindern Kaninchenköttel in die Anoraktaschen packen, ganz die Mama.

Fast erscheint mir Evelyns Lüge als ein später Gruß, ein verstohlener Wink: Hallo Igor, hat nicht sollen sein mit uns, Pech. Aber zu irjendwat mußte se doch jut sein, unsre Eskapade, und so har ick einfach behauptet, ick hätte dir in dem Jahr nach Justavs Jeburt wiedajesehn und mit dir – naja, die eine oder andre Jeheimnummer jeschob'n und arrrums... Ham se mir alle abjenomm. Ick konnte doch Annegret det nich antun und ins Jesicht sajen, det ihr Jatte und ick nich vonnander losjekomm sind. Det wär zu grausam jejen die eigene Schwester jewesen. Und so hatte niemand'n Schaden. – Wat biste ooch ab in'n Westen, du Stinkstiefel. Har immer jedacht, du kommst ma vorbei, Justav ankieken und so. Fehlanzeije. Det ick wieder in Eberhards Bett jelandet bin, war nachjerade deine Schuld. Haste kapiert, Doofmann? Jib mir'n Kuß.

So etwa lautet der Wink, den mir Evelyn nach all den Jahren durch den Mund ihres Bruders gibt. Oder vielmehr: So interpretiere ich eine Botschaft, die nicht als Wink gemeint sein muß. Und die ich ja auch gar nicht hören will. Oder? Aus Angst davor, Evelyn zu begegnen, bin ich bis heute nicht in die Cecilienstraße gefahren. Dabei ist das Miststück in der Frankfurter Allee hängengeblieben. Will ich sie eigentlich wiedersehen? Was sollte ich mit einer dreifachen Mutter anfangen, deren Titten leergesogen um ihre Taille baumeln?

Als das Telefon klingelt, sträuben sich mir die Haare, denn ich bin überzeugt: Es ist die geschiedene Frau Wessdonck, die Fallenstellerin. Hat aus in ihrer Liebeshöhle gespeichertem Marengeschem Samen und einem ihrer zählebigen Eier ein Kind gebacken, das sie über die Jahre weg in einer Kiepe hinter'm Küchenschrank versteckt hielt und mir nun zum Kauf anbieten will, zu einem Wucherpreis. Starr vor Schrecken und zugleich voll Neugier nehme ich den Hörer ab. Eine Frau Rosinski ist dran.

»Na, fällt der Jroschen? Vicky... Stichwort: Minipreis.«

»Also hör mal. Glaubst du etwa, ich wüßte nicht...«

»Stimmlich kam'ste voll aus'm Muspott...«

»Das liegt an der Leitung, die ist leicht gestört. Ich denke immerzu an dich.«

»So viel verlang ick jar nich. Bin schon zufrieden, wenn de mit mir statt in'n Tiergarten in'n Osten rübafährst. Ick muß da 'ne Besorgung machen. Wir könnten im Volkspark Friedrichshain spazieren jehn. Wat meenste?«

»Einverstanden.«

»Haste'n Wagen?«

»Na klar. Leider hat der Wagen mich im Moment nicht. Steht in der Werkstatt. Die elektrischen Fensterheber stottern.«

»Sowat! Denn nehm' wa die Straßenbahn. Treff'n wa uns am Alex?«

»Wo da?«

»Kennste den Korbwarenstand neben der Post?«

»Wo der Verkäufer diesen gelben Turban trägt?«

»Jenau. Da warte ick um vier.«

»Ick warte uff *dich*...«

»Na dann: uff die Plätze...«

Sie hat aufgelegt. Mir hüpft das Herz. Die Vergangenheit, grausam, böse, lästig, rutscht in das dunkelste Verließ meines Gedächtnisses, um dort still zu verschimmeln. Von wegen Evelyn forever. Das hat sie von ihrem Verrat, ein

Haus voller Gören und keinen Ernährer. Mich geht das alles nichts an. Ich habe ein date mit Vicky Rosinski – und wie die so plauderte, munter und freundschaftlich, voller Vertrauen, unfähig, ihren Stimmklang zu zügeln, so daß er in niedliche Kiekser entglitt, die von Vorfreude kündeten... Schönste Kassiererin, hier ist mein Herz, tipp's ein und schließ es weg, und ich verzichte auf den Bon.

8. Kapitel

Unter'm Potsdamer Platz

Ein Wind geht, aber warm ist es immer noch, wie überhaupt der üppige Spätsommer für den starken Mairegen und die ungewohnte Juni-Kälte entschädigt hat. Wenn ich keinen Mantel trage, wirkt die männliche Klasse meiner Gestalt – die knochigen Schultern und der dezente Apfelarsch – wirkt all das viel stärker, und so bin ich dankbar für die milde Temperatur. Obwohl ich nicht ganz scharf sehe, trage ich keine Brille, das spare ich mir auf, bis ich weitsichtig und kahlköpfig sein werde und es sowieso keinen Unterschied mehr macht. Der Nachteil ist, daß ich Vicky nicht sofort erkenne, wenn sie aus dem Bahnhof kommt und Gefahr laufe, von ihr erspäht zu werden, während ich den Hals nach ihr recke – mit der charakteristischen Blödheit im Gesicht, die alle Menschen verunstaltet, die sich im Getümmel suchend umtun, und dann auch noch nach jemand, mit dem sie ins Bett gehen wollen. Also mache ich es ganz schlau und beuge mich über die Ausstellungsstükke des turbantragenden Korbwarenhändlers, begutachte hier einen Zimmerpflanzenständer und dort einen Saunalampenschirm und werfe nur hin und wieder, wie absichtslos, einen prüfenden, aber auch sehnsuchtsvollen Blick in die Menge. Bis so ein Blick – oha! – ein Mädchen trifft, das mir ganz fremd erscheint, doch wunderschön. Und das mir entgegenlächelt.

»Brauchste'n Papierkorb?« sagt sie und reicht mir ihre lange Hand, die sie im Bogen auf mich zuführt.

»Da gibt's was, was ich dringender brauche.« – War schnell geschossen, die Antwort, dafür ein bißchen schmierig, wofür ich mich schäme. Um abzulenken, greife ich Vickys Hand und ziehe das Kind daran einen Schritt auf mich zu, wölbe ihr meine Linke über den Handrücken, und als sie geschmeidig wie eine Preistänzerin an mich herangleitet, lasse ich die Hand fahren, fasse sie um die Taille und lege meine Wange an ihre.

Sie macht das alles mit. Zwei Atemzüge währt die Liebkosung. Dann löse ich sie, um Vicky anzusehen. Sie lächelt kaum noch. Ihre Lider flattern. Wenn sie jetzt spricht, bedeutet es, daß sie verlegen ist, mir die Wange übelnimmt und finden muß, ich sei zu weit gegangen. Aber bevor ich testen kann, wie es um sie bestellt ist, zerstöre ich alles, indem ich selber rede, ich Esel. Weil ich nämlich meinerseits ganz hübsch verlegen bin.

»Ich habe dir was mitgebracht.« (Wühl, fummel)

Da ist es, das zweite rosa Billetdoux unserer kurzen Geschichte. Diesmal steht drauf: Gutschein für 1x Scampi im Ofen. Sie lacht und hält das Papier mit den Zähnen fest, während sie beide Hände zum Dienst am Haarbusch abordnet. Ihre Augen glitzern, und sie lächelt diebisch trotz des Zettels.

»Iß nicht das Papier«, sage ich dusseligerweise. Obwohl ja die Bemerkung von nur mäßigem Witz war, lacht sie unbändig, prustet im Diskant hinter dem Gutschein. Wenn sie nicht gleich damit aufhört, beiße ich sie ins Ohr.

☆

Obwohl Vicky nach ihrem Kicheranfall schweigend und mit gesenkter Stirn neben mir den Weg zur Straßenbahn einschlägt und ihre linke Hand so geschäftig an der Umhängetasche nesteln läßt, daß ich sie, diese feine Hand, nicht mal beiläufig fassen könnte und also leiden muß – denn ich spüre Entzugserscheinungen in Magen und Kehle, wenn ich Vicky nicht berühre – obwohl, kurz gesagt, der gemeinsame Spaziergang suboptimal anhebt, bin ich hochgestimmt, denn mein Instinkt sagt mir: Die Nummer mit der Wange hat hingehauen. Es war eine ausgefallene Annäherung, da muß man schon Igor Marenge sein, um draufzukommen. Übrigens hatte ich den Coup nicht geplant. Kam mir einfach. Sie mag und begabt mich eben, die Muse der Liebeskunst.

»Wohin geht's eigentlich?« frage ich. Und sie sagt:

»Brenneckestraße.«

Weia, das ist Friedrichshain. Nicht weit von meiner Gegend. Einmal mußte es ja passieren, warum nicht jetzt und mit ihr. Wenn die Geister mich anfallen, werde ich Vicky vor mich halten wie ein Schild, und die Gesichte werden heulend fliehen.

Vicky hat einen schwarzen Minirock an und statt des Sweat-Shirts diesmal eine helle Bluse aus blankem Material, das wahrscheinlich sündhaft um die Büste flutet, wovon ich aber vorderhand nichts habe, da ich nur den Kragen sehe. Der Herbst verlangt 'ne Jacke. Vicky trägt bläuliches Wildleder spazieren, das wie mit der computerisierten Farbberatung auf ihre Augen hin kalkuliert wirkt. Wir quatschen über die Wetterlage, die Schrippenpreise und die Mauer. Sie *war* auf den Beinen, damals, nachts, vor zwei Jahren, als der Wall wich, und war auch gerührt. Die Bahn kommt, hält, ich helfe Vicky hinein, was dieses drahtige Mädchen selbstverständlich gar nicht nötig hat, aber ich hab's nötig, und sie weiß es und blinzelt. Setze ich mich neben sie oder gegenüber? Angestarrt habe ich sie bis dato genug. Jetzt will ich taktile Reize.

»Leg deinen Arm um mich«, sagt sie, als ich neben ihr Platz nehme, und ich gehorche augenblicklich.

Sie lehnt den Blondkopf gegen meinen Oberarm. Meine rechte Hand reibt mattes Leder und sucht ihren kleinen Bizeps. Reden sollte man jetzt nicht. Sie hat die Augen geschlossen und lächelt. Der Gedanke, mit dem ich mich erlöst von der Normalität verabschiede, lautet: Wahrscheinlich werden wir unsere Haltestelle verpassen. Dann ist mein Kopf für die blitzenden Gebilde der Liebesvisionen frei. Ihr in meinen Arm geschmiegtes Gesicht erscheint noch einmal, erscheint noch lieblicher auf dem Bildschirm meiner Vorstellung, nachdem ich selbst die Augen geschlossen habe und mein Mädchen küsse. Ihre Lippen sind trocken und bewegen sich, als flüsterten sie einen Liebesschwur. Ich lasse Lippe auf Lippe wie vordem Wange auf Wange still liegen, um alles da zu fühlen, was es zu fühlen gibt. Vicky nimmt ihre Hände aus der Jackentasche und fegt mir mit ihnen über Hals und Rücken. Fast scheint es, als wolle sie den Kuß vorschnell wild werden lassen, aber sie fängt sich und macht sanft weiter, als ich ihr mit der Fingerspitze das Jochbein betupfe. Erst als die Bahn hält und es um uns still wird, gönne ich ihr meine Zunge. Sie nimmt sie mit einem heiseren Japser, der bei mir einen Blutschuß ins Becken auslöst. Ich kämpfe mich durch die Knopfleiste der Wildlederjacke und bin sauer auf meine breiten Pfoten, für die ganze zwei dicke, lederbezogene Knöpfe durch ihre Löcher gezwungen werden müssen, ehe die Hände hindurchpassen. Und bei der Bluse landen, die sich genauso blank und schmiegsam anfühlt wie der Kragen aussah. Und ihrerseits mit Knöpfchen bestückt ist, die ich in Ruhe lasse. Nur mein Zeigefinger witscht unter den Satin und schlängelt sich an der Wäsche vorbei, die allerzarteste Haut des Busens sachte reibend. Als er den Nippel erreicht hat und ihn preßt, schenkt mir Vicky einen Seufzer, der aus Tiefen herauftönt. Ich wollte, sie griffe mir jetzt liebreich, aber entschieden an den Sack. Macht sie aber nicht, die Zimperliese.

»Ihre Fahrausweise bitte!« – So endet unser erster Kuß.

☆

Immerhin steigen wir an der richtigen Haltestelle aus, mitten in Friedrichshain, wo ich zu Hause war. Weit und breit ist kein Passant zu sehen. Leere Straßen, als wären sie mir damals alle nachgefolgt, die Friedrichshainer. Ich erkenne eine Kreuzung, die ich einst mit dem Fahrrad überquerte, als ich Oma Köpcke und dem alten Beau ihr Mittagessen zustellte. Wie vertrauensselig, wie gesprächig und potentiell hochverräterisch wird der Mensch, wenn er verliebt ist. Völlig logisch, daß Geheimdienste Verführer auf Sekretärinnen ansetzen und Mata Haris auf Minister. Ich aber kann mich bremsen, obwohl ich fast gesagt hätte:

»Da drüben geht's runter zur Cecilienstraße, wo ich aufgewachsen bin.« Statt dessen schweige ich, wenngleich mit Not.

Auch sie sagt keinen Ton, schubst mich nur ganz leicht mit der Hüfte. Dann biegt sie ab. Wechselt die Straßenseite und zieht mich, der ich meinen Schritt angstvoll verlangsame, um zwei Ecken in ein baumloses, leicht abschüssiges Straßenstück. Auf den Bürgersteigen ist das Blaubasaltpflaster mit Schutt und Dreck bestreut. Die Häuser, schmucklose Siedlungsbauten aus der Reformzeit, kauern sich wie verfrorene Tiere aneinander. Weit und breit kein Laden, kein Jarnüscht. Dafür eine schiefe Laterne vor der Nummer zehn. Ich bin da, bin zu Hause. Hilf Himmel.

»Tut mir leid, daß wir in dieser miesen Jejend rumziehn müssen«, sagt Vicky. »Aber's is nich mehr weit.«

Mir sind die Knie ein bißchen weich geworden. Ich halte mich an meiner Süßen fest und atme. Habe Angst vor dem grauen Pulver Marke Friedrichshain, denn ich weiß, daß dieses Zeug wie eine Droge wirkt, nur daß es nicht glücklich, sondern trübselig macht. Und trotzdem will man mehr und mehr. Ich kann nicht verhindern, daß ich eine Nase voll abkriege und mir die Hand vor's Gesicht drücken muß. Bloß weg hier, sonst fange ich an, über Kreuz zu kieken, und Vicky hält mich für bestußt.

Sie ist es, die mich rettet. Kaum haben wir die Cecilienstraße hinter uns gelassen, als sie mich mutwillig in die Hand beißt, an einen kerzengerade aufragenden Laternenpfahl drückt und mich küßt. Das wirkt. Ich atme die komplette Dosis aus, und alles ist wieder gut.

»Was is'n das für 'ne Besorgung, die du machen mußt?« frage ich sie, als wir weiterziehn.

»'N eiliger Brief. Mit der Post dauert det 'ne Woche.«

»Warum gehst du nicht hin und sagst Bescheid?«

»Weil der Typ jetzt nich zu Hause is.«

»Woher weißt du das?«

»Er arbeitet.«

»Am Sonnabend?«

»Jawoll. Im Deutschen Museum. Is Kunsthistoriker.«

»Ach wirklich?«

»Er hält gerade 'n Vortrag über... über... über Rom, gloob ick, in der Urania.«

Vicky schlägt ihre seegrünen Augen zu mir auf, um zu prüfen, ob ich davon beeindruckt bin, daß sie einen Kunsthistoriker kennt, der in der Urania spricht. Ich schwimme in Vorfreude auf die Stunde der Wahrheit und Schönheit, die mir dieses Kind in meine Arme führen wird, und bringe nicht das geringste Interesse für Ostberliner Museumswächter auf, die meiner Holden vormachen, sie hätten studiert. Zugleich aber bin ich dem Hochstapler dankbar, ist er doch der Anlaß, daß ich endlich mit festem Schritt auf Friedrichshainer Erde wandele, ein Mädchen an der Hand, das gegen graues Pulver immun ist. Wir kommen ins Reden. Hat man den zweiten Kuß geküßt, muß man entweder den dritten Kuß küssen oder reden, reden, reden.

Der Schall unserer sanften, bedeutungslosen Worte schlägt gegen die Mauern rötlicher Häuserreste, zum Teil schon unbewohnt, da nicht mehr heizbar und von durchbrochenen Dielen und defekten Dächern entstellt. Hier, in der Brenneckestraße hat man die klassizistische Fassade bevorzugt und zwar durchweg; ein Haus neben dem anderen strotzt vor Tempelmäßigkeit mit Giebelfeld über den Fenstern und mahnenden Säulenreliefs rechts und links von jeder Tür. »Diese Form«, sagte mir dermaleinst Opa, »hat sich bis heute behauptet, und zwar, weil sie ewig ist. Der antike Tempel, das Schloß für die heidnische Gottheit, wird niemals untergehen.« Als Form. Als Haus leider doch. Von den klassizistischen Prachtstücken in der Brenneckestraße lebt nur noch die Idee, die Erinnerung an Pallas Athene. Alles Materielle und Nützliche aber, Treppen, Türen und Heizungsrohre, sie geben auf, brechen ab und zerfallen.

»Ein Jammer«, murmele ich heuchlerisch, als würfe ich den ersten Blick auf diese Walstatt. »Kiek mal, hier hamse die Balkone abgeschlagen.«

Vicky hat kein Auge für steinerne Altlasten. Sie bevorzugt Neubauten. Ihr Traum ist eine Villa mit Garten – im Bungalow-Stil.

»Bungalows sehen alle aus wie Garagen.«

»Du spinnst. Meene Kusine in Oldenburg...«

Und schon sind wir mitten im Familientratsch. Mir auch recht. Solange der Name Rosinski hin und wieder fällt, bin ich dabei. Aber meine Augen liebkosen die bresthaften Burgen zu meinen beiden Seiten. »Heckutensilien« steht in verblaßter Schrift über einer Ladentür, die vor Äonen für immer geschlossen ward. Ich erinnere mich, daß ich einst mit Opa über diese Inschrift rätselte. »Na, was wird's sein«, sagte er, »hier konnte man wohl Dinge kaufen, die für die Vogelzucht nötig waren. Volieren, Papageienschaukeln und Beigaben zum Futter, damit die Eier feste Schalen kriegten.« In der Weichselstraße gab's eine noch tollere Parole, sie lautete: »Besen Bürsten Öle Lichte«, und Opa erzählte mir Geschichten aus der Zeit der Petroleumlampen und der großen Stadtbrände.

Ich wollte wissen, wann der letzte große Brand von Berlin gewesen sei. Großvater schwieg, als zögerte er, seinen Enkel in ein schauriges Geheimnis einzuweihen. Dann nannte er eine Jahreszahl. Und fügte hinzu: »Aber das kam nicht von umgekippten Petroleumlampen. Für Großbrände solcher Ursache ist Berlin zu jung.« Und ich, der ich in kindlicher Überheblichkeit Jugend mit Bedeutung gleichsetzte, bildete mir was drauf ein, daß ich Berliner war, gebürtig aus einer jungen Stadt.

Vicky fragt nach meinem Alltag, meinen Freunden. Ich lege los, schildere den Ingenieur Juni und seine internationalen Verbindungen, darauf Isaac und das »Bella«, ich erfinde einen netten Kollegen, der im Senat einen Ausschuß für Geldwäsche und weiße Westen leitet, und erzähle von Malte, der eine Großdruckerei in Niederschönhausen aufmacht. Als ich bei Veit angelangt bin, den ich als Erfolgsschriftsteller einführe, bleibt Vicky vor einem rosa verputzten Neubau stehen und sagt lächelnd:

»Ich bin gleich zurück.«

Hier also wohnt der Wichtigtuer, dem Vicky aus was für Gründen auch immer eine dringende Mitteilung zukommen läßt. Armer Kerl, Gefangener dieses Plattenkarzers. Ob er ein Verwandter ist? Ein Onkel, Vetter, was weiß ich? Nein, kein »Rosinski« auf dem Klingelschild. Welche Rolle spielt dieser Mann in ihrem Leben? Ein Verehrer, dem sie Hoffnung gemacht hat und nun, seit sie mich kennengelernt hat, hinhält? Ein Zufallsbekannter aus dem Fröhling, der ihr was geliehen hat und den sie um Aufschub bittet? Oder der alte Bruder ihrer gichtbrüchigen Nachbarin, der sie mit diesem Kurierdienst einen Gefallen tut, vielleicht als Dank dafür, daß die Oma ihren Spitz versorgt, wenn sie, Vicky, im Urlaub ist?

»Hast du'n Hund?« frage ich meine Blonde, als sie wieder vor die Tür tritt.

»Wie kommst'n darauf?«

»Weil ganz Berlin voll Tölen ist. Irgendwem müssen die ja gehören.«

Sie schwenkt lachend ihre Tasche. Ich, angefeuert von ihrer Heiterkeit, fahre fort:

»Man glaubt ja schon gar nicht mehr, daß diese Stadt von Menschen besiedelt ist. Sie ist in den Krallen von Millionen Hunden, die sich Menschen halten. Gib zu, daß zu Hause auch so'n Kläffer auf dich wartet.«

»Nee, ick har vor Hunden Angst. Ick har'n Kanarienvogel.« Da wir gerade bei Kötern sind, erzähle ich Vicky die Geschichte von Junis Hunden, von Kurt, dem Schrecken der Hinterhöfe, und von seinem Nachfolger, der sich als Weibchen entpuppte und Nuschke heißt. Da lacht Vicky noch mal los.

»Nuschke is jut. Und der olle Otto, wenn der det wüßte, der tät sich im Jrabe umdrehn, det der janze Dorotheen-Friedhof denkt, die Erde bebt.«

Schritt um Schritt wandern wir die Brenneckestraße hinunter, Schritt um Schritt. Weit vor uns, nahe der Ecke, schlurft ein Rentner über die Fahrbahn, sonst ist kein Mensch zu sehen. Ein Trabi hoppelt vorbei, spotzt, hält an, fährt weiter.

Stille. Die Dämmerung breitet mitleidsvoll ihren Weichzeichner über Friedrichshain und unser beider Verlegenheit. Das graue Pulver tut ein übriges, es pudert die schadhaften Fassaden der Häuser und der beiden jungen Leute, die hier die Brenneckestraße herunter- und einem Liebesabenteuer entgegengehen.

Vicky preßt die Umhängetasche fest an ihre Taille. Sie hüstelt und fährt sich mit dem Handrücken über das Gesicht. Dann pfeift sie leise einen Pfiff, der soviel meint wie »Hoppla« oder »Hui«.

Wir wissen beide, daß nur ein Ossi weiß, daß Otto Nuschke auf dem Dorotheenstädtischen Friedhof begraben liegt. Kein Wessi weiß so was, kein Wessi interessiert sich dafür, schon mal gar nicht einer in der hellen Jugendblüte. Wenn ich ein Wessi wäre, verstünde ich Vickys Bemerkung über Nuschke und den Dorotheenstädtischen Friedhof nicht, verspürte höchstens ein gewisses Mißtrauen. Da ich aber kein Wessi bin, jedenfalls kein eingeborener, da ich als Ossi den besagten Friedhof kenne und weiß, daß Otto Nuschke dort begraben ist, brauche ich mich nicht bei einem vagen Verdacht aufzuhalten, kann ich vielmehr zu hundert Prozent sicher sein: Ich habe eine Ostbraut an der Angel. Ich habe es gewußt! Ich habe es gewollt. Schon wie sie mir die Hand gab dort am Alex ... Im Westen ist das Shakehands lange out. Ganz wie ich dachte, kommt sie vom Prenzlberg oder aus Malchow und machte kürzlich rüber, hier ihr Glück zu suchen. Nahm den Job im Minipreis, um mir dort zu begegnen. Oh, Vicky, du albernes Huhn, wozu das Versteckspiel? Warum hast du mir nicht gleich alles gesagt? Du gefällst mir umso besser, wenn ich weiß, daß du einst stolz auf deinen Pionierausweis gewesen bist und im Park Kaninchenköttel gesammelt hast, um sie...

Vicky hat sich verplappert, und ich könnte ihr eiskalt nachweisen, daß sie aus dem Osten ist. Ich könnte ihr sagen und erklären, daß sie mir als Ossi umso lieber ist, ja selbst als Hellersdorferin stünde sie bei mir höher in der Gunst als so eine Schnepfe vom Savignyplatz. Ich könnte und kann leider doch nicht.

Was ich von ihr erhoffe, Offenlegung der Karten, kommt für mich selbst nicht in Betracht. *Sie* soll in *mir* einen West-Verehrer sehen, einen, der sich auf das gute Leben versteht und mit den marktwirtschaftlichen Prinzipien jongliert, daß die Zinsen und Renditen nur so sprühen. Was *ich ihr* bezeuge, Sympathie für ihre Ost-Vergangenheit, das kann ich von ihr nicht erwarten. Frauen sind nicht derart großzügig, Frauen aus dem Osten schon mal gar nicht. Sie würde mir, nachdem ich eine waschechte Erinnerung aus Friedrichshain ausgebreitet, Besen, Bürsten, Öle, Lichte, den dritten Kuß wohl kaum gestatten und weiteres erst recht nicht. Mit einem Wort: Wenn sie merkt, daß ich sie durchschaut habe, bin ich sie los. Da kann ich noch so viele Billetdoux und Scampi-Gutscheine verteilen, 'ne Frau wie sie erhofft vom Leben West-Kontakte. Und keinen Fritzen aus 'ner »miesen Jejend«, der weiß, wo Otto Nuschke begraben ist. Obwohl es mir nicht ganz leicht fällt, verleugne ich Friedrichshain und stottere demütig:

»Wa... was für'n Friedhof?«

Sie schiebt alles auf den Kunsthistoriker. Der hätte vom Dorotheenstädtischen Friedhof gelabert, der sei überhaupt so für Gräber, insbesondere für die sogenannten etruskischen, und jetzt, wo er endlich nach Rom reisen könne, um sich all das Zeug aus den Museen und den Kunstbüchern im Original anzugucken, da hätte er Angst davor. Das Rom seiner Phantasie sei so schön gewesen, da könne die Wirklichkeit nur schlecht wegkommen.

»Komisch, wa?«

»Wie lernt jemand wie du überhaupt so'n Ost-Heini kennen?« frage ich sie, und sie schwallt los und erzählt von einer Freundin, deren Verwandtschaft angeblich jenen Plattenbaubewohner einschließt und nimmt dann die Kurve zu einem längst fälligen Themawechsel: das Ausland. Ob ich viel gereist sei?

»Ich kenne London wie meine Westentasche.«

»Mich zieht's eher in'n Süden.«

»Was hältst du von New York?«

»Muß riesig sein.«

»Wollen wir hinfahren? Ich muß demnächst beruflich rüber, und wenn du willst, könnten wir zusammen...«

Sie wendet mir ihr Gesicht zu, das vom vielen Lügen rot brennt. Aber da sie glaubt, noch einmal davongekommen zu sein, strahlt sie freudvoll und zwinkert berlinerisch. Wir küssen unsern dritten Kuß. Wir beschließen, heute nicht mehr durch den Volkspark zu wandern und den Märchenbrunnen Märchenbrunnen sein zu lassen. Es wird kühler, und Vickys Fuß tut wieder ein bißchen weh.

☆

Um ihr zu beweisen, daß meine Moabiter Westheimat, meine Verwurzelung in Moabit und die alten Freunde aus einem brausendkapitalistischen Quartier, daß all das, anders als bei ihr, der lügnerischen Ost-Schnalle, wirklich existiert, will ich sie ins »Bella« mitnehmen. Ich will an der Theke einen Aperitif ausgeben und für ein paar Minuten in der Bewunderung meiner Kumpels baden, die Vicky auf dem Barhocker sitzen sehen, den Minirock hochgeschoben bis zum Schritt, die phantastischen Beine dem Blick des Mobs preisgegeben und das hübsche Gesicht unter der blonden Krone schüchtern in die Runde lächelnd – so möchte ich sie meiner family vorführen. Nicht zu lange, aber vielleicht doch lange genug, daß sie, Vicky, die Wildlederjacke ablegt und die von einer seidenen Bluse umschlossene Büste zur ehrfürchtigen Musterung freigibt. Wie werde ich gefeiert werden! Juni wird mir ein Victory-Zeichen machen, Malte mir das Kind mißgönnen und ungeschickt zu flirten versuchen, und Isaac wird anschreiben.

»Hast du Lust, mit zu ›Bella‹ zu gehen?«

Vicky spürt das Kompliment, das im Begehren, sie den Meinen vorzustellen, steckt und flüstert schmelzend:

»Aber immer.«

Sie möchte wissen, ob ich eine Freundin habe und wie es sonst um mein Liebesleben bestellt sei. Ich gebe mich als Zölibatär aus, der auf die Eine wartet. Sie grunzt und zwickt mich in die Seite. Mir scheint, sie glaubt mir.

☆

In der Straßenbahn nehme ich Vickys Hand, im Bus werde ich an ihren Fingern knabbern. Sie plaudert von Italien, wohin irgendein Gönner sie einladen will. Ich wende eifersüchtig ein, daß Amerika attraktiver sei. Sie nennt mich erneut ein »Schaf«. Dann startet sie den nächsten Versuch, rauszukriegen, wie schwer ich existentiell und finanziell wirklich sei. Sie macht es mit Charme und versetzt mir dabei Püffe in die Rippen. Ihre weiche, kieksende Stimme ist meine ganze Freude. Vage denke ich an AIDS und ob sie wohl den Präser fordern wird. Ich hasse die Dinger wie jeder Mensch mit Nerven. Wenn *sie* nichts sagt, soll *ich* was sagen? Ob sie viel rummacht? Ob ich der erste bin? Verhüte Gott. Ihr Blick, ihr Lächeln, die wirken lasziv und doch wie angeboren. Man täuscht sich leicht in diesen Dingen, so oder so. Carmen-Renate war mir ausgekocht erschienen, bis ich sie in ihrem Morris Mini verführte und verblüfft feststellte, daß sie keinen Schimmer hatte.

Wir steigen um in den Bus, ich knabbere an Vickys Fingern. Plötzlich fragt sie:

»Biste schon mal Potsdamer Platz ausjestiejen – ick meene, unter der Erde? Die ham die S-Bahn-Station wieder uffjemacht.«

»Ich glaube nicht. Wenn ich in den Osten fahre, steige ich Friedrichstraße aus.«

»Laß uns hinfahren, zum Potsdamer Platz.«

»Wozu?«

»Wirste schon sehen.«

Wir sind eh fast dort. Steigen am Brandenburger Tor aus dem Bus und laufen zu Fuß rüber. Ich muß an Juni denken, der hier gegraben hat und auf Schätze stieß. Wahrscheinlich bin ich in ganz Berlin der einzige, der unter der Kruste des Potsdamer Platzes, da wo einst die Mauer-Minen jede Wühlarbeit mit dem Tode geahndet hätten, noch keinen Claim abgesteckt hat.

»Wußteste, det der Untergrundbahnhof Potsdamer Platz eener der jrößten der Welt jewesen is' – zwee Stockwerke, Zwischenetagen, Kaufhallen, wat nich allet...«

Ich hatte davon gehört. Das war in alter Zeit. Jetzt ist die Pracht verfallen, und ich beneide die armen Tiefbauarbeiter nicht, die alles wieder ausbuddeln und instandsetzen müssen.

»Ziemlich lange her, wie?« Wir laufen Hand in Hand die Treppe zur Station runter.

»Och weeßte, so unterirdische Bahnhöfe, hübsch jefliest, die halten sich. Is allet noch da, bißchen anjestaubt und teilweise zujemauert, aber vorhanden. Und jetzt jeht et ab, die BVG macht die ollen Stollen uff, und in'n paar Jahren is hier der Bär los. Komm mit, ick zeig dir wat.«

Zweifelnd streift mein Blick die hellen Wellblechplatten, die den schmalen Bahnsteig provisorisch begrenzen. Hier ist nicht mal Platz für 'ne Bank oder das Abfertigerhäuschen, und weit und breit kein BVG'ler zu sehen. Vikky führt mich dahin, wo die Stellwände enden und die Schienen in einer Linkskurve verschwinden. Sie schiebt mich hinter die letzte wacklige Wand, vorbei an einem Schild: »Kein Zutritt«, und folgt nach.

Aufgeregt flüstert sie:

»Haste Streichhölzer?«

Ich trenne mich nicht gern von Großvaters Feuerzeug, aber ich gebe es ihr gehorsam. Im Schein des Flämmchens erkenne ich einen Gang, düster, weitläufig, mit grünlichen Kacheln gepflastert; rechter Hand sind Schalterhäuschen auszumachen, bauchig, zierlich, uralt. Ich strecke die Hand danach aus, verwirrt und fasziniert, aber meine Führerin ist schon ins Dunkel reingeschritten, ich seh das

Flämmchen tanzen und folge ihr bange, ach säh ich wenigstens meine eigenen Füße.

»Hierher«, ruft sie. Es hallt gespenstisch.

»Wo sind wir?«

»Auf dem Nordbahnsteig.«

»Teufel. Ich seh keinen Zentimeter weit.«

»Macht nüscht. Nimm meene Hand und folge mir unauffällig.« Sie zieht mich eine endlose Strecke in stupende Finsternis hinein. Sie hat das Feuerzeug ausgemacht. Ein brandiger Geruch nach Maschinenwracks und Felsgestein, eine tumbe Angst vor Mumien und Kanalisationsratten verschlagen mir den Atem. Schauriges Brausen läßt mich zusammenfahren.

»Det is die S-Bahn«, sagt Vicky. »Komm weiter.«

Aber ich will nicht. Und wenn hier tausendmal zu Olims Zeiten der Nabel Großberlins gewesen ist – bei aller Liebe, hier ist mir nicht wohl.

»Vicky, wohin gehen wir?«

»Zum Wartehäuschen.«

»Bist du verrückt. Auf wen willst du da warten?«

Sie kichert. Ihre Stimme, von einem kleinen scheppernden Echo vervielfältigt, klingt brüchig und wollüstig.

»Uff die S-Bahn, du Schaf. Uff die mitter Endstation Himmelreich.«

Himmelreich? Was hat das Weibsbild vor? Plötzlich bleibt sie stehen und umschlingt mich. Sie küßt mich erst weich, dann fest, ich höre das Feuerzeug fallen. Sie greift mir auf den Kopf und drückt mein Gesicht an ihres. Ihr Rumpf, ihr Rock, die Jacke, das Knie, alles drängt heran und reibt sich an meiner entsetzten Statur.

»Igor.«

»Hhm...«

»Haste's schon mal mit'm Mädchen im Stockfinstern jemacht?«

»Nee.«

»Möchteste?«

»Nee.«

»Warum nich?« O Gott. Ich danke der Dunkelheit, die mich umhüllt, so sehr ich sie auch fürchte. Denn jetzt schiele ich.

»Weil ich... wenn wir's machen, möcht ich dich sehn!«

»Warum?«

»Weil...«

»Wenn de et noch nie probiert hast... so janz im Dunkeln... dann kannste doch nich wissen, ob et vielleicht tolla is als allet andre...«

»Vicky, ich will hier raus.«

»Wenn de et noch nie probiert hast...«

»Mensch, ich hab Angst. Ich fühl mich wie'n Blinder. Ich krieg die Panik.«

Da nimmt sie meine Hand und führt sie unter ihre Bluse. Die winzigen Zierknöpfchen muß sie vorher selbst geöffnet haben, denn nach unserem letzten Kuß hat sie die wieder geschlossen. Sie schiebt eigenhändig Hemd und Büstenhalter aus dem Weg, sie sorgt dafür, daß mir ihre Brust warm, feucht und elastisch auf dem Handteller ruht. Sie will mich bestechen, will mich mit unlauteren Mitteln dazu veranlassen, mit ihr auf dem Nordbahnsteig des »Potsdamer Platzes«, eines wohlgemerkt seit Jahrzehnten geschlossenen Bahnhofs, den zu betreten gefährlich und verboten ist und wo es weder Licht noch Luft noch menschliches Leben gibt, will mich dazu zwingen, in dieser Gruft mit ihr den Geschlechtsverkehr auszuüben, dieses perverse Luder. Niemals wird ihr das gelingen. Und wenn sie ein ganzes Euter aus der Bluse holt.

Was ist aus meiner kindlichen Vicky geworden? Eine Lemure, eine Kellerassel mit abartigen Neigungen, eine Tenebrophile, die in die Klapsmühle gehört...

Für's erste tut der Mops in meiner Hand eine beruhigende Wirkung. Ich atme tief ein und identifiziere erleichtert den Hefeduft von Vickys Haut in Schwaden schaudern machenden Gestanks um uns: nasser Staub, Schottermatsch und Scheiße. Ich frage:

»Hast du's hier schon mal mit jemand gemacht?«

»Nee.«

»Woher weißte denn dann, daß es so toll ist?«

»Ick weeß et nich, ick stell et mir vor.«

»Du stellst es dir vor?«

»Ja, ick wünsch et mir schon lange.«

Wir flüstern die ganze Zeit.

Sie hat Titten wie Ballons, von einer Läuferlunge aufgeblasen. Mir ist, als wüchse dieser Ball auf meiner Lamang über die Handkante hinaus. Aber es ist nur ihr Atem, der die Brust in träger Schwingung hält.

»Vicky. Ich würde dich jetzt gern *sehen.*«

»Det kannste.«

»Wie? Gibt's hier Licht?«

»Du kannst mich *mit deinen Pfoten* sehen. Nu sei doch nich so dusselig. Jeder Mensch hat Oojen anne Finger. Ja, so is richtig, weiter. Kiek jenau hin!«

»Hh.«

»Siehste wat?«

»Lamm Gottes!«

»Du glotzt wie'n Auto mit deene Jriffel.«

»Hh.«

»Na, wat saachste...«

Was redet sie bloß, kichernd und spuckend, für ein Zeug daher! Und ich stehe dabei, verzweifelt in völliger Finsternis, stehe und taste sie ab. Wahrscheinlich gibt es in ganz Berlin keine idiotischere Szene als diese: Tief unter'm Potsdamer Platz, da, wo nur die Ratten Zutritt haben, steht ein arbeitsloser junger Frauenheld, blind und verschreckt, auf einem verschütteten Bahnsteig und hält die Braut von Dracula, die's nur im Dunkeln treiben darf, an ihrem bleichen Hintern fest.

Aber wie lächerlich er sich auch damit macht: Ein Mann, dem ein Weiberarsch in die Hand gedrückt worden ist, läuft nicht weg. Selbst wenn es sein Grab ist, das sich über ihm schließen will, er verharrt. Eine erwartungsvolle Ruhe füllt sein Herz. Er stellt bohrende Fragen wie diese:

»Aber wie sollen wir denn... hier auf dem kalten Stein...?«

»Im Wartehäuschen isset jeschützt. Und et jibt 'ne Lieje.«

»Was?!«

»Ja, die is von Obdachlosen rinjeschmuggelt wor'n. Da stehen sojar Benzinkanister und Keksdosen rum. Und 'ne Trittleiter.«

»Auch Kerzen?«

»Nee. Licht darf man nicht machen. Det könnte uffal-l'n.«

»Aber wenn die Obdachlosen nun selbst auf ihrem Sofa liegen?«

»Die komm'n erst in der Nacht.«

Wie Nacht soll es noch werden? Ich küsse meine Führerin, dabei ihr Backenpaar als den Beweis umfassend, daß es Puls und Wärme auch im Hades gibt. Vicky geht langsam rückwärts, und ich watschele, mich an sie klammernd, mit. Es zeigt sich: Der Weg ist nicht mehr weit. Wir stoßen an eine Wand, und Vicky, die sich losmacht und rumsucht, findet bald eine Tür. Sie zieht mich am Hemd hinter sich her, ich ertaste mit dem Fuß eine Schwelle. Im Wartehäuschen ist es nicht weniger dunkel als auch sonst in der Tiefe, aber es ist nicht so zugig, wenn auch stickig. Mein Herz schlägt hoch. Vicky wird mein in der Hölle. Wer hätte das gedacht.

☆

Das Liebchen sucht und rumpelt maulwurfsmäßig, aber, verflucht nochmal, es ist keine Liege mehr da. Nur auf die

Trittleiter stoßen wir, ferner auf allerlei Zeugs, auf Pappkartons und Eisenstangen. Um was genau es sich handelt, kann ich nicht feststellen. Zwar bieten sich meinen angestrengten Augen Umrisse und somit feinste Schattierungen von Dunkel, Tiefdunkel und Nachtschwarz dar, aber diese Umrisse sind äußerst zart und mit einiger Sicherheit nur auszumachen, wenn das Objekt sich bewegt. Steht Vicky still, erkenne ich sie am Geruch: ein Lüftchen von Hefe, Haarspray und Wildleder, sagt mir, daß sie da ist.

»Diese verdammten Penner ham die Lieje wegjeschafft.«

»Pech, eh?«

»Vielleicht hat auch die Polizei sie mitjenomm'n.«

»Glaubst du?«

»Ja, die streifen hier mit Hunden rum. Ham schon mal ein Rauschgiftdepot ausgehoben.«

Das wird ja immer besser. Rauschgift! Wer weiß, was in den Kisten ist, gegen die meine Slipper stoßen. Diese Vikky macht mich ganz schön fertig.

Aber komisch, seit wir ins Wartehäuschen eingekehrt sind, ist meine Angst zerstoben. Die Abgeschlossenheit dieser Hütte wirkt als Schutz. Das Brausen der Bahnen dröhnt nur noch in weiter Ferne. Ich höre an Vickys Stimme, daß der Verlust des Sofas ihr den Appetit auf Dunkel-Sex verdorben hat; jetzt klingt es kläglich, wenn sie seufzt und spricht:

»Ick faß et nich.«

»Laß doch, Vicky.«

»Det is ja zum Mäuse-Melken.«

»He, komm her. – Du hast es dir schon lange gewünscht?«

»– – –«

»He, hab ich das richtig verstanden? Du hast es dir...«

»Ja. Ja.«

»Komm ran.«

Als erstes muß der Minirock beiseite. Glücklicherweise ist es nicht kalt. Wir sind hier so nahe am feurigen Erdkern, daß die Grüfte schwitzen. Die Luft ist schwer und gräßlich, aber nicht kalt. Wenn man sich damit abgefunden hat, sie zu atmen, vergißt man sie.

Vickys Stretchmini sind wir rasch los, die Strumpfhose auch. Meine Mitgefangene übernimmt das Gefummel an Bluse und Hemdchen. Derweil reiße ich einen Pappkarton in Streifen, um für Vickys nackte Füße eine Matte zu schaffen. Sie stellt sich auf diese Matte. Sie greift nach meiner Gürtelschnalle. Und ich in ihren Slip. Das ist Vicky zu früh. Sie entwindet sich und erklärt, ihrerseits an meine Hose ranzumüssen. Ich aber schiebe ihre Hände von meiner Gürtelschnalle weg und tuschele an ihrem Ohr:

»He, laß mich erst mal kieken... Du weißt schon...«

Sie lacht wieder wollüstig, hat wohl die Liege und die Polizei jetzt vergessen und läßt mich kieken.

Ach, sie hat recht, völlig recht, man hat als Blinder mehr von seinen Fingerspitzen als Sehende je ahnen. Besonders wenn man etwas damit berühren darf, was so steil, stark, schwellend, warm und doppelt ist wie Vickys Schenkel. Nur muß man nach den Fingerspitzen unbedingt auch die Zunge losschicken, auf deren Tastgenie wir uns ja als Wikkelkinder voll verlassen und zu Unrecht später gar nicht mehr. Ich knie mich auf die Pappe, und Vicky läßt mich machen. Ihre Hände ruhen in meinem Schopf, und ich höre an ihrem Atem und rieche in ihren Leisten, daß ihre Erregung hochgeht. Das gibt mir den goldenen Schuß. Jetzt darf sie mich ausziehen. Jetzt hat auch sie was zu tasten.

☆

Als wir beide nackt sind, ist die Dunkelheit für uns ein schieres Bett, in das wir uns werfen und strecken. Ich ertaste mit meiner Nasenspitze ihre Ohrmuschel, sie mit ihrem Händepaar meine Arschbacken. Sie ertastet mit ihrer Zunge meinen Bauchnabel, ich mit meinem Daumen ihr Kreuz. Wir tasten, streichen, tupfen, kneifen. Bald wissen wir Bescheid.

Vicky ist eine schlanke Fee mit nur zwei wirklich prallen Partien: den Schenkeln und den Brüsten. Alles andere ist mädchenhaft fein, die Taille, die Arme, der Hals. Wozu brauch ich Augen? Ich schließe sie bald. Und taste auch mal mit den Fußspitzen, mit den Ellenbogen und zum Spaß mit dem Arsch. Danach mit den Lippen, sehr lange. Ihr gefällt auch, was sie ertastet. Sie murmelt Schmeicheleien, derweil ich ihr Schlüsselbein mit dem Mund nachschaffe.

Die männliche Tastlust konzentriert sich in einem Organ, dessen Neugier enorm ist und dessen Annäherung auch ein Vampir feierlich grüßt. Mit der Nille betaste ich Vickys Beine, Weichen, Hinterbacken, Bauch und Schlitz. Sie betastet meinen Schwanz mit beiden Titten, mit ihren Händen, mit ihren Lippen, mit der Zunge. Sie hat viel zu tun. Bevor sie aber das tastsüchtige Organ dazu verführt, in ihrer Mundhöhle zu wühlen und graben, bis es nie wieder rauswill, nehme ich es ihr einfach weg und sage in die Schwärze hinein:

»Komm mit, ich lehne mich gegen die Wand.«

Sie folgt mir. Ich finde einen Platz neben der Trittleiter, wo die Wand glatt und stabil ist. Ich stütze mich mit Po und Rücken gegen die Bretter, ich, ein nackter Orpheus in der brütenden Tiefe, und fasse meinen Schatten um die Taille. Sie wird kleiner vor mir, als sie die Beine grätscht. Ich gehe ein Stück in die Hocke und setze sie mir auf den Schoß. Weil ich sie halten muß mit beiden Händen, tun ihre Finger, was zu tun ist, um dem Schwanz zu zeigen, wo er tasten muß. Der Augenblick, da er den Eingang findet, entzückt von so viel warmem Tau, blendet ihn. Er sieht nichts mehr mit seinem Tastgeschick, er stürzt nur noch in eine rote Schlucht.

Vicky ist die reinste Schlangenfrau. Sie biegt ihren Leib so weit zurück, während sie mir ihren Schoß entgegenspannt, daß ich ausholen kann, als wär sie festgeschnallt. Als sie kommt, gurgelt sie einen fremden Namen, erstarrt für Sekunden und schlägt mir dann ihren Schädel gegen die Stirn, daß es kracht und ich die Sterne tanzen seh. Wir wanken, die Trittleiter kriegt einen Stoß ab und rappelt. Doch wir bleiben in Position, auch Vicky bleibt tapfer hokken, während ihr der Schweiß herunterläuft und tut, was sie kann, für meinen Abgang. Bei mir stand lange alles schon am Rand bereit, und jetzt, wo ich so frei sein darf, lasse ich's losbrechen, auf steiler Schußbahn noch besorgt, den Schlangenleib zu halten, dessen Umriß ich, weil er sich wiegend regt, ganz schwach erkenne. Dann ist es dunkel wie zuvor und grabesstill, aber mit Fingern und Nille, mit Lippe und Zunge haben wir alles gesehen.

✰

»Ich brauch 'ne Schneebrille«, quietscht Vicky, als wir vor die Stellwand ins Neonlicht des Bahnsteigs zurückschlüpfen, und fürwahr, ich könnte auch eine vertragen. Ich halte mir die Hände vor die Augen und trotte den Perron entlang, bis ich gegen einen alten Herrn pralle, der mir's mit einem Fluch vergilt. Das Wort »Schmutzfinken« kommt drin vor. In der Tat, wie ich durch meine Tränen gewahre, sind wir beide, Vicky und ich, schwarz wie die Grubenarbeiter. Meine Geliebte faßt mich bei der Hand und zieht mich auf dem schnellsten Weg ins Freie. Ihre Umhängetasche preßt sie vor die Brust, als hätt sie die mit knapper Not dem Orkus abgerungen.

Draußen ist es fast dunkel. Sie guckt mir in die Augen, ich ihr auf den Mund. Zwischen die Küsse setzen wir Liebesworte wie Verwünschungen in einer fremden Zunge. Daß wir schwarz sind, ist uns jetzt egal, auch daß wir Hunger haben und kein Geld, denn meine Barschaft ist mir aus der Hosentasche gerutscht, und an ein Wiederfinden war nicht zu denken. Auch Vickys Slip und Strumpfhosen haben wir unterm Potsdamer Platz zurückgelassen – das Wartehäuschen hat sie aufgeschluckt wie meine Kröten und meinen Kamm. Was schert uns das. Wir wollen nur eins: den Akt nochmal und diesmal bei Licht. Mit ernsten Mienen tauschen wir Adressen.

Aus irgendeinem Grund geht es bei ihr jetzt nicht. Bei mir leider auch nicht, denn noch will ich nicht, daß sie weiß, wie bescheiden ich wohne. Zum Aufwärmen und Waschen wäre »Bella« geeignet, auch bekämen wir da Bier und Wurst. So wäre Zeit gewonnen und die Kleine hoffentlich zu überreden, mich doch nach Kreuzberg mitzunehmen.

Ich knie auf dem bloßen Erdreich nieder und reibe ihr die frierenden Beine. Um uns herum Planwagen, Zelte, Erdwälle und Reste vom Polenmarkt; ein Rettich fällt mir ins Auge, zwei Kistensparren, die in Kreuzform übereinandergenagelt sind und eine gehäkelte Puppenmütze. Stolz zeigen Plastiktüten ihre Bauschartistik vor dem Abendwind. In der Ferne hockt der Reichstag wie ein Wasserkran in der Wüste.

»Jetzt tut mir der Fuß weh«, klagt Vicky.

Und mir zieht's in den Oberschenkeln. Ich richte mich auf, nehme Eurydike auf den Arm und schleppe sie eilends zur Bushaltestelle. Erst strampelt sie, dann umhalst sie mich und summt eine Melodie. Als ich in ihr Gesicht blicke und den Spalt zwischen ihren oberen Schneidezähnen wiedererkenne, ächze ich vor Liebe und Luftnot. Die Braut ist tannenschlank, aber sie so über den Potsdamer Platz zu hieven, ohne außer Atem zu geraten, da müßte man im Hanteltraining sein. Ich schleppe sie, ich liebe sie, ich drehe mich nicht um.

»Hast du ein paar Mark für die BVG?« frage ich. »Du kriegst sie mit den Scampi zurück.«

Ja, sie hat noch Geld in der geretteten Tasche. Und Kaugummi. Das tut uns jetzt gut.

»Hast du's im Minipreis geklaut?«

»Nee. Eigentlich nicht. 'N Kunde hat verjessen, et einzupacken. Uff die Weise landet einijet bei uns Kassenmädchen. Neulich har ick'n Satz Nähnadeln erbeutet. Und'n Briefchen Gelatine.«

»Du hattest recht, Honey. Es ist phantastisch im Dunkeln.«

»Wat ha' ick jesacht?«

☆

Wenn es *das* ist, was Juni unterm Potsdamer Platz gesucht hat – Glück auf. Ich kann ihn verstehen. Aber ich fürchte, er gräbt wirklich nach Gold.

Was soll der Mensch mit Gold, wo alles Glück des Erdenrunds im Winkel eines vermoderten unterirdischen Wartehäuschens bereitliegt und man nur einem Mädchen folgen muß, das den Weg kennt. Gern wüßte ich, wie Vikky in die illegale Obdachlosensiedlung erstmals reingeraten ist. Aber ich will sie jetzt nicht mit Neugier plagen. Möchte sie glücklich sehen.

»Endstation Himmelreich...«, murmele ich beziehungsvoll, als wir im Bus sitzen und zupfe meine Jeans im Schritt, damit meine seligen Eier frei lagern. Sie giggelt. Aber nur kurz. Dann legt sie ernst, wie im Bewußtsein, es ein zweites Mal zu tun, ihren Kopf in meine Armbeuge. Und ich meine Hand unter ihren Mini, wo alles nackt ist.

In Moabit hat die Abendkühle Fahrt gewonnen. Es ist nicht mehr die Jahreszeit für bloße Beine. Vicky klappert mit den Zähnen, und sie hinkt. Heizt man schon? Es riecht nach Rauch.

»Da vorne ist das ›Bella‹, Vicky. Keine Sorge. In fünf Minuten hast du es gemütlich.«

Ich schiebe sie sachte voran. Die Erlöserkirche dräut aus dem Dunkel zu uns herüber – verzeiht sie, daß ich heute nicht nach ihr sehe? Ein Feuerwehrsignal tönt aus der Ferne, die letzten Gören brechen vom Spielplatz hinter der Kirche auf und schmettern ihre Skateboards auf's Pflaster. Vicky erzählt vom Minipreis, von ihrem Chef, dem glatzköpfigen Angeber, der »keinen Draht« zum Personal hat und auf alle runterguckt. Aber *sie* schüchtert er nicht ein. Das Tatütata wird stärker, knallt ins Ohr. Es riecht bedenklich brenzlig.

»Warum wir denn keene Überstunden machen wollten, hat er jefracht. Schließlich wür'n wa dafür bezahlt. Ha'ck zu ihm jesacht: ›Weil's noch'n anderet Pläsir im Leben jibt als Arbeet‹.« – Und sie knufft mich in die Seite.

Ein Löschzug rauscht an uns vorbei, da vorne steht ein zweiter neben einem Krankenwagen. Wo brennt's denn? Nur schnell zu »Bella«, ehe die hier was absperren.

Aber sie haben schon. Ein Polizist bittet uns, das Gelände weiträumig zu umgehen. Von allen Seiten kommen sie gelaufen: Feuerwehrleute, Bullen, aufgeregte Moabiter. Die kleinen Jungs haben sich durch die Absperrung gestohlen und stehen mit aufgerissenen Mündern da. Geschützt durch Dämmerung und Gewimmel schleiche ich mit Vicky den Kindern nach und gelange glücklich hinter die feindlichen Linien. Geschrei ertönt. Ich lasse Vickys Hand fahren. Mir schwant was. Ich sage: »Warte hier!« und kämpfe mich vorbei an Wagen, Leuten, Bahren, Uniformierten. Da seh ich, was ich nicht fasse: Bella brennt. Bella selbst.

Die Front mit der Neon-Inschrift »Bella Ciao« und einem Schultheiß-Krug über der Tür ist pechschwarz. Aus zerbrochenen Scheiben lecken blaue Flammen. Rauch wogt über der Szene und sticht in Augen und Schlund. Mir wird es elend im Bauch, ich huste und halte mir die Brust. Was da verkohlt, ist mein Zuhause. Wo sind die armen Freunde, wo? Irgendwer ruft meinen Namen.

Es drückt auf meine Kehle mit der gesammelten Macht von Schiß, Hitze, Jammer und giftigem Qualm. Ein Feuerwehrmann packt mich am Arm und zerrt mich in Richtung Ambulanz.

»Hier ist noch einer«, ruft er und schiebt mich einem jungen Sanitäter in den Arm.

»Fehlt Ihnen was?« fragt mich der Typ und fixiert mein Gesicht. »Sind sie verletzt? Sie kommen besser mit.«

Da öffnet sich die Hintertür des Krankenwagens und Malte klettert raus. Sein Haar ist wüst, und er schüttelt immerzu den Kopf. Als er mich sieht, schießt er auf mich los.

»Igor!«

»Was ist passiert? Ist jemand verbrannt?«

»Sie kommen besser mit ins Krankenhaus«, zischt der Sanitäter, meinen Arm wie ein corpus delicti umklammernd. Ich fasse Malte mit der freien Hand am Revers.

»Ist jemand... wo ist Isaac?« Und ich fahre den Jungen an: »Laß meinen Arm los!«

»Igor, wieso bist du so schwarz, du warst doch überhaupt nicht dabei?«

»Da hören Sie's. Lassen Sie meinen Arm los.«

Der junge Nothelfer will mich unbedingt mitnehmen. Er taxiert mich auf's neue und befindet:

»Sie stehen unter Schock.«

»Klar steh ich unter Schock, wenn Bella brennt, Sie Gonzo!«

Und ich trete ihn auf den Fuß, sein Griff lockert sich. Weg bin ich. Malte ist dicht hinter mir.

Wir flüchten Richtung Absperrung. Alle beide können wir gegen den Rauch nicht an und husten und keuchen wie Sterbende.

»Was ist los, Malte, wie ist das passiert?«

»Jemand hat einen Brandsatz durch's Fenster geschmissen.«

»Einen Brandsatz?«

»Ja, im Vorbeirennen. Niemand hat das Schwein gesehen.«

»Aber warum? Warum?«

»Es gab Drohungen in letzter Zeit.«

»Was für Drohungen?«

»Anonyme Briefe und Anrufe.«

Ich bleibe stehn und huste. Maltes Gesicht schwelt in schrecklichem Zorn. Ich frage noch einmal:

»Ist Isaac verletzt worden?«

»Nein«, sagt Malte, jetzt ruhig. »Ruth hat einen Schock. Johanna war gar nicht da. Isaac ist schon auf'm Revier. Faß dich, Igor, Bella ist versichert. Wir kriegen das wieder hin. Aber wir müssen eine Bürgerwehr aufstellen. Wir müssen nachts Wache schieben, bis wir das Schwein...«

Ich friere in meinem Jeanshemd. Hunger und Verzweiflung stechen mir in den Leib. Ich weiß nicht, soll ich Vicky suchen, davonlaufen oder mit Malte gehen? Zwischen Rauchschleiern, Polizeiautos, Schläuchen und Skateboards irre ich entlang der Absperrung hin und her und rufe meine Vicky. Sie ist nirgends zu sehen. Allmählich wird die Luft besser. Ich kehre zu Malte zurück, der da steht, die Hände in den Taschen, und grimmig vor sich hinstarrt.

»He, Malte, wer schmeißt einen Molli ins Fenster von Bella? He? Hatte Isaac Feinde?«

Malte stiert mir in die Augen. Er zieht seine Mundwinkel runter. Erst jetzt fällt mir auf, daß sein Kragen ganz rußig ist. Langsam sagt er:

»Isaac ist Jude.«

»Waas?«

»Du wußtest nicht, daß Isaac Jude ist?«

»Natürlich wußte ich das.«

»Also bitte. Außerdem ist ›Bella Ciao‹ eine linke Parole.«

»Eine – was?«

»Wie ich gesagt habe, Igor, eine ›linke Parole‹. Glotz nicht so, ich hab die Flasche nicht geschmissen.«

Ich muß plötzlich lachen. Und verschlucke mich daran.

»Eine linke Parole – ›Bella Ciao‹? Warum ist ›Kenner trinken Schultheiß‹ nicht auch 'ne linke Parole – oder ›Bitte ein Bit!‹? Malte, das kann nicht dein Ernst sein.«

»Mein Ernst ist es auch nicht, Kleiner. Es ist anderer Leute Ernst.«

»Weil Isaac Jude ist... Lamm Gottes.«

Ich glotze ihm wohl mit enormer Blödigkeit ins Gesicht, denn er nimmt meine Hand und patscht sie, als sei ich ein Kind, das man trösten muß.

»Wir werden eine Nachtwache organisieren, bis wir das Schwein geschnappt haben«, sagt er. »Bist du dabei, Igor?«

»Klar«, murmele ich, allmählich mich hochkämpfend aus meiner Starre. – »Was sagst du? Es hat anonyme Drohungen gegeben? Davon hab ich nichts gewußt.«

»Natürlich nicht. Denkst du, Isaac erzählt so was rum und vergrault sich die Gäste?«

»Aber wir sind doch nicht bloß Gäste gewesen. Wir hätten ihm helfen können.«

»Wir sollten Ruth 'n paar Blumen ins Krankenhaus schicken.«

»Klar.«

»Wenzel ist bei ihr. Isaac konnte nicht mit wegen der Polizei.«

Wir setzen uns langsam Richtung Kögelstraße in Bewegung. Malte schlägt vor, dort bei »Paulchen« einzukehren. Ich verdrehe mir den Hals nach Vicky. Aber ich sehe nur aufgebrachte Nachbarn, eine Mutter, die über ihrem Sohn die Hände ringt, während der greinend sein Skateboard sucht, und den Oberbrandmeister, der seiner Truppe mit beiden Armen Zeichen gibt. Die Rauchfahne wird dünner. Bald ist »Bella« gelöscht.

»Juni hat als erster reagiert nach dem Knall«, erzählt Malte. »Er ist wie ein Blitz raus, um den Kerl zu fassen, hat sich in seine Karre geworfen und die Straßen abgefahren, aber es war umsonst.«

»Oh Mann.«

»Du solltest dich bei Paulchen waschen.«

»Mach ich.«

»Wieso eigentlich – wieso hast du zu dem Sanitäter ›Gonzo‹ gesagt? Was ist das wieder für'n Ost-Schimpfwort?«

»Das ist kein Ost-Schimpfwort. Ich hab's aus einem amerikanischen Roman.«

»Und was heißt es?«

»Keine Ahnung. Stand nicht im Lexikon. Ich hatte einfach das Gefühl, es paßt auf dieses Arschloch.«

Malte sieht mich amüsiert von der Seite an. Er seufzt auf und klopft auf seinen Sachen rum.

»Unser Stammtisch ist völlig verkohlt«, sagt er. »Und die hochprozentigen Wässerchen sind alle abgefackelt.«

Dezember 1991

9. Kapitel

Bei Paulchen

Das hölzerne Totalmodell der Stadt Berlin kostet im Maßstab 1:10000 schätzungsweise anderthalb Millionen Mark. Wenn man allein an die Autobahn mit ihren Überführungen und Zubringern denkt, an die S-Bahn mit ihren Gleiskörpern, Stellwerken, Viadukten und den 347 Bahnhöfen, von denen einige in getreuer Miniatur erstehen sollten, damit das Auge schmunzelt, sowie es sie erkennt, wenn man an die teils immer noch stilliegende, überholungsbedürftige und zweckentfremdete, andernteils hyperaktive, hochgeschwinde und todesmutige Verkehrsmaschine denkt, welche die vier Millionen Einwohner dieser Stadt herumschleudert wie ein Betonmischer die Sandkörner, dann schwindelt es einem als Modellbauer und -pfleger und erst recht als Kassenwart.

Luigi und ich sind nicht zu beneiden. Zumal wir eingesehen haben, daß auch die Berliner Unterwelt, im topographischen Sinn, ihren Platz im Modell haben muß. Es gibt ja nicht nur Tiefgaragen, U-Bahnhöfe und Hobbykeller, sondern auch ein ungeheures Röhrenwerk, ein Kabelnetz, das Abflußkanaldelta und den einen oder anderen strahlensicheren Geheimbunker. Aus Preußens Zeiten vielleicht noch unterirdische Gefängnisse, aus Hitlers Zeiten versenkte Forschungslabors. Das alles wäre zu eruieren und dem Modell als Tiefgeschoß unterzubasteln. Juni sollte die Stellen markieren, an denen Grabungen Erfolg versprechen, Veit darf für die Tunnel der S- und U-Bahn die Signalsysteme bauen, und Wenzel, wenn er mag, die Kanalschleusen konstruieren und kleine Schiffe auf die Havel und den Müggelsee setzen, aber bitte nicht nur schicke Jollen, sondern auch ein paar häßliche Schleppkähne.

Damit der Traum eines solchen Modells träumbar bleibt und nicht gänzlich in Phantasterei abgleitet, sollte ich von Zeit zu Zeit etwas tun, was mich zum reichen Mann machen kann. Als da wäre: Lotto spielen oder in's Casino gehn. Da man für's Casino eine Krawatte braucht und ich mich ziemlich komisch fühle im Schmuck eines solchen Teils (das ich indessen prima binde), und weil zudem Pechsträhnen am Spieltisch sehr schnell in mehrstelligen Verlustsummen enden, entscheide ich mich für's Lotto. Auf zum Kiosk, Schein ausfüllen, Fortuna anflehen und dem Kiosk-Fred sein' Spruch: »Ja, Junge, das Glück muß man treten« mit dem üblichen »Jau« honorieren.

Vor ein paar Wochen schrieb ein gewisser Jemand mir eine Ansichtskarte aus Rom. Dieser Jemand unterschrieb mit: »Deine Süße aus der Dunkelkammer«. Drei Schnörkel umrahmten diese Worte, und über dem »Ü« von »Süße« saß ein mit rotem Filzstift ausgemaltes Herz. Ich hob die Karte an die Lippen und ließ sie da für die nächste halbe Stunde haften. Ich kehrte vom Parterre, wo ich meinen Briefkasten geleert hatte, zurück in mein Zuhause, legte mich auf's Bett und holte mir einen runter. Ich möchte wissen, welcher Typ meines Alters schon mal das Pantheon als Wichsvorlage benutzt hat. Noch dazu, wo er eigentlich dabei war, sich einen Job zu suchen. Heute lehnt die Karte auf meiner Fensterbank und schaut mir zu, wie ich gehe, stehe, telefoniere und meine Glieder auf dem Schlafsofa räkele. Nur wenn Sonja kommt, schiebe ich sie unter den Teppich. Der Text heißt so: »Hallo Igor, alter

Akrobat, ist der Muskelkater ausgestanden? Ich hab dich leider im Gewühl verloren. Hoffe, daß deine Freunde nicht verbrannt sind. Mußte ganz plötzlich ins Ausland. Melde mich, wenn ich zurück bin. Deine...« Weil ich den Sermon auswendig weiß, stelle ich die Karte mit der Schrift zur Scheibe und freue mich am Pantheon, dessen erotisierende Rundform mich zuverlässig in Stimmung bringt.

Es erhebt sich nun aber die Frage: Mit *wem* ist Vicky in Rom? Ich tippe auf den Plattenbaubewohner Ecke Brenneckestraße, der sich als Kunsthistoriker ausgibt und angeblich mit einer Freundin von ihr verwandt ist. Lassen wir den Schmus beiseite, so ergibt sich, daß sie mit einem *Mann* dort ist und zwar mit einem, zu dem sie aufschaut. Ich spanne mein Gedächtnis an, um mich daran zu erinnern, in welchem Ton sie von ihm gesprochen hat. Verliebt hat dieser Ton nicht geklungen. Aber da sie so prachtvoll zu lügen versteht, dürfte sie auch in der Verstellungskunst bewandert sein. Hierin gleichen wir uns und passen umso besser zusammen. Ich bin keine drei Tage derselbe. Und sie hat mindestens zwei Vornamen und noch mehr nette und gemeine Seiten. Hat sie mich nicht sogar dazu gebracht, ihr Jungfräulichkeit zuzutrauen? Da bumst das Gör im Stehen, als hätte es ein zehnjähriges Training hinter sich. Und ihr Zug zur Finsternis hat nichts mit Scham zu tun. Also: Wer ist dieser Platten-Heini? Ich muß rausfahren und rumfragen...

Ich nahm es mir vor, tat's aber nicht. Hätte dort genauso wenig bestellen können wie in Kreuzberg, wohin ich nach der Brandnacht fuhr, um in der Freiligrathstraße Vicky rauszuklingeln. Ich fand ihren Namen im dritten Hinterhof, aber sie war nicht zu Hause. Auch in Friedrichshain würde ich nur unwirsche Nachbarn aufstören und bei längerem Spionieren den Verdacht auf mich ziehen, ich sei ein Alteigentümer aus dem Westen, der seine Liegenschaft begutachtet. Statt in die Brenneckestraße zu fahren, nahm ich die Postkarte zur Hand und schlürfte die knappen, belanglosen und doch meine Eifersucht zerstreuenden Sätze, indem ich sie mir laut, Vickys Singsang imitierend, vorlas. Eins ist ja klar: Eine Frau, die ihren Liebhaber nicht wiedersehen will, schickt keine solche Karte. Und sie hätte sich seine Adresse nicht gemerkt.

Eine Frau, die ihren Liebhaber wiedersehen will, schreibt eine zweite Karte. Vorne drauf: das Colosseum. Wie oft hab ich diesen zweiten Kartengruß herbeigesehnt, in meinem Kasten liegen sehen und seinen Text entworfen. »Lieber Igor, denkst du noch an mich und die Endstation Himmelreich? Ich bin mit Rom fertig und komme morgen nach Hause. Du schuldest mir Scampi im Ofen. Leider ist mein Begleiter im Tiber ertrunken. Herzlich, V.«

Oder so: »Hallo Igor, schönster Grottenolm, mich zieht's in Deine Nähe. Habe genug von meinem impotenten Gönner. Machen wir's das nächste Mal unter der Persenning einer Spreewald-Barke? Kuß, Deine ›Marion‹.« Diese fixe Idee, daß Vicky, wenn sie schon nicht wiederkommt und anruft, eine zweite Karte schickt, treibt mich jeden Morgen nach des Briefträgers Besuch an meinen Postkasten. Angelegenheiten wie Zeitung, Lottoschein und Schrippen sind nicht der Hauptgrund für diesen Sprint in's Parterre.

»Endstation Himmelreich« – auf so ein Kitschwort kommt nur 'ne Ost-Tussi.

☆

Immerhin geh ich heute erst auf dem Rückweg an den Kasten. Lotto-Fred hat diesmal nichts gesagt, hat mich nur, wie mir schien, mitleidsvoll von der Seite angesehen und mich so ins Grübeln gebracht. Nein, ich werde das Glück nicht länger treten und mein Schicksal nicht mehr hintergehen. Wenn Vicky wiederkommt, werde ich ihr gestehen, daß ich in anderthalb Zimmern mit Küche und Klo (kein Bad) sehr einfach lebe, aber eine große Zukunft vor mir habe und eine kleine Freundin hinter mir, die mich ihrerseits auch nicht mehr liebt. Ich werde Vicky über die Schwelle tragen, die Scampi erhitzen und ihr, während sie die Biester ißt und kalifornischen Weißwein trinkt, die Bluse und die Wäsche ausziehen, und an ihren beiden Boobies saugen, erst rechts, dann links, dann wieder...

Mein Briefkasten ist so voller Reklamebotschaften, daß es ewig dauert, bis ich mich überzeugt habe: außer der Telefonrechnung und einem Schrieb vom Sozialamt ist keine Post gekommen. Böh. – He, Igor, du läßt nur deshalb den Reklame-Mist in der Box drin, *damit* das Suchen *und* die Hoffnung länger dauern, und das ist nun wirklich kindisch. Raus mit dem Papierberg – und ab damit in den Container.

Als ich im vierten Stock aufschließe, ein bißchen niedergeschlagen, weil Lotto-Fred nicht mehr an mich glaubt und weil Vicky nicht geschrieben hat, erklingt es, das Zeichen, daß ich noch existiere in dieser Stadt. Mein Telefon schrillt.

Es ist Juni. Ob er mal kurz vorbeikommen könne, mir den Hunni bringen, den er mir schuldet. Auch wolle er ein paar Takte mit mir quatschen: »Du wirst mal wieder als Ossi gebraucht.« Na denn. »Komm rüber«, sage ich, lege auf und seufze. Wenn man Sehnsucht nach jemand Bestimmtem hat, stören alle anderen. Am meisten man selbst.

Den Hunderter habe ich mir verdient, als ich mit Juni nach Lichtenberg rausgefahren bin, um dort ein Thälmannstraßen-Schild in Sicherheit zu bringen. »Diesmal«, sagte Juni, »kann nichts schiefgehen. So'n Schild will außer uns keener haben.« Und wirklich, es war eine simple Aktion, wir haben's am hellichten Tag gemacht, und kein Aas hat Verdacht geschöpft. Die Leute zogen ihres Weges durch die damals noch Thälmannstraße und blickten nicht auf, weil es goß und weil sie wohl ganz einverstanden waren, daß ihre Straße einen neuen Namen kriegte. Es gab entschieden zu wenig KP-Märtyrer. Erst nach der Wende wird sie deutlich, die Knappheit bei sozialistischen Straßennamen. Früher ist einem das nicht aufgefallen, weil man es für natürlich hielt, daß Straßen Thälmann hießen. Jetzt stellt sich heraus, daß sie Adam, Eva, Rosen, Narzissen und sogar Heinrich heißen können.

Juni hatte mir einen Fuffziger geboten. Ich wunderte mich darüber, denn ich konnte mir nicht vorstellen, daß das Schild verkäuflich sei. »Laß mal«, sagte er, »ich lagere das Ding. Kommt Zeit, kommt Wert.« Und er schnalzte mit der Zunge. Ich verlangte eine Schlechtwetterzulage von hundert Prozent.

Das Telefon klingelt schon wieder. Diesmal ist es Sonja.

»Wo steckst du bloß?« frage ich. »Und warum hast du dir einen Anrufbeantworter zugelegt?«

Sonja erklärt es mir. In ihrem Beruf kommt man nicht darum herum. Der Alkoholismus ist eine Krankheit, die, anders als etwa die Heroinsucht, deren Opfer in Schweigen verfallen, drängende Mitteilsamkeit entbindet. Alle Nase lang würde Sonja von ihren Klienten angerufen und sogar aus dem Schlaf gerissen. Bisher habe sie einfach das Telefon leise gestellt. Aber da man nicht ausschließen könne, daß es etwas Ernstes sei... Jaja, ich kenne das. Im Grunde sind sie immer ernst, die Krisen der Alkis, solange sie dauern. Da klingelt es an meiner Wohnungstür, Sonja hört es durch's Telefon und kommt schnell zur Sache.

»Hast du morgen vormittag Zeit?«

»Klar.«

Sie zwitschert ihr Tschüß. Ob das danach ein Kußgeräusch war oder nur ein Knacken in der Leitung, wird nicht ganz deutlich. Klang eher nach letzterem.

☆

Juni trägt einen schwarzen Mantel und sieht sehr gut darin aus. Er dringt zielstrebig in meine Küche vor, legt mir einen Hunni auf den Tisch und guckt sich um. Dann läßt er sich nieder. Er hätte nichts gegen eine Erfrischung. Ob ich nicht wenigstens für Gäste einen Sherry anschaffen könnte. Schließlich nimmt er mit 'nem Bier vorlieb.

»Ich hab da 'ne Sache an der Hand«, beginnt er, »und ich weiß nicht, wieviel Mäuse in echt drinstecken. Ich brauch deinen Rat.«

»Na los, pack aus.«

»In Friedrichshagen gäb's Bölschestraße 15 'ne Gedenkplakette zu bergen.«

»Gedenken an wen?«

»Das isses, was ich dich fragen wollte. Der Typ heißt Erich...«

Er überlegt. »War was mit M. Aber nicht Mielke.«

»Mühsam?«

»Ich wußte doch, du kennst dich aus. Erzähl mir von diesem Erich.«

»Mhm. Naja.«

»Nu sag was, Mann.«

»Geschichte der Arbeiterbewegung – da ham wir ihn durchgenommen. Hatte was zu tun mit kleinbürgerlichem Anarchismus.«

Das ist nicht Junis Ding. Enttäuscht macht er: »Puh.«

»Wer hat dich auf diese Aktion gebracht?« frage ich. »Hast du'n Abnehmer für die Plakette?«

»Das isses, Igor. Ich hab'n regelrechten Auftrag. Die Connection läuft über Veit. Der kennt 'n Verrückten in München, und der sammelt so'n Zeuch.«

»Gedenkplaketten?«

»Nee. Alles was mit diesem... Mühsam zu tun hat, sammelt der. Is'n echter Fan. Sein Angebot: 500 Mäuse. Das kommt mir zu hoch vor, um zu stimmen. Was meinst du? Ist dieser Mühsam das Doppelte wert? Oder mehr?«

»Ich hab keine Ahnung.«

»Und der klein... äh... du weißt schon, dieser Anarchismus, was war das für 'ne Abteilung?«

»So nannte die SED alle Strömungen in der Arbeiterbewegung, die nichts mit der Partei am Hut hatten.«

»Ah. Also 'n sympathischer Knochen, dieser Erich Mühsam?«

»Kann man so sagen.«

»Was meinste – wird man in hundert Jahren noch von ihm reden? Seit wann isser überhaupt tot?«

»Die Nazis haben ihn auf'm Gewissen. Aber er hätte schon vorher fast dran glauben müssen, 1919, als er in München die Räterepublik ausgerufen hat.«

»Die... was?«

»Arbeiterselbstverwaltung – das war sein Credo.«

»Klingt doch nicht übel.«

»Unser Lehrer hat uns das so erklärt: Die rechtzeitige Unterordnung unter die Führung der Partei hätte Mühsam und Genossen ganz schöne Opfer erspart.«

»Ein Märtyrer also?« Juni schießt mir einen triumphierenden Blick zu. »Na also. Ich werde dem Münchner faxen, er muß auf Tausend hochgehen.«

Ich lasse eine Bemerkung von wegen eines kleinen Beraterhonorars fallen, und Juni schmunzelt vielversprechend. Es gefällt ihm, wenn ich für ihn arbeite. Er möchte mich gern dabeihaben in Friedrichshagen, aber ich weiß nicht recht. Mir tut immer noch das rechte Nierenbecken weh, wenn ich mir die Schuhe zubinde. Juni schimpft auf den Sammler. Der denkt, ein Türke kenne sich in der Geschichte nicht aus und wisse nicht, was 1919 in München alles losgewesen sei. Aber da hätte er sich geschnitten. Junis Interessen gingen zwar tatsächlich in eine andere Richtung, doch er wisse immerhin, wo er sich erkundigen müsse. Und darauf käme es an im Zeitalter der Informationsflut.

Jetzt steht er auf, reckt sich und stöhnt. Er muß zu einer Beerdigung, zum Begräbnis eines Fußballspielers. War nur eine Lokalgröße, dieser türkische Kicker, hatte aber Kampfgeist und strategisches Genie, daß man am Boden knien und ihn anbeten wollte.

»Was ist mit ihm passiert?« frage ich ohne tiefere Anteilnahme. »Woran isser verstorben?«

»Phhhfhh« macht Juni und führt seine Stimme in eine düstere Schleife. »Er hatte AIDS.«

»Donner.«

»Er war schwul. Niemand hat es gewußt. Armer Kerl. 29 Jahre.«

29 Jahre bin auch ich. Das Thema AIDS macht mir Muffensausen. Deshalb meide ich es und versuche, den Gesprächsfluß umzulenken. Aber nichts zu machen. Juni kannte den Toten persönlich und kommt nicht von ihm los.

Während er redet, prüfe ich in Gedanken erneut, wie groß die Wahrscheinlichkeit ist, daß mir meine Fürstin der Finsternis die Seuche vermacht hat – Endstation Himmelreich. Habe ich doch »ungeschützt« mit diesem mir nur wenig bekannten Weib verkehrt und hinterher erfahren müssen, daß sie mit dubiosen Herren in Italien herumzieht. Na ja, das weiß ich nicht mit Sicherheit, aber mit ziemlich geringer Unsicherheit. Was kostet sie die Besichtigung des Pantheons? Ein Lächeln? Andererseits ist sie mir nicht dumm gekommen von wegen »Kondom« – eine erfreuliche Tatsache, die dagegen spricht, daß sie die Männer oft wechselt. An diese Lesart klammere ich mich, seit sie und ich uns auf dem Potsdamer Platz unsere Liebe gestanden haben.

»Kommst du heute abend zu Paulchen?« fragt Juni, als er sich entschließt zu gehen.

»Klar.«

»Stehst du auf Jutta?«

So heißt Paulchens Schankhilfe, eine Rotblonde aus Königs Wusterhausen.

»Nicht mein Fall.«

»Umso besser für mich.« – Kurz zeigt mir Juni seine kiebig blitzenden Zähne. »Ich find sie verdammt anregend.«

»Sag ma, wann wird endlich ›Bella‹ wieder aufgemacht?« frage ich und öffne ihm die Tür.

Juni räuspert sich. Er fummelt an seinem Bindegürtel rum. Dann sagt er:

»Weißte das noch nicht, Igor? ›Bella‹ ist futsch.«

»Wie – futsch?«

»Wird nicht wieder aufgemacht.«

»Du spinnst doch, Juni.«

»Glaub mir. Isaac hat die Schnauze voll.«

»– – –«

»Na, nun fang dich, Mann. Du wirst dich auch an Paulchen gewöhnen.«

»Das kann doch... kann doch Isaac nicht machen.«

»Logisch kann er.«

»Du weißt es bestimmt?«

»Von ihm selbst.«

»Er hat es dir gesagt?«

»Persönlich. Mir, Malte, Veit und Chagdas. Er hat genug. Er geht.«

»Wohin?«

»Da wo er her ist. San Francisco.«

»Wir wollten doch eine Bürgerwehr organisieren...«

Ich hab die Tür wieder zugemacht. Jetzt stehe ich da und starre auf die Klinke. Nicht nur schwer wird mir das Herz, sondern geradezu stachlig wie eine ungeschälte Kastanie; bei jedem Schlag sticht's mich in's Brustfell. So was also kann geschehen. »Bella« wird nie wieder sein. Was soll aus mir im Alter werden? Juni versteht mich. Er tröstet mich auf seine Art.

»Komm heute abend zu Paulchen. Ich geb dir'n Vorschuß.«

»Lamm Gottes.«

»Diese Nuschke«, grinst Juni, »det gloobste nich. Gestern hat sie ihren ersten Knochen verputzt. Hab ich sie gefragt: Schmeckt's? Und sie hat *geknurrt*! Ganz tief, wie'n Riesenschnäuzer. Du hörst dir das an und wunderst dich, wo so'n kleines Vieh die Frequenz hernimmt.«

»Und was kommt da rein, wo Bella war?« frage ich. »Die renovieren doch und streichen alles an. Was wird da aufgemacht?«

»Ich glaube, ein Reisebüro.«

☆

Als Juni gegangen war, habe ich aus dem Fenster geguckt, festgestellt, daß es regnete und mich auf der Couch ausgestreckt. Eigentlich wollte ich nur meine Gedanken ordnen und mir über Isaac, Erich Mühsam und Vicky klar werden, als irgendein Troll diese offenen Fragen zu einem wunderlichen Mus verrührte. Es wurde ein Traum daraus, und weg war ich. Jetzt dämmert es schon. Soll ich zu Paulchen gehen? Ach, warum nicht. Ich ziehe mir die Schuhe an und ringe mich zu einem Entschluß durch. Ich werde auf die 150 Piepen, die es mir einbringen dürfte, wenn ich Juni nach Friedrichshagen folgte und mit ihm dort von einem der fallsüchtigen alten Kolonistenhäuschen die Plakette klaute, verzichten. Für einen Mann ohne Geld wäre die Aktion durchaus verlockend, da so gut wie risikolos und obendrein für scheinbar niemand von Nachteil. Aber sie schadete der Erinnerung an Erich Mühsam, die in dieser ehrvergessenen Republik von niemand gepflegt wird, außer natürlich von jenem Münchner Sammler, der aber seinem Idol von zweifelhaftem Nutzen ist, wenn er Plaketten zu dessen Andenken entfernen läßt und hortet. Ich sollte Juni das Geschäft ausreden. Bloß wie? Erstmal stekke ich den Thälmann-Hunni ein und mache mich auf den Weg, denn ich habe keinen Speck und keinen Kaffee mehr im Haus.

Ich möchte die Zwergin im »Minipreis« fragen, ob sie weiß, wann Frau Rosinski wiederkommt. Bin hocherfreut, als ich die kleine, schiefe Person auf dem Drehstuhl sitzen sehe, nehme deshalb gleich noch eine Tüte gemischte Nüsse mit, unter denen mir die Paranüsse gar nicht schmecken, und steuere die Kasse an. Ich packe den Kram auf's Band, hole mein Geld raus und flüstere, während sie tippt:

»Eine Frage bitte. Ist Frau Rosinski im Urlaub?«

»Wat?«

»Frau Rosinski. Ist sie...?«

»Neunzehn Mark drei.«

»Wissen Sie vielleicht, wann sie wieder...?«

»Nu hörn Se mal zu, junger Mann, det hier is 'ne Kasse und keen Auskunftsbüro.«

Typisch. Ich erkundige mich höflich nach einer Kleinigkeit, und sie fährt mir über's Maul. Kann ich was dafür, daß sie zu klein geraten ist? Und einen Buckel hat? Bloß raus hier.

Ein Abend wie der heutige nötigt den Verhängnisjäger dazu, seine Runde abzuschreiten. Der Regen hat aufgehört. Die Dämmerung wringt den Himmelslumpen aus und drückt die letzte Feuchtigkeit als Tau heraus. Sorgsam breitet sie sodann das dicke Tuch über die Dächer, stopft es in die Ritzen hinein, damit nirgends ein letzter Sonnenstrahl an den Tag gemahne. Die Straßenlaternen flammen auf und streuen Lichtkörner über die Kantsteine. Weihnachtsdekorationen glimmen devot in den Schaufenstern. Hinter geschlossenen Rollos künden violette Blitze von laufenden TV-Apparaten. Und ich bin mal wieder als einziger darum besorgt, wie das alles zusammenpaßt und weitergeht und beim Namen zu nennen wäre. Berlin kommt von der Arbeit und wirft Schatten gegen die Gardinen. Da drüben, das ist doch ein Arm, der winkt und greifen will. Was gibt das? Was macht der da? Passiert etwas Verbotenes? Soll ich nun doch zum Zeugen aufgerufen werden? Das könnte euch so passen, ihr lichtscheues Pack, mich, einen lebenden, atmenden Menschen, in euer Schattenreich hineinzuschleifen und dort zu morden, bevor der Hahn dreimal kräht...

Ach Igor, bilde dir nichts ein, du dummer Ochs. Niemand winkt dir zu und zieht dich hinein. Du vielmehr bist der arme, fragende Idiot, der sich auf dämmrigen Straßen von blinkenden Fenstern und wiegenden Schatten angezogen fühlt und dabei weiß, daß nichts dahintersteckt und alles prima funktioniert und lebt und fernsieht ohne dich. In der Galvanistraße, wo mein verehrtes Löwenhauptportal ein großes Eckhaus ziert, das hier die Stellung hält und sein schattenwerfendes, wieselndes Innenleben wirksam schützt, bist du, Igor Marenge, nicht vorgesehen und schon mal gar nicht nötig. »Mach 'ne Fliege« wird der Hauswart sagen, wenn du ihn fragst, ob er bereit sei, dir seine Lebenslüge darzubieten. Und Familie Witte (oder Wille) ist immer noch ohne dich ziemlich gut drauf.

Was macht man dagegen? Sich abfinden? Das könnte darin enden, daß jener Sinn stumpf wird, der sie mich fühlen läßt, die Schatten und ihre Botschaft, die Menschen und ihr Schicksal, das graue Pulver und sein Salz. Wenn nötig, nehme ich es hin, daß sie mir ihr Geheimnis ewig vorenthalten, die Wittes, Bocks, Capozzis und Morgans. Ich leide, aber ich ertrage es, daß sie mich außen vor lassen und ohne mich, ja gegen mich ihre hanebüchenen Komplotte schmieden. Ich ertrage es, daß ich nicht eingeweiht werde und ewig der Dumme bin – wenn nur jenes Krabbeln und Kreiseln unter meinem Brustbein wiederkehrt, sobald ich das Berliner Weichbild sehe, wenn nur jene die

Herzwände ätzende Sehnsucht nicht vergeht, die wissen muß, was es denn sei, das unter den Traufen flüstert und aus den Kellerfenstern wimmert – wenn nur der Wunsch mir bleibt, das graue Pulver zu ernten, es mit dem Finger aus der Luft zu fangen, es zu riechen und zu schlucken und zu schnupfen! In magnis et voluisse satis. Wenn ich nicht mehr davon träume, das graue Pulver von Simsen zu kehren und von Erkern zu blasen, wenn ich nicht darauf hoffe, das hölzerne Modell der Stadt Berlin zu errichten, komplett mit allen Leitplanken und Müllcontainern, dann ist es vorbei, dann werde ich alt und unbrauchbar, werde stur, starr, leblos und trocken sein wie ein mit Spiritus vollgesogenes Fensterleder, das sich in Stücke brechen und zerkrümeln läßt. Dann bin ich reif für den Dorotheenstädtischen Friedhof an der Chausseestraße – neben Fichte, Hegel, Borsig und Otto Nuschke.

☆

Laublos, mitleidslos stehen die Kastanien herum, als hätten sie mit Bella nie etwas zu tun gehabt. Dabei sind auch sie so manches Mal in den Genuß der Zuwendung jenes liebenswerten Bella-Gästestamms gekommen. Hat doch mancher Biertrinker erst vor der Kneipentür gemerkt, daß er dringend mußte und ging wohl hin und düngte ausgiebig eine dieser im Schlafe träge flüsternden Kastanien. Ihr werdet euch noch wundern, ihr undankbaren Gewächse. Reisebüro-Kunden pinkeln nicht vor's Haus. Außerdem holt das Ladenschlußgesetz die ganze Ecke ein. Kein nächtliches Kommen und Gehen mehr, kein Juchzen und kein Fluchen. In Berlin-Moabit stirbt eine kleine Welt.

Die Polizei hat keine Spur des Brandstifters, hat nur Vermutungen. Wir Bella-Gäste haben auch nur Vermutungen, aber ein handfestes Rache-Motiv. Ich weiß, ich würde zum Mörder, wenn ich den Täter erwischte. Es ist deshalb besser, daß ich nicht ahne, wo ich ihn suchen soll. Wahrscheinlich wäre er schneller und geübter als ich und erschlüge mich krachend in Notwehr. Dennoch habe ich oft davon geträumt, dem Kerl, wie ich ihn mir denke, einen ältlichen Neo-Nazi und Waffensammler, meine Kohlenschippe über den Deetz zu schmettern und den im Koma röchelnden Hund bei der Polizei abzuliefern. »Respekt, Respekt«, sagt dann der Beamte mit glücklichem Baß und heftet mir die Medaille für außerordentlichen Bürgermut ans Jeanshemd. – Ich stehe eine Gedenkminute lang vor Bella still und rufe mir das Bild dieser wunderbaren, Wurst und Kartenspiel verheißenden Kaschemme herauf. Die Fassade war dunkel getüncht, die großen Fenster mit Dutzenden von Stickers beklebt. »Bella Ciao« stand in weißer Neonschrift obendrüber, auch der Schultheiß-Krug leuchtete weit. Jetzt ist alles abgeräumt. Ich war kein Stück auf das Schlimmste gefaßt. Hätte ich nicht dort sein müssen, wachsam, furchtlos, schlagkräftig? Ich werde mir ewig Vorwürfe machen, daß ich nicht zur Stelle war, als es zum Schlimmsten kam.

Die neuen Fensterscheiben sind voller Farbspritzer. Die Wände werden innen weiß erstrahlen, aber die Angestellten erliegen den Geistern seliger Zecher. Ihre Euphorie und ihren Durst nach Feierabend werden sie sich nie erklären können. Nastrowje!

☆

Als ich bei mir zu Hause einkehre, um meine Last: Eier, Schinkenspeck, Vollkornbrot und Kohlenanzünder abzuliefern, verspüre ich keinen Appetit und lasse die Pfanne an ihrem Platz in der Backröhre. Heute habe ich einen Hunni plus gemacht, also kann ich mir bei Paulchen Chili con Carne leisten. Wer wohl alles da sein wird? Veit habe ich eine Weile nicht gesehen, er war in Westdeutschland bei Janetts Eltern. Das hat nichts Gutes zu bedeuten.

Paulchen, in der Kögelstraße gelegen, schräg gegenüber von Junis Werkstatt, war uns Bella-Gästen lange herzlich schnuppe, wußten wir uns doch bei Isaac weit großzügiger versorgt. Aber jetzt sind wir auf den kleinen Dicken angewiesen. Seine Kneipe heißt »Kögel-Eck«, er selbst Paul Kretschmer, Stammgäste sagen Paulchen, was dem Wirt gefällt. Das Ambiente ist »rustikal«, das Publikum so gemischt wie Moabit: Koofmichs, Rentner, junge Leute ohne Arbeit, der armenische Trödler, die Blumenfrau. Im Grunde ganz nett, wenn einen die alles überwölbende Spießigkeit nicht stört. Aber der Alkohol läßt die Leute darüberhinausblicken und sich zu sympathischer Toleranz aufschwingen. Selbst Schorschi Köhler macht sich im Suff. Neulich sagte er:

»Wie's kommt, so kommt's eben. Wir sind doch alle bloß Figuren auf'm Schachbrett.«

Heute treffe ich Schorschi vor dem Eingang. »Na«, sagt er, »auch mal wieder dabei?«, und ich lege ihm wärmstens die Hand auf die Schulter. Glaube fast, daß sich dieser dummdreiste Rübezahl in unsere Stammrunde reingemogelt hat. Ja, Schorschi wollte nach dem Brand sogar die Wache mitorganisieren, und er behauptete vor Isaac, daß die Idee von ihm sei. Man nimmt so'n Schorschi hin, warum denn auch nicht.

Bei Paulchen ist schon eine starke Mannschaft versammelt. Wenzel lehnt am Tresen und quatscht mit dem Wirt, daneben steht Jutta und addiert auf ihrem Block. Die anderen Freunde gestikulieren am großen Mitteltisch, ja, Veit ist auch dabei.

»He Igor, komm, rutsch zwischen!« ruft Juni übermütig. Er, Mecki und Chagdas, die beiden letzteren mit Trauerflor am Revers, sind mitten in einem Fußballspiel, Hertha BSC gegen VfB Leipzig: Der Berliner Tormann hat den Elfmeter gehalten und ist dabei fast auf dem Ball zu sitzen gekommen wie Münchhausen auf der Kanonenkugel. War das ein glorreicher Augenblick, die Welt hat den Atem angehalten.

Malte hänselt Veit. Der heiratet, au weia. Und dann auch noch in Ingolstadt.

Die Hintertür, die zu den Klos führt, öffnet sich mit einem Quietschgeräusch, und hindurch tritt niemand anderer als Isaac. Er schiebt den Gürtel über seinem properen Bauch zurecht und niest. Als er mich erkennt, lächelt er mit seinem linken Mundwinkel in ein Grübchen hinein. Mir gibt das einen Stich. Wie abartig, Isaac, den Wirt aller Wirte, als stinknormalen Kneipengast bei Paulchen anzutreffen. Als hätte man ihn degradiert. Als hätte man ihn, der ein König war, zum Spießbürger runtergestuft.

Aber Isaac selbst scheint das nicht so zu sehn. Seine hellgrünen Augen leuchten. Er nickt mir zu.

»Igor, sag deinem Freund Veit, daß er uns eine Junggesellenparty schuldig ist, bevour err in den Eyhestand trritt.«

»Ach, so'n altmodischer Quatsch«, sage ich. »Das macht doch heute keiner mehr.«

»Wat?« ruft Malte. »Junggesellenparties – oder heiraten?«

Er lacht als einziger über diesen typischen Malte-Witz. Juni tippt mich unterem Tisch mit seiner Schuhspitze ans Knie und läßt seine Zähne aufblitzen. Dann fährt er mit einem langen Arm um den Tisch herum, ich mache auch einen langen Arm und fahre seiner Hand entgegen, und schwupp knistern köstliche hundert Piepen zwischen meinen Fingern. Juni hat hier nichts von seinem Friedrichshagen-Plan erzählt; er spricht nicht von Geschäften, wenn's nicht sein muß. »Das schafft nur Erpresser«, pflegt er zu sagen. Mecki reibt sich den Magen – aus Freude über den Elfmeter. Malte macht ein Zigarillo-Päckchen auf. Schorschi schleift einen Stuhl heran. Fast ist mir, als sei der gute Geist, der uns Freunde tagtäglich zu Bella führte und dort behütete, mit zu Paulchen umgezogen. Ein vertrautes Wohlgefühl weitet mir die Kehle, als ich mein Bier bestelle.

»Die Runde geht auf meine Rechnung«, schallt es von der Theke her. Wenzel ist da so spendabel.

Er hat seinen Kahn verkauft und einen satten Preis erlöst. Ein Ossi aus Anklam hat zugeschlagen und bar bezahlt. Dennoch trinkt Wenzel hier nicht aus Freude, denn er hing sehr an seiner Tina.

Mir tut Veit leid, der sich in Maltes Fängen windet und gar nicht geneigt ist, über seinen Abschied vom Junggesellenleben Witze zu reißen. Also springe ich ihm bei, indem ich ein Spielchen vorschlage. Veit geht erfreut darauf ein. Wir beschränken auf zwanzig Runden, der Verlierer zahlt beide Deckel. Malte wendet sich Schorschi zu. Während die Würfel klackern und das Bier schäumt, zieht die alte Freude in mein Herz. Paulchen also wird's in Zukunft sein.

Obwohl ich schon fast versöhnt bin mit dieser zweitbesten Lösung, kann ich doch Isaac nicht aus der Pflicht entlassen.

»Hab heute gehört, du kneifst, Isaac«, sage ich zu ihm, scharf achtgebend, daß Veit nicht ungenau aufschreibt. »Das war ein Schock.«

»War es?« gurrt Isaac befriedigt.

»Na klar. Ich wollt's nicht glauben. Du geht zurück in die Staaten?«

»Das alte Westberlin ist hinüber, Igor. Ich mochte diese Insel in der Dey Dey Err. Jetzt wird's hier normal: hart, teuer und gemein. Schon vor dem Anschlag hat's mir die Hausverwaltung schriftlich gegeyben, daß die Miete nächstes Jahr um 150 Prozent steigen würde. 150 Prozent! Das hätte ich nie aus Bella rausgeholt.«

Veit hat'ne Strähne. Einen Pasch nach dem anderen.

»Was sagt Ruth bloß?« frage ich wehmütig.

»Sie wollte schon lange zurrück.«

»Und du? Wie hältst du das aus – ohne Bella? Wie lange warst du alles in allem…«

Ich entsinne mich: Vor drei Jahren haben wir das zwanzigjährige Bella-Jubiläum gefeiert. Wie stolz Isaac war und wie hackedicht.

»Man muß wissen, wann Schluß ist«, befindet er. Das Grübchen ist aus seiner Wange gewichen, die langen Falten, die von der Nasenwurzel zu den Nüstern führen, vertiefen sich und geben seinem sanften Gesicht einen Ausdruck kühler Entschiedenheit. Noch einmal kehrt der Schmerz um den Verlust Bellas in meine Brust zurück und wühlt dort rum. Mir ist, als werde meine Existenz verwackeln, wenn Isaacs sorgende Augen nicht mehr auf ihr ruhen.

Veit hat gewonnen. Sieh mal einer an! Er reibt sich die Hände. Soll auch mal Glück haben, der arme Hund, der sein Leben mit Janett F. Niemann verbringen will und wird. Ich kann ihn nicht daran hindern. Mich fragt er ja auch nicht. Ist besser so. Weiß sie wenigstens seinen Rumtopf zu schätzen, die dumme Kuh? Kurz nach dem Anschlag auf Bella hätt ich sie fast mal gemocht. Hat nämlich ganz große Töne geschwungen, die Frau Vorsitzende: Jetzt sei das Maß voll, es müsse etwas geschehen. Tat geheimnisvoll, und ich dachte schon, sie sei drauf und dran, an der Spitze ihres Komitees gegen Ausländerfeindlichkeit und Antisemitismus auf die Berliner Neonazis Jagd zu machen. Sah sie vor mir, nachts auf Streife, eine russische Armeepistole im Anschlag, und begann, Veit zu verstehen. Dann kam raus, *was* sie da am Organisieren war, und ich mußte zweimal trocken husten. Eine Demo! Man denke. Einen polizeilich angemeldeten Marsch die Turmstraße runter, an Bella vorbei und bis zur Spree, mit Transparenten und Flüstertüten und Seite an Seite mit der Gewerkschaft Erziehung und Wissenschaft und der PDS. Mein lieber Scholli! Da wird den Skinheads aber die Muffe geschwirrt haben. Und Janett ist noch so dreist, sich bei Veit zu beschweren, daß ich nicht mitmarschiert bin. Soll mich jetzt alles nicht mehr kümmern. Ist ja auch vorbei. Aus Bella wird ein Reisebüro, Isaac kehrt nach San Francisco zurück, und der rechtsradikale Brandstifter läuft frei rum und plant den nächsten Coup. Das ist Berlin '91. Ich hab es so nicht erschaffen. Ich wohne hier nur.

Prost, Juni. Er und Mecki sind mitten in der zweiten Halbzeit und entsprechend erhitzt. Schorschi möchte auch gern mitkicken, kommt aber nicht von Malte los, der ihm erläutert, worin der Standortvorteil des »Ersten Pankower Copy-Shops« bestehen könnte. Zwar ist die Filiale noch nicht eröffnet, aber zum 1. Januar soll es soweit sein, und Malte hofft, daß Schorschi die Installationsarbeiten übernehmen und ihm mit Second-hand-equipment sparen helfen wird. Freudlos sitzt Schorschi am Tisch und drückt Schaumbläschen in seinen Bart.

»Igor, wie sieht's aus?« Malte dreht sich zu mir rum. »Bist du gut in Rechnungsführung?«

»Nö«, mache ich, »Rechnen ist meine schwache Seite.«

»Wieso denn? Das lernste. Ich brauch dich als Filialleiter. Du verstehst die Ossis. Was sagste? Auf Beteiligungsbasis.«

»Igor geht doch nach Übersee«, wirft Veit ein. »Weißte das noch nich? Er buddelt in Afrika Affen mit Flossen aus.«

»Echt?« fragt Schorschi bewundernd, aber Malte grient schief:

»Das sind doch Faxen.« Als ich nicht antworte, gibt er mir einen Rippenstoß.

»Hab ich recht, Igor?«

»Klar.

»Bleibe im Lande und nähre dich reichlich. Ich geb dir fünfhundert mehr.«

»Ich denke drüber nach.«

Mir wird es ein wenig zu warm, und ich bin im Begriff, an die Theke auszuweichen, als Veit mich am Arm packt und ausruft:

»Die neueste West-Schweinerei, Igor, schon gehört?«

»Was meinste?«

Auf das Stichwort »Schweinerei« lassen Juni, Mecki und Chagdas das Fußballspiel sein und merken auf, Veit herrscht unversehens über den ganzen Tisch und wirft sich entsprechend in Positur. Bei der Komitee-Arbeit hat Janett ein Mädchen aus Berlin-Lichtenberg kennengelernt, eine Bürokraft, die sich beim Liegenschaftsamt Steglitz um eine offene Stelle bewerben wollte und folgenden ganz und gar unglaublichen Fragebogen hat ausfüllen müssen...

Juni und seine Verwandten, die auf das Stichwort »Liegenschaftsamt« zu König Fußball zurückgekehrt waren, merken erneut auf, als Veit einige Papiere aus seiner Tasche zieht und vorzulesen beginnt:

»Zusatzbogen zum Personalfragebogen. Angestellte und Arbeiter.« Alle warten mit glänzenden Gesichtern auf die Schweinerei. Veit fährt fort:

»Hatten Sie innerhalb der letzten zwei Jahre vor dem dritten Oktober 1990 Ihren Wohnsitz oder gewöhnlichen Aufenthaltsort in der ehemaligen DDR? ja/nein-Kästchen zum Ankreuzen.«

»Oho«, ruft Mecki aus. »Schöne Wiedervereinigung das.«

»Wo die Stasi aufhören mußte, macht der Westen weiter«, bemerkt Malte mit dem Air des Unerschütterlichen. – »Die können das doch hier nicht auf sich sitzen lassen, daß der Osten in Sachen Spitzelei womöglich 'ne Klasse besser war.«

»Jetzt kommt's erst«, ergreift Veit wieder das Wort. »Achtung: ›Hatten Sie innerhalb Ihrer beruflichen oder gesellschaftlichen Tätigkeit solche Aufgaben zu erfüllen, die gegen die Grundsätze der Menschlichkeit oder Rechtsstaatlichkeit verstoßen haben, so daß Sie die im internationalen Pakt über bürgerliche und politische Rechte vom 19. 12. 1966 gewährten Menschenrechte oder die in der Allgemeinen Erklärung der Menschenrechte vom 10. 12. 1948 enthaltenen Grundsätze – Auszug im Anhang – verletzt haben?‹«

Langsam hebt Veit seine Stirn von den Formularen und starrt in die Runde. Nicht allen ist auf Anhieb klar, worin die Schweinerei besteht. Juni zieht die Brauen hoch und guckt von einem zum anderen. Isaac lächelt bitter. Malte aber kennt die Welt und wedelt müde mit seinem Zigarillo.

»So ist das nun mal«, brummt er. »Die Sieger verteilen Fragebögen. Alles schon mal dagewesen.«

»›Grundsätze der Menschlichkeit‹«, beharrt Veit, erbost über Maltes Weigerung, seinen Zorn zu teilen. – »Kann mir einer erklären, was ›Grundsätze der Menschlichkeit‹ sein sollen – und ob nicht 'n Arbeitgeber, der solche Fragebögen verteilt, eher dagegen verstößt als 'ne Sekretärin, die in der Normannenstraße Spitzelberichte abgeheftet hat? So steht die Frage!« – Er holt mit dem zusammengerollten Papier wie mit einem Prügel aus.

»Ist doch alles Blödsinn«, meldet sich Schorschi. – »Kommt doch nur drauf an, ob die aus'm Osten arbeiten könn', ob se 'n Schraubenzieher vom Korkenzieher unterscheiden könn'. Menschlichkeit – wen interessiert denn so was?«

»Den Senat«, schimpft Veit, »den interessiert das. Der verlangt von den Ossis, daß sie sich die Menschlichkeit absprechen lassen, das ist doch aberwitzig. Wie ist das, Herr Becker«, – ruft er zu Wenzel rüber –, »achten Sie immer schön auf die Menschlichkeit beim Verträge-Abschließen? Und Sie beim Rohre-Verlegen, Herr Köhler? Ich nenne so was Hexenjagd! Dieser Stasi-Wahn artet aus. Man muß was tun.«

Juni möchte gern den Fragebogen sehen, aber Veit gibt ihn nicht her. Er liest weiter vor:

»›Sind Sie für das frühere Ministerium für Staatssicherheit oder für eine der Untergliederungen dieses Amtes oder für vergleichbare Institutionen tätig gewesen? Ja/Nein. Haben Sie finanzielle Zuwendungen von einer der genannten Stellen erhalten? Ja/Nein...«

»Malte, he Malte«, gluckst Juni, »kopier dir das Ding und leg es Igor vor, eh du ihn einstellst, haha.«

»Das is'n Versuch mehr, uns DDR-Bürger fertigzumachen«, sagt mit bebender Stimme Jutta, die schon einige ungeduldige Rufe von Seiten des Trödlers ignoriert hat, nur um zuzuhören. – »Bei uns zuhause finden wir keine Arbeit mehr, weil alles dicht macht, und im Westen erst recht nicht, weil wir alle bei der Stasi waren. So sieht et aus!« Und sie marschiert auf den Armenier los, ergrimmt die Hüften schleudernd.

Malte ist es gelungen, Veit den Fragebogen zu entwinden; er faltet ihn auf dem Wirtshaustisch auseinander und findet den mit »Allgemeine Erklärung der Menschenrechte« überschriebenen Anhang. Es handelt sich tatsächlich um die am 10. 12. 1948 von der Generalversammlung der UNO verkündete Version, die damals in allen fünf Amtssprachen: chinesisch, englisch, französisch, russisch und spanisch, erlassen worden ist. Sie hat dreißig Artikel. Ein »Internationaler Pakt über bürgerliche und politische Rechte« vom Dezember 1966 ist auch noch angefügt. Ein ganz schönes Aufgebot, nur um die armen Ossis einzuschüchtern, die jetzt im Westen Arbeit suchen müssen.

Wir finden das eher schräg als schweinisch und amüsieren uns über Veit, der Unterschriften sammeln will – gegen die Arroganz des Westens.

»Arbeiten könn' wir nu mal besser, stimmt's?« sagt Schorschi und drückt eine ganze Schaumbläschendecke mit der flachen Hand in seinen Bart.

Jemand ruft meinen Namen. Es ist Wenzel, der mich an die Theke winkt.

»Tja, mein Junge«, sagt er und hilft mir auf den Hocker, »es ist soweit. Ich flüchte.« Demnächst wird er einen ersten Umzug machen und Teile seiner Möbel und Habseligkeiten nach Köln schaffen.

»Kannste nicht auch mal'n Klimawechsel brauchen?« fragt er. »Köln ist die richtige Stadt. Die Leute haben Herz und stecken keine Kneipen an. Dazu sitzen sie viel zu gern drin.« Und er schließt kurz ein Auge. Mir fällt auf, daß er sich die Wimpern tuscht. Rettet gar nichts. Fehlen wird er mir, der Vogel, aber ich weiß nicht, wie ich ihm das sagen soll. Will gerade zu stammeln anfangen, als er den Kopf abwendet und die Ohren spitzt.

Am Stammtisch hat sich ein Getöse erhoben. Veit zieht die Unterlippe nach innen und schüttelt den Kopf, Malte drückt mit mißbilligender Gebärde seinen Zigarillo aus, und Isaac verschränkt die Arme im Nacken. Juni und Schorschi haben sich mal wieder in der Wolle.

»85 Prozent«, schnarrt Schorschi und meint damit, wie uns Jutta auf Anfrage erklärt, den türkischen Bevölkerungsanteil Kreuzbergs. – »85 Prozent, mein lieber Junge. Das heißt, die Deutschen sind total in der Minderheit. Und kuck dir doch den Stadtteil mal an. Früher is das was Bess'res gewesen, feine Leute ham da gewohnt. Und heute. 85 Prozent Türken und 85 Prozent mehr Müll und Kriminelle und Hütchenspieler.«

»Ich glaub, es hackt«, schreit Juni und kippelt mit dem rustikalen Stuhl. – »Ich sag dir, wer das Viertel auf dem Gewissen hat: dein Freund Adolf Hitler! *Der* hat dafür gesorgt, daß es eines Tages 'n bißchen heißer von oben runtergeregnet hat als für die Jahreszeit üblich. Und dann war's aus mit den feinen Leuten. Aus war's.«

»85 Prozent mehr Scheiße...«

»Aus war's!«

»Schmarotzer.«

»Ein Hitlerficker sollte zu mir nicht Schmarotzer sagen.«

»100 Prozent Schmarotzer und Zuhälter...«

Hilf Himmel, Isaac, warum tust du denn nichts! Du warst doch der Schlichter, der Vater, warst Seine Majestät, ein Blick, ein paar Worte genügten. Hab ich bis heute insgeheim gehofft, daß Isaac es nicht lassen kann und doch eines Tages wieder hinter 'nem Tresen steht, so bin ich jetzt sicher: Es ist vorbei. Er hält die Arme im Nacken verschränkt und schüttelt kaum merklich den Kopf. Er schließt sogar kurz die Augen. Ist hier nur Gast – wie ich.

Paulchen kommt, um für Ruhe zu sorgen. Er tritt an den Tisch und zetert was von »So nicht!« und »Meine Herren«. Mir drückt's auf die Herzgegend. Kein Stil, dieser Kretschmer. Kein Charisma. Malte hilft ihm. Er bellt: »Schluß, Menschenskinder.«

Stille. Schorschi drückt auf seinem Bart herum und hält frustriert inne, als er keine Schaumbläschen mehr findet. Seine auf den Kinn ruhenden Finger zittern. Er schiebt sie über den Mund, damit niemand sieht, wie wütend er noch ist.

Juni kippelt rhythmisch. Er verlangt einen Futschi. Malte steckt sich einen Zigarillo an, und Veit nimmt 'ne Halspastille ein. Kleine, unverfängliche Gespräche brummeln herauf. Paulchen schlurft näher und fragt mich, ob er noch eins für mich zapfen soll. Warum nicht. Wo Wenzel zahlt. Ich bitte um Veits Deckel.

10. Kapitel

Das Faß mit den rostigen Nägeln

Noch habe ich es Sonja nicht gesagt: Ich bin auf Sozialhilfe abgestiegen. Die Barleistung des Staates für seinen Bürger Igor Marenge ist jetzt sehr bescheiden, und wenn das von Frau Busse in die Welt gesetzte Gerücht, es gäbe demnächst eine Mieterhöhung, stimmt, weiß ich nicht, wie ich auskommen soll. Zumal die Preise ausgerechnet für meine Hobbies stark gestiegen sind: Bücher, Kino, BVG-Fahrten, Glücksspiele. Ich muß mich entscheiden. Nächstes Jahr mache ich den Arbeitnehmer, und es ist nur noch offen, ob Malte mein Chef wird oder die Firma Teschner. An die bin ich durch das Arbeitsamt geraten. Frau Jacobs hat mich neulich aufgekratzt zu sich herangewunken und mir gesagt, sie hätte was. Teschner ist eine Consulting-Firma, die in Berlin Mitte ein Büro aufbaut. Sie suchen Mitarbeiter von angenehmem Äußeren. Die Qualifikation, ein bißchen Computerei, erwerbe ich in einem Umschulungskurs, den das Arbeitsamt bezahlt.

»Was *ist* eine Consulting-Firma?« habe ich gefragt.

Frau Jacobs wußte es auch nicht.

»Sie beraten die Industrie«, sagte sie und wedelte dazu, Ungewißheit andeutend, mit der Hand. – »Über lokale Parameter wie Standort, Löhne, Konkurrenz, Akzeptanz...«

»Parameter?« fragte ich bohrend, und Frau Jacobs errötete ein Quentchen. Ich schloß daraus, daß sie, wie ich, nicht wußte, was ein Parameter nun wirklich ist. Aber ich erlaubte ihr, meine Personalien und ein Bewerbungsformblatt, das ich schwungvoll ausfüllte, an die Firma weiterzureichen. Bis heute warte ich auf eine Reaktion.

Vielleicht, dachte ich, findet Herr Teschner Gefallen an meiner ungezwungenen Art und teilt mich für die Kundenempfangsabteilung ein. Ich darf mein angenehmes Äußeres japanischen Tycoonen darbieten, während ich sie über den Gendarmenmarkt geleite und mich zum Standortvorteil Friedrichstadt vernehmen lasse.

»Eine Niederlassung an der Weidendammer Brücke«, schmeichle ich, »und die Parameter rieseln Ihnen nur so in den Schoß.«

»Konin chi wa, Igor-San.«

Auf diese Weise käme ich um den Computerkurs herum, und Frau Jacobs, Herr Teschner und Sonja wären hochzufrieden mit mir.

Aber Bernd Mölcharetz? Seine Briefe aus Genf strotzen vor Zuversicht, daß ich sein Angebot annehmen werde – wenn er auch noch nicht sagen kann, wann genau es losgeht. Er hält mich auf dem laufenden. Ich weiß inzwischen, daß der Hemmschuh, Mr. Gus Tuttle aus Ohio, der ursprünglich eine Million lockermachen wollte und jetzt kneift, weil er der Kompetenz des Ungarn mißtraut, nur darauf wartet, von mir umgestimmt und in Geberlaune versetzt zu werden.

Sonja war längst nicht so beeindruckt von meinen großen Aussichten, wie ich gehofft hatte. Sie holte eine Klemme aus ihrem Zopf, steckte sie in den Mund und sagte, die Augen verdrehend:

»Dasch isch doch'n Witsch.«

Darauf steckte sie die Klemme an einer anderen Stelle wieder in den Zopf und lachte mich aus.

☆

Es ist zehn Uhr früh. Der Postbote muß dagewesen sein. Ich spurte zur Tür, rutsche das Geländer runter und pralle auf Frau Busse, die ihren Wohnungstürgriff mit Messingputzmittel bearbeitet. »Hamse jesehen, Herr Marenge«, murrt sei, »det die Treppenhausbeleuchtung schon wieder kaputt is?« Ich sage nur »Morgen«, denn ich mag mich nicht aufhetzen lassen. In meinem Postkasten wartet ein einziger Brief, und der ist von Bernd. »Vicky«, murmele ich zwischen den Zähnen, »ich hasse dich.« Und trete in die Heinrichstraße ein, um Schrippen, meine Zeitung und etwas Zucker zu holen.

Als ich zurück bin, lege ich erstmal kräftig im Kachelofen nach, damit meine Gute, die nachher kommen will, nicht fröstelt. Dann koche ich Kaffee und lese im Stehen Bernds Brief. Ist denn das die Möglichkeit! Mr. Tuttle hat sich durchgerungen, das Projekt steht finanziell, und ich soll morgen kommen! Naja, nicht kommen, aber mich entscheiden. Nicht morgen, aber bald. Bernd schreibt, daß es jetzt sehr eilig sei und in wenigen Tagen ein Vertrag per Kurier an mich geschickt werde. Im Beisein des Kuriers solle ich den Vertrag unterzeichnen, damit derselbe noch am Nachmittag per Fernkurier nach Genf... Oje. Jetzt wird es ernst. Ich muß mich setzen.

Als ich sitze, fällt mir Vicky ein. Um ihretwillen mag ich nicht gern weg. Ich lasse den Brief liegen, laufe ins Wohnzimmer und wähle ihre Nummer. Und was passiert? Ich höre drei Silben.

»Rosinski.«

Es ist ihre Stimme, kein Zweifel. Stürmische Begrüßungsfreude und Empörung über des Mädchens Versäumnis: daß sie nicht sofort nach ihrer Rückkehr zu mir gerauscht ist, kämpfen in meiner Brust. Ich kann nicht sprechen und tue das einzig Richtige: Ich lege auf. Und werde augenblicks zum DDR-Bürger in dieser einen Hinsicht: Ich erinnere mich daran, daß man einander aufsuchte, wenn man sich was sagen wollte, anstatt sich mit schnarrstimmiger Apparatekommunikation zu bescheiden. Ich werde zu ihr gehen. Ich werde zu ihr rennen. Hab schon meine Jacke in der Hand, als es klingelt. Au Igor, das kommt von der Vielweiberei.

✩

Sonja schlüpft an mir vorbei, bläst in ihre Hände und schiebt sich mit Mantel in mein Wohnzimmer. Mit Mantel! Wo ich extra für sie geheizt habe und mein Kachelofen bald in der gesündesten Wärme erglüht, die in ganz Berlin zu haben ist. Sie sagt, ihr sei kalt. Und sie will nicht lange bleiben.

»Tee?«

Nein. Sie sieht blaß aus, ihre dichten Brauen sind gesträubt, ihre Nase scheint verdickt und sie atmet mit offenem Mund. Leise schnaufend nimmt sie Platz auf meinem Sofa, schlägt die Beine über. Ich bewundere ein Paar mächtiger Lammfellstiefel, in denen sogar Sonjas Füße groß wirken. Komisch, neue Schuhe zeigt sie mir sonst immer. Ich lehne mich gegen den Ofen. Ob ich ihr von Bernd und dem Vertrag erzähle?

Sie hält den Handrücken gegen ihre Nasenflügel und fixiert mich über das rosa Pfötchen hinweg. Ihre Augen verlieren im Winter das Kornblumenblau und kriegen einen Stich ins Tintige. Es gefällt mir sehr, daß ihre Augenfarbe einem Jahreszyklus folgt, ganz wie die Pflanzenwelt.

Ohne ihren Handrücken von der Nase wegzunehmen und ohne Vorrede sagt Sonja mit einer Stimme, die wohl wegen der Hand im Gesicht so dumpf klingt:

»Igor, ich bin schwanger.«

Eine törichte Freude wird durch dieses Wort in meiner Brust erregt und findet ihren Weg in mein Gesicht, das lächelt, in meine Hände, die sich vom Ofen lösen und auf

Sonja zubewegen. Obwohl ich sofort denken muß: Ogottogott, was soll das werden? – wie wohl die meisten Männer, wenn sie unverhofft erfahren, daß sie Väter werden; auch meldet sich, kurz und unmißverständlich, das schlechte Gewissen mit dem Spruch: *Du* kannst Frau und Kind doch nicht ernähren... Die törichte Freude aber überlebt beide Einwände, und ganz von ihr erfüllt, tue ich einen Schritt auf Sonja zu.

Nur einen Schritt. Dann steh ich jäh. Ein Gedanke ist mir gekommen, der macht mit der dümmlichen Freude Schluß. Ein Gedanke, eine Erinnerung, eine Einsicht, die zu mir sagen: Igor, du Vollidiot, du gottverdammter Arschficker, Sonja kann von dir nicht schwanger sein, denn ihr habt's 'ne ganze Weile schon nicht mehr getrieben, und *als* ihr noch..., da machtet ihr's nur auf die eine Art, du weißt schon wie.

Ich hab vergessen, die Ofenrohrklappe zu schließen, deshalb sind die Kacheln noch nicht richtig warm. Ich höre die Flammen hochschlagen, mache einen Schritt zurück in die Ofenecke und will nach dem Hebel greifen, aber es geht nicht. Ich kriege den Arm nicht hoch. Er zittert. In meinen Augen sticht es. Ich lehne mich wieder an den Ofen und hebe den Blick unter Schmerzen zu Sonja auf. Sie atmet immer noch mit offenem Mund und schnauft leise.

Sie könnte etwas sagen. Sie könnte ein tröstendes, helfendes, salbendes Wort sagen. Statt dessen sagt sie:

»Das Kind ist nicht von dir.«

»Vom wem ist es?«

Sie schweigt. Sie traut sich nicht, mir die ganze Wahrheit zu sagen. Trotz des Schocks, der mir das Hirn quetscht, erkennt mein inneres Auge die Namen Lutz Kuhlbrodt und Dr. Martin Fricke. Welcher von beiden? Sonja zupft an ihren Lammfellstiefeln und schnieft. Scheint, als wolle sie schluchzen. Ehe sie loslegt und es mir damit unmöglich macht, sie scharf anzugehn, muß ich soviel wie möglich von der Wahrheit bergen. Je schrecklicher, desto vollständiger muß sie auf den Tisch.

»Willst du das Kind bekommen?«

»Auf jeden Fall.«

Sie sagt das ohne Tränen, den Blick in ihr Schuhwerk gebohrt. Also gut. Du scheinst mir kriegsdiensttauglich, meine Liebe, tragen wir die Sache aus.

Das Zittern läßt nach. Ich reibe meine Hände an den Kacheln und fühle mein Herz rumpeln.

»Sag, was los ist, Sonja.«

Meine bleiche Freundin ist nun doch in Tränen ausgebrochen, aber es gelingt ihr, Schluchzen und Sprechen zu vereinbaren. Sie hat neulich auf der Tagung in Gießen einen alten Freund wiedergetroffen, ob ich mich noch an Helmut Amrehn erinnerte? Man habe sich viel zu erzählen gehabt und schließlich denselben Beruf...

Ja, Scheiße. Der Kerl, der nicht imstande war, es Sonja richtig zu besorgen, weil ihm außer der Missionarsstellung nichts einfiel, dieser miserable Liebhaber und überflüssige Psychotherapeut, trifft sie auf einer beknackten Tagung... Macht sie betrunken, schleppt sie ins Bett, und was fällt ihm ein? Die Missionarsstellung. Die Praktik, bei der es mit tödlicher Sicherheit Kinder gibt. Sonja hat nie verhüten müssen, weil *wir* was Besseres wußten, und da kommt dieser Gimpel, besteigt sie auf die primitivste, phantasieloseste Art und läßt die Kinderlein kommen. Nein, das ist zuviel der Widerwärtigkeit. Mir wird übel, und ich halte mich an meinem Ofen fest, weil jetzt die Knie versagen.

»Hast du ihm gesteckt, daß du es vorzieht, in den Arsch gevögelt zu werden und daß er ein glatter Versager war damals, weil er nicht auf diesen Trichter gekommen ist, dein Helmut Amrehn?«

Ich sage das wirklich, ich spucke es aus, ohne mich zu

schämen, hastig und mit einem verzweifelten Lachen untermischt, so daß die Verständlichkeit leidet. Sonja kommt nicht mit.

»Was hast du gesagt?«

Ihre Augen über der Kinderhand, die ein Taschentuch an die Wange drückt, plieren flehentlich zu mir herüber. Sie will jetzt keine Obszönitäten hören, sie ist nicht in der Stimmung, sie wird Mutter. Und ich, was werde ich? Der Arsch des Jahres? Geh nach Hause, Sonja, geh nach Hause.

»Ich habe nichts gesagt. Ich kotze gleich.«

Sie versteht mich jetzt. Ist aufgestanden und schleunigst zur Tür geschritten, wo ich sie aber abfange, plötzlich meinerseits in Tränen und gerade noch imstande, eine Bitte um Verzeihung auszustoßen.

Wir stehen gegeneinander gestützt, Schultern und Köpfe weinend verschränkt, den Abschiedsschmerz mit unseren Tränen herausschwemmend. Sonja ist jetzt, wo ich sie im Arm halte, zutraulich und sagt immer dasselbe, nämlich daß ich mir nicht vorstellen könnte, was sie durchgemacht habe in den letzten Wochen.

Wir setzen uns wieder hin, sie immer noch im Mantel. Ich stelle meine Fragen, sie sagt mir alles. Es ist so trostlos, weil es so normal und selbstverständlich ist. War ich nicht längst auf dieses Schlimmste gefaßt? Der Amrehn und sie sind ein nettes Paar gewesen. Ich bin dazwischengedonnert mit meinem sexuellen Avec und meinem Flüchtlings-Appeal und habe so Sonja erobert; aber als der Heiratsantrag ausblieb sowie die Festanstellung und der Führerschein, und als ich nach Jahren immer noch ein Streuner war, ohne Interesse für Finanzen und Gärtnerei, da kühlte ihre Begeisterung wohl insgeheim ab. Sie brauchte Amrehn nur wiederzusehen, um sich an ältere Träume und Pläne zu erinnern, die ja zugleich soviel zukunftsträchtiger sind. *Er* ist in Wahrheit ihre Kulör, nicht Marenge, dieser Bahnhofsphilosoph. Ich mache mir meinen Reim auf die Geschichte und kann Sonja gar nichts vorwerfen. Ich lasse sie reden und mir dies und das versichern, ohne richtig hinzuhören. Ich weiß Bescheid.

»Du triffst ihn auf einer Tagung und gehst noch am selben Abend mit ihm ins Bett?«

Ein bißchen sehr eilig hat sie es gehabt für meinen Geschmack. Ach, Selbstmitleid, halt dich da raus und überlaß dem Verstand die Regierung. Der Verstand ist in schlechter Verfassung. Das einzige, was er momentan hinbekäme, wäre das kleine Einmaleins.

Sonja flüstert:

»Er hatte mich die ganze Zeit nicht vergessen.« Das glaube ich wohl. Und sie?

»Ich bin anfangs nur aus Mitleid mitgegangen...«

Die Weiber und ihre weichen Herzen. Recht geschieht ihnen, wenn sie zur Unzeit geschwängert werden von den mickrigen Objekten ihres Mitgefühls.

»Anfangs?«

Dazu möchte sie nichts Näheres ausführen.

»Und jetzt? Gehst du zu ihm?«

Sonja schneuzt sich. Dann erhebt sie sich und schließt die Ofenrohrklappe. Sie ist wieder professional woman, wenn auch noch ein bißchen stackelig auf den Beinen. Und sie macht mir in diamantharten Worten klar, was kommt.

Im Juli wird das Kind geboren. Dann will sie schon in Frankfurt sein, wo Helmut eine Praxis hat und derzeit eine Wohnung sucht. Sie meint, sie fände leicht wieder eine Stellung bei der Kirche.

»Hättest du mich auch verlassen, wenn du... ich meine, wenn du nicht schwanger geworden wärst?«

Sie schaut mich an, sagt aber nichts. Um ihre Pupille erscheint ein kornblumenblauer Ring, der seine Zacken durch die Iris treibt. Ist schon Frühling?

Plötzliche Aufbrüche sind Sonjas Art. Man hat deshalb ständig das Bedürfnis, diese Frau anzubinden. Jetzt ist mir ein anderer zuvorgekommen. Hätte ich ihr nicht ihre tiefsten Wünsche erfüllt, wäre wohl ich der Vater von Sonjas Kind geworden. So also wird mir meine sexuelle Botmäßigkeit vergolten: aufgeopfert werd ich einem Dummbeutel, der's nicht versteht, aber gewinnt, weil er die Frau befruchtet. Warum hat sie mir nicht gesagt, daß es das war, was sie wollte? Es wäre ein Klacks gewesen.

Sonja knöpft ihren Mantel zu. Der Zopf hat sich gelöst, und sie arbeitet an ihm, eine Haarklemme zwischen den Zähnen. Das ist zuviel für mich, ich kann's nicht sehen.

So werd ich sie vermissen: eine Haarklemme zwischen den Zähnen. So werd ich sie nicht wiedersehen.

»Laß uns Freunde bleiben«, bittet sie zaghaft. Ich registriere, daß ihre Stimme bebt. Das tröstet, aber es erleichtert nicht. Über ihrem Hinterteil steht der Mantel etwas ab, wie gewöhnlich. Bald wird sich vorn eine ähnliche Wölbung bilden und der hinteren schließlich, im Sommermonat Juli, ebenbürtig sein.

Besuch mich kurz vor deiner Niederkunft, damit ich den Anblick genießen kann: eine völlig symmetrische Sonja mit einem Gesamtumfang von circa drei Metern.

Ich sage das nicht. Es klänge wie kindische Rache. Ich male mir aus, wie ihr Gang später, wenn die Schwangerschaft fortgeschritten ist, die vom rückwärtigen Übergewicht herrührende Unsicherheit verliert und die Frau im neunten Monat wie eine Kugel auf Kufen durch die Säle eines Frankfurter Gemeindehauses gleitet.

Mein Herz rumpelt immer noch. Auch ist mir etwas übel. Jetzt hat sie mich in ein Faß gesteckt, das innen mit rostigen Nägeln ausgeschlagen ist und rollt mich den Rodelberg in der Hasenheide runter. Ich verzeihe ihr kein Stück. Sie wird alles bereuen. Und für so eine habe ich Maulwürfe totgeschlagen, die unter Naturschutz stehen. Nie ist mir wohl dabei gewesen.

Ich höre meinen Namen. Sonja steht im Treppenhaus und leidet. Das Kornblumenblau hat die gesamte Iris erfaßt und erweist sich als Farbe der Passion. Sie weint. Ich auch. Sie flieht. Ich mache die Tür zu. Ich reiße die Tür wieder auf und rufe ihren Namen. Ich höre sie treppab galoppieren. Das Kußgeräusch am Telefon! Ich fand es immer so blöd. Ich werde es nie wieder hören. Sonja! Sie ist weg. Was ich sie fragen wollte, was ich glaubte, unbedingt wissen zu müssen, war dies: Hat er, Helmut Amrehn, meine Nachfolge *ganz* angetreten? Hat sie ihm gezeigt, wie es geht, wenn sie sich auf's Lager kauert und ihren großen Mond von einem Arsch aufgehen läßt, daß es einem die Eier weghaut? Und wie es dann zu einer Vereinigung kommt nach Art der Gartenlaube... Hat sie ihm das alles beigebracht, und haben sie es ausprobiert, und hat er es geschnallt? Nein. Nein. Das darf sie nicht, das hat sie nicht getan. Niemals. Oder doch? Gut, daß ich es nicht weiß.

☆

Ob Bundestagsabgeordnete deshalb so oft zur Flasche greifen, weil im »Mittelpunkt« Bundestag die Konkurrenz um die geballteste Aufmerksamkeit, um den Mittelpunkt des Mittelpunktes gewissermaßen, härter ist als in der übrigen Welt? Man denkt sich, ein Abgeordneter braucht nicht zu saufen, weil er ja was Besonderes ist, aber unter lauter Besonderen wird man leicht zum Hinterbänkler, und schon fängt das Elend an. Bedeutung ist relativ. Jeder will sie, und hat einer sie errungen, indem er sich hat aufstellen und wählen lassen, und reist nach Bonn, pottstolz und trocken sowieso und trifft da auf Hunderte genauso Bedeutender, die sich, wenn man die Assistentinnen und Stellvertreter mitzählt, leicht zu Tausenden hochrechnen lassen, dann setzt eine Ernüchterung ein, die sofort mit einem Glas behoben werden will. Wir sind zwar Dr. Wichtigmann, aber unter tausend Ebensolchen leider nur ein Wicht. Zum Wohle, Herr Kollege.

In Berlin wird es Ihnen besser gehen. Hier werden Sie zuviel damit zu tun haben, sich zurechtzufinden, als daß Zeit übrig bliebe für die Ego-Pflege. Sie werden sich bedeutend fühlen, schon wenn Sie nur in diesen Kessel schauen: mit seiner unglaublichen Unordnung, seinen Gleisen, seinen Brücken, seinen Schuppen, seinen Kränen, seinen Ateliers, seinen Schrebergärten, seinen Fabrikgeländen, seinen Kongreßhallen, seinen Museen, seinen Tierparks, seinen Friedhöfen, seinen Gemeindehäusern, seinen Villen, seinen Wassertürmen, seinem Märchenbrunnen, seinem Gasometer, seinen Ententeichen, seinen Mietskasernen, Mietskasernen, Mietskasernen. Als Bonner werden Sie diesen Kessel fürchten, weil Sie nicht unterscheiden können, was alles darin kocht, aber Sie werden sich daran gewöhnen und schließlich ganz zufrieden sein, weil: Berlin zu überstehen, das wird Ihnen ein Gefühl von Bedeutung geben, von Stärke und Gelassenheit, das Sie zuvor nicht kannten. Berlin wird Geschichte machen als Stadt mit einem alkoholfreien Parlament, als Zentrale hochbedeutender, enthaltsamer Politiker, die, anstatt nachts ihrer Lieblingsmarke zuzusprechen, verbissen in ihren Büros an Zusatzartikeln zur UN-Charta der Menschenrechte feilen, damit irgendwann alle, auch die flaschigsten Ossis und die Australneger, sich bedeutend fühlen. Und Sonja arbeitslos wird.

Ich, der ich unter meinem Bett liege und hier den Tag verstreichen lasse, ich beneide alle Säufer. Und ich bedauere es zutiefst, daß ich keinen Sprit vertrage. Denn jetzt, wo ich vom Liebeskummer gequält werde, wo ich die furchtbare Erkenntnis, daß ich *ihr* nichts bedeute und also überhaupt nichts wert bin, in mein widerspenstiges

Bewußtsein reinpressen muß, jetzt könnte ich den Balsam eines Rausches gut ab.

☆

Mir bleibt nur das Bad in den Tiefen der Stadt. Als es dunkel wird, traue ich mich vor's Haus, sehe aber zu, daß ich die Heinrichstraße bald hinter mir lasse, denn hier bin ich zu oft mit Sonja längsgeschlendert. So ist es jetzt also. Sie hat mich sitzenlassen, abgeschoben wie einen kranken Köter. Und ich, der ich geglaubt hatte, sie gar nicht mehr zu lieben, heule in mich rein.

Mich zieht's hinunter an die Spree, dahin, wo der Blick über Lagerschuppen und Schleppkähne hinwegstreift, um am gegenüberliegenden Ufer der vierschrötigen Autorität eines Fabrikgebäudes zu huldigen, dessen die Rückfront schmückender prächtiger Treppengiebel mir schon gern mal auch des Nachts einen Gruß geschickt hat. Man sieht es jetzt nicht, ich weiß es aber: Dieser Bau ist von dunkelrotem Backstein und von 1891. Seine Patina ist dick von grauem Pulver überpudert; und schüttelte sich dieses Proletenschloß einmal kurz, so schneite es in ganz Moabit getrocknete Seufzer. Hier werden heute Ringkerntrafos hergestellt und Sanftanlaufgeräte, 'ne Spulenwicklerei gehört auch mit dazu. Bomben und Beschuß hat dieser Bau ertragen, die preußische Fahne, die rote Fahne, die Hakenkreuzfahne und schließlich ein Transparent der Gewerkschaft IG Metall mit der Losung: »Acht Prozent oder es brennt«.

Hundert Jahre bist du alt, verehrte Fabrik. Sag mir, was ich tun soll. Sei mir gewogen und sprich!

»Bei Städten stellt sich immer die Frage: Wer ist ihr Besitzer?« Das hat Großvater gesagt. »Städte sind weiblich. Männer wollen sie unterwerfen, und obwohl man letzten Endes stets erkennt, daß jede Stadt sich selbst gehört, haben doch viele einen offenkundigen atmosphärischen Eigentümer. Manche gehören dem Klerus, andere einem Adelsgeschlecht oder dem Kaufmannsstand.«

»Und Berlin?« fragte ich.

»Einst gehörte es dem König und dem Militär. Doch das ist lange vorbei und gilt nicht mehr. Das moderne Berlin gehört der Industrie. Die Architekten spürten das und schufen Schlösser zu Ehren des neuen Abgotts: der Arbeit.«

Aus der Schule wußte ich, daß »Industrie« ein kapitalistisches Wort ist, weil es keinen Unterschied macht zwischen Industriekapitänen und einfachen Matrosen, zwischen Produktionsmittelbesitzern und Produzenten, und so tut, als hätten beide dieselben Interessen. Das trug ich Großvater vor, und ich fragte ihn, welche von den Klassen denn nun der atmosphärische Besitzer von Berlin sei, die Kapitalisten oder die Arbeiter? Mein Opa legte mir die Hand auf den Kopf und sagte:

»Notabene. Die Kapitalisten haben versucht, Berlin zu vereinnahmen, die Hohenzollern haben versucht, es zu verteidigen, und die politischen Parteien haben sich um die Stadt gerissen wie die Wölfe. Sogar Künstler und Kirchenleute haben um sie gekämpft, aber keiner hat sie gekriegt, keiner. Auch die Nazis haben ihre Seele nicht erobert. Seit über hundert Jahren gehört sie den Arbeitern und den kleinen Leuten. Nichts hat etwas daran ändern können, weder Villenviertel noch Gründerzeitkirchen und auch nicht die Kommunisten mit ihrer Bonzokratie. Berlin ist ein Proletenkessel. Wohlerzogene Leute mit Geld und Sinn für das Schöne fühlen sich hier selten wohl.«

»Aber du, Opa, du bist doch wohlerzogen...«

»Findest du?«

Ich streiche am Ufer durch die Dunkelheit und warte auf ein Zeichen des roten Kolosses; es scheint mir, als sei er der einzige, der heute abend zu mir hält. Der mir raten kann. Soll ich zu Helmut Amrehn gehen und ihn zusammenschlagen? Soll ich Sonja einen Brief schreiben und sie bitten, zu mir zurückzukehren? Oder soll ich drei Kreuze machen und ein neues Liebesleben beginnen?

Feuchter Wind fährt von der Spree herauf und klatscht mir gegen die Wangen. Der abendliche Verkehr wälzt sich die Uferstraße längs, es dröhnt entsetzlich. Ich verstehe kein Wort und keinen Wink, rein gar nichts. Es wird so finster, daß ich nicht einmal mehr den Treppengiebel erkenne, daß alles verschwimmt und sich verdrückt und mich verläßt, auch der rote Backstein, der hundertjährige. Ich kehre um, verlorener und dümmer denn je.

☆

Die Füße, sie tragen mich in die windgeschützte Schlucht der Kögelstraße und hinauf zu Paulchen. Gerade kommt Veit heraus. Er will eben schnell nach Hause gehen, um sein neues Vitaminpräparat zu holen, das nur wirkt, wenn man es stündlich nimmt. Gleich komme er zurück, ich solle auf ihn warten.

»Machen wir ein Spielchen?« fragt er.

Ich bin unschlüssig. Das merkt Veit, und er tritt an mich heran.

»Versteht sich, daß du zur Hochzeitsfeier eingeladen bist«, sagt er und zwinkert. – »Aber ich nehme nicht an, daß du deswegen nach Ingolstadt...« Er lacht. Und fährt, als ich nichts sage, fort:

»Wann tretet ihr in unsere Fußstapfen, du und Sonja?«

Ihm liegt wohl doch etwas an meinem Segen, jedenfalls will er mich auf seine Seite ziehen, die Seite der Bräutigame. Da steh ich nicht mehr.

»Sonja hat mir den Laufpaß gegeben.«

»Nee!«

»Doch.«

»Wann?«

»Heute morgen.«

»Aber warum?«

»Tja, warum ...«

Veit atmet tief durch, faßt mich um die Schulter und drückt mir den Bizeps zusammen. »He«, sagt er. Ich mache eine meiner »Wenn-ich-bei-Veit-klingle«-Grimassen, die mit den aufgeblähten Backen und den Stielaugen.

»Komm mit zu mir«, sagt er weich. – »Ich bau dich auf. Du brauchst 'n Rumtopf.«

Wir gehen zu Veit – wie damals, als er und ich uns an der Bushaltestelle kennengelernt hatten: fremd, verfroren, aber glücklich, einander getroffen zu haben und scharf auf die Geschichte des je anderen. Damals war ich noch ohne Sonja, heute bin ich es wieder. Und wie damals schiele ich beiläufig in den Rinnstein – nach Stücken des Kometen »Igor Eins«.

11. Kapitel

Vom Wunder der Wäsche

Bald ist Weihnachten. Schon strotzt mein Briefkasten vor verführerischen Angeboten der Geschenke-Industrie. Ein Stück Geld hatte ich zur Seite gelegt, um für Sonja etwas Hübsches zu besorgen. Sie wünschte sich eine Teekannenmütze (»Gibt 'ne weitaus bessere Wärme als das Stövchen«), und man glaubt nicht, wie kostspielig eine geschmackvolle Teekannenmütze ist. Für Sonja hätte ich das angelegt. Nun kann ich den ganzen Batzen verplempern.

Oder ihn für ein anderes Mädchen ausgeben – vielleicht für die liebliche Blondine, die mir im Minipreis auffiel, die ich in's »Fröhling« einlud und mit der ich S-Bahn fuhr bis an 'ne Endstation, die nicht im Fahrplan steht.

»Hier, meine liebe Vicky, bringe ich dir einen Ring mit einem Saphir. Dazu zwei passende Ohrringe mit je einem Brilli am Clip.«

»Spitze, Igor. Bist'n Schatz.«

»Gehen wir Scampi essen?«

»Gute Idee. Aber erst'n Kuß.«

Sieh einer an, ganz verschüttet vom Reklame-Wust harrt hier ein Brief der Firma Teschner. Wie lange mag er da gelegen haben? Dem Stempel zufolge eine gute Woche. Teufel auch. Sie wollen, daß ich komme, um mich vorzustellen und zwar – heute. Heute um 16 Uhr in der Französischen Straße. Ich werd verrückt.

Und stürze in meine Wohnung zurück und kopfüber in ein Kosmetik- und Bekleidungsprogramm, das es in sich hat. Rasur, Haarwäsche, Deo-Spray, dunkle Hose, rotes Hemd mit (ausnahmsweise) Krawatte und, zur Krönung, die – warum nicht – Jeansjacke, die mir so gut steht. Um ein Haar hätt ich diese Chance meines Lebens verpaßt. Schuld ist Vicky. Seit ich weiß, daß sie wieder in Berlin ist, erwarte ich keine Ansichtskarte mehr von ihr und lasse die Postbox Postbox sein.

Als ich – sogar die Slipper sind geputzt – fertig bin und mich im Schrankspiegel affe, scheint mir, daß meine bemerkenswerte Attraktivität an jemand wie »Consulting«-Teschner glatt verschwendet ist. Soll er sehen, wo er einen Burschen herkriegt, der schwule Japaner in Hotelbars begleitet – *ich* mache so was nicht mit. Und wenn Frau Jacobs noch so barmt. Ich weiß, wem ich den frisch gestylten Igor heute biete: Vicky. Nur ihr. Sie wird es zu würdigen wissen.

Ich mache einen kleinen Geisteranruf, um sicher zu gehen, daß sie da ist. Sie *ist* da. Ich entschließe mich.

Ob ich aufgeregt bin? Allerdings. Ich habe sie sehr lange nicht gesehen, und ich weiß, daß sie zu Hause ist und mich nicht anruft. Das ist beunruhigend. Ich fahre mit der U-Bahn bis zum Südstern und laufe zur Freiligrathstraße.

Ihr Treppenflur im Hinterhaus ist eng, aber die bunten Glasfenster stammen noch aus jener großen Zeit vor nun bald hundert Jahren, als Vorderhaus und Hinterhaus und Gartenhaus für die Berliner kleinen Leute errichtet worden sind: weinrote Lilien und hellblaue Seerosen zwischen dunklen Ranken. So was liebte man zu Kaisers Zeiten, und einen gibt's zumindest, der es heut noch liebt. Weiter oben geht eine Tür, Leute schwatzen, trampeln und kommen auf mich zu. Ich fühle mich fehl am Platze und mache ein Pokerface, damit niemand merkt, daß ich hier nicht erwartet werde. Zwei Schnösel erscheinen, der eine trägt einen auffälligen Kunstpelz, der andere einen Lodenmantel, beide brabbeln und gestikulieren und werfen mir tatsächlich forschende Blicke zu. Als sie sich an mir vorbeidrängen, sagt der Pelz zum Lodenmantel gerade einen von fröhlichem Gelächter erschütterten Satz, aus dem mir die Worte: »Marions Spezialität« ins Ohr dringen. »Marion« hat er französisch ausgesprochen, der junge Mann, mit astreinem Nasal und Ton auf der letzten Silbe. Was war das, was sollte das heißen? Ich stapfe schwitzend treppauf. Aber ich stapfe mühevoll und langsamer als zuvor. Mir ist klar, daß sie für mich etwas bedeuten, die beiden Worte, die ich eben aufgeschnappt habe, etwas Unvermutetes, Gefährliches. Doch da ich nicht draufkomme, was, setze ich meinen Weg fort, werfe aber im nächsten Stock statt eines bewundernden, einen ängstlichen Blick auf die Lilien am Fenster. Das hier rechter Hand ist Vickys Tür.

»Rosinski« steht mit lila Wachsmalstift auf einem Pappkärtchen. Ich habe schon einmal hier gestanden und vergeblich geklingelt, damals, als Vicky nach Rom abgereist war. Ich klingle wieder, und diesmal ist sie zur Stelle. Ich höre ihren Schritt und ihre Stimme, die nah an der Tür gedämpft und fragend ruft:

»Leonard?«

»Ja«, antworte ich, genauso gedämpft und ohne nachgedacht zu haben. Die Tür geht auf.

Vor mir steht eine Frau wie eine Stichflamme. Vicky trägt ein feuerrotes, fußlanges Negligé mit orangefarbenen Spitzen an allen Kanten und Säumen und gelbroten Federn am Halsausschnitt. Ihre langen Haare sind zu einem rosablonden Lockenturban aufgebürstet. Erst denkt sie, ich sei Leonard und lächelt süß, dann zerstört der Schreck den werbenden Gesichtsausdruck. Ihre Oberlippe zuckt. Aus den grünen Augen sprüht ein Wutblitz. Die Tür kracht zu.

Ich mache gehorsam kehrt und torkele treppab. Ich halte mich am Geländer fest, bleibe bald stehen und setze mich auf die unterste Stufe. Mir ticken die Schläfen. Was ich brauche, ist Stille, Bewegungslosigkeit und Stille. Ich muß denken.

Vicky ist eine Nutte, und wenn sie im Einsatz ist, heißt sie »Marion«. Im »Minipreis« hat sie schon längst gekündigt, und mit wem immer sie in Rom war – es wird eine Dienstreise gewesen sein. Ist sie zu Hause, empfängt sie ihre Freier in dieser kleinen Wohnung, angetan mit verführerischer Wäsche und offenkundig bereit, Stammkunden mit der einen oder anderen »Spezialität« zu verwöhnen. Sie ist höchstwahrscheinlich drogenabhängig und aidskrank. Mit mir hat sie's nur gemacht, um noch einmal ins Leben zu greifen, bevor…

Wenn mir bloß nicht so koddrig im Magen wäre! Es ist alles dummes Zeug. Warum soll Vicky keinen roten Morgenmantel tragen? Und warum sollen die beiden Typen nicht aus der Wohnung gegenüber rausgekommen sein? Sie waren zu zweit; das spricht dagegen, daß sie… Doch Vicky hat einen »Leonard« erwartet… Vielleicht ist Leonard ihr neuer Freund? Habe ich ein Recht auf sie? Hat sie mir Treue geschworen?

Aber was bedeutet »Marions Spezialität«? Hat sie mir nicht selbst gesagt, daß »Marion« ihr Künstlername sei? Die alte Angst steigt wieder in mir auf. Ja, Treue hat was für sich, mit Sonja war es schön. Nun bin ich wieder ein Hergelaufener, einer, der auf Zufallsbekanntschaften angewiesen ist und sich dabei die Seuche holt. Ich habe längst gewußt, daß Sonja von mir wegwollte, warum sonst habe ich mir eine andere ausgeguckt? Ich habe es gewußt, und statt zu kämpfen, bin ich dem Tod in die Arme gelaufen.

Ich sitze, wie aus der Zeit gefallen, starr auf den Stufen und sinne. Bis ein Geräusch mich weckt: Es knarzt eine Tür, und es klingelt. Ich raffe mich auf, möchte hier nicht so dumm dahockend gesehen werden, doch niemand kommt. Es hat wohl nur wer beim Nachbarn geläutet, denn es ist gleich wieder still. Ich aber bin jetzt auf den Beinen und steige keineswegs die Treppe runter, raus aus dem Haus. Ich steige die Treppen hinauf, zittrig, aber entschlossen, steige sie rauf bis vor Vickys Tür. Das kann doch der Abschied nicht gewesen sein. Sie ist mir ein klares Wort schuldig.

Ich will ein zweites Mal klingeln und stutze: Ihre Wohnungstür ist angelehnt. Ich öffne sie ein paar Zentimeter weiter mit dem Fuß und erkenne durch den Spalt, daß es hier keinen Flur gibt, man fällt in die Küche. Über einer Spüle türmt sich benutztes Geschirr. Auf dem Wandregal darüber prangt eine faustgroße Pantheon-Skulptur aus bemaltem Gips neben einer Vogelfutter-Packung. Ich klopfe vorsichtig.

Es rührt sich nichts. Ich wage es und schlüpfe hinein in Vickys Reich. Es riecht nach Kaffee. Ich klopfe noch einmal an die (ebenfalls angelehnte) Tür zum Wohnzimmer, diesmal kräftiger. Als niemand antwortet, wird mir klar, wer da eben über den Treppenflur gehuscht ist und bei der Nachbarin geklingelt hat. Sofort schrickt mein Herz zusammen und donnert los, denn die offene Wohnungstür bedeutet nichts anderes, als daß Vicky jeden Augenblick zurückkommt. Sie wird mir diesen Einbruch nicht verzeihen und eine Szene machen.

Gleichwohl dringe ich vor in die Stube, das scheint mir sicherer als der Rückzug. Vickys Salon, ein überraschend geräumiges, reich mit chinesischen Papierfaltern, künstlichen Arekapalmen und indischen Wandbehängen geschmücktes Zimmer, wird von einem enormen silberblauen Himmelbett beherrscht. Linker Hand führt eine Tür wahrscheinlich in ihr Bad. Auf der Konsole unterm Fenster stehen Telefon und Vogelbauer. Davor ein runder Tisch mit Bistrostühlen.

Gerade wende ich mich hilfesuchend dem Vogel zu, als könnte ich ihn zum Bundesgenossen im Kampf gegen und um seine Herrin gewinnen, da vernehme ich durch die zwei angelehnten Türen vom Treppenflur her Angelquietschen und Frauenplaudern. Sie kommt! Wohin? Mir bleibt nur Zeit, instinktiv zu reagieren, und so flüchte ich unter's Bett. Ich werfe mich zu Boden, rolle mich um mich selbst und komme mitten unter Vickys großmächtigem Divan zu liegen. Der silberblaue Überwurf reicht ringsum auf den Boden und schützt mich vor jedem Blick.

Ich höre Vicky die Wohnzimmertür sanft schließen und spüre, wie die Bodendielen unter ihren Schritten schwingen. Ich bin dankbar für die mitteldicke Auslegware, die mir meine Lage erleichtert. Brauner Velour. Allerdings riecht dieser Teppich brandig nach Spiritus, daran muß ich mich erst gewöhnen. Doch bin ich unbesorgt, und mein Herz gibt Ruhe. Einmal wird Vicky in ihr Bad abtreten, am Schwingen der Bohlen und am Türenklappen werde ich es merken, und schon bin ich unterm Bett hervor und zur Tür hinaus wie eine Bö.

☆

»Zipsy«, sagt die mir wohlbekannte helle Stimme, »Zipsy...« und läßt ein paar Tschilplaute folgen. Dann summt Vicky ein Lied. Ich kenne es, weiß aber nicht, woher. Eine Tür geht. Welche? Ich muß, um sicher zu wissen, wohin sie sich wendet, außer der akustischen eine optische Orientierung erlangen. Also schaffe ich mir am Fußende durch Feststopfen des Tagesdeckenzipfels im Lattenrost einen Ausguck. Na wunderbar! Ich überblicke den ganzen unteren, an die Küche angrenzenden Teil des Raumes einschließlich der Badezimmertür, was mich sehr befriedigt. Die Tür zur Küche steht offen. Gedämpft ertönt von daher Vickys Summen. Links neben der Tür hängt ein großer goldgerahmter Spiegel, der mir den meinem Blick entzogenen Teil des Zimmers, das Bett, die Bistrostühle und den Vogelbauer zeigt. Ein Stuhl verschwindet fast unter einem schwarzen Wollmantel, der vorher nicht da war. Sie muß ihn getragen haben, als sie die Wohnung verließ.

Da kommt sie durch die Tür, die Frau Rosinski, immer noch in jenem feurigen Morgenrock und mit einem Keks in der Hand. Sie kaut und summt dabei, sie streicht eine Locke zurück. Ich hatte vergessen, wie schön gewölbt und schlohweiß ihre Stirn ist. Die Augen sind lauter und wach, der Zorn von vorhin ist verraucht. Als sie den Mund aufmacht, um das letzte Stück Keks hineinzustecken, erscheint die Lücke zwischen ihren oberen Schneidezähnen, und mit meiner Bewunderung für ihre Reize kehrt meine Sympathie für sie zurück. Ein verstohlener Lustschwall rieselt mir über die Leisten. Das hatte ich nicht erwartet hier unter'm Bett.

Ist es denn wirklich wahr, daß dieses göttliche Weib seinen Körper verkauft – an Kerls wie Kunstpelz und Loden, die sie zum Dreier zwingen und obendrein »Spezialitäten« verlangen? Vicky, ich werde als Teschner-Yuppie genug absahnen, um dir so viele Seidenpapierschmetterlinge zu kaufen, daß du damit handeln kannst. Du bekommst einen grünen Papagei, und wir fahren zu Ostern nach Rom. Wie wär's, wenn ich jetzt hervorschösse, vor ihr auf die Knie fiele und sie um ihre Hand bäte? Sie hat mir die Tür ins Gesicht geschmettert! In ihren Mienen stand kein Funken Freude. Wenn nur der Teppichboden nicht so röche, mir wird ganz schlecht davon.

Sie geht herum und räumt ein bißchen auf. Der Wollmantel landet an einem Haken neben der Badezimmertür, der abgefallene Fühler eines Seidenfalters im Papierkorb und die Kekskrümel vom Tisch im Plastiktopf der Arekapalme. Sie geht ganz nah an mir vorbei, auf roten Haussandalen mit Absatz. Ich könnte ihre Fesseln fassen.

Vicky fängt ihr Bild im Spiegel auf und stutzt. Sie tritt nah an die Wand vor ihren Anblick hin, so kann ich sie ganz sehen. Etwas beunruhigt sie. Sie rafft den roten Stoff um die Figur, wie um die Silhouette zu prüfen, ihr Blick drückt Zweifel aus. An ihrer Schönheit? Den könnte ich zerstreuen. Sie selbst wohl auch. Die Musterung geht über in fromme Selbstanbetung. Das Fragezeichen schmilzt von ihrer Stirn. Sie strahlt sich an, senkt die Lider und haucht, mit künstlich runtergedrückter Stimme:

»Darf ich vorstellen: Meine Cousine Marion.« Wieder sitzt der Nasal nicht ganz richtig. Die Federn am Ausschnitt kitzeln ihr Kinn, sie streicht sie beiseite. Dann öffnet sie vorn einen Knopf, schlägt mit überraschender Grandezza die Mantille auf und schleudert sie über die Schultern von sich.

Zum Vorschein kommt ein Weib wie ein brennender Dornbusch. Von Kopf bis Fuß ist sie in rotes Spitzenzeug gezwängt. Sie steht in Ruhe da und schätzt den Eindruck ab, den sie erweckt. Ihr BH ist aus scharlachroter Seide, und er weist an den äußersten Zuspitzungen beider Körbchen, da, wo normalerweise die weiblichen Brustwarzen von der Miederindustrie plattgedrückt werden, je einen kreisrunden, straßbesetzten Ausschnitt auf. Durch diese Öffnungen drängen Vickys Busenspitzen rosig, voll und zielbewußt ins Freie. Wie zwei Granaten sind sie in den Raum gerichtet, und Hilfe! die Nippel stehen rot und riesig ab wie Aufschlagzünder. Mir ist der Atem weggeblieben, und als er wieder einsetzt, drücke ich die Hand vor die Nase, weil ich fürchte, laut nach Luft zu schnappen.

Vicky trägt keine Corsage oder sonst schwere Montur – das hat sie nicht nötig. Die gütige Natur tat alles, um Taille und Hüften in ein rasantes Kurvenverhältnis zu setzen, und Marion pfuscht ihr nicht hinein. Sie bietet ihre Wespentaille nackt dar, nur den Nabel verbirgt sie hinter einem Röschen aus Samt. Wie hält das da bloß? Über die

Hüften schlingt sich ein Strumpfbandgürtel, auch er in Rot, in krassem Purpur. Vom Gürtel abwärts streben bestickte Strapse senkrecht die Schenkel entlang bis zum Saum eines rosaroten Seidenstrumpfs. Dieser Saum, von altmodischen Strumpfhaltern mit Gummiknopf und Schnalle festgehalten, ist mit pinkfarbenen Rauten verziert, zwischen denen fuchsiarote Laméeherzen blitzen.

Vicky knurrt. Ihre Freude am Selbst scheint zu schwinden. Sie haut sich auf die freie Partie zwischen Strumpfsaum und Slip und seufzt:

»Weeßte, Zipsy, meene Beene werden imma fetta.«

Für Vickys Schenkel hat der Herrgott eine Extra-Ladung Ton beansprucht. Er hat immer noch mal was draufgeklatscht und am Ende übertrieben, so daß die Proportion litt. Aber in dieser Bekleidung, durch den Gürtel begrenzt, durch die Strapse geteilt und durch den Strumpfsaum wie mit einer köstlichen Tätowierung geschmückt, machen die Schenkel in ihrer Kraft und Fülle überzeugende Figur. Bleib so stehen, Liebste, bleib so stehen.

Vickys Höschen ist ein kirschrotes Kunstwerk aus Biesen und Volants, das ihr rundes Gesäß leider ziemlich vollständig bedeckt und nur die beiden Kreuzgrübchen freigibt. Der Spiegel zeigt mir, daß dieser Ausbund von Slip es vorn bei einem knappen Dreieck beläßt. Eine Handbreit unter'm Nabel klafft in der violetten Seide ein Schlitz, der gleich im Schritt verschwindet und dem Auge des Betrachters verborgen geblieben wäre, wiese nicht eine rosa Rüsche mit schwarzer Kante extra auf ihn hin, über das glänzende Dreieck hinaus und in die Schenkelansätze hinein wuchert Vickys Schamhaar kraus und frei. Es ist rot.

Als plötzlich die Bohlen knirschen, weil ich nicht anders konnte als mich in Bewunderung regen, halte ich erschrocken inne – gegen den Protest meines animierten Beckens, das in eigener Regie weiterschaukelt und so noch einmal ein schwaches Jammern aus den Dielen herausholt. Vicky ist es offenbar gewohnt, daß ihre Dielen jammern, denn sie merkt nicht auf. Ich halte mir die freie Hand vor Mund und Nase, denn wenn *ich* ächze, klingt es menschlich.

Sie hat von sich selbst genug und steigt aus den Schuhen. Mürrisch die Unterlippe vorschiebend löst sie die Strümpfe aus den Haltern. Da fällt ihr was ein. Sie richtet sich auf und schnaubt. Die Nase erhoben, die Titten im Anschlag, die Strümpfe auf Halbmast, stößt sie hervor:

»Ne Krawatte hatta umjehabt, der Blödmann.« Das ging auf mich, und es gibt mir einen Kick. Ich drehe mich auf die Seite, wo ich wie ein Embryo kauere und größere Bewegungsfreiheit genieße. Das kurze Knarzen des Bodens mischt sich in das atmosphärische Rauschen, wie es jedes Berliner Mietshaus durchdröhnt, wie es mich und Vicky nicht stört. Vorsichtig krabble und rutsche ich herum, weil ich die bequeme Seitlage mit ungetrübtem Ausblick durch das Guckloch vereinbaren muß. Es gelingt. Hosianna! Ich schaue. Ich atme. Ich verehre einen glühenden Rosenstrauch.

Vicky takelt ab. Sie rollt die Strümpfe von den Beinen und riecht an ihnen. Sie löst das Knickschloß ihres Gürtels und nimmt das Purpurteil vom Leib. Sie wickelt es um die rosa Strümpfe. Zipsy ruft ihr etwas zu. Sie lächelt in seine Richtung, liebreicher als je in meine.

»Iiih«, sagt sie plötzlich und »Äächch« und greift sich, das Gesicht verziehend, nach hinten durch unter den Slip, um sich am Arsch zu kratzen. Sie kratzt versessen und entblößt ihre Zähne dabei. Was für ein Bild! Ich wollte mich eigentlich steigern, war drauf und dran, vor dem Weib in der roten Rüstung bis zum Knall zu wichsen, aber wie sie da jetzt aus den Sachen steigt und sich die Hinterbacken kratzt, kehrt urplötzlich meine Angst vor quietschenden Bohlen zurück, und der Gestank des Teppichs stört auch ungemein. Ich bringe mir die Jeans in Ordnung und frage mich: Wie komme ich bloß hier weg? Habe Lust, die Augen irgendwo anders zu schließen, wo ich in Sicherheit bin, und alles im Geiste nochmal zu erleben.

Eins ist nämlich neu für mich – und das ist das Wunder der Wäsche. Fand ich doch bis heute dieses ganze Strapszeug blöd. Oft genug hab ich mich gefragt, warum so viele Männer ihre Liebhaberinnen in Panzer aus abgefeimten Textilien stecken und sie dann noch bumsen, ohne sie zuvor befreit zu haben. Ich bedauerte diese Potenzgestörten, die ohne Pumps und Seidenstrumpf nichts fühlten. Ist nicht das Weib als solches, dachte ich, nackt und bloß und blank, ohne Firlefanz und Posamenten, der Schöpfung schärfste Krone? Kann man durch Putz und Styling an diesem absoluten Wunderwerk was bessern?

Jetzt verstehe ich alles. Habe ja nicht gewußt, wie effektvoll so ein Plunder die weibliche Plastik herausschält. Konnte es nicht ahnen. Jemand hätte mich hineinziehen müssen in diese künstlerische Welt. Nun habe ich meine Jugend zwischen Baumwollslips und bäurischer Nacktheit vertan. Aber es ist nie zu spät. Gleich morgen inspiziere ich die Moabiter Dessous-Läden. Ob Vicky nur Rot trägt? Dann weiß ich, was ich ihr zu Weihnachten schenke. Entronnen dem Reich der Teekannenmützen, nahe ich Vicky mit Schlangenhaut-Pumps. Und wie wird eine schwarze Garnitur die Perlmutthaut und das Fuchshaar kleiden? – Na also, jetzt geht sie ins Bad. Der Augenblick ist da. Do swidanja, Vicky.

☆

Die Hand auf der Klinke entscheide ich mich um. Mir fällt ein Satz aus einem amerikanischen Roman ein, nach dem ich mich schon immer mal richten wollte. Ich mache kehrt und setze mich in einen Bistrostuhl, in voller Lebensgröße. Zwar schwitze ich und fürchte mich, doch ich weiß mich gestärkt von jener Botschaft aus dem amerikanischen Roman – wie hieß sie gleich: »Das Offensichtliche läßt sich immer glaubhaft machen.« Das Offensichtliche in diesem Fall bin ich.

Vicky, die aus dem Bad kommt, in Zivil und mit offenen Haaren, traut ihren Augen dennoch nicht. Erst guckt sie, dann erschrickt sie, dann versucht sie, den Augenschein zu leugnen. Sie zieht die Stirn kraus und streckt den Kopf vor. Ich lächele:

»Ich bin's.«

»Wie bist du rinjekomm'n?«

»Die Tür stand offen.«

»Det is ausjeschlossen.«

»Also gut: Ich kann durch Schlüssellöcher fließen.«

»Hat Stubs dich rinjelassen?«

»???«

»Meene Nachbarin. Sie is manchmal 'n bißchen zu freundlich.«

»Oh, das kann ich nicht finden.«

»Na schön. Wo du mal da bist: Wat kann ick für dich tun?«

»Ich wollte dich einfach nur wiedersehen. Schließlich... weißt du noch, wie wir...«

»Oooh Igor, nich diese Version.«

»Du warst sehr lange weg.«

»Offen jestand'n: Für dich bin ick jar nich erst wieder jekomm'n.«

»Warum hast du mir dann eine Karte geschrieben?«

»Weeß ick nich mehr.«

Pause. Zipsy hüpft ein paar Hüpfer und knabbert einen Sonnenblumenkern. Ich schaue Vicky an und sie mich nicht. Sie trägt das Sweatshirt mit der Skyline von Manhattan drauf.

»Wer waren diese beiden Herrschaften vorhin, was wollten die?«

»Laß jut sein, Igor.«

Sie schöpft tief Luft und blinzelt. Lächelt sie? Nein, nicht. Aber sie geht in die Küche und kommt mit zwei Cola-Dosen und zwei Gläsern zurück. Das ist mal ein Anfang.

»Hier.«

»Danke.«

»Nu sag schon, was haben die zwei bei dir gewollt?«

»Leonard und Bobbie?«

»Ja, die.«

»Det sinn Kunden. Sie melden sich an, kreuzen uff, und ick bediene sie.«

»Womit?«

»Blllll... Komm, Igor, du weeßt doch, wat los is. Wat soll det Jetue.«

»Bin ich ein Hellseher? Du hast mir nie was gesagt. Wie soll ich wissen...!

»Also jut. Ick vakoofe meene phantastische Figur. Für Jeld. An Männer. Zufrieden mit der Auskunft?«

»Warum hast du von mir nichts verlangt?«

»Det war wat anderet.« Pause. »Dich ha' ick für't Herz jebraucht.«

Ich hatte schon vergessen, wie hübsch ihre Hände sind: schmale, bewegliche Gebilde mit blanker Haut, auf der ein Schimmer spielt.

»Wie war es in Rom?«

»Klasse. – Hör zu, Igor, et jibt uns beeden nischt, wenn du mich ausfrachst. Du bist jetzt vor'n Kopp jeschlag'n, tut mir leid. Aber wenn du...«

»Warum bin ich jetzt nicht mehr der Richtige für's Herz?«

»Na, du wirst dich mit mir nich mehr einlassen woll'n, dafür is'n Typ wie du zu spießig.«

»He, das...«

»Und außerdem ha' *ick* Schluß jemacht, det müßte doch

bei dir anjekomm'n sein. Ick war schon mal mit jemand wie dir zusamm'n, ziemlich lange sogar. Et endete im Fegefeuer. Ick bin zu freiheitsliebend.«

Ich nicke verstehend und artikuliere langsam:

»Mar-tin.«

»Wat –?«

»Du hast seinen Namen gerufen. – Damals, unter'm Potsdamer Platz, als du – kamst.«

Sie nimmt einen tiefen Schluck Cola und schrammelt mit dem Fingernagel an Zipsys Gitter entlang. Traut sich nicht, mich anzusehen und verfällt wieder ins Summen. Dann sagt sie:

»Porco Miseria« und:

»Seit wann trägst'n du Krawatten?«

»Ich wollte dir imponieren.«

»Soso.«

»Wie bist du eigentlich drauf gekommen – daß es im Dunkeln so toll sein soll?«

»Is' doch ejal.«

»Ich möchte es wirklich gern wissen. Wie bist du –«

»He, nerv mich nich. – Heinzi hat mich drauf jebracht.«

»Der Typ aus dem Fröhling?«

»Ja.«

»Du hast es mit Heinzi im Wartehäuschen ge-«

»Quatsch. Von ihm weeß ick, det die Dunkelheit 'n Kick jibt.«

»Und warum redest du mit jemand wie Heinzi über so intime Dinge?«

»›Jemand wie Heinzi‹... Du hast Vorurteile.«

»Wieso? Ich wundere mich nur...«

»Ick sach dir, warum ick mit ihm rede. Weil wir Kollegen sinn und zusammenarbeeten.«

»Kollegen!«

»Wir machen et beede für Jeld. Wat dajejen?«

»Ja.«

»Oho, wir ham hier 'n hochmoralischen Herrn.«

»Ach du liebe Zeit.«

»'N hochmoralischen Herrn, der immer nur die Wahrheit sacht und total uff Legalität steht, wa? Jetzt kann ick's dir ja sagen, Igor, du Hochstapler, ick hab jemand losjeschickt, bevor ick nach Italien abging, der 'n paar Erkundigungen über dich einjezogen hat. Ick war tatsächlich in dich vaknallt jewesen, ick faß et ja selbst nich. Aber ick wollt nich noch mal an so'n Verlierer jeraten. Det hatte ick jehabt, vastehste, und det hatte nich nach mehr jeschmeckt. Diesmal wollte ick uff Nummer Sicher jehn.«

»Auf Nummer Sicher...«

»Und wat kam raus? Gegen dich war meene erste Liebe der reinste Krösus jewes'n. *Nischt* hat Igor Marenge, keen' Job, keen Jeld, keen Jar Nüscht. Macht Jelejenheitsarbeeten, uff deutsch jesacht Gaunereien. Und dann isser auch noch'n Ossi. Hahaha! Und wat det Tollste is: Er hat 'ne feste Freundin. Inclusive Heiratsabsichten etceterapepe. Irgend'ne Tussi war bekloppt jenuch, uff diesen Blender rinzufall'n. Armet Meechen!«

Sie steht auf und rennt in die Küche nach Bier, rennt noch mal hin, weil sie den Öffner vergessen hat und schenkt sich rasch und gurgelnd, viel Schaum erzeugend ein. Ich kriege nichts.

»Und wen hattest du auf mich angesetzt?«

»Na, rat mal.«

»?«

»Du kennst ihn.«

»!«

»Jenau. Heinzi.«

»Und wie hat er...?«

»Det war überhaupt keene Schwierigkeit. Er brauchte nur rauszufind'n, wo ihr hin seid, nachdem det ›Bella Ciao‹ abjebrannt war...«

»Ou... mmnn.«

«...und in dem Schuppen so zu tun, als sei er da schon länger Jast...«

Stille. Zipsy wetzt seinen Schnabel und äugt in Richtung Fenster, Richtung Freiheit. Vicky stillt ihren Durst. Mein Magen verwandelt sich in eine drohende Faust, die mich von innen in den Überbauch boxt. Ich finde keine Worte. Daß sie mich in Eifersucht hat braten lassen, als sie mit einem ominösen Beschützer nach Rom durchbrannte, daß sie mich in Todesangst versetzt hat, seit ich ahne, welches Gewerbe sie betreibt, nichts davon nehme ich ihr so übel wie dies: daß sie mich hat ausspionieren lassen und meine treuesten Freunde dazu gebracht hat, unwillentlich gegen mich zu zeugen. Nicht zu mir ist sie nach ihrer Rückkehr als erstem gegangen, sondern zu jenem Kellner aus dem »Fröhling«. Und als der ihr gesagt hatte, was er wußte, gab's für sie keinen Grund mehr, mich noch anzurufen. »Vergiß ihn«, wird Heinzi gesagt haben. Darauf eine Cola-Rum.

☆

Ich sitze und schwitze. Ich müßte verschwinden, komme aber nicht von dem Bistro-Stuhl hoch. Vicky ist, seit sie mir gesagt hat, was sie von mir hält, freundlicher. Sie besorgt auch mir ein Bier. Sie bedeckt Zipsys Bauer mit einem Überwurf aus lila Tuch und schaut mir dabei ins Gesicht. Ihr lächelnder Mund entblößt endlich die Zähne samt Ritze. Da wird es mir leichter. Ich frage:

»Mit wem warst du in Rom? Mit einem Freier?«

»Bewahre! Ick hab's dir doch jesacht: mit 'nem Kunstexperten, Onkel von meiner Freundin. Der hat uns beede injeladen, er kriecht soviel Spesen.«

»Und du mußtest nicht mit ihm dafür –«

»Herrje! Der weeß doch jar nich, det ick sowat professionell mache. Für den bin ick 'ne Kassiererin bei Karstadt. Außerdem isser 65 und ziemlich vakalkt.«

»Dann warst du in Rom ganz alleine?«

»Nö, wieso. Ick hatte Margit und Onkel Wolf...«

»Das mein ich nich. Ich meine: du hattest keinen Mann dabei...?

»Wer sagt denn sowat? Ick har mir'n kleenen Römer uffejeles'n. Aber der hatte Läuse.«

»Warum kannst du nicht einfach nur als Kassiererin arbeiten?«

»Da würdste mir heiraten, wa?«

»Zum Beispiel. Warum kannste nich –«

»Weil det Jeld nich reicht. Is furchtbar einfach.«

»Aber mit den Überstunden –«

»Wat willste denn? Von mir ernährt wer'n?«

»Ich will dir sagen, daß du'n saugefährlichen Job machst, bei dem du dir den Tod...«

»Nu jeht et aber los.«

»Du weißt, was ich meine. Du kannst dir den Tod holen, Vicky!«

»Ach Scheiße. Dir jeht bloß selbst die Muffe, wa? Keene Sorje, Süßer, ick bin Profi. Ick weeß, ob eener sauber is.«

»Weißte das auch bei den beiden von vorhin?«

Sie nickt und grinst frech.

»Klaro.«

»Wieso eigentlich kommen die zu zweit? Treibt ihr es im Dreieck?«

»Kann man so sagen.«

»Was sind das für welche? Woher weißt du, ob die clean sind?«

»Ick weeß et eben. Übrigens kann et mir wurscht sein.«

»Wurscht?«

»Kiek ma: Leo und Bobby sinn schwul. Een richtich süßet Paar, die beeden.«

»Schwul?« Ich muß erbleicht sein, denn Vicky sagt:

»Jetzt fall'n dir aber die Zähne raus.«

»Wenn die schwul sind, was suchen sie bei dir?«

»Kann ick dir sagen. Jeder von beeden kommt uff Touren, wenn er sich den andren mit 'ner Frau im Bett vorstellt. Det macht die zwee an, tierisch. Und damit se sich's nich immer nur vorstell'n müssen, kommen se zu mir –«

»Sie sind also bi?«

»Nee, überhaupt nich. Die machen jar nischt mit mir. Ick muß mir nur in 'nem scharfen Fummel neben Leo räkeln, denn kommt Bobby rin, schmeißt mich aus'm Bett und –«

»Schmeißt dich aus'm Bett?«

»Det tut nich weh. Er jibt mir bloß'n Schubs. Und ick jeh in die Küche und laß die beeden sich hier austoben.«

»Das ist alles?«

»Jibt noch'n paar Versionen. Manchmal räkel ick mir neben Bobby, und Leo kommt rein, und manchmal laß ick ihnen die Wäsche zum Spielen da –«

»Oouh, das is' ja zum Wimmern.«

»Wieso? Für mich is det 'ne feine Sache. Ick komm schlank dabei weg.«

»Was löhnen sie?«

»Betriebsjeheimnis. Ick sag bloß: reichlich. – Und dann trinken wa Kaffee.«

»Ihr trinkt Kaffee?«

»Wieso nich? Ick mag meene Kund'n. Und ick backe tolle Schoko-Kekse.«

»Habt ihr heute auch Schoko-Kekse gegessen?«

»Hamwa. Leonard und Bobby sind verrückt nach den Dingern. Wat is denn, willste ooch? Meene Spezialität.«

☆

»Warum bist du damals weggelaufen – als Bella gebrannt hat?«

»Erinner mich nich daran! Du warst jrade in't Jewühl

vaschwunden, da ham mich zwee Rettungsfritzen beim Schlafittchen gepackt und inne Ambulanz verfrachtet, eh ick papp sagen konnt. Det war die reinste Entführung. Die dachten, weil ick schwarz in't Jesicht und annen Sache war, det ick 'n Brandopfer wär. Ick har noch nach dir jerufen, aber det jing allet viel zu schnell.«

»Du lieber Hermann!«

»Ick kann dir sagen!«

Sie schaut mich an, gütig, aber entschieden, als wolle sie die Happy hour schließen und mich zur Tür hinauskomplimentieren. Ich muß daran denken, daß sie keinen Slip angehabt hat an jenem Abend, und ich möchte gern wissen, ob die Rettungsfritzen aus diesem Umstand einen Vorteil gezogen haben. Traue mich aber nicht zu fragen und frage statt dessen:

»Was machst du mit Zipsy, wenn du verreist?«

»Den füttert Stubs.«

Ich habe mich verplappert, und sie hat es gemerkt. Schließt plötzlich die Lippen, legt den Kopf schief und fixiert meine Nasenwurzel. Sie murmelt:

»Warte mal. Woher weeßt du, wie meen Kanari heeßt?«

»Ohh – Wie heißt er denn?«

»He. Erzähl mir nich, ick hätt beim Abgang auch noch Zipsy jerufen.«

»Nu laß doch –«

»Ick will's wissen.«

»Deine... äh, deine Nachbarin hat es mir gesagt.«

»Wat hat se *noch* jesacht?«

»Nix. Ich sah den Vogel und hab sie gefragt: Wie heißt er? Wollt mich'n bißchen mit ihm unterhalten, während ich auf dich warte.«

Wie um meine Worte zu beglaubigen, läßt Zipsy einen Piepser ertönen. Vicky scheint nicht ganz überzeugt, seufzt aber versöhnlich, zieht eine Stirnlocke zur Nasenspitze runter und zwirbelt sie gedankenvoll zwischen Daumen und Finger. Mir wird flau zumute. Warum sagt sie nichts? Ich verspüre einen Velourfussel in meinem Rachen und hüstele.

»Wie alt bist du eigentlich, Vicky?«

»Neunzehn.«

»Laut Paß oder als ›Marion‹?«

»Ach, leck mich.«

»Ich wußte gar nicht, daß man das auf die Reihe kriegt: im Supermarkt kassieren und nebenbei anschaffen –?«

»Kriecht man ooch nich. Ick har jekündigt.«

»Dann isses dir Ernst...«

»Womit?«

»Mit'm Anschaffen.«

»Na, wat denkst'n du!« sagt sie und gähnt. Sie sagt noch einiges mehr. Es klingt nicht unfreundlich, aber es ist ein Rauswurf. Sie will mich nicht wiedersehen, und zwar weil sie mich mag. Ich könnte alles gefährden, was sie sich vorgenommen, eingerichtet, ausgetüftelt hat in Sachen Zukunft. Sie ist nicht neunzehn, sondern sechsundzwanzig, und die Zeit läuft ihr davon.

»Und wenn ich zahle?«

»*Ich* entscheide.«

»Ich denk, du magst mich.«

»Ebent.«

Sie steht auf, ich auch. Meinen geschickten Versuch, ihr zum Abschied mit den Händen erst unverfänglich die Oberarme zu drücken, dann aber auf den Busen überzugreifen, pariert sie durch ein entschiedenes Schütteln des Thorax und die fünf Silben:

»Igor – aus die Maus.«

»Warum hast du mir nicht gesagt, daß du von drüben bist?« frage ich sie an der Tür.

»Warum hast du's nich jesacht? Übrigens: Marion is jeborene Kreuzbergerin und mit allen Wassern jewaschen.«

»Hast du keine Angst, daß du schizophren wirst?«

»Ach wat. Ick bin jeübt. Schon Vicky is'n selbstverliehner Titel. Uff meener Jeburtsurkunde steht Petra.«

Det is nu ooch ejal.

12. Kapitel

Der lächelnde Kurier

Ob die U-Bahn noch fährt? Aber so spät ist es gar nicht. Für mich war'n das Stunden und Tage, ein Zeitalter fast in der Freiligrathstraße. Was habe ich alles zu Grabe getragen: zehn Pud Hoffnung, die dem ersten Blick auf Vicky gefolgt waren, damals, als ich Schlange stand, nicht nur um meine Waren zu bezahlen, sondern um *sie* anzusehen und wunderschön zu finden. Vicky, wenn ich erst meinen Vater wiedergefunden habe, Igor Schettler, der ein berühmter Erfinder und in Amerika reich geworden ist, dann werde ich ein Krösus sein und du wirst dir in den Arsch beißen, daß du nicht auf mich gesetzt hast. Ich werde mit meiner Ehefrau, einer rothaarigen Southern Belle, die Strapse trägt, bei dir vorbeischauen, und du wirst alles zurücknehmen, was du je über mich und meine Aussichten gedacht hast. »Ich liebe dich noch immer«, wirst du sagen, und ich darauf: »Dein Pech.«

Die Gneisenaustraße, deren östliches Ende der Südstern bewacht, ist eine Magistrale mit begrünter Mitte, wo einst angetrunkene Kutscher auf die Hälse ihrer Gäule eingeschlagen haben – man hört noch den Hufschlag, wenn man diese prächtige Straße, die jetzt im Nachtfrost erstarrt, unerschrocken entlangblickt. Vorsicht vor dem grauen Pulver in der Gneisenaustraße! Wegen seines hohen Anteils an historischem Pferdemist ist es ziemlich konzentriert; atmet man tief durch, hat man gleich eine Überdosis weg. Da ich mir dieser Gefahr bewußt bin, tauche ich blitzartig in die U-Bahn ab.

☆

Die Heinrichstraße ist zur Ruhe gekommen. Unter'm billigen Licht der Bogenlampen schlummern die Lieferwagen. Ein untersetzter Typ mit Baskenmütze führt seinen Hund spazieren. Sonst ist kein Mensch zu sehen. Ich werde schlafen und schlafen, drei Tage und drei Nächte lang. Ich werde alles in Träume auflösen: Vicky und den brennenden Dornbusch, Leonard und Bobby, Onkel Wolf und Zipsy. Wenn ich erwache ist Weihnachten, und Großvater schenkt mir sein kostbares, weinrotgoldenes Exemplar der »Odyssee«.

Ich grabble gerade nach meinem Schlüssel, als der untersetzte Typ seinen Hund vom Boden reißt, auf den Arm nimmt und in Laufschritt fällt – auf mich zu. Nanu. Den kenn ich doch! Was gibt denn das?

»Endlich, Igor«, ruft Wenzel und trippelt vor mir auf der Stelle wie ein Kind, das mal muß. – »Endlich.«

»Was ist los?«

Wenzel zwingt sich zum Stillstehn und drückt sich seinen Deckel in die Stirn. Dann sieht er mich mit einem Lächeln an, das mir nicht gefallen will. Der Hund zappelt. Er gibt unmutige Fieplaute von sich. Ist das nicht Nuschke?

»Was gibt's denn?«

Wenzels Lippen zittern plötzlich, und um das Zittern loszuwerden, küßt er den Hund auf den Kopf.

»Sie haben Juni verhaftet«, stößt er hervor. – »Und abgeführt. Du mußt Nuschke zu dir nehmen, Igor.«

»Langsam. Wer hat Juni verhaftet?«

»Die Polizei. Mecki ist sofort los, einen Anwalt aufgabeln. Chagdas ist bei Junis Mutter, um sie –«

»Juni ist abgeführt worden? Aber warum?«

»Igor, du –«

»Die paar Mauerbrocken und Souvenirs, die Juni verkloppt hat –«

»Es ist nicht deswegen.« Wenzel schluckt. »Juni hat bei sich zu Hause einen Laser-Drucker stehen.«

»Na und?«

»Er hat das Ding nicht zum Kopieren von Familienphotos benutzt, sondern zum Kopieren von Banknoten.«

»Nee!«

»Doch. Falschgeld hat er gedruckt, Igor. Einwandfrei.«

»Falschgeld...«

»Die Bullen haben ihn geschnappt, als er gerade mittendrin war im schönsten Blütendrucken. Er hat keine Chance, die Sache sieht finster aus.«

»Lamm Gottes.«

»Wir wollen bei den Freunden sammeln, für einen guten Anwalt, verstehst du. Wir wissen, du hast nichts. Aber wenn du was auftreiben könntest...«

»Klar. Völlig klar.«

»Ich hätte Nuschke selbst genommen, aber Siegmund hat eine Tierhaare-Allergie. In Junis Familie hamse schon 'n Hund, und man weiß nicht, ob die zwei sich vertragen würden...«

Oh Juni. Mir ist, als hätte mich der Freund mit seinen tollen Zähnen in die Brust gebissen. Geld hat er gedruckt – und sich erwischen lassen, dieser Idiot, dieser dreimal verfluchte.

»Wann ist es passiert?«

»Heute nachmittag.«

»Kann man ihn besuchen?«

»Klar. Du mußt Mecki fragen. Der ist zu den normalen Zeiten in der Werkstatt.«

Wenzel streichelt Nuschkes Kehle. Er glotzt mir unverwandt ins Gesicht. Dann hält er mir das Tierchen hin.

»Nimmst du sie?«

O shit. Jetzt bin ich fällig. Ich habe nichts mit Hunden am Hut, aber wenn es das ist, was ich für Juni tun kann...

»Klar nehm ich sie.« Wenzel seufzt erleichtert auf und drückt den Hund noch einmal an sein Kinn. Dann tänzelt er wieder los. Geschäftig stochert er in seiner Hosentasche.

»Ich hab dir einen Zettel gemacht«, sagt er, »da steht drauf, was sie frißt und wann sie gegen Tollwut geimpft werden muß und was du sonst noch so wissen mußt.«

Steif nehme ich den Zettel entgegen; ich betrachte das herrenlose Geschöpf auf Wenzels Arm mit Widerwillen. Es hechelt und ängstigt sich, es fühlt, daß sein Leittier Opfer eines feindlichen Rudels geworden ist und daß es selbst nur durch Zufall überlebt hat.

»Hin und wieder hab ich mit Juni zusammengearbeitet«, sage ich in klammem Ton. – »Er hat mich immer prompt bezahlt.«

Wenzel grinst. »Mit Blüten! Wenn du noch welche rumliegen hast, sieh zu, daß du sie los wirst. Und mach dich darauf gefaßt, daß die Polizei bei dir aufkreuzt. Die suchen natürlich nach Hintermännern.«

Hintermänner! Als ob Juni so was nötig gehabt hätte! Wenzel holt noch eine Dose Hundefutter hervor und steckt sie mir in die Jeanstasche. Dann drückt er mir Nuschke in den Arm. Das verängstigte Tier krümmt sich heiser quiekend an meiner Brust. Wenzel senkt den Kopf und wippt in den Knien.

»Ich glaube, ich mach's richtig«, sagt er, »daß ich die Kurve kratze. Hier im Kiez ist alles hinüber. Bella ist Asche, und Isaac haut ab. Du gehst nach Genf oder Chicago und – auch wenn sie Juni nicht einlochen... Es wird nie wieder so, wie's mal war.«

»Nee, wird's nicht.«

»Paß auf die Kleine auf. Und nimm sie mit, wenn du Juni besuchst. Damit machst du ihm 'ne große Freude.«

»Jaja.«

»Vielleicht kannst du vor Gericht bezeugen, daß Juni versucht hat, die Digitaltechnik zu verbessern...«

»Ja, vielleicht.«

»Kurz nach Neujahr komm ich noch mal wieder, meinen restlichen Kram holen. Ich ruf dich an. Wir treffen uns alle bei Paulchen...«

Er hält inne, wahrscheinlich um zu überlegen, ob dann überhaupt noch einer da sein wird. Aber er hat noch etwas anderes im Sinn. Denn er grinst verschlagen, geht in die Knie und deutet einen Kasatschok an.

»Im neuen Jahr«, sagt er mit spitzer Stimme, »werden die Stasi-Akten freigegeben. Die Hölle wird los sein in eurem Stinke-Berlin. Viel Vergnügen!«

Zum Abschied faßt er Nuschke bei den Ohren und schnurrt: »Guter Hund...« Mich blickt er liebreich an, zugleich voll Gram. Er haucht in seine Hände.

»Mach's gut, Igor.«

☆

Es ist bestimmt besser für Nuschke, wenn sie auf ihren eigenen vier Pfoten die neun Stiegen zu ihrer zukünftigen Behausung hochläuft und dabei schon mal mit der Nase den Duft meines Hauses verinnerlicht. Ich setze sie auf den Boden und mühe mich, angesichts ihrer bebenden Flanken, Mitgefühl in mir zu entzünden. Umsonst.

»Du gehörst Juni«, sage ich zu ihr, »deshalb nehme ich dich auf, nur deshalb. Ginge es um dich als Kreatur, so könntest du meinetwegen das Heer der Berliner Straßenköter vergrößern.«

Ob sie auf mich hört? »Nuschke!« In der Tat, es kommt ein Blick, todtraurig und verwirrt. Ich fasse die Leine kurz und beginne mit Nuschke den Aufstieg. Ihre Krällchen verursachen ein munteres, rhythmisches Kratzgeräusch auf den linoleumbezogenen Holztreppen. Ob Hauswart Bock Einwände gegen sie erheben wird? Oh Juni, was hast du getan! Du Schöps, du Obergonzo! Vielleicht hat ihn jemand verraten? Schorschi womöglich?

Bei mir zu Hause riecht es matt nach Rauch. Der Kachelofen ist runtergebrannt, das letzte in feuchtes Papier eingewickelte Gluthalte-Brikett zu Asche verglommen. Nuschke folgt mir ins Zimmer, läuft quiekend umher und schnüffelt angestrengt. In der Ecke vor'm Schrank nimmt sie Platz. Ob sie hungrig ist? Ach was, es ist Nacht. Ich falle aufs Bett.

»So ist es also gekommen«, sage ich vorwurfsvoll zu Nuschke. »Ich wollte immer eine Frau haben, am liebsten mehr als eine. Und bloß nie einen Hund. Schon gar keinen, der Nuschke heißt.«

Auf die Erwähnung ihres Namens hin jammert die Kleine kurz auf, windet sich und furzt. Sie steckt erst ihren Schwanz, dann ihr Hinterteil unter den Schrank und retiriert, vorsichtig rutschend, rückwärts ins Dunkle. Am Ende gucken nur ein Stück ihres Ohres und eine Pfote unter'm Schrank hervor.

»Aber Nuschke! Was machst du da?«

Ich stehe noch einmal auf und hocke mich vor meinen Schrank hin, um nach dem Vieh zu sehen. Nuschkes Augen glühen kupfern in der Finsternis, und sie knurrt leise, doch unheilverkündend. Laß gut sein, Nuschke, es hat genug Unheil gegeben. Sie furzt noch einmal und scharrt, als schäme sie sich. Ich ziehe mich mit steifen Händen aus und gehe zu Bett.

Da liege ich und finde keinen Schlaf. Die vorlauten Träume, die sogleich loslegen, wenn das Licht gelöscht ist und dafür gut sind, das erschöpfte Bewußtsein an den Rand des Vergessens zu führen, spielen verrückt und fahren so erregendes Material auf, daß ich ein um's andre Mal hochschrecke und nicht weiß, wo ich bin. Leonard und

Martin prügeln sich um Vicky, Heinzi steckt Bella an, Juni führt Schorschi ab und Isaac überprüft die Kassen des Minipreis auf Blüten. Dann erkrankt das komplette Personal meines Traums an AIDS und fliegt nach Rom.

Als ich endlich eingeschlafen bin, muß es Nuschke gefallen haben, aus ihrer Deckung hervorzukriechen und sich an mich heranzupirschen, denn sie leckt meinen Zeh. Ich bin wieder wach und ahne: Nochmal kommt die Ruhe nicht von selbst. Torkele ins Klo und suche auf dem Medizin-Regal das Schlaftablettenbriefchen, das Veit mir in der Trostnacht überlassen hat.

»Die Dinger sind stark«, hat er gesagt, »eine halbe genügt. Und nimm sie nur, wenn du ausschlafen kannst.« Es dürfte bald Morgen sein, wenn's auch noch duster ist. Ich schlucke zwei Stück.

☆

In meinem Traum ist es der Hund von Baskerville, der heult und droht und seine Augen-wie-glühende-Kohlen rollt, in meiner Stube ist es Nuschke, die anschlägt wie ein Kettenhund und eine respektable Stimmkraft beweist. Da klingelt's an der Tür.

»Halt die Fresse, du Mistvieh!«

Es ist nicht mitten in der Nacht, sondern kurz nach acht und voller Morgen, und Igor Marenge, von einem ungewohnten Medikament betäubt, erst nach großer Mühe fähig, sich auf seinen Namen zu besinnen. Während ich mit zitternder Hand meine Jeans schließe und den Dorn durch die Schnalle praktiziere, kommt es zurück, all das, wovor ich in den Schlaf geflüchtet war: Vicky in Rot, ihre Worte, ihre Kekse, ihre Schamhaare. Juni und seine druckfrischen Hunderter. Wenzel, Nuschke und die Polizei. Prompt sind die Jungs. Stören wie üblich zu nachtschlafender Zeit. Ich stolpere auf den Flur, mache kein Licht, weil mir das in den Augen weh täte und rufe, es klingt hohl und kratzig: »Wer ist da?«

»Der Kurierdienst.«

Eine Mädchenstimme. Ich öffne die Tür. Da steht eine zierliche Gestalt mit Schirmmütze und einer Mappe unter'm Arm. Ich gewahre nur ihren Umriß, denn es ist auch im Treppenhaus finster.

Heilfroh, daß ich für diesmal davongekommen bin, bitte ich den Kurier herein und murmele:

»Ich habe Sie erwartet.«

Das Mädchen gibt ein geflüstertes »Dankeschön« von sich und tritt über meine Schwelle. Ich schließe die Tür. Nuschke knurrt und ich knurre zurück: »Aus, Nuschke!« und taste nach dem Schalter. Die Flurlampe strahlt auf und gießt ihr Licht über Evelyn. Es ist Evelyn, die da steht und ihren Parka aufknöpft.

Der Hund ist dagegen. Er blafft. Doch Evelyn bückt sich sogleich, um ihn zu streicheln. Kaum hockt sie, hebt sie ihr Gesicht und lächelt mich an. Ich träume noch, denke ich störrisch, ich träume.

»Da kiekste, wa? – Ick bin's. Nu krieg dich ein.«

»Ent... schuldige. Ich... komm grad aus 'm Bett...«

»Det seh ick.«

»Ähm... (hust) Ich –«

»Mensch Igor, du schielst ja.«

»– bin eben erst aufgewacht.«

Sie lächelt milde und sagt: »Müssen wir deshalb auf'm Flur stehenbleiben?«

Unternehmungslustig hängt sie ihren Parka an den Haken. Ich stoße die Küchentür auf und bitte sie in den unaufgeräumten kleinen Raum. Immerhin habe ich einen Fichtenzweig an mein Fensterkreuz gebunden, der sorgt für ein freundliches Aroma.

»Moment noch«, krächze ich. »Ich komm sofort.« Und ich stürze in meine Stube und ziehe die Tür zu.

Was soll das? Was will sie hier? Wo sind ihre fünfundzwanzig Kinder? Wo ist mein Kamm? O du verklebtes Haargestrüpp, was läßt du dich schwer teilen! Socken. Schuhe. Ein frischer Pullover? Der schwarze Pullover. Ich muß jetzt auf's Klo. Wo kommt diese längst in die tiefste Abraumhalde meiner Erinnerung verbannte Person plötzlich her? Sie hat gelächelt. Die Schirmmütze steht ihr. Sie sieht aus wie früher. Bernd hat gelogen, sie hat niemals ein Kind nach dem anderen geworfen, sondern ihre Jugend bewahrt und zwar für mich. Igor, calm down, und zieh dir was an die Füße. Das Mädchen ist nicht hier, um dich zu verführen, sondern um dir den von Bernd Mölcharetz angekündigten Vertrag zu bringen. Sie arbeitet mit ihrem Bruder zusammen. Es ist alles ganz normal.

»Hallo, Evelyn. Dobrij djen!«

»Hallo, Igor. Wach geworden?« Sie hockt vor meinem Küchenofen und kratzt mit dem Feuerhaken die Asche los.

»Es ist noch Glut da«, sagt sie. »Soll ich aufschütten?«

»Laß mich das machen.«

»Netter Hund. Nuschke heißt er?«

»Hm.« Sie freut sich. Steht gutgelaunt da und klopft sich mit dem Feuerhaken gegen ihren Stiefelschaft.

»Nach dem alten Otto?«

»Exakt. – Hast du schon gefrühstückt?«

»Noch nich richtig. Nur'n Kaffee.«

»Soll ich uns 'n paar Eier braten?«

»Det wär toll.« Ich gehe ans Werk. Stelle fest, daß Nuschke mit Evelyn nach wenigen Minuten besser befreundet ist, als mit mir nach einer ganzen Nacht.

»Du bringst mir den Vertrag von Bernd, stimmt's?«

»Jenau. Du sollst ihn in meinem Beisein unterschreiben, und ick jeb ihn heute nachmittag dem Fernkurier mit.«

»Ich werde nicht unterschreiben.«

»Wat?!«

»Ich unterschreibe nicht.«

»Mensch Igor, mach keen Quatsch. Bernd rechnet fest mit dir.«

»Er findet an jeder Ecke einen stellungslosen Übersetzer.«

»Übersetzer! Er sucht keenen Übersetzer, sondern jemand, dem er vertrauen kann. – Außerdem find ick, det wir aus'm Osten zusammenhalten müssen.«

»Ich kann nicht weg. Ich hab'n Hund.«

»Jib ihn ins Tierheim.«

»Bist du verrückt?«

»Erzähl mir nich, daß du bloß wegen dem Hund hier...«

»Nee nee. Ich hab 'n anderes Angebot.«

»So? Wat denn?«

»Ich soll 'ne neugegründete Druckerei in Pankow übernehmen.«

»Übernehmen? Als was?«

»Als Leiter.«

»Vastehste wat davon?«

»Mein Boß sagt, det lernt sich.«

»Laß den Quatsch und komm mit uns nach Afrika.« Plötzlich hab ich 'n Schluckauf.

»Mit *uns*?«

»Ick bin ooch dabei. Als Chef vom Dienst. Ick mach die Koordination. Det hättste mir nich zugetraut, wa? Bernd sagt, ick bin echt begabt. Ick komme mit'm Computer klar und kann drei Sachen zur gleichen Zeit machen.«

Das glaube ich sofort.

»Und deine... deine Kinder?«

»Da mach du dir ma keene Sorjen drum. Setz deinen Friedrich-Wilhelm hier drunter, und ab jeht die Post. Nu los!«

»Ich hab fettige Finger, das siehst du doch. Leg die Mappe auf die Fensterbank und laß uns erstmal essen.«

Nuschke winselt. Sie will auch ihren Teil.

Ich geh raus auf den Flur, wo meine Jeansjacke hängt mit der Hundefutterdose in der Tasche. Ein paar Sekunden kann ich hier allein sein und mit dem Schluckauf fertig werden. Ich mache die Augen zu. Durch die Küchentür höre ich Evelyn mit Nuschke plaudern, ein heller, schmeichelnder Ton. Im Treppenhaus pfeift Herr Bock und klappert mit der Trittleiter. Bald wird die Treppenhausbeleuchtung heil, bald wird sie wieder kaputt sein. Vor meinem inneren Auge erscheint ein leuchtender grüner Fleck, und aus ihm windet sich eine Spirale heraus, die in allen Farben des Spektrums schillert, die groß und größer silbern rotiert und mein armes Hirn in Funken badet. Ich habe zu wenig geschlafen, ich habe zu viel durchgemacht. Was für ein Teufelszeug steckt in Veits Pillen – LSD? Immer habe ich mir gewünscht, daß Evelyn hier sei, und jetzt, wo sie gekommen ist, bin ich so erschöpft und überwältigt, daß ich im Stehen einschlafen könnte. Ich werde ihr nicht sagen, daß ich ihretwegen ausgereist bin, das werde ich ihr nie gestehen. Es hat ja auch gar nichts genützt… Ein Schwindel faßt mich an und bringt mich beinahe um meinen Stand. Ich halte mich am Garderobenhaken fest und drücke meinen Kopf in Evelyns Parka. Er duftet nach zu Hause, nach Haushaltsöl und Staub. O Evelyn!

Was wollte ich eigentlich hier draußen? Jetzt bloß nicht umkippen. Soll ich unterschreiben? Ich muß Juni warnen, die Polizei ist hinter ihm her. Mir wird es warm und wärmer, tierisch frei zumute. Die Spirale ist wieder da und schleudert aus ihren Rändern bläuliche Wunderkerzensterne heraus. Vicky bückt sich tief, um mich zu küssen, aus ihrem Bauch fällt eine samtne Rose auf mein Knie. Ich muß mich jetzt entscheiden. Ich muß mich aufrichten und atmen. Das klappt ja gar nicht so schlecht. Als ich die Augen öffne, ist das Feuerwerk vorbei und um mich nur mein Flur, so wie er immer war. Ich komme in die Küche rein, als ob nichts geschehen wäre und händige Evelyn die

Dose aus. Sie hat den Tisch gedeckt. Neben meinem Teller liegt ihre Mappe, darauf der Vertrag, zwischen Messer und Gabel ein schwarzer Kugelschreiber.

»Komm, setz dich«, sagt sie freundlich. »Und nu schreib deinen Namen.«

Ich habe ja immer getan, was sie gesagt hat, so auch heute. Sie guckt nicht mal zu, wie ich schreibe. Statt dessen öffnet sie die Hundefutterdose – ratz, ratz, ratz, flink und gewandt. Nuschke ist ganz Erwartung, sie jault verhalten. Das Papier riecht nach Weißbrot und Terpentin.

☆

Gesegnet seien die Muselmanen – waren sie es nicht, die einst unserer unvollständigen Zivilisation den Kaffee brachten? Auf mich wirkt der Türkentrank herrlich erquickend. Ich kann wieder spiralenfrei sehen, auch hat sich der Schwindel gelegt. Oder ist es Evelyn, deren Anblick mich weckt und freut und rettet? Sie äugelt über ihrem Spiegelei genauso wie damals in Friedrichshain; sie kratzt sich mit dem Zeigefinger hinter'm Ohr und senkt dabei die Stirn, als horche sie. Auch diese Geste kenne ich von früher. Sie kiekt mich an. Sie hat überhaupt keine Ähnlichkeit mit Vicky. Ihr Gesicht ist schmaler, ihre Mimik lebhafter, ihr Haar dunkler. Ihre Hände sind kürzer, fester und sympathischer. Daß sie, die ich so lange vermißt habe, – erst immerzu, dann jeden Tag, dann viel zu oft, dann manches Mal, – daß sie zurückgekehrt ist, erscheint mir als eine solche Erlösung, daß ich nichts essen mag, weil es nun nicht mehr nötig ist. Alle Wünsche sind erfüllt, alles ist ganz leicht geworden. Fast scheint es mir selbstverständlich und höchste Zeit, daß sie gekommen ist. Der Ofen strahlt Wärme ab, der Hund leckt sich die Schnauze, und der Fichtenzweig verströmt seinen Duft – das alles wäre gar nicht möglich ohne sie. Ich halte völlig still, um sie nicht zu verscheuchen. Ich esse doch ein bißchen Ei. Ich schaue sie an und an, um sie wiederzuerkennen. Sie redet und lacht. Und schließlich, als sie das Spiegelei verzehrt hat, beginnt sie zu erzählen.

Viel zu viel ist es ja, was so passiert in bald zehn Jahren, und ich stelle fest, daß ich etliche der Namen, die sie ganz selbstverständlich nennt, von Leuten, Orten und Ereignissen, die ihr was bedeuten, entweder nie gehört oder schlicht vergessen habe. Es gibt auch Sorgen, die man sich nur macht, wenn man im Osten wohnt. Daß zum Beispiel der eigene Bruder, der in den Westen entwichen ist, ungeschickt genug Kontakt aufnimmt, um die ganze Familie zu gefährden und der Mutter weiße Haare zu machen. Und daß ein sensibles Kind Eßstörungen kriegt, wenn die Lehrerin es gegen die eigene Oma aufhetzt. Dankbar bin ich Evelyn, daß sie Eberhard nicht erwähnt. Dafür geht's lang und breit um die Gören, und die interessieren mich sogar.

Zur Zeit leben alle drei bei Oma Cha-Cha alias Charlotte Wessdonck und Mutter meines Erzfeindes, eine, wie ich jetzt erfahre, starke und patente Frau. Sie hat in den Familienwirren immer Evelyns Partei ergriffen, denn einer jungen Mutter muß man beistehen, ohne Wenn und Aber, geht's doch um die Kinder. Oma Cha-Cha hat alle drei sofort ins Herz geschlossen, erst Thorsten, dann Astrid und schließlich die kleine Isabella – Kunststück, denn die drei, besonders die Mädchen, sehen hundert Prozent aus wie sie. All die Jahre war Oma Cha-Cha zur Stelle, wenn Evelyn krank lag oder ausgehen wollte und nahm die Gören einfach mit. Und die Kinder? Die gehen immer dahin, wo sie geliebt werden, und das werden sie bei Oma Cha-Cha. Als die Wiedervereinigung durch war, hat die gute Frau zur Mutter ihrer Enkelschar gesagt: *Du* kannst noch was aus dir machen. Geh in'n Westen und sieh zu, daß du ne Ausbildung nachholst, oder schnapp dir wenigstens 'n betuchten Mann. Aber versauer nicht in der Frankfurter

Allee. Die Kinder, die kommen zu mir! Da hat Evelyn gesagt: So muß es dann wohl sein, und hat einen Computer-Kurs belegt. Sie wohnt jetzt allein und besucht zwei Mal die Woche ihre Sprößlinge in Pankow. Aber die sind inzwischen so total auf Oma Cha-Cha eingeschworen, daß Evelyn von Glück sagen kann, wenn eins von ihnen sie mit'm Arsch anguckt.

»Macht dir das viel aus?« frage ich.

»Na ja, jeht so. Ick weeß, det is ne Phase, irgendwann kommse wieder uff mich zu.«

»Und jetzt willst du nach Afrika?«

»So isset.«

Sie erhebt sich und stößt dabei gegen meinen wackeligen Tisch, der ächzt und ein Stück verrutscht. Ich stehe gleichfalls auf und trete dabei Nuschke auf den Schwanz.

»Halt die Fresse!« entfährt es mir, als sie jault.

»Warum biste so jemein zu der Töle?« rügt Evelyn. Und schon ist sie im Wohnzimmer.

Ich wollte sie eigentlich von da fernhalten, bevor ich nicht Ordnung geschaffen und wenigstens das Bett gemacht habe. Aber was soll sein, sie ist drin und sieht alles.

»Ich wußte ja nicht, daß du kommst«, murmele ich. »Sonst hätte ich…«

Sie winkt ab. Ihr ist der Zustand meines Zimmers piepegal. Sie geht herum und berührt Gegenstände. Guckt dann zu mir herüber und fährt sich mit der Zunge über die Oberlippe. Ja, sie prüft meine Sachen auf Erinnerungswerte durch. Das Öllämpchen umschließt sie mit den Händen, dabei wechselt sie jedoch keinen Blick mit mir. Stattdessen erhebt sie langsam ihre Stimme:

»Bernd hat mir wat weitererzählt… Wejen der Jeschichte mit Astrid biste mir nich allzu böse, wa?«

O nein, bester Schatz, so was stecken wir doch mit links weg. Warum sollte ich wegen einer so klitzekleinen Nebensache böse sein? Im Grunde war's ja bloß ein schräger

Witz. Soll ich ihr eine scheuern? Will sie ihren himmelschreienden Verrat mal eben so bei kleinem, die Hände auf der Lampe, zwischen zwei hochwichtigen Aufträgen für die Firma Mölcharetz und Schmude unter'n Teppich kehren? Nee, so geht's denn doch nicht, liebes Kind. Mir wird's ganz anders und dabei klar, daß ein freundliches, einverständiges: »Aber Süße, das ist doch Schnee von gestern«, so viel bedeuten würde wie: »Ich liebe dich nicht mehr«. Diese Lüge kann ich hier keinesfalls in die Luft spucken. Andererseits will ich auch nicht mit der Tür ins Haus fallen und ihr im hellen Zorn versichern, daß mein Herz noch für sie schlägt. Also halte ich den Mund und ärgere mich über Nuschke, die mir zielsicher so quer zwischen die Beine wieselt, daß ich entweder stolpere oder sie trete und, wenn ich beides vermeiden will, auf die Schwelle retirieren muß und dann die Tür nicht mehr zukriege.

Evelyn wendet mir, die Hände immer noch auf dem Öllämpchen, ihr Gesicht zu, und ich sehe an ihrem Blick, daß sie genau begriffen hat, was mein Schweigen bedeutet. Sie läßt die Lampe los und tritt ans Fenster. Ich schließe die Tür. Nuschke schnüffelt am Schrank entlang und lagert sich davor, als habe sie darunter einen Schatz versteckt, den sie nun hüten muß. Ob es Zeit ist, mit ihr auszugehen? Ich werde mich nie daran gewöhnen, einen Hund zu haben.

Ich hatte vergessen, wie klein Evelyn ist. Und wie rührend eckig sich ihre zu breiten Schulterblätter unter'm Pullover abzeichnen. Irgendwas bewegt sich immer an dieser Frau. Jetzt sind es ihre Fersen, die auf und niederwippen und ihre ganze Figur in Schwingungen versetzen. Ihr Haar ist kurz geschnitten und wuschelig, vorne fällt es in die Stirn. Das paßt zu ihr. Ich mache ein paar wankende Schritte quer durch mein Zimmer auf das Fenster zu, ich merke an meinen schlecht funktionierenden Knien, daß die Nacht noch in meinen Knochen arbeitet. Soll sie, jetzt ist ein anderer Tag. Ich finde, o Freude, eine Streichholzschachtel in meiner Hosentasche und zünde das Öllämpchen an. Ich trete hinter Evelyn und lege ihr meine Hände auf die Oberarme. Sie hört auf, mit den Fersen zu wippen. Ich drücke ein wenig zu und lassen die Daumen auf die Schulterblätter los. Evelyn atmet ein. Mein Mund ist sowieso an ihrem Haar, was liegt näher, als einen Kuß in das blonde Gewuschel zu drücken. Evelyn starrt vor sich in die Scheibe, wo sie uns beide im Reflex vor Augen hat. Ich tauche aus ihren Haaren auf und lächele in das Spiegelbild. Sie lächelt zurück. Dann dreht sie sich um und küßt mich. Ich halte sie mit den Lippen fest und mit den Händen, ich hebe sie ein Stück vom Boden hoch und greife, hopp, mit meiner Rechten unter ihre Kniekehlen. Jetzt wiege ich sie wie ein Baby. Leicht ist sie geworden, meine Göttin der Jagd, federleicht und so dünn um die Taille! Ich trage sie einfach zum Bett. Sie quiekt unwillkürlich, als ich sie hineinwerfe. Und breitet die Arme aus.

☆

Es ist alles wie früher und doch wieder nicht. Ihr Kinn steht genauso vor, und ihre Ohren riechen genauso mandelartig, aber ihre Haare verteilen sich anders über's Kissen, und auch ihr Blick hat etwas Fremdes: eine Unruhe, die ich von damals nicht kenne. Sie atmet nicht mehr so rasch, und selbst die Halsgrube vorne ist nicht mehr so tief, wie ich sie in Erinnerung habe. Sind nicht auch ihre Küsse matter? Das ist gar nicht Evelyn, es ist eine gereinigte, gemäßigte Ausgabe, vielleicht sogar nur eine Attrappe. Und doch: wenn es irgendwo auf der Welt ein Mädchen gibt, das meiner Evelyn von damals nahekommt, dann kann nur sie es sein, wer sonst. Soll ich mich mit dieser zahmen, ausgehöhlten Version meiner stolzen Stöckchen-Schwingerin begnügen? Soll ich froh sein, daß mir dieser

Rest geblieben ist? Oder warten, daß sie wieder wird wie einst: dicker, toller, unverblümter? Soll ich sie ausziehen? Was denkt sie über mich? Sucht sie genauso nervös nach dem jungen Igor, entzückt, überhaupt noch was zu finden und doch enttäuscht, daß so vieles anders aussieht? Meine Bartstoppeln werden spürbarer geworden sein, und ich bin nicht mehr so mager – und was ist mit meinem Mund, der ihr so gut gefiel? Ist er von all den Küssen in die Gesichter fremder Weiber, von Carmen-Renate bis zu Sonja selig, so abgewetzt und plattgeschmatzt, daß sie ihn nicht mehr will? Ach nein, sie küßt ihn doch. Was grüble ich hier bloß. Ich küsse sie und stelle fest: sie hat zwei Zähne verloren. Wie traurig das ist.

☆

Viel Zeit vergeht, während wir einander umklammern und aussaugen. Unsere Hände halten den jeweils anderen fest, an Hüften und an Schultern, und sind damit, so scheint es, ganz und gar zufrieden. Bis die meinen *urplötzlich* nichts anderes mehr wollen, als zwischen Evelyns Schenkel fahren und in die Möse zischen wie ein Puck. Ich halte sie, diese durchgedrehten Hände, mit aller Macht zurück, denn sie tun zu lassen, was sie wollen, das wäre zu hart. Sie zucken und streben und wollen runter, aber ich bändige sie. Da wirft mich Evelyn aus der Hüfte hoch und zur Seite, richtet sich auf und schüttelt mit einer Behendigkeit ihre Klamotten ab, daß mir der Atem stockt. Ihr Blick spricht: »Worauf wartest du?«, so daß ich es ihr gleich tun muß, wenn ich auch weit weniger geschickt bin. Frauen haben die besseren Gelenke, sie brauchen sich nur in den Hüften zu wiegen, und schon segeln die Kleider neben ihnen zu Boden wie buntes Laub. Als wir endlich nackt sind, hocken wir voreinander auf dem Bett; alle unsere Knie und mein Schwanz sind hochgestellt, unsere Augen unterwegs am andern, meine Fäuste in die Matratze gestemmt, ihre Finger gespreizt und nahe an meinem Hals.

Es ist wie damals, nur daß Gustav fehlt und Evelyns Titten, klein und weiß und unbeteiligt, als hätten sie für diese Welt genug getan, zur Seite gucken. Ob ich sie fasse und wärme und hochbringe wie einst? Wenn das gelingt, ist diese Frau da wirklich Evelyn. Sie tut manches, um mich an sich zu erinnern. So wie sie mir über die Brust streicht und vorsichtig mit den Nägeln die Seiten hoch bis unter die Achseln fährt – das liebte ich in der Cecilienstraße, keine hat es je wie sie gemacht, und sie hat's nicht verlernt. Sie lächelt, während sie mich kratzt, sie lächelt immer mehr. Und plötzlich ist es mir, als ob dieses Lächeln umkippt. Es ist – zu Hilfe! – gar nicht mehr ihres. Allerlei Sorgen und Qualen und Schwangerschaften, ihre vermaledeite Ehe, die Wende und was-weiß-ich-was-noch, haben an ihrem Lächeln gedreht, auf es draufgedrückt und es vermurkst. Erst jetzt sehe ich das schrecklich deutlich. Ein Zug von konventioneller Ergebenheit hat dieses betörende Lächeln verunstaltet, hat eine ganz normale Grinsemiene drausgemacht, wie sie Frauen tragen, die in Arztpraxen oder Hotels die Personalien aufnehmen. Mir wird's vor Enttäuschung elend um die Herzgegend, ich weiß jetzt: das ist nicht sie. Aber ich habe ja nun eine Nackte hier vor mir sitzen und muß etwas mit ihr anfangen. Muß zunächst vor ihr verbergen, daß nur noch meine Knie aufrechtstehen und schließe meine Knöchel.

Auch mein Gesicht muß irgendwohin, wo sie nicht drin lesen kann – ab damit an ihren Busen! Ich drücke meine Wange an ihre rechte Brust, suche die Warze mit den Lippen und sauge wie einst. Allmählich hört mein Herz auf zu wummern, und die Freude an dem wohlbekannten festen Nippel tröstet mich von innen. Ich will schon unterbrechen, zu ihr aufschauen und Anzüglichkeiten sagen, als ich – das gibt es nicht! – etwas fühle und schmecke, etwas

Vertrautes, das ich, wie ich jetzt merke, nicht vergessen, dafür sehr vermißt habe. Da ist sie ja wieder, ihre heiße Milch mit Honig, aus allen Kanälen der hochgefahrenen Himbeere schießt sie mir gegen Gaumen und Zunge. Das kann doch nicht wahr sein.

»Was ist los, Evelyn? Bist du *schon wieder* schwanger?«

»Keine Bohne.«

»Woher kommt dann die Milch?«

»Det is bei mir so. Wenn ick rollig werde, jeht sie ab.«

»Wenn du…«

»Ja, wenn ick's treiben will, jeht's da oben los, ick weeß ooch nich, wieso. Kann ick jar nischt jejen tun.«

»Bloß nicht. Tu bloß nix dagegen, bitte!«

☆

Es ist kühl in meiner ungeheizten Stube, aber das macht nichts, denn wir wärmen sie. Es ist nicht ganz still, denn draußen hämmert jemand, und ein Hündchen fiept, aber das macht nichts, denn unsere Stimmen, die jeden Atemzug klingen lassen, erzeugen das schönere Geräusch. Es ist nicht richtig hell, denn das Öllämpchen verglimmt, und der Himmel draußen ist grau geblieben, aber das macht nichts, denn wir schließen jetzt die Augen. Evelyn faßt mich an den Hinterkopf. Als ich mich über sie beuge und sie sachte auf den Rücken gleiten lasse, dabei meine Beine zwischen ihre drücke, meine Schenkel ein wenig, ihre dadurch weit öffne und meinen Schwanz mit Andacht in die Quelle senke, rauft sie mir die Wolle, bis es schmerzt. Das hat sie früher nicht getan, und es ist mir egal, früher, jetzt, was bedeutet das schon. Sie beißt zu, trifft mich unter'm Kinn. Ihre Hacken bearbeiten meinen Hintern. Ich mache alles, Evelyn, wie du es willst, ich mache es für ewig und drei Tage. Wenn ich aufhöre, darfst du mich häuten.

Angelika Schrobsdorff im dtv

»Die Schrobsdorff hat ihr Leben lang nur wahre Sätze geschrieben.«
Johannes Mario Simmel

Die Reise nach Sofia
dtv 10539
Sofia und Paris – ein Bild zweier Welten: Beobachtungen über Konsum und Liebe, Freiheit und Glück in Ost und West.

Die Herren
Roman
dtv 10894
Ein psychologisch-erotischer Roman, dessen Erstveröffentlichung 1961 als skandalös empfunden wurde.

Jerusalem war immer eine schwere Adresse
dtv 11442
Ein Bericht über den Aufstand der Palästinenser, ein sehr persönliches, menschliches Zeugnis für Versöhnung und Toleranz.

Der Geliebte
Roman
dtv 11546

Der schöne Mann und andere Erzählungen
dtv 11637

Die kurze Stunde zwischen Tag und Nacht
Roman
dtv 11697
Jerusalem – Paris – München: das sind die Städte, mit denen die Erzählerin schicksalhaft verbunden ist.

»Du bist nicht so wie andre Mütter«
Die Geschichte einer leidenschaftlichen Frau
dtv 11916
Aus Tausenden von Puzzlesteinen setzt Angelika Schrobsdorff das Bild ihrer jüdischen Mutter zusammen.

Spuren
Roman
dtv 11951
Ein Tag aus dem Leben einer jungen Frau, die mit ihrem achtjährigen Sohn in München lebt.

Jericho
Eine Liebesgeschichte
dtv 12317

Joseph von Westphalen im dtv

»Westphalen schreckt vor nichts zurück.«
Prinz

Im diplomatischen Dienst
Roman · dtv 11614
Frauenliebhaber Harry von Duckwitz ist unangepaßt, zynisch, unpolitisch – und ausgerechnet Diplomat geworden... Ein scharfzüngiger Schelmenroman.

Das schöne Leben
Roman · dtv 12078
Harry von Duckwitz versucht den Zusammenbruch seines Vielfrauenimperiums zu verhindern und eine neue Weltordnung zu schaffen.

Das Drama des gewissen Etwas
Über den Geschmack und andere Vorschläge zur Verbesserung der Welt
dtv 11784
Elementare Bereiche des Daseins – von Westphalen lästerlich kommentiert.

Dreiunddreißig weiße Baumwollunterhosen
Glanz und Elend der Reizwäsche nebst sonstigen Wahrheiten zur Beförderung der Erotik
dtv 11865

Das Leben ist hart
Über das Saufen und weitere Nachdenklichkeiten zur Erziehung der Menschheit
dtv 11972
Über Ärzte, Broker, Photomodelle und andere Helden unserer Zeit.

Die Geschäfte der Liebe
dtv 12024
Bissige, boshafte und brillante Geschichten.

High Noon
Ein Western zur Lage der Nation
dtv 12195
Joe West reitet wieder. Ein Roman zur Entkrampfung der Nation.

Die Liebeskopie
und andere Herzensergießungen eines sehnsüchtigen Schreibwarenhändlers
dtv 12316
Nachrichten über die Liebe und übers Internet.